W0413115

Das Buch

Dante Barakuda, Held aus dem Roman *Pasdan* und Sieger gegen die ›Mörderischen Mütter‹, hat sich aus dem Sicherheitsdienst des Planeten Shilgat zurückgezogen und die Transportfirma TraPaSoc gegründet. Als Unternehmer verbringt er seine Tage einigermaßen beschaulich mit dem Ausbau des Firmensitzes auf einer Halbinsel bei Cadhras. Bis eines Tages ein mysteriöses Schiff aus Gashiri, dem Land der Anarchovegetarier, im Hafen von Cadhras ankert. Angeblich wollen die Gashiri Handel treiben. Dante und die Seinen sind überrascht – die kriegerischen Anarchovegetarier als Kaufleute? Aber noch gibt es keinen Grund für Mißtrauen. Bis im fernen Bundashil ein Anschlag auf Dante verübt wird …

Gisbert Haefs, einem breiten Publikum durch seine großartigen historischen Romane *Hannibal* und *Alexander* bekannt geworden, legt mit diesem Buch den zweiten in sich abgeschlossenen Teil seines monumentalen Epos um Dante Barakuda und den Planeten Shilgat vor.

Der Autor

Gisbert Haefs (sprich: Haafs), geboren am 9. 1. 1950 in Wachtendonk am Niederrhein, studierte Anglistik und Romanistik und war während des Studiums Komponist, Chansonnier und Kneipier. Er lebt als Autor, Übersetzer und Herausgeber in Bad Godesberg.

Vom Autor sind im Wilhelm Heyne Verlag erschienen: *Das Doppelgrab in der Provence* (05/25), *Mörder Marder* (05/45), *Und oben sitzt ein Rabe* (05/51), *Haffmans Krimi-Jahrband 1994* (05/65), *Hannibal* (01/8628), *Alexander* (01/8881), *Pasdan* (01/9146).

Im Haffmans Verlag erschien neben den obengenannten Büchern noch: *Kipling-Companion* (zur Kipling-Neuedition, 1987), außerdem regelmäßige Beiträge im Magazin für jede Art von Literatur *Der Rabe*.

GISBERT HAEFS

GASHIRI

Der 2. Roman
der Barakuda-Trilogie

WILHELM HEYNE VERLAG
MÜNCHEN

HEYNE ALLGEMEINE REIHE
Nr. 01/9147

Die 1986 in der Reihe Goldmann SF vierbändig erschienene Barakuda-Serie *(Die Waffenschmuggler von Shilgat, Die Mördermütter von Pasdan, Die Freihändler von Cadhras, Die Gipfel von Banyadir)* wurde für diese Neuausgabe als Trilogie gründlich bearbeitet.
Barakuda I: Pasdan enthält im Prinzip die früheren Bände 1 und 2,
Barakuda II: Gashiri den früheren Band 3,
Barakuda III: Banyadir den früheren Band 4.

Umwelthinweis:
Das Buch wurde auf
chlor- und säurefreiem Papier gedruckt.

Alle Rechte vorbehalten
Copyright © 1992 by Haffmans Verlag AG Zürich
Einzig berechtigte Taschenbuchausgabe
Wilhelm Heyne Verlag GmbH & Co. KG, München
Printed in Germany 1996
Umschlagillustration: Berthold Rodd, Düsseldorf
Landkarte: Alexandra Pesch
Umschlaggestaltung: Atelier Ingrid Schütz, München
Satz: Schaber Satz- und Datentechnik, Wels
Druck und Bindung: Ebner Ulm

ISBN 3-453-09992-3

Aus: Randwelten und Protektorate
Pym Bazhoglu (Atenoa, 442)

»... Die Landmassen des Nord- und Südkontinents sind am Äquator durch einen schmalen Isthmus verbunden. Auf beiden Kontinenten (sowie kleineren, eher unbedeutenden Inseln der Ozeane) leben die humanoiden Shil (= ›Menschen‹) als Nomaden bzw. in bizarren Stadtstaaten, die etwa dem irdischen Mittelalter entsprechen. Es ist ungeklärt, ob sie tatsächlich vor Jahrtausenden freiwillig eine technische Zivilisation aufgegeben haben ...

Bald nach der Entdeckung durch eine kartographische Expedition AD 2238 ging infolge des Zusammenbruchs der Erde der Kontakt verloren. Während der Wirren Jahrhunderte siedelten sich fünf Gruppen von Flüchtlingen auf Shilgat an. Zwei taten dies friedlich und bereicherten Fauna und Flora durch mitgebrachte Arten (Weide, Kudu, Axolotl, Kamel, Sauerampfer, Kaffee, Pferd etc.); sie vermischten sich mit den Shil und sind weitestgehend in der Urbevölkerung auf- bzw. untergegangen. Die drei übrigen Gruppen brachten Waffen und hermetische Weltanschauungen mit; sie siedelten und expandierten mittels Landnahme und Völkermord.

Nach der offiziellen Wiederentdeckung handelten die Shil mit dem Commonwealth der Menschheit das Shilgat-Abkommen aus (AD 2683/CT 198), durch das der Planet insgesamt zum Protektorat wurde. Aufgabe des in Cadhras, Isthmus, eingerichteten Gouvernements ist es, die Sektierer von Pasdan (Matriarchat, ›Heilige Mütter‹), Gashiri (Landkommunen, ›Anarchovegetarier‹) und Banyadir (Theokratie, ›Mathematische Mönche‹) an weiterer Ausbreitung zu hindern und die Shil vor jeder äußeren Beeinflussung (z. B. Technologietransfer, Missionierung) zu schützen ...

Das Autonome Territorium des Isthmus verfügt über eigene Legislative, Exekutive und Jurisdiktion, unabhängig von den Einrichtungen des Gouvernements. Die antike Shil-Gründung

Cadhras liegt dort, wo die alte Handelsroute vom Nordkontinent mit den beiden aus Südosten (Langlava, Sa'orq, Kelgarla) und Südwesten (Losabu-Delta, Zheziri, Golgit) zusammentrifft. Zwei kleine Flüsse aus dem Zentrum des Isthmus, Sogga (Shil-Name Suqa) und Ylagas, münden hier wenige hundert Meter voneinander entfernt ins Binnenmeer; im Schwemmland östlich der von ihnen durchbrochenen Küstenhügel liegen die Marktgärten von Cadhras. Nördlich des Ylagas, auf den Hügeln, befindet sich das Palais der Gouverneure. Im Stadtkern zwischen den Flüssen liegen Konservenfabriken, die Gebäude der Territorialen Administration und Wohn- bzw. Geschäftsviertel; südlich des Sogga weitere Wohn- und Werkgebiete, die zum Fischerviertel um den alten Hafen abfallen. Südlich der langen, nach Westen vorspringenden Bucht mit Hotels und Sandstränden liegt der einzige Raumhafen des Planeten; Landungen andernorts sind illegal (Satellitenkontrolle). Im Raumhafenkomplex sind die meisten Sekretariate des Gouvernements untergebracht; die kleine Garnison von Cadhras (Gebäude südlich des Raumhafens; dort auch der Fusionsmeiler, der den Isthmus mit Strom versorgt) besitzt nur wenige Gleiter. Mit Ausnahme der wichtigsten Gouvernements-Einrichtungen gilt die Techniksperre auch für den Isthmus …«

I

Dante ließ den Hammer fallen und richtete sich auf. Knie und Rücken schmerzten. Der Bart war naß von Gischt. Grau war er ohnehin.

In den letzten Zehntagen waren seine Hände zuerst wund, dann schwielig geworden. Er starrte mit zusammengekniffenen Augen aufs Meer hinaus und rollte eine Zigarette.

Die wichtigsten Dinge waren provisorisch instand gesetzt; an diesem Morgen hatte Barakuda morsche Planken vom alten Bootssteg gelöst und ersetzt.

Beim fünften Versuch gelang es ihm, die Zigarette anzuzünden. Er inhalierte tief und blickte auf das Kombigerät an seinem Arm.

Cadhras Shilgat	88-I-29485	Sa'orq	11:64
Atenoa Gaia	22-9-467	CT	15:03
Greenwich Terra	05-9-2932	AD	13:01 *

»Vierzehn Minuten nach Mittag«, brummte er. »Zeit zum Essen.« Er blieb jedoch auf dem Steg stehen, sah aufs

* Standardjahr ist die Umlaufzeit der Commonwealth-Hauptwelt Gaia um ihre Sonne – 324 Tage (12 Monate zu 27 Tagen zu 25 Normstunden zu 100 Minuten zu 100 Sekunden). Der 1. Januar 2501 AD fiel auf Gaia mit dem Mittsommertag der Region um die Metropole Atenoa/Neu-Athen zusammen und wurde zum 1. Januar des Jahres 1 CT (Commonwealth-Zeit) erklärt. Die bedeutungslose Heimatwelt Erde behielt ihre alte Rechnung bei.

Das Shilgat-Jahr (388 Tage zu 23 Normstunden; 4 Jahreszeiten) entspricht der halben Umlaufzeit um die Sonne Shalga. Die planetare Achse steht fast senkrecht zur Ekliptik; gemäß der elliptischen Umlaufbahn sind Sommer und Winter die sonnennächsten bzw. sonnenfernsten Bahnphasen.

Meer, wo unter dem Frühjahrsdunst schwach erkennbar die Gruppe kleiner Inseln lag, lauschte seinem Magen und rauchte langsam.

Nach Barakudas Schätzungen mußte die Gendarmerie des Autonomen Territoriums an die dreihundert Kilo Dynamit verwendet haben, um einen Zugang zur Bucht zu schaffen. Der Strand unter den steilen Klippen bestand aus grobem Sand; wenn alles fertig war, würde man dort baden und vom Steg aus segeln oder fischen können.

Der Steg wäre nicht an der Reihe gewesen. Eigentlich hatte Barakuda zusammen mit Begheli Papiere sortieren und sich den Kopf über Finanzen zerbrechen wollen. Außerdem waren defekte Stühle zu reparieren, und einige Steine des Kamins im Sammelraum fielen regelmäßig zu Boden, sobald das Feuer erlosch. Aber Pa'aira war mit einem Karren nach Cadhras gefahren, um Besorgungen zu machen, und darum hatte René Nardini Küchendienst. Bei derlei Verrichtungen pflegte Nardini heftig zu singen. Er besaß eine herrliche und laute Tenorstimme, verfügte aber nur mangelhaft über sie. Man mußte ihr gegenüber eine gewisse Fluchtdistanz einhalten, denn Nardini hatte kein Rhythmusgefühl und intonierte außerhalb des harmonisch Erlaubten.

»Herbe Sache«, knurrte Barakuda. Er schnippte den Rest der Zigarette ins Meer. Hammer, Zange und Nägel packte er in den Beutel, warf ihn über die Schulter. Dann nahm er sechs der morschen Planken und machte sich auf den steilen Weg.

Abgesehen von den Folgen seiner alten Verletzungen – das feuchte Frühjahr hatte ihm einige Anfälle von Nervenschmerzen an Hüfte und Schulter beschert, wo die künstlichen Gelenke saßen – fühlte er sich fit. Er trabte die langen, flachen Stufen hinauf, die vermutlich von Rekruten der Gendarmerie angelegt worden waren. Ein anonymer Künstler hatte mit farbigen Steinchen ein Mosaik in der Felswand hinterlassen. Es stellte einen Kraken dar, dessen aufgerissener Rachen so beeindruckend war, daß man erst später das wichtigste Detail erblickte. Ein an seiner Uniform kenntlicher Ausbildungs-Sergeant wand sich in rachenwärts strebenden Tentakeln des Ungeheuers.

Leise pfeifend schritt Dante über die abfallende Wiese; sie war von Frühlingsblumen gesprenkelt und duftete intensiv. Hinter der Koppel mit Pferden und P'aodhus begann der Wald aus alten Laubbäumen: Shilgat-Eichen, kerzenförmige Saglodis, ausladende Blutweiden, Minz-Ulmen und einige Eisenbäume. Letztere wuchsen etwa einen Meter pro Jahrzehnt und wurden bis zu 100 Meter hoch; im Wald von Shontar gab es ein Dutzend solcher Riesen. Und die ehemaligen Gendarmerie-Baracken waren von leuchtenden Blutweiden umgeben; Barakuda freute sich auf herbstliche Abenddämmerungen.

Er nahm die Abkürzung, watete den von Büschen und Farn bestandenen Abhang hinunter. Der flache Stapelplatz unterhalb des Hangs war leer. Nach der harten Arbeit an den Gebäuden wurde es Zeit, erste Aufträge für die TraPaSoc zu beschaffen. Dante hatte einige Ideen, die der Ausführung harrten.

Die fünf zweigeschossigen Gebäude des ehemaligen Ausbildungslagers bildeten ein nach Osten offenes Rechteck. Die beiden ›Baracken‹ an der Südseite hatten einmal in großen Schlafsälen eine Hundertschaft Gendarmerie beherbergt; die beiden an der Nordseite waren Schuppen, Lager und Waschräume gewesen. Das Einzelhaus am Westkopf hatte als Zentrale gedient, mit Kantine und Büro. Alle Gebäude waren über Betonfundamenten errichtet, aus Lehmziegeln und Fachwerk.

Es war schlimme Arbeit gewesen. Außer Fundamenten und dem größten Teil der Außenwände hatten sie fast alles ersetzt oder ergänzt. Zeit, Regen und Seeluft hinterließen Trümmer. Alles, was die Frauen und Männer der TraPaSoc benötigten, mußte mit quietschenden Karren weither geholt werden – Bauholz, Möbel, Matratzen, Schindeln, Rohre, Ziegel, Farbe …

Nun gab es Wände und Zwischendecken, neue Böden,

insgesamt zwölf Apartments, jeweils mit Wohn-, Schlaf- und Hygieneraum; es gab Wasser und Strom. Und die Küche, in der Nardini kochte und sang.

Barakuda ließ die Planken neben dem Holzklotz im Innenhof fallen und ging durch den Sammelraum in Nardinis Grölweite.

Der ehemalige *suldau* stand am Herd mit Schürze und kurzer Hose, aus der die haarigen Beine wie Schachtelhalme ragten. Mißtönendes Gesumme und Rühren. Dante räusperte sich.

René Nardini wandte sich halb um; sein linkes Auge ruhte auf einem großen Topf, das rechte sah forschend an Barakuda hinauf und hinab.

»Gibt's was zu essen, oder hast du *nur* gesungen?«

Nardini legte den Kopf schief und blickte entsagungsvoll gleichzeitig an die Decke und auf den Boden. »P'aodhu-Stew«, sagte er mürrisch, »mit fünfhundert Sorten Gemüse und Kräutern, dazu frisches Brot mit Butter, kaltes Bier. Zum Nachtisch verwöhn ich euch ganz besonders, obwohl niemand das verdient hat.« Er öffnete einen der Kühlschränke und deutete auf eine riesige Schüssel. »Grießpudding, mit Vanille und Importrosinen, die ein Weilchen in Gashiri-Rum gelegen haben.«

Barakuda ging zum Spülbecken und wusch sich die Hände. »Ein Festmahl. Hoffentlich kann man es auch essen. Bei dir weiß man nie, was du aus guten Zutaten machst. – *Woher* kommt der Rum?«

Nardini runzelte die Stirn. »Sag ich doch – aus Gashiri. Ach so, das weißt du ja noch nicht. Die große Sensation.«

Sten Timoara steckte den Kopf in die Küche. Der schwarzhäutige ehemalige Korporal der Marineinfanterie des Commonwealth holte Luft und brüllte: »Die *centuria* hungert, *suldau* Nardini. Und halt dich gefälligst nicht am Kühlschrank fest, wenn ich mit dir rede.«

Nardini schloß die Augen. Leise und weinerlich sagte er: »Warum werden arglose Zivilisten beim Kochen immer wieder von Ungeziefer belästigt? Raus hier, *kapral*, bevor ich mit Blechnäpfen nach dir werfe.«

»Was war mit der Sensation?«

»Ach ja. Vor drei Tagen, als ich mit dem Karren in Cadhras war, war ein Frachtsegler aus Gashiri im Hafen, und weil Gashiri der einzige Platz auf diesem Planeten ist, wo Zuckerrohr sinnvoll verwendet wird, habe ich ein paar Fläschchen mitgebracht.«

Barakuda schüttelte ungläubig den Kopf. »Ein Segler aus Gashiri?«

»Genau. Er hatte keinen Botschafter an Bord, aber immerhin eine Handelsdelegation. Sie wollen ab jetzt wohl die Welt zur Kenntnis nehmen.«

Dante starrte Nardini an, um zu sehen, ob es nicht doch ein Scherz war.

René seufzte und nahm den Deckel vom großen Topf. »Ah, gleich fertig.« Er deutete auf den Tisch neben dem Herd.

Zwischen all den Töpfen, Töpfchen, Dosen und sonstigen Utensilien stand eine Flasche. Dante hob sie hoch und starrte auf das Etikett. »›Rum‹«, las er halblaut. »›Destilliert und abgefüllt in Kommune Balatz. Naturrein. Exportiert durch Fremdland-ImpExKom, Gashiri. Anarchovegetarische Union Der Ungläubigen Transzendentalisten.‹« Er entkorkte die Flasche, schnupperte und machte »Puh«. Laut Etikett 54° Alkohol. »Nicht zu glauben.«

»Vielleicht«, sagte Nardini, »haben die AVs etwas begriffen. Daß es Grenzen gibt, und daß deswegen Pasdan nicht mehr existiert. Dann hätte alles doch so was wie Sinn gehabt.«

Nach dem Waschen hatte Dante sich die Hände noch nicht getrocknet. Er stand da und dachte an seine Inspektionsreisen nach Gashiri, mit bewaffneter Eskorte. Nardini war mehrfach dabeigewesen. Das Etikett auf der Flasche in seiner Hand schien gedruckt zu sein und trug als Echtheitsnachweis eine Nummer und eine Unterschrift. Von Dantes Hand rann ein Tropfen den Flaschenhals hinab, über das Etikett; die Unterschrift löste sich auf.

Barakuda pfiff leise. Er stellte die Flasche beiseite.

»Übrigens gibt es Gründe für das Festmahl«, sagte Nardini. »Bondak hat angerufen. Der *sirján* hat Jobs für uns.«

Begheli saß im Büro vor einem Haufen Papier und starrte aus dem Fenster. Als Dante eintrat, streckte sie die Hand aus.

»Komm, küß mich. Mir ist schwindlig.«

Dante kam der Aufforderung nach. »Meinst du, davon wird es besser?«

»Nein. Aber jetzt weiß ich wenigstens, wovon. Es gibt drei Neuigkeiten. Bondak hat angerufen; er hat zwei Jobs für uns, die ersten. Das sind auch die zwei ersten Neuigkeiten. Und Pa'aira hat aus der Stadt angerufen, sie ist schwanger.«

Barakuda streichelte Beghelis Wange. »Das freut mich für sie und Yasu«, sagte er halblaut.

Es war ein schwieriges Thema, aber nicht zu ändern. Pa'aira und der ehemalige Don Juan der Garnison, Yasuhiro Kakoiannis, hatten im Verlauf des Winters eine intensive Zuneigung zueinander entwickelt.

Pa'aira gehörte der vierten oder fünften Mischlingsgeneration an. Die Mulis, Abkommen von *homo sapiens sapiens* und *homo sapiens shil,* waren durch eine Laune der Natur zunächst nur miteinander fortpflanzungsfähig, den beiden Ursprungsrassen gegenüber jedoch steril. Erst nach mehreren Generationen, wenn ein Erbteil dominant geworden war, endete die ›selektive Sterilität‹. Kakoiannis stammte von einer der zivilisierten Welten des Commonwealth; niemand wußte genau, von welcher. Der unglaubwürdige Name war erfunden; wenn Kakoiannis sich bisweilen vergaß, blitzte eine erstklassige Erziehung auf, gute Bildung und gewählte Sprache. Keiner wußte, weshalb er die Vergangenheit verleugnete und simpler *suldau* geworden war. Jedenfalls war er reiner Cadhrassi, und Pa'aira war nun schwanger.

Dante und Begheli hatte lange Zeit eine Ab-und-Zu-Liebschaft verbunden, wenn beide nicht anderweitig beschäftigt waren. In den langen Winternächten nach dem

Sturz von Pasdan war daraus etwas geworden, das irgendwo zwischen Kameradschaft und Liebe lag.

Irgendwann einmal hatte Begheli gesagt, später wolle sie mit der Arbeit im *Meeresleuchten* aufhören und ein paar Kinder haben. Aber ihre Haut – zartes Olivrosa, das gut zu den grünen Augen und dem Kupferhaar paßte – zeigte, daß sie der ersten Mischlingsgeneration angehörte. Begheli hatte das *Meeresleuchten* geleitet, wenn Mutter Schwabbel ihre Trinkphasen bekam; sie hatte die Taverne freiwillig verlassen und erledigte die Buchführung der TraPaSoc. Sie und Kakoiannis waren als Barakudas Stellvertreter in die Geschäftsführung gewählt worden. Aber andere Dinge waren nicht durch Abstimmungen und Papiere zu erreichen.

»Worum geht's bei den Jobs?«

»Erstens: Ein Frachter mit Saatgut für Tadja'ut ist gelandet, und bei den augenblicklichen Windverhältnissen dauert der Seetransport zu lange.«

Die großen Agrar-Kooperativen von Tadja'ut im Norden des Territoriums bauten exotische Gemüse- und Obstsorten für Gourmet-Grossisten im Commonwealth an, mit Naturdüngern und komplizierten Bewässerungs- und Vereinzelungs-Verfahren. Augenblicklich schwankte der Wind zwischen Nord und Nordwest; Frachtsegler von Cadhras nach Tadja'ut müßten weit aufs Meer hinaus und dann nach Norden kreuzen, um nicht zu nahe an die gefährliche Küste des Isthmus zu geraten. Und es war allerhöchste Zeit für die Frühjahrs-Aussaat. »Das geht jetzt über Land schneller. Wieviel ist es?«

Begheli hielt einen Zettel hoch. »Neun Karren.«

»Und der zweite Job.«

»Pharlit.«

»Oha. Die haben doch ihren eigenen Fuhrpark.«

»Ja, aber da hat es offenbar gebrannt. Zwei Schuppen mit Karren und drei oder vier Lagerräume mit dem kostbaren Zeug. Das ist aber feuerfest, da ist wenig passiert, bloß wollen sie es so schnell wie möglich loswerden.«

»Konditionen?«

»Wie üblich. Zwanzig Drachmen pro Karren pro Tag. Beides.«

Dante überlegte. Saatgut wurde von den Grossisten geliefert und mit den Ernten verrechnet. Da gab es keine Lücke. Pharlit war ein anderer Fall. Die Töpfereien belieferten Agenturen, diese verfrachteten das Porzellan und verkauften an Großhändler, die wiederum an Einzelhändler – eine lange Kette.

»Darüber werden wir gleich bei Tisch reden. Ich hab ein paar Vorschläge. – Sonst noch was?«

»Ja. Sarela will dich sprechen, wegen Gashiri. Hast du es schon gehört?«

»Ja. Wir haben einen bedeutenden Nachrichter im Haus. René. Er hat Gashiri-Rum gekauft und das beiläufig erwähnt. Irgendwann wird er sagen: ›Ich habe gerade Suppe gekocht. Übrigens ist die Welt untergegangen.‹«

Jemand, vermutlich Nardini, demolierte den Gong. Begheli verließ das Büro.

Dante rief den Raumhafen an. Sarela McVitie war an ihrem Schreibtisch. »Hallo, Chef.«

»Hallo, Sekretärin. Wie geht's?«

Seine Nachfolgerin, zuständig für die Sicherheit des Protektorats, hob die Brauen. Die graugrünen Augen unter dem kurzen braunen Schopf blickten müde, und das Gesicht war weniger frisch als sonst. »So-so. Ich nehme an, du weißt, wen wir zu Besuch haben.«

»Gashiri, ja. Was wollen sie eigentlich?«

»Sie haben Waren und eine Art Delegation an Bord. Du weißt ja, wie es bei denen geht. Gestern habe ich mit einer Frau verhandelt; die ist heute für die Küche zuständig. Und der augenblickliche Kapitän des Seglers war gestern Bootsmann.«

Die Anarchovegetarier verbanden agrarischen Urkommunismus mit strikter Funktionshierarchie, bei der die Amtsbesetzung täglich rotierte.

»Sie wollen handeln.« Sarela blickte auf eine Liste und zählte auf. Neben Kunsthandwerk, das eher zum weiteren Export ins Commonwealth geeignet war, gab es vor allem Landwirtschaftsprodukte – Rum, mehrere Sorten Früchte und Konfitüren, dazu modifizierte Tabak- und Kaffeearten.

Dante schnalzte mit der Zunge. »Tabak und Kaffee – die werden mir ja glatt sympathisch.«

»Hmm. Außerdem bieten sie, falls das jemand interessiert, Reitkamele an.«

»Und als Gegenleistung?«

»Geld und Fertigprodukte – Handwerkszeug, Messer, Gebrauchsgegenstände.«

»Habt ihr das Zeug analysiert?«

»Alles bestens – kein Gift.« Sarela spitzte die Lippen. »Aber natürlich fragen wir uns, was mit den AVs los ist. Nach all den Jahrhunderten mit Kriegen und Abschottung plötzlich eine Handelsdelegation.«

»Hat jemand eine Erklärung?«

»Alles, was uns einfällt, ist, daß die AVs vielleicht Lehren aus dem Fall Pasdan gezogen haben. Andererseits braucht das nicht viel zu bedeuten; auch die Mütter haben ein bißchen Handel getrieben.«

»Hast du die Verpackungen untersuchen lassen? Die Etiketten der Rumflaschen zum Beispiel?«

Sarela betrachtete ihn verblüfft. »Erleuchte mich, o Herr – wozu?«

»Wenn ich für die Sicherheit zuständig wäre und Informationen sammeln müßte, würde mich zum Beispiel interessieren, welche Rückschlüsse sich aus dem Kram ergeben – auf den Stand der Technik in Gashiri. Papier, Kleber, Druckerschwärze. Außerdem hab ich festgestellt, daß die Unterschrift auf den Etiketten von Hand ist; sie löst sich in Wasser auf. Man kann sicher die Tinte analysieren und vielleicht datieren. Dann weiß man, ob die Etiketten vor oder nach Pasdan beschrieben worden sind.«

Sarela schluckte. »Danke für die Nachhilfe. Willst du meinen Job, Chef?«

»Kein Bedarf. Haben unsere – also, deine Kundschafter

in Gashiri nichts zu dieser außenpolitischen Öffnung zu sagen?«

»Nein. Bisher jedenfalls. Keiner von ihnen wußte auch nur, daß ein Schiff zu uns unterwegs war.«

Sarela versprach, die Ergebnisse der Untersuchungen sofort durchzugeben. Barakuda bat sie um die Namen der für die nächsten zehn Tage angekündigten Frachtraumer. Bei den meisten handelte es sich um Schiffe diverser Frachtagenturen, deren Kapitäne Barakuda flüchtig kannte. Ein privater Frachter, dessen Kapitän gleichzeitig Eigner war, interessierte ihn mehr.

»Die *Pentarc?* Von Puerto Albaicín, NeuGranada?«

Sarela blätterte. »Hm, ja. Kapitän und Eigner Javier Villegas. Warum? Kennst du ihn?«

»Ja, ganz gut, er hat einmal Mutter Schwabbel unter den Tresen gesoffen.« Er überlegte kurz. »Wenn ich bis dahin nicht aus den Bergen zurück bin, halt ihn fest. Sag ihm, ich hätte das Geschäft seines Lebens für ihn.«

»Mach ich. Aber welche Berge?«

»Wird nicht verraten. Mach's gut, Sekretärin. Und nimm's nicht zu schwer. Du solltest mal ausschlafen.«

»Ha. Ha. Ha.«

Beim Mittagessen berieten alle die Lage und Dantes Vorschläge, die skeptische Billigung fanden. Danach wurden die Trupps zusammengestellt. Die drei am besten gefederten Karren wurden für die Fahrt in die Pharl-Berge abgestellt. Dante lud Decken, Proviant und P'aodhu-Futter auf, während Narciso Ping sechs der zottigen Tiere von der Weide holte und einschirrte. Für den Saatgut-Transport wurden neun Pferdekarren fertiggemacht. Timoara und Kakoiannis übernahmen die Leitung des Karrenzugs Richtung Tadja'ut.

»Pa'aira kommt nachher zurück; wir beide halten die Stellung hier«, sagte Begheli.

»Wenn das so weitergeht«, murrte Nardini, »müssen wir noch Leute einstellen. Aber wahrscheinlich gibt's jetzt ein halbes Jahr nichts.«

Am Nordrand des ausgedehnten Waldes traf eine der alten Ost-West-Routen auf die Küstenstraße. Barakuda dachte an die andere Gruppe, die von Shontar nach Cadhras fuhr, dort lud und danach wieder zurück, an Shontar vorbei nach Norden, fahren würde. Viel weiter als bis zu diesem Punkt konnten sie bis Sonnenuntergang kaum kommen.

Sie folgten der Ostroute durch ansteigendes Hügelgelände. Äcker mit Weizen und Amaranth wechselten sich mit Waldgruppen ab; metallisch glitzernde Koniferen, hellgelbe Zimteschen und violette, breitblättrige Sobesis. Dörfer und Höfe blieben zurück. Bei Sonnenuntergang lagerten sie auf einer Wiese neben einem Bach. Dante schirrte die P'aodhus aus und überließ sie sich selbst. Narciso Ping verschwand im Busch, kam mit Ästen und Zweigen zurück, machte Feuer und hängte sein gelbliches Gesicht über den Kochtopf, als wolle er das Wasser durch Grimassen zum Sieden bringen. Die ehemalige Korporalin Shulamit as-Sabah ergriff Decke und Handtuch und wanderte bachabwärts. Dante lehnte sich an einen Karren, rollte auf Vorrat einen kleinen Haufen Zigaretten und freute sich des Lebens. Unter dem klaren Abendhimmel wogte das Weideland nach Westen, durchsetzt von Busch- und Bauminseln. Der Wind war sanfter als an der Küste; dennoch waren Meer und Salz in der Luft, aber auch die Wiesen, das satte Gras und tausend Blumen. Unterschiedliche Grüntöne mutierten und vermengten sich zu Schwarzgrün. Die P'aodhus ästen, grunzten und stanken; Ping kauerte am flackernden Feuer, in dessen Widerschein sein Gesicht, als er Barakuda anblickte, eine vertraute Dämonenfratze war. Shulamit kam von ihrem Bad im eiskalten Bach zurück; sie hatte die Decke um die Schultern gelegt und hängte das nasse Handtuch über die Seite eines Karrens. Dann hockte sie sich neben das Feuer, und in ihrem feuchten roten Haar schienen tausend Flämmchen zu tanzen.

Am Nachmittag des übernächsten Tages kamen sie in das abgesperrte Pharlit-Gebiet zu Füßen der Pharl-Berge.

Durch Zufall hatte man dort vor Jahrzehnten einen einzigartigen Boden gefunden und zunächst Shilgat-Kaolin genannt. Die Zusammensetzung wurde ebenso geheimgehalten wie das Brennverfahren. Isolatoren für Hochenergieleiter waren ein Teil der Produktion; der größte Teil jedoch waren Eß-, Trink- und Ziergefäße: hauchdünn und transparent, wie rauchiges Glas, aber nahezu unzerbrechlich und wegen ihrer Qualität und schlichten Eleganz im Commonwealth begehrt. Das Gouvernement hatte die Erschließung der Vorkommen mitfinanziert und verfügte über 33 % der Anteile. Die Töpfereien lagen hinter einem hohen Drahtzaun. Nur Mitarbeiter hatten Zutritt zu den Gruben und Werkstätten; die Brennöfen waren undeutlich zwischen den Bäumen zu erkennen. Weiter entfernt standen die Unterkünfte der Arbeiter, daneben die Werkstätten und Lagerschuppen. Deutlich zu sehen waren Spuren eines größeren Brandes.

»Funkenflug«, sagte die breitschultrige Frau, als Dante nach der Ursache fragte. Ping und as-Sabah spannten die P'aodhus aus und führten sie zu einer Weidefläche, während Barakuda mit der Direktorin durch die kleine Tür im Drahtzaun trat und zum Büro ging, einem flachen Holzhaus.

Es roch nach Kaffee, Leim und Akten. Die Direktorin, die sich nur mit dem Nachnamen Suarto vorgestellt hatte, deutete auf einen Sessel neben dem überladenen Schreibtisch und nahm zwei Becher aus einem Schrank. »Oder wollen Sie auf Ihre Leute warten mit Kaffeetrinken?«

Dante winkte ab. »Die sind alle erwachsen. Darf ich rauchen?«

Suarto schob ihm einen Aschenbecher hin und goß Kaffee ein. »So«, sagte sie, nachdem sie sich gesetzt hatte. »Und Sie retten also zur Zeit nicht mehr den Planeten, sondern haben sich dem Transportwesen ergeben?«

Barakuda grinste. »Das richtet weniger Schaden an.«

Suarto nickte. »So könnte man es sehen. – Wollen Sie gleich wieder los?«

»Essen, wenn Sie eine Kantine haben. Dann aufladen und weg.«

»Die Kantine ist nicht besonders, aber ich lade Sie natürlich ein. – Hier sind die Transportpapiere.« Sie schob ihm zusammengeheftete Blätter hin.

Dante überflog die Aufstellung: 60 Kisten mit Tellern, Tassen und Kelchen; die Spalte ›Warenwert laut Zolltarif Cadhras‹ ergab addiert die Summe von 67 980 Drachmen.

»Netter Batzen.«

Suarto zuckte mit den Achseln. »Luxus für das Commonwealth. Der Zollwert enthält bereits die Kosten für die Transportversicherung. Außerdem die zehn Prozent, die das Territorium kassiert.«

Barakuda drückte seine Zigarette aus. Er roch am Kaffee und hatte plötzlich eine Idee.

»Moment bitte«, murmelte er. Dann lief er zu den Karren hinaus, wo er Narciso und Shulamit bat, noch eine Viertelstunde lang diskret draußen zu bleiben. Aus dem Proviantsack nahm er eine angebrochene und eine volle Flasche Gashiri-Rum und ging zurück zum Büro.

Nachdem er den Kaffee aufgebessert hatte, kniff er die Augen zusammen und sah Suarto an. »Die Agenturen zahlen die Transportkosten von zwanzig Drachmen pro Karren pro Tag. Und sie übernehmen die Verzollung – zehn Prozent vom Zollwert für das Gouvernement. Richtig?«

Suarto nickte. »Ja, natürlich. Wieso?«

»Und sie übernehmen alles für achtzig Prozent des Zollwerts?«

Suarto grinste. »Klar, hätte ich mir denken können, daß Sie das wissen. Sie haben ja im Raumhafen gesessen.«

»Was soll mit der Lieferung geschehen?«

»Sie bringen den Kram zum Depot in Cadhras. Von da wird er an die erste interessierte Agentur verkauft. Ich glaube, alle haben vorbestellt, deshalb hat niemand Anspruch auf diese paar Kisten. Die sind außer der Reihe.«

»Dann kann es Ihnen doch gleich sein, wer das Zeug kauft, oder?«

Suarto setzte ihren Becher ab und machte große Augen. »Wollen Sie da einsteigen?«

Dante zog einen Scheck aus der Jacke. »Wie die Noastoa* uns lehrt, soll man einen Brand, den man nicht löschen kann, als ästhetisches Ereignis genießen und zum Fleischgaren nutzen. – Ist es nur unüblich oder illegal?«

»Noch nie dagewesen, aber die Vorschriften sagen nichts dazu.« Sie grinste. »Mann, können Sie das denn bezahlen? Wenn Sie diesen Zufall schon ausnutzen wollen ...«

»Mein Wort und meine Unterschrift. Die Commonwealth-Bank wird bestätigen, daß die TraPaSoc noch Kredit hat.«

Suarto lehnte sich zurück und legte die Füße auf den Schreibtisch. Sie starrte Barakuda an. Dann nickte sie. »Wenn das Wort von Dante Barakuda nichts mehr gilt, können wir das Commonwealth abschaffen. Achtzig Prozent?«

Dante lächelte freundlich, mit halb gebleckten Zähnen. »Siebzig. Ich denke, hier liegt ein Notfall vor, und Sie müssen Platz schaffen.«

Als Shulamit und Narciso nach geziemender Wartezeit das Büro betraten, schrieb Barakuda den Scheck aus. »Also fünfundsiebzig, eineinhalb Flaschen Rum und ein Essen im *Meeresleuchten,* wenn Sie den nächsten Stadturlaub machen«, sagte er eben. Der Scheck lautet auf 50 985 Drachmen. Ping sah Dante über die Schulter und bekam

---

* ›Neue Stoa‹: Ursprünglich wohl aus einer Art ›Heimweh nach gegliederter Unordnung‹ von oft bizarren Denkern unabhängig voneinander gegen Ende der Wirren Jahrhunderte (nach dem Kollaps der Erde und des Verbunds ihrer Kolonien) auf verschiedenen Welten entwickelt; zunächst als ›konfuzianisches Freistildenken‹, ›gräkoromanische Chinoiserie‹ oder ›Windbeutel-Stoa‹ bezeichnet. Später auf Gaia formalisiert und verbindlich gemacht durch Dorji Dyogen Bahadur (67–184 CT) und Ashme Zuvarov Chou (112–201), die ersten Modulatoren des der Großen Akademie von Atenoa angeschlossenen *Peripatio.* Für Karrieren in Staatsdienst, Diplomatie etc. ist ein mit Diplom/Examen beendetes Studium der Noastoa obligatorisch.

einen Schluckauf. Suarto hielt den Scheck einen Moment lang hoch, bis die Unterschrift getrocknet war; Dante hatte einen antiken Füllfederhalter mit schwarzer Tinte benutzt. Dann steckte sie ihn in eine Schublade und blickte Shulamit as-Sabah, Narciso Ping und Dante Barakuda an. »Der Kaffee geht auf meine Rechnung. Darf ich Sie zu einem Rum einladen? Ich hab ihn erst seit kurzer Zeit. Etwas ganz Neues, Rum.«

Erschöpft, schmutzig und zufrieden erreichten sie drei Tage später Shontar. Sie luden die Karren zunächst nicht ab; Begheli half beim Ausspannen der P'aodhus, und Pa'aira machte Essen. Es war mittlerer Nachmittag.

»Was macht der Saatgut-Express?« Dante hatte geduscht, frische Kleidung angezogen und gegessen. Im Kamin prasselte ein Feuer, Ping saß davor und schnarchte leise.

Begheli saß Dante gegenüber; ihre Finger spielten mit dem Aschenbecher, und in den grünen Augen hing eine Art Schleier. »Bestens. Sie sind gestern angekommen und haben kurz gefunkt. Alles in Ordnung.«

Barakuda ergriff ihre Hand. »Und was ist nicht in Ordnung?«

»Bondak. Lirian, die älteste von Subhats Töchtern, ist nicht zurückgekommen.«

Dante wußte, wie sehr der alte Sergeant an den Mädchen hing, die nicht seine Töchter waren. »Wie ist das passiert?«

»Bei den Frühlingsstürmen. Sie waren irgendwo vor der Küste von Gashiri. Vier Schiffe insgesamt. Drei haben es geschafft, aber das mit Lirian ist nicht mehr von der Leeküste weggekommen.« Begheli schüttelte den Kopf. »Und dann ist vor zwei Tagen noch ein Schiff aus Gashiri gekommen, mit Reitkamelen an Bord und einem höflichen Brief an die Stadt Cadhras. Sie haben Trümmer von dem Schiff an der Küste gefunden, aber keine Überlebenden.«

Barakuda zwinkerte. Er war müde, aber es gab noch

zuviel zu tun. »Merkwürdig. Ich rechne eher damit, daß die AVs Schiffbrüchige umbringen. Aber nicht damit, daß sie Kondolenzbriefe verschicken.«

Sie berieten einige Minuten lang, ob Lugo Bondak und vor allem Subhat irgendwie zu helfen sei. Danach ging Dante ins Büro und rief Sarela McVitie an, die zweimal versucht hatte, ihm eine Botschaft zukommen zu lassen.

»Die Untersuchung«, sagte sie. »Du hast natürlich wieder eine Nase gehabt, Chef. Das Papier der Etiketten stammt vermutlich aus den Papiermühlen von Süd-Langladir. Wie es nach Gashiri kommt, weiß ich nicht. Die Druckfarbe ist ein organisches Gemisch, enthält aber einen Stabilisator, der sie wasserfest macht. Der Druck wurde mit beweglichen Lettern aus Eisenholz vorgenommen. Die Tinte ist eine Mischung aus animalischen Sekreten und Pflanzenstoffen, ohne Stabilisator. Die Unterschrift ist etwa eineinhalb Jahre alt.«

Barakuda kratzte sich den Kopf. »Damit ist die Theorie erledigt, daß die AVs Konsequenzen aus dem Pasdan-Konflikt gezogen hätten. Viel Spaß beim Grübeln, Sarela. Es muß sich um eine vor längerer Zeit festgelegte Politik handeln. Und die richtet sich nicht am Markt von Cadhras aus.«

»Das heißt, du nimmst an, daß irgendeine Teufelei dahintersteckt?«

»Ja. Wie die gute alte Ashme Zuvarov Chou sagte, soll man Fanatikern und Regierungen gegenüber dann besonders skeptisch sein, wenn sie rational zu handeln scheinen. Daß Fanatiker wie die AVs freiwillig zu friedlicher Koexistenz finden, ist mir allzu abenteuerlich und widerspricht der Geschichte.«

Sarela grinste plötzlich. »Na schön. Wenn es dich beruhigt: Alle Kundschafter auf dem Südkontinent haben im Augenblick den Auftrag, sich ausschließlich um die Aktivitäten der AVs zu kümmern. Gut so, großer Meister?«

Dante zwinkerte ihr zu. »Sonst was Neues? Wenn du schon so freundlich bist, einem ausgedienten Greis Bericht zu erstatten, damit er nicht an Neugier stirbt?«

»Dein Freund Villegas mit der *Pentarc* ist gestern gelandet. Ich glaube, er hat sich im *Meeresleuchten* auf einem Schnapsfaß niedergelassen.«

In der Hafentaverne gab es zur Begrüßung ein mittleres Hallo. Die Rote Yolande befand sich in einer Trockenperiode und hatte alles unter Kontrolle; Lopes, der hinkende Koch, mühte sich, all seine Meisterleistungen beim Zubereiten toter Fische zu übertreffen, aber selbst das und die liebevolle Aufmerksamkeit von Flor und Rugazh, die beide Dienst taten, konnte Dantes Laune kaum aufbessern. Bevor er ins *Meeresleuchten* ging, war er bei Subhat und Bondak gewesen.

Javier Villegas hatte eine weiße Nacht und einen heftigen Tag hinter sich. Er versuchte, Barakuda beim Essen zuzusehen, konnte aber die Augen nicht mehr ausrichten. Der dunkelhaarige Mann mit Schnauzbart, Hakennase und Freibeuter-Visage hing bei Dantes Eintreffen auf einem Hocker am Tresen und redete fließend, wenn auch undeutlich, mit einem Unbekannten. Barakuda erinnerte sich später nur an Brauntöne: braunes Haar, braune Haut, braune Arbeitskleidung und stechend braune Augen. Ein Seemann von einem der beiden Gashiri-Schiffe, sagte Villegas irgendwann, und von anderen erfuhr Barakuda Tage danach, die Frauen und Männer aus Gashiri hätten sich in den Bars und Tavernen des Raumhafens, des Seehafens, der Stadt und der Bucht diszipliniert ausgetobt. Dann fiel ihm ein, daß die braunen Hände des Mannes im *Meeresleuchten* keine Spur von härterer Arbeit gezeigt hatten – ungewöhnlich für einen Seemann, ungewöhnlich vor allem für einen Mann aus der Anarchovegetarischen Union, wo jeder im täglichen Wechsel jegliche Arbeit zu verrichten hatte. Und noch später wußte er plötzlich, daß er den Mann schon einmal gesehen hatte, ebenfalls im *Meeresleuchten*: damals, als Koryna Delaware noch als Kellnerin arbeitete und das Matriarchat von Pasdan noch existierte. Es überkam ihn wie ein Frostschauer; als er nach dem Mann suchte, war er nirgends zu sehen. Shaban, Shevan? – Er konnte sich nicht mehr auf den Namen besinnen.

Während Dante aß, sorgte er dafür, daß Villegas mit Kaffee vollgepumpt wurde. Nach kurzem Abschied von den anderen packte Barakuda den Raumfahrer auf seinen Karren. Als sie Shontar erreichten, war der Kapitän fast nüchtern. Mit Begheli und Pa'aira saßen sie noch lange vor dem Kamin im großen Sammelraum, feilschten, berieten über die Absatzmöglichkeiten von Pharlit auf fremden Welten und tauschten Anekdoten aus.

Am folgenden Morgen besichtigte Villegas die Halbinsel. Beim zweiten Frühstück kamen sie wieder zum Geschäft.

»Schön habt ihr's hier«, knurrte der Kapitän, als Dante die Papiere hochhielt, die Begheli fertiggemacht hatte. »Kann man hier mal Urlaub machen?«

»Sicher. Wir nehmen jederzeit zahlende Gäste auf, vorausgesetzt, sie können P'aodhus melken.«

Villegas grinste und kaute auf den hängenden Enden seines Schnurrbarts. »Und wenn die Urlauber größere Umsätze für euch machen? Ändert das was?«

»Das ändert vieles.«

»Auf NeuGranada ist das Zeug nicht oft zu kriegen. Ich glaube, ich werde mich in Puerto Albaicín mit einigen Warenhäusern unterhalten. Was scheren mich Grossisten?«

Begheli nickte aufmunternd. »Gut so. Aber sagen Sie, *kapitán:* Reden Sie oft mit Häusern?«

»Nur mit ganz jungen. – Wie machen wir's denn jetzt, Barakuda – wie ich vorgeschlagen habe?«

»Kommt nicht in Frage. Ich spiele Agentur, du zahlst 150 % und machst dann, was du willst, wie? Vergiß nicht: Ich kenne dich zu lange, Villegas. Ich weiß zum Beispiel, weil du es mir vor langer Zeit mal in der Bar des Raumhafens erzählt hast, daß dir ein paar Läden auf NeuGranada gehören.«

»Man redet zu viel. Trotzdem – das war mein Angebot.«

»Oh, das Zeug steht hier gut. In den nächsten hundert Tagen werden viele Frachter in Cadhras landen.«

»Ah, bah. Also wie denn nun?«

»Wir addieren. Einkaufspreis plus zehn Prozent Zoll auf den Warenwert. Das macht siebenundfünfzigtausendsiebenhundertdreiundachtzig. Du gibst uns einen Scheck über die Hälfte. Wenn du alles abgestoßen hast, schickst du der TraPaSoc fünfzig Prozent vom Gewinn.«

»Pah. Du träumst. Frachtraum. Versicherung. Weiterverkauf. Ich die ganze Arbeit, und ihr die Hälfte vom Gewinn? Lächerlich. Ich will fünfundsiebzig Prozent.«

»Frachtraum brauchst du nicht zu mieten, du Verbrecher. Das Schiff gehört dir und ist pauschal versichert.«

Schließlich einigten sie sich darauf, genau zu teilen. Villegas schrieb einen Scheck über 25 492,50 Drachmen aus; Barakuda bestand auf den 50 Obols. »Wenn ich anfange, dir Nachlässe in dieser Größe einzuräumen«, sagte er, als sie die P'aodhus anspannten, »glaubst du am Ende, du kannst alles mit mir machen.«

* * *

Ihre Eltern – reine Cadhrassi, deren Eltern von verschiedenen Commonwealth-Welten eingewandert waren – hatten sich auf einen Nachnamen nicht einigen können und auf einen herkömmlichen Vornamen für die Tochter nicht einigen wollen. Deshalb bekam sie einen Shil-Namen, Toyami, und beide Familiennamen. Aber Toyami Takahashi Muir verlor mit sechs Standardjahren den Vater durch einen Unfall, mit neun die Mutter durch einen Schlangenbiß und wurde von einer Shil-Sippe aufgenommen, die nahe Barameq im nördlichen Isthmus Gemüse anbaute. Nach und nach gerieten die Familiennamen durch mangelnde Abnutzung außer Gebrauch.

Bis sie zwölf war, blieb sie auf der Gemüsefarm; dann gewann sie ein Stipendium des Protektorats, ließ Streifporree, Gelbkohl, Kidronen, Erbsen und Tangri-Schoten hinter sich und floh. Die Ausbildung auf den selbstverwalteten Schulen und Akademien der Insel Corilia endete spätestens mit dem 21. Geburtstag; man hielt es für unzumutbar, junge Leute länger von der Realität fernzuhalten. Selbst diese Zeit war ihr zu lang. Mit neunzehn hatte Toyami zur Flotte oder zur Gendarmerie gewollt. Der damalige Sekretär für Sicherheit in Cadhras, Barakuda, hatte sie ausgewählt – Intelligenz, Fitness und Interesse qualifizierten sie für die Tätigkeit als Agent. Außerdem war sie Waise; ungebundene Agenten eigneten sich besser für die riskanten Einsätze.

Nach eineinhalb Shilgat-Jahren und vielen verschiedenen Tätigkeiten kannte sie einen Teil der Anarchovegetarischen Union der Ungläubigen Transzendentalisten. Gelegentlich erhielt sie über Funk Anweisungen oder Informationen aus Cadhras; wenn sie Dinge entdeckte, die für das Protektorat interessant waren, sonderte sie sich von der Kommune ab, in der sie gerade war, und gab ihre Kenntnisse an das Sicherheitsbüro des Gouvernements weiter.

Andere Agenten hatten eine auffällige Zunahme der polizei- bzw. milizähnlichen Ordner im Süden der AVU festgestellt und darauf hingewiesen, daß feingebohrte Blasrohre mittleren Kalibers sowie Armbrüste mit Stahlfedern und Stahlbolzen in großer Zahl hergestellt wurden. Niemand wußte, was es zu bedeuten hatte; Gashiri lebte mit dem Rest des Universums in bester Feindschaft, aber die Garnison des Gouvernements in Cadhras, mit Gleitern und modernen Waffen ausgerüstet, war ein gutes Argument für Frieden. Wozu die plötzliche Aufrüstung?

Toyami hielt sich in Liolin auf, einer kleinen Stadt am Mittellauf des Gashigar. Neue Ereignisse legten ihr nahe, den Aufenthaltsort zu wechseln; sie hatte die nötigen Vorbereitungen getroffen und wanderte ziellos durch die Innenstadt. Liolin besaß einen alten Stadtkern, der kurz nach der Glorreichen Ansiedlung vor etwa 550 Standardjahren errichtet worden war – zweigeschossige Häuser aus behauenem Stein, mit hohen Giebeln und verspielten Erkern. Die Gassen waren eng und uneben. Toyami trug einen Arbeitsoverall aus beigem Leinenstoff und kräftige

Lederschuhe; andere Kommunarden liefen wesentlich bunter herum. Es gab viel Durchgangsverkehr in Liolin; dafür sorgte der Gashigar, der weit im Süden in den Bergen entsprang und im Norden ins Binnenmeer mündete. Er war eine wichtige Verkehrsader.

Auf dem Platz im Stadtzentrum, nahe der Stele der Wahren Wirklichkeit, herrschte Gedränge. Flußschiffer waren im Ort; sie trugen lila Schärpen und Sandalen aus Naturgummi, helle Hosen und blaue, einteilige Überwürfe. Toyami sah auch einheimische Flußfischer mit breiten Strohhüten, Leute aus nahen Landkommunen, buntgekleidete Handelskommunarden aus dem Norden; außerdem etliche Frauen und Männer jener Gruppe, die sie ›Die Braunen‹ nannte, und die ihr Rätsel aufgaben. Sie gehörten keiner bestimmten Kommune an; ihre einzige Gemeinsamkeit war eine merkwürdige gelblich-braune Hautfarbe. Die meisten hatten auch braune Haare und Augen, und bei vielen waren sogar die Nagelbetten der Finger nicht mehr rosa.

Zwischen Stele und Zeugehalle verlas ein Herold der Lauten Wahrhaftigkeit Mitteilungen und Anweisungen. Wie üblich begann alles mit Grundsatzvarianten: »Die Wirklichkeit ist eine Funktion ihrer Definition durch die Gemeinschaft – Wer andere Wirklichkeiten fälschlich herstellt und verbreitet, wird von der Gemeinschaft gezüchtigt – Über uns ist nichts, bis wir selbst uns zu Göttlichkeit verwandeln – Eßt kein Fleisch, sondern spart es auf für die Große Wandlung – Dies sind die Mutmaßungen der Glorreichen Kommunarden …«

Mutmaßungen (Anweisungen) ergingen von den Zünften der einzelnen Orte, oder sie kamen aus der Hauptstadt. Aber damit endete bereits alle Gewißheit. Die inneren Abläufe der Gesellschaft, wenn es denn tatsächlich eine war, ließen sich weder durch Mutmaßungen noch durch Agenten klären. Toyami lauschte dem Herold, verlor aber bald das Interesse – Kleinigkeiten, Einzelheiten, Belangloses. Sie ließ sich in einer halboffenen *kantina komun* nieder. Jemand brachte ihr einen Holznapf mit dicker Gemüsesuppe und einen Brotfladen. Es war das Einheitsmahl des Tages, das jedem Kommunarden kostenlos zustand.

Während sie aß, befaßte sie sich wie so oft mit den tausend Problemen und Widersprüchen von Gashiri. »Anarchie kann nur aus Ordnung sprießen« – auch so ein Spruch, den man auf den Stelen der Wahren Wirklichkeit fand. Die Leute waren frei und fröhlich, aber Gashiri war ein Polizeistaat; es gab keine erkennbare Hierarchie, aber Befehle ›von oben‹. Alle waren gleichrangig; wo hierarchische Strukturen nötig waren, etwa in Zunftausschüssen, auf Schiffen o. ä., gab es Kommandoposten, die jeden Tag von einem anderen Kommunarden besetzt wurden, und um Anweisungen eines offensichtlich Unfähigen nicht ausführen zu müssen, hatte man Techniken der Umgehung entwickelt, ›kreative Kooperation‹ genannt oder ›periphere Einpassung‹. Auf Ortsebene konnte es funktionieren; daß es im ganzen Land funktionierte, ließ sich nur mit der Existenz einer anonymen, geheimen Leitung erklären, einer der täglichen Amtsrotation entzogenen Machtelite. Aber in all den Jahrzehnten der inneren und äußeren Beobachtung war man in Cadhras nie über diesen Punkt hinausgekommen, der streng genommen lediglich eine Annahme war – Mutmaßung, wie die Befehle der mutmaßlichen Zentrale. Die reisenden Herolde erhielten Anweisungen, die sie entweder ausführten oder nicht; von wem sie letzten Endes kamen, wußten sie selbst nicht. Es gab die Ordner – Polizei, Miliz, Militär –, es gab die reisenden Kontrolleure, angeblich über diesen noch Hochkontrolleure, aber wer sie rekrutierte, ausbildete, ernannte, leitete, war ebenso verborgen wie die eigentliche Ideologie des Landes. Anarchisch, vegetarisch, ungläubig, transzendental – Bündel von Widersprüchen; oder zumindest Ideen, deren Zusammenhang nicht ersichtlich war. Die leibliche Existenz galt als Illusion, aber Askese war verpönt; es gab keine aufs Jenseits gerichteten religiösen Strömungen, keine Götter, wohl aber die Annahme, die wahre Existenz werde im Jenseits beginnen, wenn alle

Kommunarden und das gesamte tierische Leben zu einer Art Superintelligenz kollektiv vergeistigt seien. Wie das geschehen sollte, wußte keiner; es schien auch niemanden zu bekümmern. Ebensowenig die Tatsache der landesweiten Testreihen, ihr Sinn, ihr organisatorischer Ursprung.

Gashiri schottete sich ab. Selbst über den Fall des Matriarchats von Pasdan hatte es keine Informationen gegeben, nur Gerüchte. Toyami war natürlich über Funk informiert worden. Sie bedauerte keineswegs, daß das entsetzliche Matriarchat im Westen des Binnenmeers nicht mehr existierte; das einzige, was sie bedauerte, war, daß der ehemalige Sekretär Barakuda ausgeschieden war. Soweit sie wußte, hatte er zusammen mit ebenfalls ausgemusterten alten Soldaten der Garnison eine Transport- und Passagegesellschaft gegründet. Sie hatte eine kleine Schwäche für den älteren Mann gehabt und nahm an, daß er es wohl wußte. Vielleicht, sagte sie sich, war es Vatersuche; ihre Gefühle konnte sie jedoch kaum als töchterlich bezeichnen. Sie hob die Schultern und leerte den Napf. Introspektion war nicht ihre Sache; sie zog es vor, die Dinge so zu nehmen, wie sie waren.

Jedenfalls solche Dinge, die ihr Innenleben betrafen. Andere, äußere, mußten erforscht werden. Als sie noch in der Hauptstadt Gashiri gearbeitet hatte, war sie auf einige interessante Rätsel gestoßen; sie hatte sie nach Cadhras gemeldet, aber damals liefen gerade die entscheidenden Aktionen gegen Pasdan an, und sie wußte nicht, wieviel Aufmerksamkeit man Routineberichten aus Gashiri widmen konnte. Zwischen Gashiri und dem verbotenen Hochland im Süden, Tag'gashir'dir, gab es auffällig viele Fluß- und Landkarawanen. Was sie beförderten, war nicht herauszubekommen. Im Süden nahm gleichzeitig die Zahl der Ordnertruppen zu, und im ganzen Land liefen merkwürdige Testreihen. Kommunarden wurden biologisch und ideologisch untersucht; manche verschwanden, andere kamen nach einiger Zeit zurück. Von den Rückkehrern waren viele ›braun‹ geworden. Manchmal gab es Gerüchte über Handel mit den Shil; darunter auch solche, die andeuteten, man habe eine seltsame Substanz entdeckt, die über die Taggabahn nach Tag'gashir'dir gebracht werde.

Nun hatte die Testreihe auch Liolin erreicht; deshalb zog es Toyami vor, sich einen neuen Aufenthaltsort zu suchen. Sie war nicht sicher, ob ihr nicht im entscheidenden Moment ein Fehler unterlaufen würde – ob sie nicht unter Prüfungsdruck von Wissen Gebrauch machte, das sie in Cadhras erworben hatte und in Gashiri gar nicht besitzen durfte. Besser, sich beizeiten abzusetzen. Außerdem war in der kleinen Stadt nichts mehr zu ermitteln, wie es schien. Außer, daß alle qualifizierten Chemiker der Nährwerkerkommunen abgezogen worden waren, um irgendwo anders wichtige Dinge zu tun.

Sie hatte ihre antikommune Absenz bestens vorbereitet. Am frühen Morgen verließ eine Treidelgruppe den Ort; ein Mann war nachmittags verunglückt, und sie hatte nachgeholfen. Nichts Arges, nur ein gebrochenes Bein, aber dadurch war ein Platz in der Gruppe freigeworden.

Toyami glitt aus ihrer Koje; im Schlafsaal hörte sie die übliche Geräuschmischung aus Atmung, Geschnarch und dem Knacken der Gestelle. Sie war sicher, daß niemand außer ihr wach war. Niemand außer ihr und einem Quintupel. Drei Männer und zwei Frauen hatten gegen Mitternacht das Nebengemach aufgesucht und mit Rücksicht auf jene, die früh aufstehen mußten, leise ihr Fleisch geweckt.

Toyami wich herumliegenden Gegenständen aus und ging zur Tür, die auf den Flur und zu den kommunen Waschwannen führte. Ihren Beutel hatte sie abends an einem sicheren Platz versteckt. Jemand, der ihre Abwesenheit bemerkte, würde ein halbwarmes Bett und die übliche Menge von Ersatzkleidung und anderen Habseligkeiten finden; man würde annehmen, sie sei kurz aufgestanden, vielleicht, um in einem anderen Gebäude des Orts an einem Tripel, Quintupel oder Septupel teilzunehmen.

Sie schloß die Tür und drückte sich an der zweiten Tür des Nebengemachs entlang. Hier waren die Geräusche des Quintupels besser zu vernehmen. Sie sagten ihr, daß von dort keine Aufmerksamkeit drohte.

Auch daran hatte sie sich gewöhnt. In Gashiri, dem Land der Anarchovegetarischen Union der Ungläubigen Transzendentalisten, war die zur Fortpflanzung nötige paarweise heterogenitale Vereinigung nur an zwei fruchtbaren Tagen je Periode gestattet. Frauen, die Wert darauf legten, schmückten sich mit einer roten Blume und gingen in die Zeugehallen, wo man über ihre Frequenzen Buch führte. Die Hallen wurden von den polizeiähnlichen Fruchtordnern geleitet. Interessierte Männer betraten die Hallen durch andere Eingänge; in lichtlosen Kabinen fand die Union anonym und wortlos statt, überwacht von lauschenden Ordnern. Nach der Geburt wurden die Kinder in Erzugskommunen geholt und mit fünf Jahren im Land verteilt, je nach Bedarf und Plan. Private Beziehungen fanden nicht statt.

Toyami hatte nie eine solche Halle aufgesucht, obwohl es ihre Pflicht gewesen wäre. Aber sie war nie lange genug an einem Ort gewesen, um von den Fruchtordnern aufgefordert zu werden. Den Zerstreuungen hatte sie sich jedoch nicht entziehen können. Manchmal fragte sie sich, ob sie jemals wieder Vergnügen an einem Zweierlager haben würde. Zweisam vereinzeltes Privatisieren war streng verboten. Damit sich auch nicht mehrere Paare verschwören konnten, fanden die Zerstreuungen immer mit ungeraden Teilnehmerzahlen statt: 3, 5, 7, 9, 11, 13, ab dann galt es als gleichgültig, da man damit rechnen durfte, daß variantenreiche Orgien mit mehr als dreizehn Teilnehmern keinesfalls zu Paarbildungen führten.

In einer der Nachtküchen des Ortes aß Toyami ein Pfannengericht aus Reis, Zuckerrohr, verschiedenen Gemüsen und Pilzen. Außer ihr waren nur drei Hungrige anwesend: ein mürrischer Ordner, der unausgesetzt die Nase hochzog und an seinem Ausweisband zupfte (er hatte einen gewaltigen Bizeps, den das Band offenbar unangenehm einschnürte), und zwei rotbeblümte Frauen aus einer Landkommune, die sich über die lange Anreise unterhielten. Eine warf einen verstohlenen Blick auf den Ordner und sagte leise: »Daß man dafür aber auch immer in die Stadt muß!« Toyami hörte es; sie saß nahe genug.

Ihr Beutel war im Versteck. Er enthielt Seife, zwei Schlüpfer zum Wechseln, einige Münzen, das Messer und, unkenntlich in seiner Verpackung, das Funkgerät. Toyami wanderte zum Kai.

Der Flußhafen lag ruhig da; nur wenige Arbeiten waren so dringend, daß sie nachts erledigt werden mußten. In der Schänke der Transportkommune trank sie einen mit Rum angereicherten heißen Tee, unterhielt sich mit zwei Stauern der Nachtschicht und wartete auf das Morgengrauen.

Als der Osten grau wurde, schirrten sie die Pferde an. Der vollbeladene Kahn glitt durch das Brackwasser. An diesem Tag hatte ein Mann namens Tontarg das Kommando; er stand am Ruder und dirigierte die Frauen und Männer an den Leinen und neben den Pferden durch laute Zurufe. Aus einem der Häuser am Hafen kamen Flüche wegen der frühen Störung.

Toyami hatte ihren Beutel auf eine Bank an Bord des Kahns gelegt. Sie schritt neben den Pferden und achtete darauf, daß die zahlreichen Leinen sich nicht verhedderten. Bei Sonnenaufgang waren sie bereits mehrere Kilometer nördlich von Liolin. Toyami warf einen Blick zurück, dann schaute sie zum Kahn, wo der Tageskommandant Tontarg am Ruder stand. Im Morgenlicht sah sie, daß er zu den Braunen gehörte.

Aus: Lydia Hsiang, Memoiren *(Gaia, 501)*
›Im Serai von Cadhras‹

»...Der alte Mann kam aus Golgit, im Süden; seine Hände waren von Brandwunden oder Verätzungen marmoriert, das Gesicht eine Kraterlandschaft aus Narben und Runzeln. Er sagte, er habe sein Leben lang Karawanen über den Südkontinent geführt, P'aodhus gefüttert und getreten, Waren bewertet und veruntreut, Händler gehütet und beraubt. Nun wolle er, ehe die Anziehungskraft des Großen Chaos die Beharrlichkeit des Lebens zersetze, den Norden sehen. Cadhras mißfiel ihm.

›Städte sowieso, Herrin des Landes. Das Malmen und Stinken der P'aodhus, der gemächliche Wandel des Bergs zum Sandkorn, die Anmut der Wolken und das hurtige Verweilen des Wassers in einer Lagune, das ist meine Lust. Menschen stören dabei, und viele Menschen, die eine Stadt ergeben, sind nichts als Lärm und widerliche Ordnung. Das Sodbrennen der Welt ... Und dann all eure Maschinen! Wir hatten derlei auch, Jahrtausende ist es her, als wir noch nicht begreifen mochten, daß ein Ort ein wenig wie der andere ist, nur anders, und daß der Tod überall wartet. Mit Maschinen war es nicht besser, nur schneller, und wenn man starb, heißt es, hatte man das Gefühl, alles Erlebte sei wie der Traum eines anderen gewesen, denn die Dinge in ihrer Eile ließen kaum Fußstapfen im Gedächtnis. Deshalb haben wir Flugmaschinen und Denkmaschinen und all die anderen Dinge abgeschafft, bis auf wenige – zur Erinnerung, gewissermaßen, und als Abschreckung. Und als es an der Zeit gewesen wäre, sie noch einmal zu verwenden, haben wir es versäumt. Hier und da, jedenfalls.‹

›Was meinst du, Vater der Karawanen? Wann habt ihr was unterlassen, wo, gegen wen?‹

Er leerte sein Glas mit kasampa, *schüttelte sich, spülte mit bitterem Kräutertee nach und betrachtete seine Hände. ›In Gashiri, zum Beispiel‹, sagte er wie verträumt. ›Dort lebten in den Bergen und an der Küste viele Menschen – zu viele Menschen.*

Wenige hätten vielleicht eine andere Entscheidung getroffen, aber die vielen … nun ja. Sie lebten, wovon man nun einmal lebt. Sie sprachen mit den Fischen, zähmten Gemüse, ordneten die Steine des Landes zu Straßen, verminderten die Gnade des Windes durch Häuser und die Glätte der Flüsse durch Dämme und die Wucht der Berge durch Steinbrüche. All dies ist unnütz und finster, und wären sie nicht so viele gewesen, hätten sie dieser Dinge nicht bedurft.

In einigen alten Gebäuden – sie nannten sie Horte – gab es damals warnende Überreste des Früheren. Sie konnten sich nie entscheiden, derlei entweder zu vergessen oder zu verwenden, deshalb wollten sie es bisweilen betrachten. Es gab Hüter, die diese Dinge pflegten und warteten. Als nun die Vorfahren der Anarchovegetarier, wie ihr sie nennt, mit sechs großen Schiffen, mit Waffen und Meinungen landeten, gab es Streit unter den Taggashil. Einige sagten, laßt uns auf Wanderschaft gehen; sie wollen hier leben, und wir sind schon viel zu lange seßhaft. Andere sagten, laßt uns kämpfen und sie vertreiben. Wieder andere hofften, mit der Zeit zu Eintracht mit den Fremden zu gelangen. Da sprangen, ganz von selbst, einige der alten, gehegten Maschinen an. Eine war dabei, nennen wir sie Entmeiner, *die von den Alten entworfen war, um den Frieden herzustellen, wenn irgendwo Menschen dabei waren, durch gewalttätiges Denken die Vielfalt des Chaos zu beenden und den Terror einer Ordnung zu errichten. Ein anderes Gerät, riesengroß, hatte früher das Land durchstreift und leblose Dinge, Abfall, Müll, Schutt beseitigt – Dinge, die mit Urin oder Kot markiert waren. Sie wurden in Energie verwandelt und als Wärme oder zum Betrieb anderer Maschinen genutzt. Eine dritte große bewegliche Anlage diente ebenfalls der Beseitigung überflüssiger Dinge, indem sie große Pilze herstellte, Säurepilze, die harte Dinge aus Metallen oder Kunststoffen schnell zersetzen konnten und dann selbst zerfielen. Es gab wohl noch mehr Maschinen, aber beschränken wir uns auf diese drei.*

Die Fremden verließen also ihre Schiffe, führten ein paar Gespräche, nachdem eine Verständigungsmöglichkeit gefunden war, und stellten fest, daß die Shil, unwürdige Kinder des Großen Chaos, nicht bereit waren, alle Aspekte und die ganze

Vielfalt aufzugeben und dem einen, einheitlichen Terror einer Weltsicht zu unterwerfen. Da beschlossen die Fremden, die Shil auszurotten. Währenddessen stritten die Shil untereinander, ob sie nun kämpfen oder auswandern oder die alten Maschinen verwenden sollten. Die aber sprangen von selbst an und machten sich auf den Weg. Der Entmeiner, groß wie ganz Cadhras, war in Gang gesetzt worden durch die gewalttätigen Gedanken der Fremden, aber als er zur Arbeit aufbrach, hielten ihn die gewalttätigen Gedanken der streitenden Shil auf, und er nahm ihnen ihre Meinungen, indem er sie leersog und bewußtlos liegenließ. In der Bewußtlosigkeit aber öffneten sich die Schleusen ihrer Körper, und sie waren gewissermaßen mit Kot und Urin markiert. Der Entmeiner, der zu den Schiffen der Fremden vorrückte, besudelte sich zwangsläufig. Nun brach der Müllfresser auf und beseitigte die markierten Dinge – die Straßen und Häuser der bewußtlosen Shil und diese selbst; dann verfolgte er den besudelten Entmeiner, erreichte ihn, ehe er die Fremden entmeinen konnte, und fraß ihn. Dabei zerstörte er eines der Schiffe, ohne selbst von den Strahlwaffen der Fremden aufgehalten zu werden. Der Gestank von Metalltrümmern und qualmenden Kunststoffen weckte überall im Land die bewegliche Pilzmutter, die schnellwuchernde Sporen ausstieß. Sie zerfraßen die Reste des Müllfressers, den Entmeiner und die Schiffe der Fremden, nicht jedoch deren tragbare Ausrüstung wie Handwaffen, die sie auf die Berge retteten. So ging Gashiri unter, und so begann das schlimme Reich der Fremden, die heute noch das Land mit ihrem Denken schänden.‹

›Ist das eine Überlieferung, ein Märchen? Oder willst du mir erzählen, es hätte solche Maschinen wirklich gegeben?‹

›Ein Märchen, Herrin, und ebenso wahr wie jede andere Lüge, auf die man sich einigt.‹

›Darf ich fragen, woher die Narben an deinen Händen und in deinem Gesicht stammen?‹

Der alte Mann blinzelte. ›Säure, Herrin. Die Mutter der Pilze ist tot, aber hier und da ruhen noch Sporen in den Bergtälern von Gashiri. Und immer, wenn die Anarchovegetarier entlegene Gebiete erschließen, mit Metall und Kunststoffen, lassen sie die Gegend zuvor von Sklaven räumen. Sklaven, mei-

stens Shil, die sich mit bloßen Händen der Säurepilze annehmen müssen.‹

›Du willst allen Ernstes behaupten … Nun gut. Also, du warst Sklave in Gashiri. Vermutlich in deiner Jugend, wie? Und wie bist du entkommen?‹

›Ich bin geflogen, Herrin, aber die Nacht ist schon alt, und dies wäre eine andere Geschichte.‹«

II

Manchmal wünschte er, sie hätten sich dies alles nicht aufgeladen. Es war jedoch eine Sache, die getan werden mußte. Er beobachtete die Männer, von denen einige inzwischen erträglich gut ritten. Andere würden es nie lernen. Sie müßten andere Dinge tun, um zu leben – nur welche? Jene, die nicht einmal schief auf dem Pferd sitzen konnten, würden auch anderes nicht zuwege bringen; sie waren die geistig völlig Verstümmelten.

Gortahork biß die Zähne zusammen und trieb sein Pferd an. Eine Gruppe von P'aodhu-Kälbern sonderte sich gemächlich ab, und niemand achtete darauf. Gortahork stellte sich in den Steigbügeln auf und stieß einen schrillen Pfiff aus. Einige der auf ihren Pferden dösenden Männer schreckten zusammen, sahen sich um und ritten zu der Kälbergruppe.

Tausend schlachtreife P'aodhu-Kälber, langsam, dumm und eigensinnig; zehn ehemalige Sklaven, von denen zwei oder drei allmählich zu leben begannen. Der Rest war nicht einmal kindlich, denn Kinder können lernen; den Männern hingegen mußte man jeden Morgen die gleichen Handgriffe von neuem zeigen. Die Mütter von Pasdan hatten in allen Männern niedrige Tiere gesehen und Unterdrückungsmechanismen entwickelt, um tatsächlich niedrige Manntiere aus ihnen zu machen. Es war leichter, die zu intelligentem Verhalten (wenn auch innerhalb eines absurden Systems) erzogenen Wehrhaften Jungfrauen von ihrer Konditionierung zu befreien. Gortahork dachte in untauglichen Vergleichen, die das Problem verdeutlichten. Die Wehrhaften Jungfrauen waren erzogen, die Welt schwarzweiß zu sehen; es war aber nicht unmöglich, ihnen Farben näherzubringen und die Schablone Fremd-Schwarz-Böse aufzubrechen. Die ehemaligen Sklaven hingegen waren gewissermaßen von

Kindheit an geblendet, verstümmelt worden und konnten Schritte in der Dunkelheit nur tun, wenn jemand sie an der Hand nahm. Einige begannen zu sehen, andere würden immer blind bleiben.

Gortahork blickte nach der Sonne, die sich im Westen hinter dünnen Wolken als orangeroter Fleck abzeichnete. Der große, kraftvolle Mann rieb sich die Augen. Zum ersten Mal in seinem Leben war er nicht überzeugt, eine Aufgabe bewältigen zu können. Seit zwanzig Tagen ritt er mit der Herde und den Männern durch die Steppe nach Süden, und der Zwang zu unausgesetzter Aufmerksamkeit höhlte ihn aus. Nicht einmal bei der Hetzjagd durch Pasdan war er so erschöpft gewesen. Damals hatten sie lange Strecken in kürzester Zeit zurücklegen müssen, fast ohne Schlaf und mit gelegentlichen Kämpfen. Aber er hatte sich nicht jeden Morgen darum zu kümmern brauchen, ob alle Sattelgurte festgeschnallt, alle Kochgeschirre verpackt, alle Jacken zugeknöpft waren.

Abends kamen sie zum Golzain. Einige Kilometer flußabwärts fand sich eine weite Uferwiese, durch einen steilen Hang von der Savanne getrennt. Sie trieben die Kälber in die Senke. Gortahork sattelte sein Pferd ab; er und die drei halbwegs selbständigen Männer halfen den anderen beim Absatteln. Einer nahm drei seiner armen Kameraden mit und sammelte Holz. Gortahork gab Anweisungen – Wasserholen, Decken ausbreiten, Sättel als Kopfkissen zurechtlegen. Er machte Feuer, während die anderen zum Fluß gingen, sich gehorsam auszogen und wuschen – das erste große Wasser seit Tagen, und Gortahork konnte den Gestank nicht länger ertragen.

Zwei Tage später erreichten sie die Vororte von Golazin. Die eigentliche Stadt lag auf einer Felseninsel, einen halben Kilometer vor der Küste und einen Kilometer östlich der Flußmündung, geschützt durch gewaltige Mauern. Westlich des größten Mündungsarms hatte der Golzain ein ausgedehntes Delta gebildet, das von Riedinseln und Salzsümpfen durchsetzt war. Die östlichen Nebenarme waren von den Shil zu einer Lagune zusammengefaßt worden, in der man Speisefische züchtete. Ein Netz von Kanälen bewässerte Reisfelder, und Dammstraßen verbanden die Dörfer und Vororte mit dem Festlandshafen. Es gab kaum Weideland; die Bewohner von Golazin deckten ihren Fleischbedarf, indem sie Vieh aus dem Hinterland kauften. Die Herde, die Gortahork und seine Männer in den großen Schlachthofpferch trieben, gehörte dem Banyashilstamm der Tugril. Auch sie waren, wie so viele andere Stämme und Sippen, bereit gewesen, kleine Gruppen ehemaliger Sklaven und Wehrhafter Jungfrauen aus Pasdan aufzunehmen und an ein neues Leben zu gewöhnen.

»Neunhundertsiebenundsechzig«, sagte der Meister der Fleischzunft, der alle mit Fleisch befaßten Golaznari angehörten, vom Futtergehilfen über die Kehler und Pökler bis zu den Beschauern, Wurstern und Verkäufern.

Gortahork hatte mitgezählt. 967 von 1100; das war nicht gut und nicht schlecht. Einige Tiere hatten sie unterwegs geschlachtet und verzehrt, andere waren in die Steppe gelaufen und verloren. ›Der Zufall sorgt dafür‹, dachte Gortahork, ›daß immer dann ein Kalb sich ein Bein bricht und geschlachtet werden muß, wenn man gerade schon ein anderes geschlachtet hat.‹ Immerhin – etwas mehr als zehn Prozent Verlust auf fast tausend Kilometern, bei zehn unmündigen Kindern als Treiber. Es hätte schlimmer kommen können.

Die ehemaligen Sklaven sollten die Nacht mit anderen Schlachthofarbeitern in der geräumigen Baracke des Komplexes verbringen. Gortahork begleitete den Zunftmeister ins Büro.

»Nun, Vater der Banyashil«, sagte der Ältere, »wie wollen wir das Geschäft abwickeln?«

Gortahork streckte die Beine aus. Der Sessel war nicht bequem, aber der ehemalige Fürst der Nomaden war nicht an bequeme Sessel gewöhnt. Mit dem Sturz von Pasdan war die Notwendigkeit erloschen, daß es Fürsten gab; die Achtung, die Gortahork in zwanzig Jahren erworben hatte, haftete jedoch an seiner Person und überdauerte den Titel.

»Was ist der Preis?« sagte er.

Der Zunftmeister runzelte die Stirn. »Ihr kommt in einem guten Moment. Es ist früh im Jahr, und bisher sind nur wenige Herden angeliefert worden. Der Bedarf ist groß, also werden die Preise besser sein als sonst.«

Gortahork überlegte. Die nördlichen Nomaden lebten von Jagd und Viehzucht, betrieben Tauschhandel mit Händlern oder Karawanen und verfügten nicht über große Geldbeträge, da sie diese nicht brauchten. In Städten unterhielten sie bisweilen Konten, auf denen die durch Tier- oder Pelzhandel gewonnenen Beträge lagen. Es gab reiche und arme Stämme. Die Gelder gehörten immer der Gemeinschaft, die damit notwendige Käufe bezahlen konnte – Medikamente aus Cadhras, zum Beispiel, oder Metall für Pfeilspitzen, und natürlich Werkzeug sowie in knappen Jahren Lebensmittel. Gortahork schloß die Augen, rang mit seiner Erschöpfung und wünschte sich weit fort. Er sehnte sich nach Tremughati, der unvergleichlichen Mutter der Stämme; nach ihrer Kunst, die Zeit zu stauen und fließen zu lassen, den Tageslagunen und Nachtkaskaden an ihrer Seite; nach der Weite der verschneiten Steppe des Winters, den duftenden Gräsern des Sommers, Bärenjagden im Gebirge und langen Ritten; nach vertrauten Gesichtern des eigenen Stammes, nach Zelten und weichen Fellen des eigenen Lagers. Er träumte in schnellen Bildern von Langsamkeit. Barakuda kam, und die langen Nächte im Zelt waren voll leichter und schwerer Worte, Geschichten aus der Steppe und von den Sternen. Saravyi kam, nannte Tremughati »Leuchtende Wärme des Nordens« und Gortahork »Triefende Dummheit des Finsterwinters«, erzählte Lügengeschichten aus der Vergangenheit, und es war eine gute Zeit in den Zelten. Mord und Brand und Terror von Pasdan waren weit, weit auch die Sorge um unmündige Sklaven und wirre Jungfrauen. Dann war da eine Hand, die beharrlich an ihm zupfte und ihn daran hinderte, weiter zu träumen.

»Vater der Banyashil«, sagte der Fleischmeister.

Gortahork öffnete die Augen und begriff, daß er tatsächlich geschlafen hatte. Vielleicht nur Sekunden, aber sehr tief. Er zwinkerte.

»Du bist müde«, sagte der Ältere mitleidig. »Es war eine harte Reise, nicht wahr? Was soll mit den armen Pasdani geschehen?«

Gortahork seufzte. »Ich weiß es nicht, Freund. Aber laß uns zuerst die Kälber bereden.«

Der Zunftmeister nickte. »Sprich, Vater. Sprich offen. Mit Gortahork feilscht man nicht. Sag, welche Absprache du mit den Tugril getroffen hast, und ich will dir geben, was ich geben kann.«

Gortahork richtete sich im Sessel auf. Er fürchtete, wieder einzuschlafen. »Elfhundert Kälber waren es«, sagte er mit belegter Stimme. »Dreizehn Foldar pro Kopf, das macht vierzehntausenddreihundert. Davon fünfzehn Prozent für die Treiber. Ich will in Golazin das Geld für die Pasdani anlegen. Und einen kleinen Teil für mich, denn, o Freund, meine Herden und Zelte sind weit im Nordosten, und auch ich muß essen und trinken.«

Der Zunftmeister lächelte und nahm einen Stift und Papier. 14 300, schrieb er. Daneben: 15 % – 2145. Er zog diese Summe von der anderen ab: 12 155. Dann schrieb er 967 und multiplizierte die Zahl der abgelieferten Kälber mit 19. Schließlich rechnete er 18 373 – 12 155 = 6218.

»Dies, Vater der Stämme, ist die höchste Kopfsumme, die ich je bezahlt habe. Betrachte es als einen Beitrag der Zünfte zum Versuch, aus ehemaligen Sklaven Freie zu machen. Sechzehn Foldar ist der augenblickliche Kopfpreis für ein Schlachtkalb.«

Gortahork ergriff die ausgestreckte Hand des Älteren und drückte sie kräftig. »Dann schreib mir drei Anweisungen aus. Eine für das Guthaben der Tugril.« Er überlegte. »Teil die Restsumme durch elf. Ungefähr, wenn es nicht auskommt, und schreib zehn Elftel für die Pasdani und ein Elftel für mich.«

Der Zunftmeister reichte ihm drei Zahlungsanweisungen: über 12 155, 5633 und 565 Foldar. »Du siehst nicht aus, als ob du noch lange essen und viel trinken wolltest«, sagte er, während Gortahork die Zettel faltete und einsteckte. »Nebenan steht ein Bett. Es ist nicht sehr weich, aber du wirst darin ungestört sein. Ich kümmere mich um die Männer, deine Kinder. Morgen werden wir weiter beraten.«

Zwei der drei aufgeweckteren Männer begleiteten Gortahork am Vormittag zum Hafen. Sie hatten den Beratungen beigewohnt, an der auch andere Zunftmeister teilnahmen, und den Beschlüssen zugestimmt. Die Zünfte von Golazin würden sie und die anderen Männer aufnehmen und in verschiedenen Bereichen zu Arbeiten einsetzen, bei denen sie versuchen konnten, unter Aufsicht und Obhut weiter zu erwachen.

Im Schatzhaus der Zünfte legte Gortahork die drei Zahlungsanweisungen vor. Das Guthaben der Tugril wurde ergänzt; seine 565 Foldar ließ er sich auszahlen. Für die Pasdani wurde ein Konto eingerichtet.

Der Abschied von den Männern war kurz, aber für Gortahork merkwürdig rührend. Sie dankten ihm und nannten ihn ›Vater‹, und er wußte, daß sie nie Väter gekannt hatten, ebensowenig wie Mütter (außer den grausamen ›Müttern‹ von Pasdan). Sie hatten den Begriff von den Shil gelernt, und es war ein ungeheures Wort, dessen Bedeutung ausschließlich positiv und beschützend schien.

Nachdenklich ging er zum Kai. Er warf seinen Reisebeutel in eines der kleinen Fährboote und ließ sich zur Stadt übersetzen. Einige Ruhetage bei alten Bekannten, Mitgliedern des Rats der Zünfte; dabei wollte er seine nächsten Schritte überlegen.

* * *

Der zehnte Tag auf der ansteigenden Hochfläche.

Langsam rückten die schneebedeckten Berge näher. Der Karrenweg war eine Vertiefung in der graugrünen Landschaft. Der Westwind wehte auch im Frühsommer eisig; im Winter, wenn das Hochland von Langladir unter Schneemassen verschwand, mußte es eine weiße Hölle sein.

Dante Barakuda richtete sich in den Steigbügeln auf und hob das Fernglas an die Augen. Endlich war der Paß zu sehen. Er seufzte und trieb das Pferd wieder an. Aus tiefblauem Himmel brannte die Sonne auf Menschen und Tiere herab, aber sie vermochte die Luft nicht anzuwärmen.

Grunzend und knurrend stapften die Lasttiere die zermürbende Steigung hinauf. Die mannshohen, büffelähnlichen P'aodhus waren stark und ausdauernd. Sie dienten als Tragtiere, lieferten Wolle und Leder, Milch und Fleisch, aber vor allem waren sie langsam. In der Ebene mochten sie fünfzig oder mehr Kilometer am Tag zurücklegen können; hier in den Bergen wagte Barakuda keine Schätzung.

Rechts und links des Pfads erstreckte sich bis zum Horizont das öde Hochland. Moos und Flechten, Zwergbüsche, Felsblöcke und Steine; wenn im späten Frühjahr der Schnee schmolz, bildeten sich Bäche, die Geröll mitrissen, das Land umgestalteten, ohne es zu verändern, und den Weg noch weniger passierbar machten.

Vor langer Zeit – zwei planetare Jahre war es her, aber ihm erschien es eine Ewigkeit – war Barakuda in diesem Teil der Welt gewesen. Natürlich mit einem Gleiter. Grundsätzlich billigte er die strikte Transfersperre, die Shilgat vor technologischer und kultureller Beeinflussung schützte. Aber ein Gesetz zu billigen, heißt nicht unbedingt, die Folgen zu genießen. Zum Beispiel dann, wenn man mehr als zwanzig Tage für eine Strecke benötigte, für die selbst ein schwerer Transportgleiter nur drei Stunden brauchen würde.

Er blickte auf das Kombigerät an seinem Handgelenk. 15:66 Uhr, mittlerer Nachmittag; die Lufttemperatur betrug 9°C; die kleine Karawane bewegte sich mit einer Geschwindigkeit von 3,121 km/h; sie befanden sich in einer

Höhe von 2243 m über NN. Er drehte an einem Rad; im Gerät erschienen weitere Skalen: der dreifache Datumsanzeiger; Luftfeuchtigkeit, Luftzusammensetzung; Positionsautomatik – sie peilte Funkfeuer an und projizierte eine stilisierte Windrose mit genauen Angaben zu Himmelsrichtungen, Längen- und Breitengraden; schließlich die miniaturisierte Spreizbandskala des Funkgeräts.

»Gespenster?« sagte Sten Timoara. Der ehemalige Korporal war abgestiegen und zog das Pferd hinter sich her. Er hatte Barakudas Spielerei mit dem Gerät beobachtet. Es war ein naheliegender Schluß, daß die Schatten der Vergangenheit sich auf Dantes Gemüt gelegt hatten. »Ich habe letzte Nacht von der Kantine geträumt«, sagte Timoara. Er grinste, schob die Kappe ins Genick und kratzte sich den grauen Schopf. »Vielleicht hilft Absteigen?«

Schweigend gingen sie nebeneinander her, am Ende der Karawane, hinter ihnen nur noch ihre Pferde und das öde Hochland. Im Gehen rollte Barakuda zwei Zigaretten.

»Danke.« Timoara warf sein Feuerzeug in die Luft, fing es mit der Linken auf und steckte es wieder ein. »Ein Glück, daß es auf Shilgat Tabak gibt.«

Barakuda hustete. »Nur schade, daß bisher niemand daran gedacht hat, Reben anzubauen. Sampasaft schmeckt vergoren ja ganz ordentlich, aber...« Er erinnerte sich an eine Flasche terranischen Burgunders, die er auf der Ferieninsel Huasiringa auf Kosten eines exzentrischen Milliardärs geleert hatte.

Timoara spie einen Tabakfaden aus. »Mir reichen der hiesige Rum und das Bier völlig. Wobei mir einfällt...« Er blickte nach Westen, wo die Sonne Shalga sich den Berggipfeln näherte. Dann murmelte er etwas; Barakuda glaubte, ›Kein Alkohol vor Sonnenuntergang‹ gehört zu haben und grinste, als der schwarze Mann mit grauen Haaren die Schultern hob, sich umwandte und eine Flasche aus der Satteltasche holte.

Hoch über ihnen schwebte ein Raubvogel, wahrscheinlich ein Byano. Das Sonnenlicht fiel schräger ein, es schien mit dem Wind zu kommen und schmerzte in den Augen.

Der Weg führte nun genau nach Westen; Barakuda hielt sich einen Moment lang die Nase zu. Es roch nach P'aodhus, Leder, Pferden, tierischem und menschlichem Schweiß, vor allem aber nach den Ausdünstungen der zottigen Tiere.

Timoara setzte die Flasche ab und reichte sie Dante. »Leute mit feiner Nase sollten sich nicht in Lee von P'aodhus aufhalten.«

Kurz vor Sonnenuntergang erreichten sie einen geeigneten Lagerplatz. Größere Blöcke boten Schutz vor dem Wind; sie begrenzten eine von Moos, Büschen und bescheidenen Sträuchern bestandene Fläche.

Terence Learoyd sammelte die Kotbeutel ein, die die P'aodhus tagsüber trugen. Sie wurden unter den Aftern der Tiere angebracht. Der lange Terraner murmelte lautlose Flüche vor sich hin, leerte die Beutel und fing den Strohsack auf, den Timoara ihm grinsend zuwarf. Dann hockte er sich nieder und begann, Kotbriketts zu fertigen. Ein paar Strohsäcke und die jederzeit mit Nachschub versorgten Beutel nahmen weit weniger Platz weg als Brennholz.

Barakuda schleppte trockene Briketts vom Vortag zu den Felsen und sammelte Steine für eine Feuerstelle.

Gavril Tatuschin kam von einem Geröllfeld zurück. Sie nickte Barakuda zu und winkte. Zwei Shil, die mit der Fütterung beschäftigt gewesen waren, ergriffen Ledereimer. Nuqarsuq wies mit dem Kinn auf Learoyd.

»Das ist gut. Wo Wasser ist, kann auch er sich waschen.«

Learoyd zog die Nase hoch und antwortete nicht; er knetete. Am Vorabend hatte er von einem heißen Bad geschwärmt; Nuqarsuq und Bhiyar, beide erfahrene Karawanenmänner, erzählten seitdem von langwierigen Reisen durch Wüstengebiete, in denen wasservergeudendes Waschen in alter Zeit durch Amputation des gewaschenen Körperteils geahndet wurde.

Gavril, Nuqarsuq und Bhiyar kamen mit sechs vollen Eimern zurück. Sie beschrieben den Weg; Dante und Learoyd nahmen Eimer und Seife und gingen in die angegebene Richtung.

Neben dem kleinen Bach aus den Bergen fand sich eine passende Mulde. Sie schöpften Wasser in die Vertiefung, die sie mit den Lederhemden ausgekleidet hatten, und wuschen sich. Das Wasser war eisig und färbte sich schnell mit Seife, Staub und Dungresten. Die Methode war umständlich, aber sie mochten auf dem Rückweg gezwungen sein, weiter unterhalb aus dem Bach zu trinken; da war es schon besser, Vorsorge zu treffen.

Langsam verfärbte sich das Ödland. Shalga war hinter den Bergen verschwunden. Von Westen nach Osten wurde der Himmel violett, samtblau, blaßblau, unbestimmt. Die Grautöne der riesigen Hochfläche wurden bräunlich, dann fast schwarz; zwischen den tausend Nuancen von Grün der Sträucher und Moose leuchteten einzelne Blöcke hervor, deren heller Stein nicht überwuchert war. Es gab nichts als die Berge im Rücken und diese unerbittliche, großartige Wüstenei, diese graugrüne Urlandschaft seit dem letzten Paß vor fast dreihundert Kilometern. Eine niedrigere Bergkette begrenzte das schräge Plateau des nordöstlichen Langladir; dahinter erstreckte sich fast bis zum Isthumus-Territorium die Dünung des wald- und wildreichen Hügellands von Turga.

Barakuda riß sich mit Gewalt von der grandiosen Öde los und blickte nach oben. Der große Raubvogel schwebte noch immer am Himmel. Nun stand er auf der Stelle, rüttelte, dann stürzte er wie ein schwarzer Meteor herab. Was er in den Fängen trug, als er sich wieder aufschwang, war nicht auszumachen. Möglicherweise einen kleineren Vogel; oder eine Bergratte, ein pelziges Nagetier, das Stollen grub und in der Dämmerung Steine erklomm, wo es herzzerreißend pfiff.

Auf dem Rost über dem Feuer näherte sich das Nachtmahl der Vollendung: heißes Wasser, Instantbrühe, P'aodhu-Dörrfleisch, dehydriertes Suppengemüse, das im heißen Wasser aufquoll; dazu gab es Hartbrot und einen Kochtopf voll Tee.

Myrtxin, der dritte Shil, erschien von irgendwoher und warf eine Handvoll Kräuter in den Eintopf. Ihr Nährwert war begrenzt, aber es roch gleich viel besser. In der zunehmenden Dunkelheit stellte Barakuda fest, daß die vom glimmenden Feuer spärlich beleuchteten Gesichter mit ihren Schluck- und Kaubewegungen, den verschiedenen Ausdrucksformen von Konzentration oder Abwesenheit, verbunden mit dem gelegentlichen Schnauben eines Pferdes und dem ständigen Grunzen der P'aodhus einen bemerkenswerten Effekt ergaben. Wie ein schlecht belichteter Film mit der falschen Tonspur, die dennoch irgendwie paßte.

Er spülte seinen Becher aus, füllte ihn mit gesüßtem Tee und rollte einen kleinen Zigarettenvorrat. Der Boden war kalt, klamm und hart. Barakuda rutschte auf der Pferdedecke hin und her, bis er eine halbwegs bequeme Position gefunden hatte. Er lehnte den Rücken an seinen Sattel und nahm den heißen Becher zwischen beide Hände.

Vlad Oubou setzte sich neben ihn. Der lange dürre Mann wandte ihm die Raubvogelnase zu, rollte eine Zigarette und suchte Streichhölzer. Dante wies mit dem Kinn auf das Feuerzeug.

Oubou wurde zu einem Umriß hinter der auf- und abschwellenden Glut der Zigarette. Schließlich nahm er sie aus dem Mund. »Und du meinst, daß sich das alles lohnt?«

Dante schlürfte an seinem Tee. »Ja. Wieso?«

Vermutlich machte Oubou eine Handbewegung. »Das ist alles härter und kostet mehr Zeit, als ich geglaubt habe.«

Barakuda sagte halblaut: »Natürlich. Es ist ein Risiko dabei. Wie bei allem. Wenn wir Pech haben, werden wir unsere Sachen in Langlava nicht los. Dann haben wir zweitausendfünfhundert Drachmen in den Sand gesetzt. Wenn wir Glück haben, verdoppeln wir den Einsatz.«

Oubou nickte in der Dunkelheit. »Schon klar, Chef. Es ist nur so, daß dieses graugrüne Einerlei, durch das wir seit Tagen zuckeln, einen nicht gerade auf zartrosa Gedanken bringt.«

Später setzte er hinzu: »Abgesehen davon macht's Spaß.«

»Mhm. Die viele frische Luft, der gute Duft der P'aodhus, die erstklassige Verpflegung?«

»Alles. Ich könnte ja auch irgendwo sitzen, Däumchen drehen und darauf warten, daß der Monat vorbeigeht und die nächste Runde Halbsold überwiesen wird.«

Learoyd setzte sich zu ihnen; er hatte die letzten Bemerkungen gehört. »Führt ihr erbauliche Gespräch? Ihr seid doch beide zu alt, um über den Sinn des Lebens nachzudenken, oder?«

Oubou schwieg.

»›Das Leben ist das einzig Sinnvolle am Leben, das macht es so interessant.‹ Originalton Saravyi«, sagte Barakuda.

Learoyd schnaubte. »Wo steckt der alte Halunke eigentlich?«

Oubou grunzte. »Vielleicht erklärt er den demobilisierten Wehrhaften Jungfrauen von Pasdan das Chaos.«

»Interessanter Vorschlag.« Learoyd grinste.

»Er ist in den Süden geritten«, sagte Barakuda leise. »Ich hoffe, das hat nichts zu bedeuten. Er ist ja immer da, wo Unheil droht. Im Norden werden wir ihn nicht finden, leider.« Dante hoffte, demnächst eine Karawane für den Norden zusammenstellen zu können und dort alte Freunde zu besuchen. Aber Tremughati und Gortahork waren in Pasdan, um das Land der Sieben Ströme wieder bewohnbar und friedlich zu machen.

Erinnerungen drängten sich auf, schlimme und gute, die er beide gleichermaßen nicht gebrauchen konnte. Er zündete sich eine neue Zigarette an. »Sagt mal, ihr Verbrecher«, murmelte er. »Aber sagt es leise. Ich habe noch eine längere Abenteuerreise vor, wenn wir in Langlava fertig sind. Wollt ihr mitmachen?«

Oubou sagte leise: »Wohin?«

Learoyd beugte sich vor. »Hat das was mit der Munitionskiste zu tun, Chef?«

Dante grinste. »Genau. Neunzig Punkte für dich,

Terence. Es ist eine Strecke von ungefähr achttausend Kilometern zurückzulegen, und ich schätze, daß wir dafür zwölf Tage brauchen werden.«

Oubou schnalzte mit der Zunge. »Hast du hier irgendwo einen Gleiter verbuddelt?«

»Nein. Es gibt da ein ausgefallenes Verkehrsmittel.«

Learoyd kicherte. »Er will mit der Taggabahn fahren«, sagte er ungläubig. »Die gibt's also tatsächlich? Ehrlich, ich hab das immer für ein Märchen gehalten. Wohin soll's denn gehen, und was hat die Kiste damit zu tun?«

Eines der P'aodhus schleppte eine Kiste, die mit Präzisionsinstrumenten gefüllt war: Scheren, Skalpelle, winzige scharfe Sägen, zwei Mikroskope und andere Geräte. Sie gehörten zu den Dingen, die Barakuda in Langlava verkaufen wollte. Da in einigen Shil-Städten derlei Instrumente, wenngleich weniger fein, hergestellt wurden, fielen sie nicht unter das Technik-Embargo des Commonwealth.

Interessanter war die Kiste selbst. Sie maß etwa 1 x 0.5 x 0.5 Meter und bestand aus Stahl, inwendig verstärkt durch eine Schicht druck- und hitzefesten Spezialporzellans, und versehen mit einer batteriegespeisten Druck- und Temperaturautomatik. In solchen Kisten wurde Sprenggelatine transportiert, die nur unter hohem Druck und gekühlt gelagert werden konnte. Major Maqari, der Kommandant der Garnison, hatte Barakuda den Behälter leihweise überlassen und festgestellt, er wisse von nichts. Da Dante nicht beabsichtigte, die Kiste weiterzugeben, war das Transfergesetz zwar geknickt, aber nicht gebrochen.

»Was das alles soll, das ist eine lange Geschichte. Die erzähle ich euch, wenn wir unterwegs sind. Auf der Taggabahn. Die gibt es nämlich tatsächlich. Was ich vorhabe, verstößt weder gegen Gesetze, noch ist es besonders riskant. Es könnte uns langfristig den ganz großen Gewinn bescheren, wenn meine Vermutungen stimmen. Aber seid still, sonst wollen alle mitkommen, und das geht nun mal nicht.«

Er hatte gute Gründe, gerade Oubou und Learoyd auszusuchen. Es konnte, trotz allem, gefährlich und strapaziös werden. Die Taggabahn war nichts für empfindsame Knochen. Damit schied Marsila Bodrelur aus, wegen ihrer Prothese. Sie und die beiden anderen Frauen der Karawane, Gavril Tatuschin und Karuka Katz, konnten aus einem weiteren Grund die Reise nicht antreten. Ziel des Unternehmens war Bu'ndai, Hauptort der Bundashil. Dort gab es, wie fast überall auf Shilgat, eine auf absurden spekulativen Spielen beruhende Form des Zusammenlebens. In der Nacht vor dem ersten Tag des neuen Jahrs wurde in Bu'ndai bestimmt, welche Gruppe im folgenden Jahr die ›entehrende Bürde des Verwaltens und Verwesens‹ zu tragen hatte. Das Los fiel oft auf eine Gruppe, die in der Stadt nicht existierte. Dadurch änderte sich insofern nichts, als das Leben ohnehin weiterging; Händler handelten, Fischer fischten, Jäger jagten. Die im Commonwealth verbreitete Ansicht, der Mensch sei ein Gemeinschaftswesen und bedürfe strukturierter Gesellschaften und Systeme, hatte auf Shilgat kaum Anhänger. Sie galt als bizarre Monomanie, da sie unter allen Aspekten des Chaos ausgerechnet den unwahrscheinlichsten, nämlich die Ordnung, als ausschließlich bedeutsam hervorhob. Und zur Zeit war in Bu'ndai die Gruppe aller Frauen zuständig, die je außerhalb von Bu'ndai Gemüsegerichte zu sich genommen hatten.* Es war daher für Frauen aus Cadhras nicht ratsam, sich zu dem Ort zu begeben.

---

* Alle Schielenden, Blinden, Kurzsichtigen usw. von Bu'ndai (der von Ethnologen aus dem Commonwealth für sie geprägte Begriff ›Visiarchen‹ ist exzessiv) arbeiten seit langem an einer erschöpfenden Liste aller überhaupt möglichen Gruppen; inzwischen hat ihre Zahl die Million überschritten. Zunächst finden sich dort mit niedrigen Platzziffern (1, 2 usw.) offensichtliche Einteilungen – Frauen, Männer, Linkshänder, potentiell Seekranke, hermaphroditische Säuglinge, Kopfarbeiter, Frischverstorbene usw. Sehr bald geht die Liste jedoch zu flüchtigen oder unauffindbaren Kollektiven über, z. B. ›alle in Bu'ndai weilenden einbeinigen Sa'orqi‹, ›alle, die im Moment an rosa P'aodhus denken‹, ›alle, die vor drei Tagen meinten, Kloaken seien nicht wesentlich ver-

Am Nachmittag des nächsten Tages kamen sie zur Baumgrenze. Westlich der Berge war die Welt entschieden freundlicher. Sanft abfallende, grüne Hänge mit den verschiedensten Sträuchern, die alle in Blüte standen, dazu Milliarden strahlender Wildblumen des Gebirges und eine unglaubliche Vielfalt von Singvögeln boten erfreuliche Abwechslung nach den mühseligen Tagen im Ödland. Der Weg war ebenfalls angenehmer; es war deutlich, daß er verwendet und, falls nötig, gepflegt wurde. Die veränderte Landschaft ließ Barakuda den gleichen Wind, der jenseits der Berge beißend kalt gewesen war, nun als erträglich frisch empfinden.

Kurz vor Sonnenuntergang erreichte die Karawane das Plateau von Langlava. Der Weg schlängelte sich über weichen Waldboden. Barakuda ritt an der Spitze. Mitten im ausgedehnten Forst herrschte Windstille, es war warm, und der Duft der harzigen Langla-Zedern betäubte Dante beinahe.

Auf einer Lichtung hielt er an und gab den anderen Zeichen. Sie trieben die Tiere zu einem Kreis und blickten verwundert nach vorn, wo unter den Bäumen einige Hütten standen; sie machten einen eher ärmlichen Eindruck.

Timoara ritt neben Dante und deutete auf die Holzbauten. »Was ist das? Ich dachte, wir kommen heute nach Langlava.«

Dante nickte und lächelte. »Das *ist* Langlava, Sten.«

»Ich denke, Langlava ist eine große, wohlhabende Stadt...«

Karuka Katz beugte sich im Sattel vor und starrte zu

---

schieden von Wolken‹, usw. In der Neujahrsnacht wird mittels eines komplizierten Würfelverfahrens die Ziffer der Gruppe ermittelt, die im neuen Jahr die ›Bürde‹ zu tragen hat. – Früher war mit Ausübung der gesellschaftlichen Ohnmacht jener betraut worden, der die größte Sammlung von Ohrläppchen vorweisen konnte, welche er Korallkorsaren abgeschnitten hatte. Dieses System hatte zu unerfreulichen Wettbewerben geführt und war außerdem mit diplomatischen Risiken behaftet, da die Korsaren sich nicht damit anfreunden mochten.

den Hütten, als wolle sie sie mit den Augen durchbohren. »Ist vielleicht noch was dahinter?«

Terence Learoyd war wieder einmal der erste, der begriff. Er legte plötzlich den Kopf in den Nacken; dann lachte er. Die anderen blickten ebenfalls hoch.

Dante stieg ab. Laut sagte er dabei: »Richtig. Wir werden seit ungefähr einer Stunde von Wipfel zu Wipfel eskortiert. Wenn die P'aodhus nicht dauernd diesen Lärm machten, hättet ihr längst was gehört.«

Die Langla-Zedern standen dicht beieinander; manche ihrer oberen Äste schienen ineinander überzugehen oder miteinander verflochten zu sein. Die olivhäutigen Shil waren vor dem grünen Hintergrund in der Höhe kaum auszumachen. Die drei Shil-Treiber krümmten sich vor Lachen beim Anblick der verblüfften Gesichter ihrer Gefährten.

Nach einhelligem Beschluß der Bewohner von Langlava war ihr Teil des Planeten vor etwa fünfzig Jahren von einem wirren Subalterngott namens Lubangi geschaffen worden, der gleichzeitig die unzuverlässigen Erinnerungen an vorherige Epochen hatte entstehen lassen. Lubangi liebte den Boden, Dreck, Aas, Abfall; wenn man ihn darstellte, dann als Schmeißfliege, Aasfresser oder Made. Da Lubangi zu seiner Verehrung des Schimpfs bedurfte, hatten die Shil von Langlava ihre Behausungen über den Boden erhoben. In den Wipfeln der Bäume war eine komplette Stadt entstanden, mit schwankenden Kabinen, Wasserleitungen, Verbindungsstegen. Vom Erdboden aus sah man fast nichts davon, wenn man nicht genau wußte, wonach man zu suchen hatte. Es galt als beschämend, die Erde zu betreten; Erde war ein Zerfallsprodukt aus Blättern und moderndem Holz, durchsetzt von den ätzenden Absonderungen des irren Gottes. Die Strickleitern, mit deren Hilfe die Shil von den Bäumen stiegen, wenn es sein mußte, endeten etwa einen halben Meter über dem Boden. Dort waren kleine Plattformen angebracht, die sich wie Bänke um die Stämme zogen; auf ihnen standen und lagen Stelzen und hohe Holzschuhe. Einige Probleme – Ackerbau und Viehzucht, zum Beispiel – ließen sich nicht in der Höhe lösen, und wer immer mit ihrer Lösung betraut war, sollte die notwendigen Dinge tun können, ohne sich durch Bodenkontakt zu besudeln.

Von den Bäumen stiegen Langla'iri herab, Frauen, Männer, Kinder; die meisten trugen Holzschuhe, einige balancierten auf Stelzen über die Lichtung. Andere gingen barfuß und bückten sich zwischendurch, um Gesicht und Körper mit Erde und zerkrümeltem Laub zu beschmieren. Zwischen diesen Häretikern und den Getreuen gab es jedoch keinerlei Mißstimmung; wie alle anderen religiösen, weltanschaulichen oder politischen Systeme der Shil diente auch das von Langlava der Zerstreuung, Ablenkung und ganz allgemein der Ästhetik, war unabhängig von realen Gegebenheiten und besaß keinerlei Anspruch auf Wahrheit.

Zu Barakudas Überraschung waren die Langla'iri keineswegs erstaunt über die Karawane. Er wußte, daß Langlava selten besucht wurde; das waldreiche Hochland war nach allen Richtungen von Bergen umgeben, die große Strapazen verlangten. Einzelne Händler aus anderen Gebieten des Südkontinents mochten bisweilen nach Langlava kommen.

»Das stimmt. Aber ihr seid die zweite Karawane innerhalb von zwanzig Tagen«, sagte Rorino. Er war der älteste der Wipfler und zuständig für Geschäfte.

»Eine andere Karawane?«

»Ja. Aus Gashiri. Flachlandfrüchte gegen Hochlandgewürze, und süßen Schnaps aus dem Tiefland gegen Kräuterbrand aus den Bergen.«

Die geschäftlichen Verhandlungen entwickelten sich zur beiderseitigen Zufriedenheit. Langes Feilschen gab es nicht, und Dante schätzte, daß die Waren, die sie mit zurück nach Cadhras nehmen würden, etwa den dreifachen Wert der mitgebrachten Produkte besaßen. Im Hochland von Langladir gab es kaum Metallvorkommen; Barakuda hatte die Karawane vor allem mit Instrumenten, Werkzeug, Gebrauchsgegenständen wie Töpfen und Pfannen sowie etlichen Schläuchen voll vergorenem Sampa-Saft bepackt; die beliebteste und schmackhafteste Frucht des Territoriums gedieh nicht in den Höhenlagen des Südens. Die Langla'iri tauschten die Waren gegen Schläuche mit Kräuterschnaps ein; außerdem gab es mehrere Sorten nur im Bergland vorkommender Gewürze und Säcke voll von Heil-, Würz- und Teekräutern. Hinzu kamen wundervolle Holzarbeiten, darunter auch Schnitzereien aus dem härtesten, widerspenstigsten Material, dem Holz des Eisenbaumes.

Schließlich blieb nur der Satz medizinischer Instrumente übrig, die in der Munitionskiste gereist waren.

»Das ist etwas für Bauchöffner.« Barakuda zeigte dem alten Wipfler die feinen Skalpelle, Scheren, Nadeln, Klammern; die Binden und die elementaren Medikamente gegen Schmerzen, Blutvergiftungen und andere häufige Erkrankungen; das Mikroskop.

Rorino breitete bedauernd die Arme aus und wippte auf seinem Siesta-Ast. »Unser guter Blutlenker ist offenbar von Wipfelhupf* erfaßt worden und verschwunden.«

»Dann werde ich diese feinen Dinge wieder mit mir nach Cadhras nehmen müssen.«

Rorino machte eine flüchtige Handbewegung. »Laß sie hier. Xhiran wird schon zurückkommen. Ich übernehme sie, aber ich weiß nicht, was ich dir dafür geben soll.«

Einige Städte der Shil prägten Gold- und Silbermünzen, die auf dem ganzen Planeten gültig waren. »Gib mir Foldar.«

»Wir münzen nicht, aber natürlich haben wir Foldar. Wieviel?«

Barakuda zuckte mit den Schultern. Der Wert der Instrumente lag bei etwa 500 Drachmen. Eine Drachme war ein halber Foldar. »Tausend Foldar«, schlug er vor.

Rorino prustete vor Lachen. »Hundert.«

---

* ›Fernweh‹; auch Art der Fortbewegung, mittels derer man dem Fernweh gehorcht.

Nach einer Viertelstunde waren sie bei 500 angekommen, und Dante hatte für die TraPaSoc 100 % Gewinn gemacht.

»Und einen Rat«, bat er.

Rorino nickte. »Ratschläge und Prophezeiungen sollten immer kostenlos sein, denn meistens sind sie nichts wert. Was willst du wissen?«

»Ist die ›Schnelle Straße‹ begehbar?«

Rorino hob die Brauen. »Ich weiß es nicht. Wahrscheinlich. Wenigstens die näheren Teile. Die Händler aus Gashiri sind auf ihr gereist und haben an der letzten Station Tiere gemietet. Also wird sie wohl bis zum Südzipfel von Gashiri in jenem Zustand sein, der für das Bereisen dieses Teils des Chaos notwendig ist.« Dann beschrieb er den Weg zur letzten Station.

* * *

Am Mittag passierten sie eine Brücke. Der Gashigar war hier reißend; die steinigen Ufer lagen nicht so weit auseinander. Eine Gruppe Kommunarden lagerte am Brükkenkopf. Der Treideltrupp machte eine Pause und nahm die Einladung zum gemeinsamen Mahl an.

Es handelte sich um Bewohner einer nahen Landkommune von zehn Dörfern. Toyami unterhielt sich mit jungen Frauen, die alle jene seltsame gelblichbraune Hautfarbe aufwiesen.

»Die Erfasser sind bei uns gewesen«, sagte eine. »Was du hier siehst sind die besten Ergebnisse.« Sie lachte.

Nach und nach erfuhr Toyami Genaueres. Die Tests, denen sie sich in Liolin durch Abreise entzogen hatte, waren in den Dörfern bereits durchgeführt. Man hatte die Besten, in körperlicher wie in geistiger und ideologischer Hinsicht, ausgewählt. Sie hatten Injektionen erhalten und sich dann auf den Weg gemacht.

»Wir sollen weiter nach Südosten gehen«, sagte eine andere. »Wir wissen nicht genau wohin, aber die Große Union hat sicher wichtige Aufgaben für uns.«

Ehe Toyami unverfänglich auf die Hautfarbe zu sprechen kommen konnte, trat Tontarg zu ihr. Er lächelte, aber seine Augen lächelten nicht mit.

»Ich finde, wir sollten weitermachen«, sagte er.

Toyami verabschiedete sich von den Frauen und stand auf. An diesem Tag hatte sie das Kommando.

Die Treidler kämpften fast eine Stunde, ehe sie die Enge überwunden hatten und der Strom wieder träge wurde. Als Toyami Zeit fand, zurückzuschauen, war die Brücke nicht mehr zu sehen. Abends, beschloß sie, würde sie Cadhras über die Begebenheiten informieren.

Sie stand vom Feuer auf. Die Nacht war kühl und klar; das Band der Milchstraße zog sich über den Himmel wie die Schleimspur einer gashirischen Phosphorschnecke. Ein Ast knackte im Feuer; ein Schläfer ächzte und warf sich hin und her. Die Übrigen lagen in ihre Decken gerollt. Im Herzen von Gashiri bestand keine Notwendigkeit, nachts Posten aufzustellen.

Etwas raschelte in den niedrigen Bäumen, als Toyami die Böschung hinabglitt. Nachtvögel. Sterne spiegelten sich im Wasser des breiten Gashigar; zwischen Treidelpfad und Lastkahn gluckerten und plätscherten winzige Wellen.

Vorsichtig kletterte Toyami über die schlaffen Taue, die den Kahn mit zwei Bäumen verbanden. Die Pferde grasten oberhalb der Böschung, wo auch die Treibschaft schlief.

Sie ging geräuschlos flußaufwärts. Ein Klatschen ließ sie zusammenfahren; der Leib eines großen Raubfischs, der nachts jagte. Sekunden später schnellte weiter entfernt ein anderer Fisch aus dem Wasser. Erleichtert ging sie weiter; dabei verfluchte sie in Gedanken erneut die Bewohner der Anarchovegetarischen Union. Die Wälder von Gashiri waren wildreich, in den Flüssen wimmelte es von Fischen, die herrlichsten großen Vögel nisteten in den Flußniederungen, und sie mußte sich tagaus tagein von Korn, Obst, Gemüse und seltsam gewürzten Mischungen ernähren.

Als sie glaubte, weit genug vom Lager entfernt zu sein, ließ sie sich am Rand des Treidelpfads nieder, zog das Funkgerät aus der Gürteltasche und schaltete es ein. Sie drückte den Knopf, der den Peilton auslöste. Dabei behielt sie die Umgebung im Auge.

Cadhras hatte sich noch nicht gemeldet, als sie eine undeutliche Bewegung wahrnahm. Hastig schaltete sie das Gerät wieder aus, stellte es auf den Boden und stand auf.

Eine Gestalt glitt die Böschung herab. Es war Tontarg.

»Wen haben wir denn hier? Unsere hübsche kleine Toyami vielleicht, etwa bei einem verbotenen Fischessen?«

Sie schwieg. Tontarg ging um sie herum. Das Funkgerät war in der Dunkelheit nicht auszumachen.

»Oder eine Verabredung mit einem Fleischfresser?« Er trat nah an sie heran, und sie roch seinen unangenehmen Atem. Das Weiße der Augäpfel schimmerte.

»Was willst du von mir?« sagte sie ruhig.

Tontarg fuhr sich mit der Zunge über die Lippen. »Sehen, was du hier nachts treibst. Und mit wem.«

Toyami trat einen Schritt zurück, um dem zudringlichen Atem zu entgehen, aber der Mann folgte. Er legte die rechte Hand an Toyamis Hüfte.

»Laß mich los.«

»Warum?«

»Weil ich deine Hand nicht mag. Dich übrigens auch nicht.«

Er legte auch die andere Hand an das Mädchen. »So, du magst mich nicht? Wir sind aber alle Geschwister in der großen Gemeinschaft, und Geschwister haben einander zu lieben.« Er zog Toyami an sich und suchte ihren Mund.

Sie bewegte den Kopf zur Seite. »Laß mich los, Tontarg«, sagte sie halblaut. »Oder es wird dir leid tun. Verbotene Zweisamkeit.«

Er erneuerte seinen Versuch, preßte dabei seinen Unterleib gegen sie.

Toyami seufzte und stieß ihm aufgestellte Daumen in

beide Achselhöhlen; gleichzeitig trat sie auf seine Füße. Er ließ einen Laut hören, in dem sich Schmerz und Verblüffung mischten, wollte zurückweichen und stürzte der Länge nach hintenüber, als Toyami auf seinen Füßen stehenblieb und sich gegen ihn lehnte. Aneinandergeklammert rollten sie einige Sekunden auf dem Pfad, bis Toyami sich lösen konnte. Als er auf die Knie kam und die Hände ausstreckte, setzte sie ihm einen Fuß vor die Brust und stieß ihn zurück. Sie hörte ein Knirschen, sah, wie Tontarg sich zuckend streckte; dann lag er still.

Sie wartete eine Minute, lauschte, aber Tontarg schien ihr als einziger gefolgt zu sein. Er bewegte sich nicht. Sie kniete neben ihm nieder; da erst sah sie den unnatürlichen Winkel, den Nacken und Körper bildeten, und entdeckte die massige Wurzel des Eisenbaums.

Toyami biß sich auf die Lippen. Sie kauerte am Ufer nieder und wusch sich die Hände. Ein Unfall, sicherlich; sie hatte ihn gewarnt, sie hatte die Wurzel nicht sehen können, niemand hätte vorhergesagt, daß Tontarg so unglücklich fallen würde. Aber nun war es geschehen. Sie spritzte sich Wasser ins Gesicht.

Beim Kampf mußte jemand mit dem Fuß das Funkgerät erwischt haben. Sie fand es weit von der Stelle entfernt, wo sie es abgestellt hatte. Sie kroch über den Pfad und tastete im Dunkeln herum. Schließlich schlossen sich ihre Finger um das zertrümmerte Plastikgehäuse. Hoffnungslos versuchte sie ein paar Schaltungen. Dann schleuderte sie das Gerät in den Fluß.

Sie kauerte wieder neben dem Leichnam nieder. Viel Zeit blieb nicht. Bis zum Morgengrauen vielleicht fünfeinhalb Stunden, höchstens.

Natürlich kannte sie die Karte von Gashiri auswendig; dafür hatte Barakuda gesorgt. Das Land der AVU glich grob einem Trapez; die lange Küste mit Buchten, Halbinseln und Kaps erstreckte sich fast 1600 Kilometer ostwestlich. Im Osten und Westen bildeten unterbrochene Systeme von Bergketten und Hochmooren die Grenzen, die ungefähr 2000 Kilometer nach Süden liefen und von Festungen gesichert waren. Die Südgrenze schließlich war fast 2500 Kilometer lang und ähnlich ungerade wie die Küste.

Der Gashigar entsprang in den Bergen des äußersten Südostens, bewässerte einige Hochtäler, durchbrach Gebirge und floß dann zunächst nach Norden, schließlich nach Nordwesten. Sie befand sich etwa 1000 Kilometer südöstlich der Mündung, 200 Kilometer vor dem letzten Austritt des Stroms aus den Bergen. Man würde nach ihr suchen; flußabwärts zu fliehen war sinnlos. Die Gebiete im Norden waren zu dicht besiedelt, die Nachrichtenübermittlung per Signalfeuer und Semaphor gut entwickelt, nicht zu vergessen die Flußclipper der Ordner. Das Treidelgespann würde am folgenden Mittag einen Ort erreichen; dort gab es sowohl einen Semaphor als auch eine Ordnerstation.

Sie mußte flußaufwärts reiten, das Dorf in einem weiten Bogen umgehen und versuchen, bei der nächsten Furt, die etwa eine Tagesreise im Süden lag, den Strom zu überqueren.

In Tontargs Taschen fand sie ein Klappmesser und ein paar Münzen, an seinem Gürtel einen größeren Beutel.

Sie warf sich den Toten über die Schulter und ging flußabwärts. Oberhalb von Lager und Kahn legte sie Tontarg nieder, zog sich aus, ergriff die Leiche wieder und stieg ins Wasser. Sie hielt Tontargs Messer zwischen den Zähnen, ließ sich auf dem Rücken treiben und krallte eine Hand in den Schopf des Toten. Sie passierte den Lastkahn an der Stromseite. Als sie das Heck erreichte, öffnete sie das Messer mit den Zähnen und der freien Hand und zerschnitt Tontargs Kleider.

Unter dem Heck, dank der schweren Ladung noch tiefer unter Wasser als gewöhnlich, hing das Steuerruder in einem kastenartigen, offenen Gerüst. Wieder und wieder tauchte sie. Zunächst klemmte sie den Leichnam unter Wasser zwischen zwei Streben, dann band sie den Toten mit Streifen seiner eigenen Kleidung an die Backbordseite der Konstruktion.

Schließlich schwamm sie erschöpft unterhalb des Kahns an Land und blieb im seichten Wasser liegen, bis ihre Atmung sich normalisiert hatte. Wenn die Stoffstreifen lang genug hielten, würde man Tontargs Leiche frühestens beim Entladen finden. Wenn sie vorher rissen, würde es vermutlich während der Fahrt geschehen, und die Leiche konnte ungesehen stromab treiben.

Endlich hatte sie die Kraft aufzustehen. Sie schaute nach den Sternen und stellte erschrocken fest, daß seit dem Kampf fast zwei Stunden vergangen waren. Wieder kletterte sie über die schlaffen Taue, geräuschlos, und ging zu der Stelle, wo sie ihre Kleider abgelegt hatte.

Leise schlich sie durchs Lager, raffte ihre Sachen zusammen und kroch dann zu den Pferden.

Aus: ›Administration & Linguistik‹, *Bashuro Tsagan,*
in: LINGO IX-466, Akademie Atenoa, Gaia

»›... daß die einzige Aufgabe der Banyashil-Fürsten die Leitung des Widerstands gegen Pasdan war. Mit dem Sturz des Reichs der Mütter endete auch die Institution der Fürsten.

Eine weitere Nische im anarchischen Kosmos der Shil stellt die Königin von Kelgarla dar. Ihre Aufgabe ist es, die Taggashil vor Übergriffen von Gashiri zu schützen. Sollte Gashiri eines Tages untergehen, wird Kelgarla kein Königreich mehr sein. (Die Verfassung von Kelgarla, mit hierarchischer Ordnung, Gesetzen, Exekutive und stehendem Heer, gilt auf Shilgat als außerordentlich bizarr.)‹

Soweit ein Auszug aus der Darstellung der Pasdan-Krise auf Shilgat, entnommen dem BULLETIN *unserer löblichen Administration. Halten wir uns nicht mit ungelenken oder gar unersprießlichen Formulierungen auf; das ist nun mal so, wo immer Behörden sich äußern, und der hohe Stand der Sprache auf Shilgat fußt vielleicht auch darauf, daß dort keine amtlichen Sprachaborte in Umlauf gejagt werden ...*

Der zitierte Text betrifft Shilgat und die Shil, nimmt Bezug auf ihre Eigenarten, wäre aber für sie in dieser Form unverständlich – möglicherweise überhaupt nicht übersetzbar. Bevor wir uns mit den Schlüsselwörtern befassen, sollten wir bedenken, daß die Shil nur Faßbares oder Offenkundiges mit Real-Begriffen bezeichnen. Wir haben z. B. keine Bedenken, das Wort ›Regierung‹ zu verwenden – bei uns hat nun mal jede Region, jede Welt, jedes Sonnensystem so etwas. Mit wenigen Ausnahmen gibt es derlei auf Shilgat nicht. Man kennt dort nur etwas, was wir bestenfalls als ad-hoc-Komitees bezeichnen könnten: Zunftausschüsse oder Ältestenversammlungen, die nur dann zusammenkommen, wenn etwas Dringendes anliegt. Die Vorstellung, ein Gebiet müsse strukturierte Organisationen haben, die dauernd *mit irgend etwas befaßt sind, ist für die Shil völlig absurd. Derlei Einrichtungen sind nur in Potential- oder Ir-*

realfügungen auszudrücken; ebenso unsere gesamte Staatsphilosophie, die ja nichts Faßbares betrifft, sondern akzeptierte oder strittige Konzepte. Folglich ist Shilgat weitestgehend frei von Ideologien und Religionen, da diese dort nur spaßeshalber entworfen und in Potential- oder Irrealfügungen ausgedrückt werden. Wer sagt, »Die Welt ist so, wie ich sie sehe, und jede andere Sicht ist Unsinn«, der mag gegen den Unsinn mit Feuer und Schwert kämpfen; wer aber nur sagt, »So könnte es vielleicht sein, angenommen – spaßeshalber –, meine verrückten Prämissen stimmen; aber jede andere Sicht ist genauso denkbar und unwichtig«, wird für Fanatismus kaum zu haben sein.

Nehmen wir die wichtigsten Begriffe und suchen ihre Entsprechungen …

Zunächst drei häufige Partikel, die als Prä-, In- oder Suffix verwendet werden (ich beziehe mich hier auf die ›reine‹ Schriftform von Sa'orq):

nuq *(oder anderswo* n/ñ-u/ū/ü-q/qh/g/gh/k/kh*), vor Konsonanten meist* nu' *(bzw.* nü' *etc.): Negation (›un-‹, ›anti-‹, ›nicht-‹ etc.);* kto (kh/r/q-t/th/d/dh-ö/ò/aa), *meist* 'to: *Irrealität;* ya (zh/dz/g-a/ä): *Potentialität bzw. Zweifel.* shil: *Mensch;* shilgu: *Sprache der Shil, von:* shil + gu (g/r/kh-u/ū/oó), *dies aus:* khuaai, *sprechen, auch:* guai *(z. B. im Norden);* nuq + guai = nu'guai, *nicht sprechen, absichtlich schweigen;* nuq + guai/khuaai = nuqkhuaai, *widersprechen;* nuq + ya + khuaai = nuqyäguai (nu'yäguai), *›theoretische Zweifel mimisch bekunden‹.*

Dies als kurze Einleitung; interessant ist auch die Bezeichnung für Commonwealth-Bürger, die entweder Cadhrassi (von der Hauptstadt des Protektorats, Cadhras) genannt werden, oder aber sheyel *bzw.* she'el, *aus* sh + ya + il, *›Wesen, deren Menschtum zweifelhaft ist‹.*

Ebenfalls mit shil *gebildet ist* shigal (shil + ya, *wie oben), ›nicht unbedingt für den Menschen geeignet‹ = Großes Chaos, wie die Shil den Kosmos auffassen, der eben kein* einheit*liches* Uni*versum ist. Das ›Universum‹, wie der zitierte Text es versteht, wäre auszudrücken durch* nuq + shigal + kto = nu'shigal'to, *Nicht-GroßesChaos-Irreal = völlig unsinnige und in keinem Fall existente Form von Antichaos (= Große Ordnung).*

Die Fürsten der Banyashil (aus ban, *Nord,* + ya + shil = *Fast-Nord-Menschen, Bewohner der Gebiete unterhalb des Nordpols) und ihre begrenzte Zuständigkeit werden begreifbar, wenn man sich die Shilgu-Fügung ansieht:*

zhéol, *Kopf, Haupt;* tis, *Klemme, Notfall, Falle;* tis + zha(ya) + zhéol = ti'zhazhé, *Klemme-Potential-Haupt, ›Fürst‹, bzw.* ti'zhazhí, *›Fürstin‹.*

Und skoraai (skorai), *tun, machen, handeln (hierzu* skoyarai, *vielleicht doch besser unterlassen, sowie* kto + skorai = 'toskorai, *etwas Irreales tun, ›philosophieren‹) ergibt* skorna, *Tat, Aktion; dazu:* skoyarna, *potentielle Tat, Absicht, Wunschtraum (?), und* yaskoyarna, *potentiell potentielle Tat = fremdbestimmte Absicht, verhängte Aufgabe o. ä.*

Wenn wir nun also yaskoyarna f 'ti'zhazhé, *›potentiell potentielle und unfreiwillige Tat von Klemme-Potential-Haupt‹ nehmen, was die einzig mögliche Übersetzung von ›Aufgabe des Fürsten‹ wäre, sehen wir, daß die Vorstellungen der Shil andere sind als jene des Verfassers des BULLETIN-Artikels. Ähnlich verhält es sich mit ›Gesetz‹, was allenfalls als Potentiell-Nützlichkeit-Empfehlung-Allgemein übersetzt werden kann. (Bei ›Nützlichkeit‹ hat sich auch der anonyme Autor des* Kleinen touristischen Wörterbuchs für Shilgat-Reisende *vergriffen. Unser ›gut‹, mit allen moralischen und sonstigen Assoziationen, ist auf Shilgu nicht wiederzugeben; es gibt da z. B.* bzad, *gut = nützlich,* tgar, *gut = angenehm, erfreulich,* shaz, *gut = gesund bzw. der Gesundheit förderlich, und weitere Adjektive ohne feststellbare Zahl. Laut obengenanntem* Wörterbuch *soll der Reisende den Shil, wenn er ›Guten Tag‹, meint,* bzad gash' *sagen, was ›nützlich-Helleperiode‹ bedeutet und im Klartext heißt: Du könntest mit dem Tageslicht wohl Besseres anfangen als hier herumzuhängen, faules Schwein!)*

›Anarchisch‹ ist auch so ein Wort … Die drei gebräuchlichsten Verben, die vielleicht ›herrschen‹ übersetzen könnten, sind:

dagai, *zwingen, unterdrücken;* lisai, *lenken, treiben (Zugtiere o. a.); und* tis + skorai + na *(Partikel, ›zur Behebung von‹ o. ä.)* = tiskoranai, *gemeinsam gefaßte Notbeschlüsse ausführen.*

(Ich will einen feinen Euphemismus nicht unterschlagen; wie

oben erwähnt ist 'toskorai *etwas Irreales tun, ›philosophieren‹. Durch Einfügung von* na *erhält man* 'toskoranai; *dieses Wort bedeutet im Kern ›zur Behebung von Irrealem arbeiten‹, tatsächlich jedoch ›einen lästigen Philosophen/Agitator hängen‹.)*

Schließlich die Königin von Kelgarla: ti'zhatazhí f Kelgarl'. ta *wird nur bei Zusammensetzungen verwendet und bedeutet groß, sehr, intensiv. (Der durch die Berichterstattung bekannt gewordene ›Fürst‹ Gortahork heißt tatsächlich* gor, *drei,* ta, *groß,* hork, *kleines, bärenähnliches Pelztier, wobei* tahork, *großes Hork, gleich ›Bär‹ ist.) Die ›Königin‹ besteht aus* tis + zha + ta + zhéol (tazhéol, *großer Kopf, ist auch Wasserkopf), also Klemme-Potential-Großköpfin. (Nicht unterschlagen sollte man zwei Informationen:* ti'zhatazhí *oder* -zhé *ist auch einer, der sich bei der kleinsten Widernis bis zu Wahnsinn und Kopfplatzen echauffiert; und aus* tis + skorai = tiskorai, *in eine Klemme bringen o.ä., dazu* tiskorna, *etwa In-die-Klemme-Gebrachtes, ergibt sich* tiskorna f ti'zhatazhí, *›Notdurft der Königin‹, abgekürzt* tifti, *ein schwerer goldfarbener Dessertwein aus Kelgarla.) …«*

III

»Bei Sonnenaufgang ist ein Handelsschiff eingelaufen«, sagte die Zunfträtin. »Aus Gashiri.«

Gortahork ließ das mit kaltem Braten belegte Brot sinken. »Woher?!«

Sie wiederholte: »Aus Gashiri.« Ihr war anzusehen, daß sie genauso verblüfft war.

Der Speiseraum des alten Hauses lag im ersten Stock; aus den Fenstern konnte man über den Hafen aufs Meer hinaussehen, nach Süden. Die Vormittagssonne hing noch im Südosten, und die alten, dunkelgebeizten Möbel aus *sial*-Holz färbten sich schwärzer und strahlten eisige Kälte aus. So erschien es Gortahork beim Klang des Wortes Gashiri.

Er trank einen Schluck von der heißen Brühe. »Händler?«

Yehuaglu nickte. »Sie haben Stoffe, Obstkonserven und Schnaps an Bord, hauptsächlich. Sie wollen handeln.«

Gortahork lehnte sich zurück. Seine Finger faßten nach dem Griff des Messers, während seine Gedanken rasten. Vor Jahrhunderten hatten Sektierer von den Sternen das reiche Gashiri in Besitz genommen, die Bewohner getötet, bis auf einen kleinen Rest, der versklavt wurde, und seitdem entweder Krieg geführt oder sich völlig abgeschottet. Ein Handelsschiff aus Gashiri war ihm so unvorstellbar wie ein sinnvolles Universum. Nicht ganz, denn ›sinnvolles Universum‹ ließ sich nur durch eine Negation des Chaos unter Beifügung qualifizierender Irrealitäts-Partikel sprachlich ausdrücken und ergab keinerlei Sinn; »Handelsschiff aus Gashiri« konnte man immerhin sagen. Allerdings wurde die Vorstellung dadurch nicht minder abenteuerlich.

Nach dem Frühstück ging Gortahork zum Kai und betrachtete die Tische, die Waren, die Frauen und Männer aus Gashiri. ›Sie sehen aus wie Cadhrassi‹, dachte er. ›Und Mulis sind auch dabei.‹ Die Leute aus Gashiri benahmen sich nicht auffällig oder ungewöhnlich; es schien, als seien sie seit Jahren daran gewöhnt, mit Shil zu handeln.

Prüfer der Zünfte hatten Warenproben mitgenommen und untersucht. Sie kamen kurz nach Gortahork zum Kai. Erst jetzt, als sie verkündeten, es gebe keine Beanstandungen, kamen die Geschäfte in Gang.

Gortahork schloß die Augen. Er spürte kalte Schwärze, die von den Waren aus Gashiri kam. Ein dringendes Gefühl von Feindlichkeit, das sich nicht präzisieren ließ. Er öffnete die Augen wieder und sah einen Mann aus Gashiri, der einen Schluck von dem Schnaps nahm, den er verkaufen wollte. Gortahork ging nachdenklich weiter. Gift hätten die Prüfer entdeckt, und wenn die Leute aus Gashiri das Zeug selbst tranken, was konnte es dann schaden?

Das Gefühl blieb. Ein sehr brauner Mann mit braunen Haaren, braunen Kleidern und braunen Augen hatte die Verhandlungen mit den Zünften geführt und wanderte nun von Tisch zu Tisch, gab leise Hinweise und lächelte viel.

Als der Mann zwischen zwei Tischen stehenblieb und sich eine Zigarette anzündete, bemerkte Gortahork, daß auch Tabakballen und jene seltsamen Bohnen, die Barakuda ›Kaffee‹ nannte und liebte, zum Angebot gehörten. Er näherte sich dem Mann und grüßte ihn.

Der Braune aus Gashiri sagte: »Deine Tage und Nächte seien erfreulich.« Sein Banyashilgu war korrekt, allerdings sprach er stark durch die Nase.

»Feine Dinge bringt ihr über das Meer.« Gortahork nahm ein Stück Tuch in die Hände und befühlte es. Die Schwärze blieb in seinem Kopf, aber mit den Augen sah er bunte Farben, komplizierte Muster, und mit den Fingern fühlte er die Feinheit des Stoffs. »Ihr müßt sehr gute Webstühle haben.« Er deutete auf die Schnapsflaschen, die fast alle unterschiedliche Formen hatten. »Und erstklassige Glasbläser.« Dies sagte er auf Galaktein.

Der Braune lächelte nicht mehr. »Wer bist du?« sagte er.

Gortahork sah ihm in die Augen. »Meine Mutter sah aus dem Zelt, als ich geboren wurde, und erblickte drei Bären. Deshalb nannte sie mich so. Drei-Bären.«

Es war die korrekte Übertragung seines Namens ins Galakteinische, *Tres-Orsos*. Er sah, wie es in den braunen Augen kurz flackerte.

»Ich grüße den Vater des Nordens«, sagte der Braune. »Mein Name ist Shevshan. Ich habe viel von dir gehört.«

Gortahork lächelte. Es war ein kaltes Lächeln. »Wo hast du von mir gehört, Shevshan? In deinem fernen Gashiri?«

Shevshan lächelte zurück, genauso eisig. »Cadhras. Von dort sind wir über Gashiri hierher gekommen. Zuvor waren wir aber schon in den Steppen des Nordens.«

Gortahork nickte. Dieser Mann mochte sich durchaus als Cadhrassi ausgegeben haben, vielleicht als Händler, und durch die Steppen gereist sein. Etwas in ihm drängte ihn zu einem jähen Entschluß. Laut sagte er: »Da du, Shevshan, meine Heimat kennst, wäre es doch nur billig, wenn ich die deine kennenlernte, nun, da ihr euch der Welt nicht länger widersetzt.«

Der Braune deutete eine Verneigung an, die der Atmosphäre nichts von ihrer Kälte nahm. »Meine Heimat wird dich sicher nicht besonders interessieren, Vater des Nordens. Aber wenn du sie betreten möchtest, so wird niemand dich daran hindern.«

Nachdenklich begab Gortahork sich zur Zitadelle von Golazin. Er bedauerte zum ersten Mal, nach Pasdan sein Funkgerät an Barakuda zurückgegeben zu haben. Dante war nicht mehr für die Sicherheit zuständig. Vielleicht hatte er noch nicht einmal die Händler aus Gashiri mit eigenen Augen gesehen. Gortahork kannte fünf Augenpaare, die ähnlich schnell und ähnlich genau sehen konnten – seines, das von Tremughati, das von Saravyi. Und zwei Paar Augen in Cadhras. Tremughati hielt sich in Pasdan auf; dort weilte auch sein Herz. Und Saravyi ritt irgendwo im Südkontinent herum. Bei diesem Gedanken blieb Gortahork stehen und faßte sich an den Kopf. Es lief ihm kalt den Rücken hinab. »Saravyi!«

Natürlich. Seit 60 Jahren wachte Saravyi. Er wußte mehr als alle anderen Heiler und Häupter. Vor 60 Jahren hatte man ihn zum Fürsten der Banyashil machen wollen, aber er hatte abgelehnt. Er war in den letzten Jahren weit im Westen gewesen, auf den Inseln im Pangotischen Ozean, in Vagaván, in der Steppe nördlich von Pasdan, dann hatte er Tremughati und Gortahork in ihrem Zelt besucht, die Fürstin gestreichelt, den Fürsten beschimpft, Gewitterwolken im Sonnenuntergang vermutet (an einem klaren Tag, wie Gortahork sich erinnerte) und war fortgeritten, in die Nähe von Cadhras. Dort hatte er hellsichtig auf jenen Zufall gewartet – oder war es kein Zufall gewesen? Hatte er berechnet, daß Gortahork von Pasdans Plänen erfahren und Boten nach Cadhras schicken würde, die niemals ankommen konnten? Das erste Unheil war aus dem Westen gekommen. Dort hatte Saravyi sich zuvor aufgehalten und von Gewitter geredet. Nun ritt er durch den Süden. Dort lag Gashiri.

Gortahork umrundete die Zitadelle und näherte sich der Residenz des Gesandten von Cadhras. Es war ein schlichtes Gebäude in einem verwunschenen Garten; von der Terrasse hatte man freien Blick nach Osten und Süden, aber Gortahork war nicht in der Stimmung für erhebende Ausblicke. Ihm war, als griffe eine Eisfaust nach seinem Magen.

Er ging sofort auf die Terrasse. Der alte Herr saß in einem windgeschützten Winkel und blätterte in einem Buch.

»Fürst Gortahork!« sagte er erstaunt, als er den großen Shil erblickte. Er erhob sich.

Gortahork winkte ab und reichte dem Residenten die Hand. »Der Fürst lebt nicht mehr. Sie sehen den alten Nomaden Gortahork vor sich.«

»Wie kommen Sie nach Golazin? Zuletzt hörte ich, Sie seien bei den Tugril. Es waren doch die Tugril, oder?«

Der Resident klatschte in die Hände. Ein Diener kam und nahm Befehle entgegen. Sekunden später kehrte er mit einem zweiten Sessel zurück. Nach kurzem Überlegen bat Gortahork um Kaffee.

»Resident«, sagte er schließlich, als beide saßen und tranken, »haben Sie von der Ankunft des Schiffs gehört?«

Der alte Mann hob die Brauen und schob Gortahork das Buch hin, in dem er geblättert hatte.

Der ehemalige Fürst warf einen Blick auf den Titel. *Die Anarchovegetarische Union von Gashiri; Versuch einer Einschätzung* las er und begriff, daß er den alten Mann unterschätzt hatte. Ein Greis, der ein Sonnenbad nimmt und sich nicht für die Welt interessiert, das war sein erster Eindruck gewesen.

»Vieles daran ist seltsam«, sagte der Resident. »Als vor einigen Wochen Cadhras meldete, eine Delegation aus Gashiri sei dort eingetroffen, war ich verwundert, aber ich habe mir gedacht, vielleicht hängt es mit Pasdan zusammen; nun wollen sie Frieden mit dem Gouvernement schließen. Glauben Sie, es ist mehr?«

»Viel mehr.« Gortahork erläuterte seine Eindrücke und die Schlußfolgerungen; er verschwieg seine schwarzen Ängste. Am Ende sagte er: »Deshalb komme ich zu Ihnen. Ich würde gern dies und einige andere Dinge mit Barakuda bereden. Dazu brauche ich Ihr Funkgerät.«

Der Resident nickte und stand auf. »Es steht Ihnen selbstverständlich zur Verfügung, Nicht-Mehr-Fürst.« Er lächelte.

Der Resident stellte selbst die Verbindung zur Zentrale im Palais der Gouverneurin her und bat darum, mit Dante Barakuda verbunden zu werden. Die junge Dame in der Zentrale zupfte nervös an der Brosche, die sie als Diplomatische Assistentin kennzeichnete. »Ich glaube, er ist nicht in Cadhras. Aber ich will es versuchen.«

Plötzlich war Begheli auf dem Schirm. Sie musterte den Residenten, den sie nicht kannte; dann trat Gortahork vor.

»Begheli, nicht wahr?« sagte er. Er hatte sie vor Pasdan gesehen.

Begheli nickte, immer noch verwundert. »Gortahork.

Wahrscheinlich willst du Dante sprechen. Aber er ist nicht hier.«

Gortahork kniff die Augen zusammen. Er las in Beghelis Gesicht und lächelte plötzlich. »Er ist nun dein Gefährte«, sagte er im Tonfall einer Feststellung. »Das ist gut. Er taugt nicht zur Einsamkeit. Du auch nicht, meine Freundin.«

Begheli lächelte zurück. Auf seine Fragen hin erklärte sie ihm das neue Unternehmen TraPaSoc, und daß Dante vor einigen Tagen mit einer Karawane nach Langladir aufgebrochen sei.

Gortahork dachte nach. Das letzte Paar Augen in Cadhras wollte er nicht bemühen – aber was war mit Dantes Nachfolgerin? Sie mußte zwar noch sehen lernen, aber sie hatte alle Anlagen dazu.

»Weißt du, ob Sarela in Cadhras ist?«

»Ich weiß es nicht. Du müßtest es versuchen. Gibt es wichtige Dinge?«

»Ja, aber kein Grund zur Besorgnis.«

Nach kurzem Abschied stellte Begheli zurück zum Palais. Die junge Dame in der Zentrale versuchte, Sarela McVitie zu erreichen, aber ohne Erfolg.

Gortahork seufzte. »Dann muß ich Exzellenz belästigen.«

»Das ist kein Problem«, sagte die Vermittlerin lächelnd. »Ihr Name steht auf der Liste der Privilegierten.«

Das feine Gesicht der Gouverneurin sah müde aus, aber es erhellte sich sofort, als sie Gortahork erblickte. Der Resident hatte diskret den Raum verlassen.

»Lieber Vater und Bruder«, sagte Lydia Hsiang auf Banyashilgu. Sie strahlte ihn an. »Es ist eine große Freude.«

»Die muß ich leider gleich dämpfen. Dich sehen macht mein Herz leichter, aber es ist schwer.«

Lydia nickte knapp und ernst. »Du bist in Golazin?« sagte sie nach einem Blick, der offenbar dem Hintergrund des Funkraums galt. »Was gibt es dort?«

Gortahork berichtete von der Handelsmission aus Gashiri. Schließlich sagte er: »Es ist ein Gefühl der Schwärze und der Bedrohung. Und Saravyi, der nördlich von Pasdan war, kurz bevor dort das Gewitter kam, ist nun südlich von Gashiri.«

Die Gouverneurin nickte wortlos.

»Ich frage mich viele Fragen«, fuhr Gortahork fort. »Und weiß doch keine genaue Antwort.« Er schilderte die Waren, den braunen Mann Shevshan, das Gespräch. »Sie haben dort offenbar Webstühle, die um ein Vielfaches feiner sind als die unsrigen, und sehr gute Glasbläser. Und Shevshan gehört nicht zu den einfachen Leuten dort. So, wie die Besatzung sich verhalten hat, muß sie seit langem auf den Umgang mit Fremden vorbereitet sein. Und ein einfacher Mann aus Gashiri hat weder die Nordsteppe bereist, noch kennt er meinen Namen, noch wird er mir erlauben, Gashiri zu bereisen. Also muß Shevshan ein wichtiger Mann sein, und dies alles ist lange vorbereitet.«

Lydia überflog das Blatt, das sie aus einem Stapel gezogen hatte. »Die Waren sind getestet worden, sie sind unbedenklich«, sagte sie. »Auf Dantes Veranlassung hin wurden auch die Verpackungen untersucht. Die verwendete Druckfarbe läßt den Schluß zu, daß man dort mit Chemie experimentiert.«

Gortahork seufzte erleichtert auf. »Man soll sich nicht überschätzen. Ich hatte befürchtet, ich hätte als einziger Schlüsse gezogen.«

Lydia legte das Blatt weg und sah ihn ernst an. »Das nicht, Freund. Aber ich fürchte mich vor deinen Ängsten. Ich werde Sarela informieren. Bleibst du länger in Golazin?«

Er hob die Schultern. »Ich weiß es nicht, Schwester. Vielleicht noch einige Tage. Ich werde dem Residenten sagen, wohin ich mich begebe.«

* * *

Unter dem hellen Felsen stand ein Blockhaus, daneben einige Schuppen. Auf der anderen Seite erhob sich eine merkwürdige Konstruktion aus waagerechten und senkrechten Rädern. P'aodhus und Pferde weideten an einem nahen Hang, und eine Schar von Shilgat-Schnepfen, *sisuhuiit,* rannte vor den Neuankömmlingen schnatternd davon.

»Ah«, sagte Learoyd. Er schmatzte. »Vielleicht gibt's hier zur Abwechslung ein paar Eier.«

Ein mittelalter Shil trat aus dem Blockhaus und blickte den drei Reitern entgegen. Er trug einen blaugrauen Kittel und feste Lederschuhe.

Barakuda sprang vom Pferd. »Ich grüße dich, Wächter der schnellen Straße.«

Der Shil deutete wortlos auf Tröge, über denen Balken angebracht waren. Dante, Oubou und Learoyd sattelten die Reittiere ab. Dann hoben sie die schwere Kiste vom Packpferd.

»Habt ihr Hunger, Durst, Schlaf oder sonstwie unreinliche Lüste? Die Latrinen sind weiter da hinten« – er deutete auf einen Verschlag am Hang –, »Waschen und Essen könnt ihr bei mir.«

»Du lebst allein hier oben?« sagte Dante.

Der Shil nickte. »Die Gesellschaft der Tiere, der Berge und des Himmels ist mehr als genug für eine Person. Zumal bisweilen Leute wie ihr, mit Geschwätz und schlechten Gerüchen ...« Er wandte sich ab und schlurfte ins Blockhaus. Oubou und Learoyd tauschten amüsierte Blicke.

Der Hüter bereitete aus *sisu-huiit*-Eiern, Kräutern und Pilzen ein Omelett in einer schmierigen Pfanne. Dazu gab es Brot und Tee.

»Bevor wir uns setzen und deine minderwertige Gastfreundschaft annehmen, wollen wir über den Preis reden.« Barakuda lehnte sich gegen den gemauerten Kamin und verschränkte die Arme.

Der Shil warf ihm einen unfreundlichen Blick über die Schulter zu. »Erfahrene Reisende und gar solche, die den Schnellen Weg nehmen, sollten über ausreichende Vorräte an Foldar und Freundlichkeit verfügen.«

»Das stimmt.« Learoyd fletschte die Zähne; sein rotes Haar schien sich aufzurichten. »Aber das heißt nicht, daß sie alle Vorräte in deiner verlausten Behausung deponieren müßten.«

»Wie wahr. Und dennoch – wie traurig. Wohin wollt ihr reisen?«

Dante schnupperte; der Inhalt der Pfanne roch besser, als er aussah. »Das kommt darauf an.«

»Worauf?«

»Wie weit der Weg begehbar ist.«

Der Shil wandte sich wieder dem Herd zu und rührte in dem Gemenge herum. »Bis zum Ende.«

»Der Preis?«

»Der Preis ist festgesetzt worden, damit habe ich nichts zu tun. Fünf Foldar pro Person pro Abschnitt. Ich setze nur die Preise fest, die das betreffen, was ihr bei mir verzehrt.«

Barakuda nickte. »Wie weit reicht dein Abschnitt?«

»Bis zur nächsten Station – ungefähr hundert Meilen.«

»Wie lang werden wir für diese Strecke brauchen?«

Der Hüter wandte sich wieder zu ihm um. »Ihr reist das erste Mal auf dem Schnellen Weg?«

»So ist es.«

Der Shil kniff die Augen zusammen. »Der Wind ist nicht günstig und nicht ungünstig in dieser Zeit des Jahres. Vier Stunden vielleicht.«

Schließlich einigten sie sich darauf, daß die Nacht in seinem Blockhaus mit Abendessen und Frühstück insgesamt 10 Foldar wert sei.

Am Morgen packten sie ihre Habseligkeiten in Beutel und ließen die Pferde in der Obhut des mürrischen Hüters. Der Shil spannte zwei P'aodhus an eines der waagerechten Räder unter dem Felsen und bedeutete den Männern, in einen Kasten aus Holz und Flechtwerk zu steigen.

Die P'aodhus setzten sich in Bewegung. Das große Rad drehte sich langsam. Über ein System von Riemen und Zahnrädern wurde die Bewegung in die Vertikale übertragen; der Transportkorb begann zu steigen. Etwa 200 Meter über dem Boden blieb er pendelnd stehen. Learoyd und Dante packten die Munitionskiste; Oubou öffnete die Seitentür des Korbs. Sie traten auf eine aus dem Felsen gehauene, mit Kantsteinen befestigte Plattform. Quietschend verschwand der Korb in der Tiefe.

»Meine Herren – die Taggabahn!« sagte Barakuda großartig, als hätte er alles eigenhändig gebaut.

Am Ende der Plattform lag eine lange, überdachte Halle, eine Art Hangar, in der zehn Wagen standen. Vom Ausgang der Halle bot sich den Männern ein ungeheures Panorama dar.

»Wir sind dreitausenddreihundert Meter über Null«, sagte Dante nach einem Blick auf sein Kombigerät.

Vor ihnen lag ein von Steinbrocken übersäter Hang, der in die Unendlichkeit abzufallen schien. Unter dem klaren Morgenhimmel türmten sich in der Ferne Berge auf, Bergsysteme, Ketten, übereinander geschichtete Hochland-Terrassen. Zwei Steinbänder verließen den Hangar und wurden zu Fäden, zu dünnen Strichen, zu einem winzigen Akzent in der grandiosen Bergwelt, bis sie nicht mehr zu sehen waren.

Oubou seufzte, ließ sich auf die Kiste fallen und starrte schweigend in die Welt.

Learoyd kletterte in den Hangar hinab, ließ sich auf die Knie nieder und untersuchte die Steinbänder. Sie waren etwa zweieinhalb Meter breit. Außerhalb des Hangars ragten sie eine halbe Mannslänge über den unebenen Boden; sie lagen auf fugenlosen Blöcken. Die Steinbänder bestanden aus jeweils etwa 30 Meter langen Platten; der milchige, fast weiße Stein wirkte, als sei er gegossen. Alles war glatt und vollkommen.

Auf den Platten gab es zwischen aufgewölbten Rändern eine zwei Meter breite Innenfläche; sie entsprach der Spurbreite der Wagen, die mit zwei Stahlachsen versehen waren. Die vier Räder aus Eisenholz trugen eine dicke Naturgummi-Bereifung. Der eigentliche Waggon ruhte auf Stahlfedern und bestand aus Leichtmetall-Streben und leichtem Hartholz. Es gab Fenster und verglaste Türen sowie Holzbänke, die bis zu dreißig Leuten Platz boten. Bug und Heck liefen spitz zu.

»O Mann.« Oubou stand auf. »Wie weit geht das? Und wie alt ist es?«

»Die erste Erwähnung findet sich in den Chroniken von Sa'orq, vor etwa dreißigtausend Jahren«, sagte Barakuda. »Und es verbindet alle Gebiete zwischen hier und Bu'ndai, am Ozean – an die achttausend Kilometer. – Kommt, Aufbruch, Freunde. Wir werden unterwegs genug davon sehen.«

Sie packten Kiste und Reisebeutel in den ersten Wagen und schoben ihn über eine Art Weiche auf die rechte Spur. Er rollte wunderbar leicht. Dann sprangen sie auf. Fast lautlos glitten sie aus dem Hangar.

Learoyd setzte sich auf eine Bank, streckte die langen Beine aus und sah Barakuda von unten an. »Achttausend Kilometer? Und alles ohne Motor, ohne Kraft, nur mit Gefälle?«

Dante ließ sich auf eine andere Bank fallen. »Genau so, Terence. Ich halte das für eine der großartigsten Leistungen, die jemals irgendwo in der Galaxis von Landvermessern und Steinmetzen erbracht worden sind.«

Draußen zog die graugrüne Fläche des steinigen Hangs vorbei. Sie tranken kalten Tee und unterhielten sich immer wieder über andere Aspekte der Taggabahn. Bisher waren beide Steinbänder parallel gelaufen. Nun näherte sich das linke Band einem kleinen Hügel, lief daran hinauf, verschwand hinter der Kuppe und verlor sich, während der Wagen auf der rechten Linie immer schneller abwärts glitt.

»Das werden wir kurz vor Ende der Teilstrecke auch mitmachen«, sagte Barakuda. »Mit der restlichen Fahrt auf einen Hügel, und von da steil abwärts, um die Station erreichen zu können.«

Irgendwann kamen sie auf die verschiedenen Shilvölker des Südkontinents zu sprechen, und Dante entzog sich einem großen Vortrag.

»Wir werden in den kommenden Tagen fast alle wichtigen Gebiete berühren«, sagte er. »Dann können wir noch genug darüber reden. – Zuerst mal etwas anderes.«

Learoyd nickte. »Ja. Was wollen wir eigentlich genau in Bu'ndai? Du willst doch sicher nicht die Liste der möglichen und unmöglichen Bevölkerungsgruppen abschreiben, oder?«

Barakuda grinste. »Dazu reicht die Tinte nicht.«

»Was dann?«

Dante bediente sich an dem von Vlad Oubou zugeschnittenen Proviant. Mit vollem Mund stürzte er sich in einen Exkurs über den Hauptort der Bundashil. Der Wagen glitt immer noch schnell über die Spur; das gegenläufige Steinband lief wieder parallel. In unregelmäßigen Abständen passierten sie einsame Hütten, Unterkünfte der wandernden Streckenwärter, die dafür zu sorgen hatten, daß die Steinbänder frei von Verwehungen oder Geröll blieben, und die eventuelle Schäden ausbesserten.

»Bu'ndai liegt an der Küste und hat einen Hafen, betreibt aber keine Schiffahrt außer ein bißchen Küstenfischerei.« Der Südteil des Pangotischen Ozeans war von Inselgruppen durchsetzt; vor Bu'ndai lagen mehrere kleine Archipele mit Korallenriffen. Auf den Inseln und flachen kiellosen Schiffen lebten dort die Korallkorsaren, eine Shil-Gruppe mit kaum erforschten Gewohnheiten. Die Korsaren beanspruchten das Meer für sich. Dieser Teil des Ozeans war fast nicht befahrbar, wegen der zahllosen Untiefen und Atolle, und Schiffe, die sich dennoch dorthin wagten, wurden von den Korsaren aufgebracht; die Besatzungen wurden verschleppt und als Sklaven verkauft.

»Bu'ndai ist also praktisch nur von Land aus zu erreichen, außergewöhnlich bei einer Küstenstadt. Es gibt da unten aber eine Besonderheit, und deshalb fahren wir hin. Habt ihr schon mal die großen Wale des Pangotik gesehen?«

Es handelte sich um riesige Meerestiere, Säuger; sie gehorchten alten ›Blutgesetzen‹, wie die Shil sagten. Zur

Fortpflanzung begaben sie sich im Sommer in die Weite des nördlichen Pangotik. Wenn es Zeit zum Sterben war, schwammen sie angeblich einmal eine Art Abschiedsrunde um den ganzen Planeten und zogen sich dann an einigen Stellen in ›Hallen des schweigenden Chaos‹ zurück.

»Eine dieser Hallen ist in dreihundert Meter Tiefe nicht weit von Bu'ndai. Eine unterseeische Grotte ohne Verbindung zur Atmosphäre. Die Wale legen sich dort zum Sterben hin. Das heißt, ich weiß nicht, ob sie im Liegen sterben. Die großen Körper zerfallen mit der Zeit, und übrig bleibt das von einer widerstandsfähigen Haut umgebene Gehirn. Außerdem eine ölige, nach dem Tod erstarrende Substanz, die wir der Einfachheit halber Ambra oder Walrat nennen wollen. Unter dem hohen Druck und im Salzwasser zersetzen sich Gehirn und Walrat und werden zu einer andersartigen, harten Substanz zusammengepreßt. Die Bundashil nennen es *alangra.* Taucher aus Bu'ndai holen es aus der Grotte. Das Zeug hält sich nur unter Druck; sonst zerfällt es. Die Bundashil-Heiler machen daraus vor dem Zerfallen verschiedene Medikamente, die angeblich gegen tausend Dinge gut sind.«

Oubou klopfte auf die Munitionskiste mit den Druckaggregaten. »Du willst also frisches Ambra einpacken, unter Druck nach Cadhras transportieren und untersuchen lassen?«

»Ja. Wenn die Heiler recht haben, dann müßte man daraus interessante Dinge machen können. Wenn nicht?« Er zuckte mit den Schultern. »Dann haben wir eine Reise mit der Taggabahn gemacht.«

Plötzlich führte das Steinband eine steile Hügelkette hinauf. Auf der Kuppe des ersten Hügels schien der Wagen fast stehenbleiben zu wollen, glitt dann aber langsam weiter, bekam an einem steilen Hang sehr viel Fahrt und stieg einen weiteren Hügel hinauf. Das wiederholte sich noch dreimal, und dann rollte der Wagen mit letztem Schwung in einen Hangar auf der letzten Anhöhe.

Die Besatzung dieser Station bestand aus fünf Frauen zwischen 20 und 30 Jahren. Sie alle waren groß, schlank, hatten hübsche offene Gesichter, helle Augen und helle Stirnen. Zwei von ihnen unterzogen den Wagen sogleich einer gründlichen Inspektion, prüften die Federung, zogen Schrauben nach, schmierten die Achsen und die Radnaben. Die anderen brachten Barakuda, Oubou und Learoyd zu einem flachen Holzgebäude; dahinter führten eine Treppe und eine Rutsche zu einem Platz mit Schuppen, Ställen und einer ausgedehnten Weidefläche voller Pferde und P'aodhus.

Es gab heiße Getränke und einen kleinen Imbiß. Dante erkundigte sich nach dem allgemeinen Wohlbefinden und den Händlern aus Gashiri.

»Es waren zwei Gruppen«, sagte eine der Frauen. »Die erste ist weitergefahren, nach Langladir, die meinst du wohl. Die zweite bestand nur aus Männern und hat unser Tal besucht.« Sie seufzte, und die anderen Frauen nickten. »Ein sehr angenehmer Besuch; sie sind beide Male über Nacht hier oben geblieben. Und ihr?«

»Wir müssen weiter«, sagte Barakuda mit einer Geste des Bedauerns. »Wir haben noch viele Meilen zurückzulegen.«

Eine Stunde später rollten sie über eine grüne Hochsteppe. Learoyd blickte verdrossen zurück. Dante klopfte ihm auf die Schulter. »Vielleicht auf der Rückfahrt.«

Oubou hatte sich lang auf einer Bank ausgestreckt. »Wo sind wir hier, und wieso so viele schöne Frauen?«

»Das Hochtal von Zheziri ist alles, was von einem früher sehr großen Bereich übriggeblieben ist. Zheziri reichte vor fünfhundert Jahren nördlich bis zum Meer – bis die Anarchovegetarier gekommen sind. Jetzt ist es klein. Es gibt noch eine zweite Zheziri-Station, aber vorher durchquert die Strecke einen Zipfel des AV-Gebiets.«

Oubou setzte sich auf und zwinkerte. »Und haben die hier denn keine historischen Aversionen? Immerhin heißt das doch, daß die AVs ihnen ihr Land genommen und ihre Vorfahren umgebracht haben.«

Dante nickte. »Das heißt es. Aber sie haben beschlossen, die Vergangenheit nicht anzutasten. Das Hochtal hat sich damals unter den Schutz der Königin von Kelgarla gestellt. Als das Commonwealth eingriff und die gewaltsame Expansion der AVs stoppte, waren die Zhezirishil fast ausgestorben. Seitdem gibt es im Tal eine seltsame Entwicklung, für die niemand einen Grund weiß. Nur jedes zwanzigste Kind ist ein Junge. Dadurch haben sich sehr komplizierte Strukturen gebildet. Und natürlich sind männliche Besucher willkommen, auch wenn sie aus Gashiri stammen.«

Irgendwann durchfuhren sie eine leere Station. Auch dieses Gebiet unterstand nominell der Königin. Dante wußte keine Erklärung für das Fehlen der Hüter.

Am Abend dieses Tages erreichten sie die einzige Station, die auf dem Territorium von Gashiri lag, im äußersten Süden der AV-Union. Die Besatzung bestand aus sieben Leuten – vier Frauen und drei Männern. Eine mürrische Frau unbestimmbaren Alters hatte das Kommando und wies den drei Reisenden unbequeme Kojen an. Auch das Nachtmahl war bescheiden. Zu ihrem Bedauern konnten sie die Reise nicht sogleich fortsetzen; die Wagen verfügten zwar über Bremseinrichtungen, damit die Insassen bei Zwischenfällen anhalten konnten, aber nachts war nicht zu sehen, ob sich zum Beispiel eine Herde wilder P'aodhus auf den Steinbändern herumtrieb.

Am Morgen gab es ein fürstliches Frühstück, das die Kommandantin vom Vorabend auf Geheiß einer alten Frau, die an diesem Tag Haupthüter der Station war, anfertigen mußte.

Weiter. Die Landschaft änderte sich von Stunde zu Stunde. Sie fuhren durch ausgedehntes Buschland, überquerten auf weitgeschwungenen Steinbrücken phantastische Schluchten, glitten über karge Hochflächen, passierten ungeheure Bergfestungen (in denen kriegerische

Greise saßen und den Feind im Norden beobachteten); sie verließen die gastlichen Höhlen zwergwüchsiger Murshil, die den Sand als letztmögliche Verfeinerung der göttlichen Berge anbeteten, und erreichten abends Pfahldörfer in einem Hochmoor, wo die wenigen Bewohner sich mit Sumpfgasen berauschten und Krötenlaich aßen. Durch tief eingekerbte Pässe passierten sie eine Bergkette, die den Himmel stützte, und gelangten in eine rote Wüste aus Eisensand; danach kamen sie in einen unendlichen Farnwald. Am dreizehnten Tag durchquerten sie fruchtbare Hochebenen voller Getreide, Dörfer und Bäche, und am vierzehnten erreichten sie die letzte Bergkette vor dem Hang der Westküste. Von der Plattform der Station aus sahen sie fern die Sonne über einer glitzernden Fläche untergehen.

* * *

Sie hatte kaum geschlafen. Seit eineinhalb Jahren hielt sie sich in Gashiri auf. Sie hatte als Hafenkellnerin gearbeitet, als Packerin einer Transportkommune, Aufseherin einer Flußgaleere, Schreibkraft in einer Kooperative. Sie hatte die AV-Kost heruntergewürgt und sich daran gewöhnt, sie hatte sich an den politischen und sexuellen Riten beteiligt, soweit es unvermeidbar war. Nun war sie erstmals absolut allein. Sie lag am Rand eines Laubwaldes im zentralen Hochland von Gashiri und wartete auf die Morgendämmerung. Sie dachte an Barakudas Ausführungen über die zeitlichen Grenzen des Agenteneinsatzes auf Shilgat – »Gebräuche der Umgebung, an die man sich anpassen muß, führen mit der Zeit und der Gewöhnung zu einer inneren Anpassung; was anfangs Maske ist, wird später Teil des eigenen Wesens. Das ist der spätestmögliche Zeitpunkt, zu dem ein Agent ausgetauscht werden muß.« Mit Entsetzen begriff sie, daß dieser Zeitpunkt für sie längst gekommen war. Es hatte ihr nichts ausgemacht, in den diversen Kommunen zu leben, sich wie eine Anarchovegetarierin zu benehmen und dabei mit Gedanken zu spielen, die Gashiri völlig fremd waren. Sie erinnerte sich an die

Nacht am Fluß, als sie Tontarg getötet hatte; an ihre Überlegungen anhand der springenden Fische, an die Gedanken an Wild. Am vergangenen Abend hatte sie ein kleines Wildtier erlegt, um die karge Kost aufzubessern, die sie im Gepäck mit sich führte. Nach den ersten Bissen hatte sie sich übergeben.

Im Osten brach die Nacht auf, wie Haut, die von Graufäule befallen ist und sich zu zersetzen beginnt. Das Pferd äste auf der Wiese, unmittelbar vor den Büschen, hinter denen sie lag. Im Wald zelebrierten Millionen Vögel ihren Morgenlärm.

Die Entlohnung für die meisten Arbeiten in Gashiri bestand in Naturalien – Verpflegung, Unterkunft, Gebrauchsgegenstände, soweit diese nicht ohnehin der Kommune gehörten. Obwohl offiziell von der Außenwelt abgeschlossen, betrieben die Anarchovegetarier verdeckten Handel mit anderen Gebieten auf Shilgat, meist mit Hilfe der überall unauffälligen Mischlinge. Zu diesem Zweck hatte Gashiri eigene Münzen geprägt, Gold- und Silberfoldar, die überall auf Shilgat akzeptiert wurden, weil sie den Shil-Münzen entsprachen. Nach den spartanischen Anfängen hatte sich in Gashiri ein gewisser Konsum entwickelt. Da Boden, Gebäude, Tiere und Menschen der Kommune gehörten, Dienstleistungen wie Medizin und Transport frei waren, gab es nur geringen Geldbedarf, vor allem zur Befriedigung ästhetischer Privatbedürfnisse oder Genüsse außerhalb der Kommune. Brot und Wasser und ein Bett standen jedem zu; wer etwa Tabak rauchen, Alkohol trinken oder Vergnügungsreisen unternehmen wollte, brauchte Geld. Deshalb entwickelte sich gegen alle Grundsätze der Anarchovegetarischen Union ein halbherziges Leistungs- und Vergütungssystem. Arbeitserfüllung galt als normal, nur Übererfüllung wurde mit Geld entlohnt. Toyami hatte gelegentlich bis zu einem Foldar pro Zehntag verdient und wußte, daß dazu sehr viel Arbeit gehörte.

Tontargs Geldkatze hatte Münzen im Gesamtwert von fast 1000 Foldar enthalten. Daß er das Geld am Gürtel getragen hatte, bewies, daß er es nicht unrechtmäßig – durch Diebstahl oder Unterschlagung – erworben haben konnte. Die Treidler hatten nur die Last abzuliefern – folglich konnte Tontarg nicht mit großen Handelsaufträgen betraut worden sein.

Es gab nur eine sinnvolle Erklärung. Tontarg mußte zur hierarchischen Spitze gehört haben – zu jener anonymen Gruppe von AVs, deren Ämter nicht der Funktionsrotation unterlagen. Wahrscheinlich war er Hochkontrolleur gewesen. Natürlich wußte man in Gashiri, daß zumindest das Gouvernement von Cadhras Agenten unterhielt; außerdem gab es immer wieder Versuche der inneren Abweichung. Die Kontrolleure waren eine Art Geheimpolizei, arbeiteten verdeckt und standen über den einfachen Ordnern, die sich um tägliche Probleme wie Mord, anstößigen Privatismus oder Realitätsverfälschung* zu kümmern hatten. Kontrolleure überwachten subtilere Vorgänge; sie betrachteten Menschen als zweischichtig, zusammengesetzt aus faßbarer, kommuner *persona* und unfaßbarer subkommuner *persona.* Ihre Aufmerksamkeit galt den Ausuferungen der atavistischen Individualität, die als immaterielles Fossil angesehen wurde und den eigentlichen kommunen, weiterentwickelten Menschen verhinderte. Sie kümmerten sich nicht um heimliche Fischfresser. Ihre Aufgabe war es, Dossiers über Kommunarden anzulegen, tatsächliche oder potentielle Abweichungen aufzuzeichnen und bei Realitätsverfälschungen die innere Struktur der Pseudorealität zu analysieren. Daraus ergaben sich Schlüsse auf den an dieser spezifischen falschen Realität möglicherweise interessierten Personen-

---

* »Die gesellschaftliche Realität ist eine Funktion der Anwendung ihrer von der Kommune festgelegten Definitionen. Außerhalb der kommunen Definitionen gibt es keine Realität. Wer durch Denken oder Handeln erkennen läßt, daß er Wirklichkeit jenseits der Definitionen vermutet oder diese gar formuliert und in Umlauf bringt, macht sich der Realitätsverfälschung schuldig.« Wortlaut der Plakette, die in Gashiri die *Stele der Wahren Wirklichkeit* schmückt.

kreis. Wenn sie beschlossen, eine im Ort A manifest gewordene Pseudorealität könne tausend Kilometer entfernt in B eine bestimmte Person infizieren, weil deren subversive Fossilität empfänglich für die spezifische Unwahrheit sein mochte, genügte dies, um die infizierbare, wiewohl noch nicht infizierte Person vorsorglich auszuschalten, in Zwangsarbeitslager zu stecken oder vorbeugend zu reindoktrinieren. (Bei dieser ›Wahrwaschung‹ wurde die kommune *persona* durch Drogen, Folter und verbale sowie hypnotische Manipulation zerstört und durch eine andersartige ersetzt. Es galt als sicher, daß durch das Verfahren auch die subversive, subkommune bzw. präkommune *persona* geändert wurde.)

Toyami hatte Gerüchte gehört, denen zufolge Hochkontrolleure mit größeren Geldsummen versucht haben sollten, Cadhrassi-Agenten zu kaufen. Dies ließ, wenn es stimmte, nur den Schluß zu, daß Aktionen vorbereitet wurden oder bereits abliefen, zu deren Durchführung man Informationen von der Gegenseite brauchte. Normalerweise wurden Cadhrassi-Agenten gepfählt oder öffentlich gekehlt.

Tontarg war wichtig gewesen. Vermutlich hatten sich in seinem Gepäck Hinweise auf seine Wichtigkeit gefunden, und die anderen Mitglieder der Treidelgruppe hatten gleich die nächste Ordnerstation informiert. Jedenfalls war Toyami nur knapp entkommen. Im ersten Ort östlich des Gashiri hatte sie im Kommunepferch ihr Pferd gegen ein Reitpferd mit Sattel und Zaumzeug eingetauscht. Während sie im Büro des Pferchs Foldar bezahlte (da sie nicht nachweisen konnte, daß sie im Auftrag oder im Arbeitseinsatz reisend die Ausrüstung brauchte, hatte sie die üblichen Lustreise-Tarife zu entrichten), war ein Herold ins Dorf gekommen und hatte von der Ermordung eines Kommunarden aus Gashiri durch eine junge Frau berichtet. Seitdem bewegte sie sich vorsichtig nach Osten, vermied Siedlungen und schlief in Wäldern.

Die Graufäule des Himmels lief blutig an. Das weite Land wurde sichtbar. Sanft gewellt erstreckten sich bis zum Horizont Getreidefelder und Ostplantagen, unterbrochen von Viehweiden und Brachland. Toyami trank Wasser aus der Lederflasche, aß Körner und einige Stücke undefinierbaren Trockenobstes. Zwischendurch blickte sie immer wieder über ihre Schultern zurück.

Das war eines ihrer Probleme. Sie wurde gesucht, gejagt, aber es war nicht das Gefühl konkreter Bedrohung, das sie beunruhigte. Es war das Gefühl sündigen Treibens, verbrecherischer Absonderung, fossilen Privatisierens. Sie war zum ersten Mal wirklich allein, und es erfüllte sie beinahe mit Panik. Nicht Angst vor dem Dunkel der Nacht oder des Waldes, sondern tiefe Unsicherheit, weil sie etwas Subversives tat, sich individualisierte.

»Höchste Zeit zum Austausch«, murmelte sie. Sie biß die Zähne zusammen und ging, ohne sich umzudrehen, zum Pferd.

Das zentrale Hochland war durch eine Bergkette von den Ebenen an der Küste getrennt; es stellte eine Art Zwischenterrasse dar. Im Süden und Südosten konnte Toyami bereits die schneebedeckten Berggipfel erkennen, hinter denen die Täler und Plateaus von Tag'gashir'dir lagen. Wie alle Grenzregionen war das zerklüftete Südland ein Verbotenes Gebiet. Weiter im Süden verlief die legendäre Taggabahn durch einen Zipfel des AV-Gebiets; dort berührten einander die Länder Gashiri, Langladir, Zheziri, Golgit und mehrere kleine Shilgebiete.

An einem Bach machte sie Rast. Es war früher Nachmittag. Mit dem Kochgeschirr schöpfte sie Wasser, trank und aß dazu wieder eine Handvoll Körner, Dörrobst und einige Bissen einer harten, geschmacklosen Substanz, deren Hauptbestandteile Gemüse (dehydriert und pulverisiert) und pflanzliche Fette waren. Dann zog sie sich aus, wusch sich im Bach und ließ sich von der Nachmittagssonne trocknen. Ihre Oberschenkel waren wundgeritten, und ihre Rippen begannen sich abzuzeichnen.

Beim Anziehen faßte sie einen plötzlichen Entschluß. Die Berge waren oder schienen greifbar nah. Um die Ostgrenze von Gashiri zu erreichen, die 1000 Kilometer Luftlinie entfernt war, würde sie ebenfalls Hügel und Berge überwinden müssen, dazu drei große Flüsse mit relativ dicht bevölkerten Einzugsgebieten. Bei ihrem Tempo und der erzwungenen Umsichtigkeit konnte sie nicht hoffen, die Kette der Sperrstationen im Osten schnell zu erreichen. Dreißig, vielleicht vierzig Tage; danach die steilen Grenzgebirge mit den scharf bewachten Straßen und unwegsamen Schluchten, dann erst das System der Grenzfestungen. Schwieriger konnte es auch im Süden nicht sein, aber die Südgrenze war näher, und die Verbotenen Gebiete sicher ebenso scharf bewacht wie der Osten, aber weniger dicht besiedelt. Außerdem würden die Verfolger nicht damit rechnen, daß eine Flüchtige ausgerechnet Tag'gashir'dir aufsuchte. Was mit ihr geschah, falls man sie fangen sollte, war nicht von der Gegend abhängig, in der sie erwischt wurde. Sie machte sich keine Illusionen. Verhöre, Drogen, Foltern, Vergewaltigungen; die Kontrolleure würden sicher nicht versuchen, sie, die Mörderin eines Hochkontrolleurs, zu kaufen, aber ebenso gewiß konnte sie mit einem qualvollen Tod rechnen.

Sie zog sich an und stieß einen leisen Pfiff aus; der Rappe schnaubte und kam zu ihr. Ein gutes Pferd, ausdauernd und schnell, sie hatte Glück und ein gutes Auge gehabt, als sie ihn auswählte. Sie befestigte ihren Beutel wieder am Sattelknauf.

Nach Süden. Jenseits des Bachs erstreckte sich eine wellige Steppe. Nachdenklich prüfte Toyami die Schneide ihres Messers. Dies und die erlernten Kampftechniken waren ihre einzigen Waffen. Angesichts dessen, was ihr im Fall der Gefangennahme drohte, war sie entschlossen, sich sehr teuer zu verkaufen. Mit der Zungenspitze tastete sie nach der winzigen Schwellung an der Innenseite ihrer Unterlippe. Zum ersten Mal begriff sie konkret und persönlich die bittere Notwendigkeit der Giftkapsel. Man konnte sie nur absichtlich, gewaltsam herausbeißen.

Am frühen Abend durchquerte sie einen kleinen Wald; an dessen Südseite begann Weideland, aber bald stellte sie fest, daß die Pferde und Kamele unbeaufsichtigt waren. Es mochte sich um eine der zahllosen Reittierherden der Ordnergruppen handeln. Das wiederum hieße, daß in der Nähe eine größere Garnison sein mußte. Sie dachte an die Karte von Gashiri und kam zu dem Schluß, daß sie nur wenige Kilometer westlich der großen Straße von Gashiri nach Tag'gashir'dir war. Eine der wichtigsten Nordsüd-Verbindungen des Landes, die sicherlich immer schärfer kontrolliert wurde, je weiter man nach Süden kam, in die Nähe des Verbotenen Landes.

Vorsichtshalber ritt sie nach Südwesten, wo keine Siedlungen sein durften. Unmittelbar am Fuß der Berge verlief noch eine Transportstrecke ostwestlich, aber bis sie diese erreichte, konnte sie eigentlich sicher sein, keine Dörfer mehr zu berühren.

In der Abenddämmerung fand sie eine kleine, einzelne Hütte. Sie schien verlassen, dennoch näherte Toyami sich nur behutsam. In einem halboffenen Verschlag neben der Hütte entdeckte sie Werkzeug und Material für Zäune, Drahtrollen sowie Brandeisen. Es mußte sich um eine Notunterkunft für Viehhirten handeln. Nicht weit hinter einem Brunnen sah sie in einem Drahtgehege aufgeplusterte Hühner auf überdachter Stange hocken. Sie sattelte den Rappen ab. Aus einem Brunnen schöpfte sie Wasser, tränkte das Pferd und inspizierte die Hütte. Es gab mehrere Pritschen, eine Feuerstelle und einen Schrank sowie eine winzige Vorratskammer. Im Schrank fand sie einen kurzen Bogen und einen Köcher mit etwa fünfzig Pfeilen, Messer, Lederriemen, Nägel und anderes Werkzeug. Der Bogen verblüffte sie, bis sie daran dachte, daß die Hirten häufig Probleme mit Raubtieren haben mußten.

Plötzlich bemerkte sie, daß ihr Nacken schmerzte. Erst da fiel ihr auf, daß sie sich tagsüber dauernd umgeschaut hatte. Sie murmelte einen Fluch und ging wieder hinaus.

Im ungewissen Abendlicht näherte sie sich dem Hühnergehege. Ein Rinnsal floß hindurch, und als sie unmittelbar neben ihnen stand, wurden die diffusen Bottiche zu Trögen, die mit Körnern gefüllt waren. Mit schnellem

Griff packte sie ein Huhn. Sie machte Feuer im offenen Herd der Hütte und briet das gerupfte und ausgenommene Tier. Dann ging sie noch einmal hinaus und suchte nach Eiern. Sie fand vier, vertraute auf ihre Frische und briet sie in einer Kupferschale, zusammen mit einem Stück des dehydrierten Gemüsekoagulats, das beim Erhitzen ein wenig Fett freigab.

Als das Huhn fertig war, fühlte Toyami sich bereits zu drei Vierteln gesättigt. Sie spülte den letzten Bissen Ei mit Wasser hinunter. Dann brach sie ein Hühnerbein ab, roch daran und fand es köstlich.

Nach dem zweiten Bissen stürzte sie hinaus und erbrach sich neben der Tür. Keuchend, ausgepumpt und mit pochenden Schläfen taumelte sie wieder in die Hütte. Sie löschte das Feuer mit einem Schuß Brunnenwasser und legte sich mit ihrer Decke auf eine der Pritschen. Sie versuchte die aufsteigenden Tränen niederzukämpfen. Solange sie sich unverletzt und heil fühlte, konnte sie mit einem gewissen Stoizismus der Todesgefahr entgegenreiten, das Messer prüfen und mit der Zunge nach der Giftkapsel tasten. Aber nun, da etwas in ihr sie zwang, sich dauernd umzudrehen und nach Beobachtern Ausschau zu halten – nach Beobachtern, die sie nicht etwa verfolgten, sondern ihr beim subversiven Privatisieren zuschauten; nun, da auch ihr Körper in einem wichtigen Punkt nicht mehr gehorchte, hatte sie das Gefühl, aufgespalten zu sein in drei Teile, deren Verbindungen überdehnt und brüchig waren. Ein Teil hatte nach langer Verstellung die Maske der Anpassung verinnerlicht; er fürchtete sich vor Sünde und Häresie, an die er eigentlich nicht glaubte. Der zweite Teil, vielleicht nur Kehrseite des ersten, war der Körper, der sich umschaute und Fleisch herauswürgte und vielleicht bald weitere Dienste aufkündigen würde. Der dritte Teil war sie selbst, die alte Toyami, die bei der entsetzten Betrachtung der rebellierenden Teile begriff, daß sie den dritten Teil, den eigentlichen, nicht kannte.

Aus: Lexikon der bewohnten Welten LXII (Sa-Smu)

»... *Auf dem Südkontinent von Shilgat sind neben den behandelten größeren Gruppen noch einige ephemere Ethnien (?) erwähnenswert; hierzu gehören die ›Stinker‹ von Garidu, die weiter unten besonders aufgeführt sind.* * *Ohne Anspruch auf Vollständigkeit (oder Auffindbarkeit, da derlei meta- bzw. pataphysisch orientierte Gruppierungen meist nur kurze Zeit bestehen) hier eine Aufzählung der Stämme östlich der ›zivilisierten‹ Gebiete um Bu'ndai:*

– die Dhuwalli des Farndschungels; sie glauben an Wiedergeburt in den Bäumen. Es sind zwergwüchsige Giftmischer (Gifte sind ihr einziges Handelsgut); je kleiner ein Individuum ist, desto größer wird es im folgenden Baum-Leben. Sie horten Anekdoten und Berichte über einzelne Dhuwalli, um diese später als Bäume identifizieren zu können. Das Gift, das übrigens für den Zwergwuchs verantwortlich sein dürfte, gewinnen sie ausschließlich aus jenen Bäumen, die Inkarnationen alter Familienfeinde sind und zur Ader gelassen werden. Statt einer Blutkennen sie die Saftrache. Versuche, von der herkömmlichen Fortpflanzung zu einer Art Bestäubung oder Aufpfropfung zu gelangen, waren bisher erfolglos ...

– die Schweiger der Roten Wüste; sie halten die Sprache, die ja eine Art Ordnung darstellt, für eine Zersetzung des Großen Chaos und schweigen daher bekräftigend, außer an Redetagen, die aufgrund besonderer Ereignisse beschlossen werden, z. B. nach Sandzeichen, Windwechseln, Träumen oder beliebigen Omen;

– die ›Stalagmoshil‹; sie stehen oft mit geschlossenen Augen starr in den Bergtälern des nördlichen Golgit, und zwar bisweilen tagelang, ohne je Auskunft über Gründe oder Verlauf des Stehens zu geben;

– die Kryptodonten von Zighal; sie zeigen Fremden niemals

---

* vgl. hierzu *Barakuda III Banyadir,* Kap. V.

die Zähne, essen immer allein, außer an Festtagen, an denen sie den Tod ihres Gottes feiern, den sie mit Stößel und Mörser hingerichtet haben und in seiner Wandelform als Brot verzehren, wobei sie die Zähne blecken und mit vollem Mund Sakralgesänge röhren;

– die Leumen, Bewohner dreier Dörfer im westlichen Golgit; sie betreiben eine Art Ratsdemokratie und halten Dinge für wahr, wenn sie erörtert und beschlossen wurden …«

IV

Abenddämmerung weichte die Farben der grauen Steingebäude mit ihren bunten Fenstern, braunen Balken und grünen Dachschindeln auf. Das Meer pulsierte schwarzblau. Die Bauern der Umgebung räumten ihre Theken ab, packten die Reste von Obst, Gemüse und Getreide mit den Brettern auf Karren. P'aodhus blökten, grunzten und rülpsten. Eine gelblich-braune Mischung aus dem Saft zerquetschter Früchte, Putzwasser und Ausscheidungen, durchsetzt mit Abfall, kroch die Kopfsteinstraße hinab.

Barakuda inhalierte den Duft des heißen, mit einem unbekannten Alkohol versetzten Kräutertees. Terence Learoyd beobachtete die Sprünge der Bauern und Bäuerinnen und lauschte ihren Verwünschungen. Weiter oben hatten drei Leute Schläuche gelegt und eine Pumpe mit ausladenden Wipp-Schwengeln in Betrieb genommen. Ein armdicker Wasserstrahl peitschte die Straße, ein Vorhang von Spritzern stieg auf. Vlad Oubou legte die Füße auf das Geländer und nickte beifällig. Unterhalb der Terrasse des Gasthauses hüpften Bauern, späte Kunden und allerlei Passanten, um den Fluten zu entgehen. Zeternde P'aodhus, von den jähen Benetzungen, irritiert, setzten sich mit halbbeladenen Karren in Bewegung.

Mit seinem dampfenden Becher wies Xhadruga auf das Ende der parallel zum Hafen verlaufenden, nordwärts abfallenden Straße.

»Da sind Gruben.«

Am Ende der Straße standen keine Häuser. Ein dünner Strich schien dort zu verlaufen; dahinter dehnten sich schroffe Küstenfelsen aus.

Barakuda rümpfte die Nase und betrachtete den dünner und schneller fließenden Brei. Die meisten Leute hatten sich inzwischen in Sicherheit gebracht, die P'aodhus beruhigten sich, und Kinder tobten durch die glitschigen Bäche.

»In den Gruben«, sagte Xhadruga, »sind Karren und Reformer. Die Reformer schaufeln das, was von oben neben die Karren fällt, auf die Ladefläche und fahren alles auf die Felder.«

Learoyd riß seinen Blick vom Panorama los, kratzte sich den roten Schopf und sah den alten Shil fragend an.

»Ach so.« Xhadruga lächelte. »Reformer – das sind Leute, die gelegentlich glauben, so etwas wie eine Regierung einrichten zu müssen. Wir stecken sie dann in die Gruben oder weisen ihnen andere nützliche Aufgaben zu, bis sie wieder zur Vernunft gekommen sind.«

Xhadruga war ein weitgereister Händler; seit er in Cadhras Geschäfte gemacht hatte, kannte Barakuda ihn. Seither kannte Xhadruga auch solche bizarren Begriffe wie Regierung.

Auf der anderen Seite der Straße begann das Gewirr der kleinen und kleinsten Häuser und Gassen der Hafengegend. Von der Terrasse war das Meer gut zu sehen. Das Gasthaus ragte weit über alle anderen Gebäude hinaus.

Der Hauptort der Bundashil lag im Scheitelpunkt einer halbkreisförmigen Bucht; die Entfernung zwischen den Kaps im Norden und Süden betrug fast 200 km. Beide Kaps waren die Vorsprünge schroffer Gebirge, die das Land der Bundashil nach Norden und Süden von der Welt trennten und sich im Pangotischen Ozean in Inseln fortsetzten. Im Osten stieg der Boden in seltsam regelmäßigen Schichten an – Hügel, Plateau, nächsthöchster Hügelzug, nächstes Plateau. Unmittelbar nördlich von Bu'ndai bildete erstarrter Basalt Flächen, Dome und Schründe an der Küste. Wo der Basalt endete, begann Schwemmland. An der Grenze zwischen Humus und Basalt hatten die Bundashil den großen Graben der Reinlichkeit gezogen; nach Süden stieg das Land an, so daß die Straßen mühsam abgespült werden konnten.

Am oberen Ende der großen Nord-Süd-Straße stand der Ratskerker, ein Gebäude aus zweimal mannshohen Basaltsäulen, die mit Abständen von etwa einem Meter aufgerichtet waren. Das Dach bestand aus lockeren Sparren, die ebenfalls große Zwischenräume aufwiesen und weder Wind noch Regen abhalten konnten. In diesem rundum offenen Käfig wurden die ausgelosten Träger der ›Entehrenden Bürde des Verwaltens und Verwesens‹ aber keineswegs gefangengehalten, wie Dante angenommen hatte.

»Nein, nein.« Xhadruga schüttelte den Kopf. »Das wäre denn doch zuviel. Die Einrichtung einer amüsanten Sinnlosigkeit wie Ordnung und Herrschaft sollte nicht so ernst genommen werden, daß Menschen darunter leiden.«

Barakuda warf ihm einen schrägen Blick zu. »Ich hörte, daß es für Frauen, die außerhalb von Bu'ndai Gemüsegerichte zu sich genommen haben, zur Zeit nicht ratsam sei, die Stadt zu betreten.«

»Das ist schon richtig. Sie werden aber nicht dort eingesperrt; sie können sich frei bewegen und die Ehrlosigkeit ihrer Bürde dadurch beweisen, daß sie vernünftigen Beschäftigungen nachgehen und das Verwalten und Verwesen dem Ungeziefer überlassen. Aber bis zum Ende des Jahres müssen sie in Bu'ndai bleiben.«

Vorsichtig brachte Barakuda die Ambra-Taucher ins Gespräch.

»Ich kann dir einen oder zwei nennen«, sagte der alte Händler. »Aber sprechen mußt du selbst mit ihnen. Vielleicht liefern sie, vielleicht nicht.«

Sie ließen ihre Gepäckstücke und die schwere Kiste im Gasthaus zurück. In den wimmelnden Gassen der Altstadt – Lehmpfade mit Holzstegen zwischen Holz- und Ziegelbauten – kamen sie nur langsam vorwärts. Xhadruga hatte drei Taucher beschrieben und einige Tavernen genannt, in denen sie sich aufhalten mochten.

In einem kleinen Lokal setzten sie sich an einen Tisch; durch das Fenster sahen sie den schwach erleuchteten Kai. Barken und Küstenkutter schaukelten in der halben Dunkelheit.

Es gab gebratenen Fisch, gedünstetes Gemüse und schwarzes Bier. Learoyd leerte seinen Becher auf einen Zug, nickte heftig und winkte dem krummbeinigen Shil.

»Wenn wir«, sagte Barakuda nachdenklich, »wirklich Ambra bekommen, dann bin ich auf die Untersuchungen gespannt.«

Oubou nippte an seinem Bier. Der lange dürre Mann mit den Eulenaugen betrachtete Learoyd aufmerksam, der soeben den zweiten Becher liebkoste. »Was Xhadruga erzählt, klingt eher wie ein Märchen«, murmelte er.

Dante grinste. »Stimmt schon, aber wenn nur die Hälfte wahr ist, können wir einen Pharmakonzern aufmachen – vorausgesetzt, wir kriegen genug von dem Zeug.«

»Husten«, sagte Oubou. »Rheuma, Impotenz, Schwellungen, Klaustrophobie, Vergiftungen, Bluthochdruck, Knochenbrüche, Verstopfung, Fruchtbarkeit, Unfruchtbarkeit, Ausschlag, Depression – es ist nicht zu glauben.«

Learoyd nickte und schlürfte. Er wischte sich den Schaum vom Mund. »Dieses Bier heilt mindestens genau so viele Krankheiten.«

»Ich bin nur nicht ganz sicher, ob das Hospital über ausreichende Analysemöglichkeiten verfügt«, sagte Barakuda.

»Was, wenn nicht?« sagte Oubou.

»Ich weiß nicht. Vielleicht müßte man sich mit Gerames in Verbindung setzen und fragen, ob er ein Laborschiff kaufen und in ein hypothetisches Pharmageschäft einsteigen will.«

Sie lachten.

Die Taverne war gut besucht. Learoyd schien nicht der einzige zu sein, der das schwarze Bier schätzte. Der krummbeinige Wirt bestätigte, daß er es selbst braue. Die meisten Frauen und Männer waren Bundashil, aber selbst hier, so weit entfernt von den Plätzen am Binnenmeer, gab es Mulis.

Barakuda schob den leeren Teller von sich. »Wir sollten weitergehen. Hier kann ich keinen von den beschriebenen Tauchern sehen.«

Learoyd verschränkte die Arme vor der Brust und legte den Kopf schief. »Das könnt ihr doch bestimmt allein.«

Dante zwinkerte. »Zirpt die Leber?«

Terence nickte, ohne das Gesicht zu verziehen. »Sie ist bekanntlich aus Eisen, aber aus besonderem Eisen. Wenn sie nicht mal wieder gründlich gespült wird, rostet sie. Und diese oxydierten Haare reichen mir völlig.« Er fuhr sich mit dem Zeigefinger um den Schädel, als wolle er sich skalpieren. »Außerdem stehen da am Tresen einige reizende Fischerinnen. Vor allem eine, und sie scheint rote Haare zu mögen. Sind ja auch selten hier.«

Oubou beugte sich vor und klopfte ihm auf die Schulter. »Leber spülen reicht nicht, wie? Da war doch noch was ...«

Barakuda stand auf. »Hast du Geld?«

Learoyd hob die Brauen. »Nicht viel. Soll ich eure Zeche übernehmen, damit ihr verschwinden könnt?«

Barakuda zog eine Handvoll Münzen aus der Tasche und ließ sie in Learoyds Brusttasche gleiten.

Zwei Lokale weiter landeinwärts entdeckten sie einen Shil, auf den Xhadrugas Beschreibung zutraf. Als Dante vor ihm stand, sah er die geplatzten Äderchen in den Augen und auf den Wangen.

Zu dritt setzten sie sich an einen Tisch in Türnähe. Barakuda interessierte sich besonders für das Tauchverfahren, über das der Taucher sich jedoch nicht äußern wollte. Er machte vage Andeutungen, denen zu entnehmen war, daß er eine Art Glocke verwendete.

Barakuda saß mit dem Rücken zur Tür. Fast die Hälfte der Kundschaft dieser Schänke schien aus Mischlingen zu bestehen. Nach längeren Verhandlungen, die zum Teil etwas lauter geführt wurden, erklärte sich der Taucher bereit, die gewünschte Menge *alangra* zu beschaffen. Sie einigten sich auf 750 Foldar, zahlbar zur Hälfte sofort, zur Hälfte bei Ablieferung.

Dante legte sieben goldene Fünfziger, zwei goldene Zehner und einen silbernen Fünfer auf den Tisch. »Du findest uns im großen Gasthaus an der Steinstraße.«

Der Taucher nickte. Er trank sein Bier aus, strich die Münzen ein und stand auf. »Dann will ich schlafen gehen, damit ich erholt bin, wenn ich das Geld verdiene.«

Er ging zur Tür, die sich in diesem Moment nach innen öffnete. Jemand trat halb ein, schaute sich um und verließ das Lokal sofort wieder. Der Taucher zuckte mit den Schultern und trat hinaus.

Oubou runzelte die Stirn. »Komisch«, sagte er mit schwerer Zunge, »das sah aus wie ein Cadhrassi, aber außer uns und Terence ist doch keiner hier.«

Barakuda wandte sich um; zu spät, um noch etwas zu sehen. Er fühlte sich beobachtet und schüttelte den Kopf. »Gespenster, Vlad. Ich bin müde. Ich glaube, ich gehe.«

Oubou nickte. »Ich trinke noch dieses Töpfchen aus, und vielleicht noch eines. Nach diesem Gereise ist eine Hafenkneipe was Feines.« Er grinste.

Dante zwinkerte ihm zu und winkte der Kellnerin. Nachdem er gezahlt hatte, trat er auf die Gasse hinaus.

Kurz bevor er die gepflasterte Hauptstraße erreichte, nahm er aus den Augenwinkeln eine Bewegung wahr. Benommen von Müdigkeit und Alkohol reagierte er nicht gleich. Jemand legte von hinten einen Arm um seine Kehle. Dante stieß ihm den Ellbogen in den Magen und trat mit der Ferse. Der Gegner ächzte und ließ los, aber gleichzeitig blitzte links vor Barakuda ein Messer. Es stieß von oben herab. Dante versuchte auszuweichen; der Stahl schlitzte Jackenärmel und Hemd auf, ritzte die Haut, sprengte das Lederband des Kombigeräts. Mit der Rechten packte Dante das Gelenk der messerführenden Hand. Ein Tritt traf ihn von hinten in die Kniekehlen, ein Faustschlag explodierte in seiner Magengrube. Er spürte Brechreiz, aufsteigendes Bier, sackte vornüber. Dann krachte ein harter Gegenstand auf seinen Schädel.

Am mittleren Vormittag rollte Terence Learoyd sich aus dem Bett. Es machte ihm nichts aus, daß er die Umgebung nicht kannte. Er fühlte sich hervorragend. Am Ende des dritten Bechers von dem köstlichen schwarzen Bier hatte er zu trinken aufgehört, da die Alternative ihn mehr lockte.

Die deftige, mittelalte Bundashil stand am Herd und

blickte über die Schulter. Der zerknautschte, knielange Kaftan war olivgrün wie die stämmigen nackten Beine, wie das fröhliche Gesicht mit den tausend Lachfältchen. »Der Tag sei dir ein lieblicher«, sagte sie in kehligem Taggashilgu. »Frühstück, o wilder fremder Mann?«

Die hochstehende Sonne spiegelte sich im Wasser der weiten Bucht; Segel blitzten in der Ferne. Die Wohnung lag im Obergeschoß eines der zweistöckigen Häuser an der südlichen Strandpromenade, und durch die offenen Fenster roch es nach Salzwasser, Tang und Menschen.

»Frühstück, o Fürstin der Laken.« Terence rekelte sich und hielt Ausschau nach seinen Kleidern. »Wenn dein Tag halb so lieblich wird wie meine Nacht«, sagte er munter, während er seine Unterhose aus einem Korbsessel am Fußende des Bettes fischte, »dann wird er den Rest des Jahres grell überstrahlen.« Er fand es völlig normal, solche Sätze zu sagen, denn erstens entsprachen sie der Wahrheit, und zweitens flossen sie ihm auf Taggashilgu wie von selbst von der Zunge. Galaktein, fand er, war eine spröde Angelegenheit.

Es gab Brot, Fleisch, Obst und kräftigen Tee. Terence aß und trank mit Genuß und Eile, denn er fühlte sich ausgehungert. Lerio stand zwischendurch vom Tisch auf, um sich anzuziehen. »Wie lange bleibt ihr in Bu'ndai?«

Terence verstand die Frage, obwohl Lerio sie in dem Moment stellte, als sie den Kaftan über den Kopf zog. Er betrachtete den muskulösen Körper und spülte sich den Mund mit Tee. »Ein paar Tage.«

Lerio stieg in derbe Lederkleidung. Mit dem Kinn deutete sie aus dem Fenster, aufs Meer. »Meine Hummerkörbe; ich werde kurz nach Sonnenuntergang wieder im Hafen sein.«

Terence nickte. »Die genaue Zeit kann ich dir nicht sagen, aber ich komme sicher vorbei.«

Sie lächelte, kam durch den Raum zu ihm und zog mit kräftigen rauhen Fingern an seinem roten Haar. »Das bitte ich mir aus.«

Bester Laune und leise pfeifend betrat Terence Learoyd kurze Zeit darauf das große Gasthaus. Der Wirt sah ihm entgegen und zeigte maßlose Verblüffung. »Du lebst!«

Terence schüttelte verwundert den Kopf. »Sollte es anders sein? Ich lebe sogar ganz ausgezeichnet.«

»Aber ... aber deine Freunde.«

Learoyd blieb stehen, wie von einer Keule getroffen. »Was ist mit ihnen?«

»Böse Menschen«, sagte der feiste Shil. »Böse Menschen, schwärzliche Finsterlinge haben sie in der Nacht überfallen.«

Morgens hatte jemand das zertrümmerte Kombigerät gefunden, dazu Stoffetzen und Blutspritzer. Der kluge Finder hatte angesichts des Geräts auf Cadhrassi geschlossen, von denen dem Vernehmen nach mehrere im großen Gasthaus abgestiegen seien, und die Trümmer dorthin gebracht. Oubou und Barakuda, so hatten zwei Bundashil ermittelt, waren nacheinander aus einer Taverne aufgebrochen.

Der Wirt kniff die Augen zusammen. »Jemand will weitere Cadhrassi gesehen haben.« Er holte die betrüblichen Überreste von Barakudas Kombigerät aus einer Schublade und schob sie Terence zu.

Mit schweren Schritten stieg Learoyd zu den Zimmern hinauf, sammelte Barakudas und Oubous Reisebeutel ein, schleppte die Munitionskiste aus Dantes Zimmer und setzte sich auf sein Bett, um zu denken. Schließlich nahm er sich die Beutel vor. Das kurze Messer, das Dante mit auf die Reise genommen hatte, schob er in seinen rechten Hemdsärmel. »Lange her«, murmelte er. Er stand auf, ging zum Fenster, drehte sich schnell um und ließ dabei das Messer in die Hand gleiten; ansatzlos verlängerte er die Bewegung zu einem Wurf. Das Messer blieb zitternd in Brusthöhe in der Tür stecken.

»Geht so«, knurrte er. Jahrelanges Üben hatte ihm zu einer gewissen Meisterschaft im Messerwerfen verholfen, aber seit er nicht mehr der Marineinfanterie angehörte, war er nicht zum Üben gekommen. Oubous Messer fehlte; vermutlich hatte Vlad es im Gürtel getragen. Schließlich holte Learoyd sein eigenes Messer hervor und wog es in der Hand. Es war eine lange, gerade Waffe; die zweischneidige Klinge glitzerte, und der schmucklose Griff schmiegte sich in seine Handfläche. Wie ein zum Leben erwachendes, durstiges Wesen. Er hatte die wundervoll ausbalancierte Waffe immer gepflegt und sorgsam nachgeschliffen; seit nunmehr 30 Jahren waren sie gewissermaßen miteinander befreundet.

Mit 12 Jahren war er aus einem Waisenhaus entlaufen und hatte sich einem Zirkus angeschlossen, der durch die Wälder, Weinberge und Savannen Mitteleuropas zog und die uralten Dörfer besuchte. Aus Learoyd wurde ein erstklassiger Messerwerfer. Mit 16 Jahren hatte er (behauptend, er sei 18) auf dem Raumhafen des alten London auf einem Frachter angeheuert, als Lader und Stauer. Er war schon damals baumlang und kräftig gewesen, wollte die verschlafene Erde verlassen und zur Commonwealth-Flotte, die auf Terra keinen Stützpunkt unterhielt. Das Messer hatte einem Hilfskoch gehört, der behauptete, es sei einige hundert Jahre alt und habe ungefähr die gleiche Anzahl Menschen getötet, allein 11 in der Zeit, seit er es besitze. Einige Wochen später waren es 12; der Hilfskoch war in einem Streit plötzlich mit der Waffe auf Learoyd losgegangen, und Terence hatte die Hand gepackt, gebrochen und dabei das Messer in die Brust des Mannes gestoßen. Nun bebte es in seiner Hand.

Er schob es zurück in die Scheide, die er am Gürtel befestigte. Dann zog er Dantes Messer aus der Tür, steckte es wieder in den Ärmel und verließ das Gasthaus.

Xhadruga stapfte durch sein Kontor am Hafen und zählte Fässer mit Salzfischen. Auch er hatte Terence für tot gehalten oder verschleppt, wie die beiden anderen.

»Vielleicht leben sie ja noch«, sagte Learoyd. Er setzte sich auf ein Faß. »Die Leichen hätte man doch einfach liegen lassen.«

Xhadruga nickte bedächtig. »Vielleicht. Oder entfernt, um keine Spuren zu hinterlassen.«

»Dann hätte man sicher auch das zerbrochene Armbandgerät mitgenommen.«

»Möglich, mein Freund. Möglich.« Der alte Händler seufzte. »Wir leben in würdelosen Zeiten. Was willst du nun tun?«

Learoyd starrte an die Decke der klammen Lagerhalle. »Ich werde die beiden suchen. Und vor allem auch die, die das veranstaltet haben.« Er klopfte auf den Griff des Messers an seiner Seite.

»Brauchst du Foldar?«

Learoyd hob die Schultern. »Ich habe ein paar Münzen, vielleicht insgesamt hundertfünfzig Foldar.«

»Das reicht nicht, komm mit.«

Sie gingen in sein Büro, dessen großes Fenster auf den Hafen hinaussah. Xhadruga öffnete eine versteckte Klappe in der Wand und holte einen Beutel heraus. Er blickte Terence ausdruckslos an. »Barakuda hat mir einige Gefallen erwiesen. Und er hat viel für uns alle getan. – Du warst in Pasdan, nicht wahr?«

Terence krempelte den linken Ärmel auf; der Oberarm war von einer großen Narbe entstellt, die ein Querschläger hinterlassen hatte. »Und in der Steppe, nördlich der Sintul-Berge.«

Xhadruga warf ihm den Beutel zu. Learoyd fing ihn auf; er wog schwer.

»Das sind fünftausend«, sagte Xhadruga, als handle es sich um ein Taschengeld. »Bring mir den Kopf des Mörders von Dante Barakuda.«

Learoyd warf dem alten Händler den Beutel zurück. »Der Kopf des Mörders oder Entführers von Dante Barakuda und Vlad Oubou ist nicht käuflich.«

Xhadruga setzte sich. »Kannst du denn mit einem Messer umgehen, Krieger? Eure Feuerwaffen verderben die Hände und Augen für alles wirkliche Spielzeug.«

Learoyd machte eine blitzschnelle Armbewegung. Xhadruga zuckte nicht, zog auch den Kopf nicht zur Seite. Zwei oder drei Zentimeter neben seinem linken Ohr sauste das kurze Messer aus Terences Ärmel vorbei, bohrte sich in einen Wandbehang und zitterte aus.

Der Händler wandte sich um, betrachtete die Waffe, zog sie aus Leinwand und Täfelung und legte sie neben den Beutel. »Fünftausend«, sagte er. »Und behalt den Kopf. Gib sie mir zurück, wenn du sie nicht brauchst.«

Neben dem Ratskerker, an einer Mauer, hingen viele Zettel mit Botschaften, Wünschen, Verkündungen. Learoyd hängte dort das große Blatt hin, das Xhadruga für ihn beschrieben hatte; Terence sprach zwar Tagga- und Banyashilgu, beherrschte aber nicht die komplizierte Kalligraphie. Die Botschaft forderte jeden dazu auf, Neuigkeiten über den Verbleib der beiden entführten oder ermordeten Cadhrassi gegen Belohnung im großen Gasthaus zu melden.

Der Wirt reichte ihm einen Zettel, als Learoyd das Gasthaus betrat. »Ein Junge hat das abgegeben.«

Terence nahm das Papier entgegen. Die Botschaft war auf Taggashilgu, aber mit galakteinischen Zeichen abgefaßt. »Nachrichten von Barakuda um Mitternacht am Nordende des Hafens.«

Learoyd brachte den Nachmittag in der Stadt zu, in den Tavernen, die in der Nähe des vermutlichen Tatorts lagen. Er befragte Wirte, Wirtinnen, Gäste, brachte aber keine Neuigkeiten in Erfahrung. Zwischendurch überlegte er sich Möglichkeiten, mit Cadhras in Verbindung zu treten. Das Verschwinden des ehemaligen Sekretärs für Sicherheit mußte dessen Nachfolgerin interessieren. Sarela McVitie hätte ganz andere Möglichkeiten, eine Suchaktion in Gang zu setzen. Vor allem kannte sie die Kundschafter in diesem Teil des Südkontinents, während er lediglich wußte, daß es welche gab, aber nicht, wo.

Gegen Sonnenuntergang begab er sich zurück ins Gasthaus, stieg in sein Zimmer hinauf, packte Oubous und Barakudas Beutel in die schwarze Kiste, hob sie auf die Schulter und schleppte sie hinab. Der Wirt versicherte, er werde sie in einem sicheren Kellerraum aufbewahren.

Terence überzeugte sich davon, indem er die Kiste selbst dort abstellte, die Tür versperrte und den Schlüssel einsteckte.

Den Abend verbrachte er mit Lerio in den Tavernen des Hafens; er trank fast nichts. Lerio brachte immerhin in Erfahrung, daß in der vergangenen Nacht ein Kajütboot gestohlen und früh morgens auf See gesichtet worden sei, als es zu den Atollen und Inseln segelte. Terence geleitete Lerio zu ihrer Wohnung und verschwand wieder, unter dem Vorwand, er habe etwas im Gasthaus vergessen.

Er näherte sich dem Nordende des Kais mit großer Vorsicht, durch eine Seitengasse. An der angegebenen Stelle erwartete ihn eine Gestalt mit verhülltem Gesicht. Eine Männerstimme sagte auf Galaktein, mit einem undefinierbaren Akzent: »Hier bin ich, Cadhrassi!« Dabei breitete der Mann die Arme aus und zeigte die Handflächen als Zeichen, daß er keine Waffe trug.

Learoyd trat zögernd näher. »Wo ist Barakuda?«

Der Mann lachte dumpf unter dem Gesichtstuch. »Er lebt. Der andere auch. Wenn dich das beruhigt, Cadhrassi.«

Einen Augenblick lang fühlte Terence sich erleichtert. Die Erleichterung war stärker als die Vorsicht. Der Mann vor ihm ließ die Arme sinken; aus der Dunkelheit sprangen zwei Gestalten.

Learoyd sah sie beinahe zu spät. Er schleuderte das kurze Messer auf die linke der beiden Gestalten; mit der gleichen Bewegung riß er den langen Dolch aus der Scheide. Stahl klirrte auf Stahl, als er in der Luft den Stoß des Mannes auffing, der von rechts gekommen war. Der Vermummte wich dem zweiten aus, der langsam zusammenbrach. Learoyd stieß seinem Gegner das Knie in den Unterleib, packte mit der Linken nach der Messerhand, preßte sie zusammen.

Mit einem Aufschrei sackte der Mann vornüber; das Messer klirrte zu Boden, und im Licht der Hafenlaternen sah Learoyd die gebrochene Hand, die beinahe einen rechten Winkel mit dem Arm bildete. Der Vermummte sprang ihn an, trat ihn in die Brust. Terence fiel auf den Rücken, entging durch eine Drehung dem niederfahrenden Messer, stach selbst noch in der Drehbewegung zu und fühlte Widerstand. Der Vermummte stöhnte auf, hielt sich die Hand. Learoyd kam wieder auf die Beine; sein Gegner ließ die Wunde los, wechselte das Messer in die Linke und duckte sich.

In der Nähe wurden Stimmen und Fußtritte laut. Der Vermummte bewegte den Kopf, blickte zum Kai. Terence wich zurück, tänzelnd, bis er im Rücken eine Hauswand spürte. Sein Gegner folgte vorsichtig. Learoyd duckte sich unter einem zu hoch angesetzten Stoß, das Messer ließ an der Hauswand Funken regnen. Terence stieß dem Mann den Knauf in die Achselhöhle und griff nach dem Kopftuch.

In der Nähe flackerte Licht auf. Der Mann mit dem gebrochenen Gelenk hatte sich aufgerafft; auch er schien beidhändig mit dem Messer umgehen zu können und attackierte Terence. Learoyd stieß den Vermummten von sich, dessen Tuch er in der Hand behielt, ließ sich schräg nach vorn fallen und streckte sich unter dem Messer des Gegners in einen aufwärts geführten Stich.

Um die Ecke bogen Fischer mit Laternen. Learoyd blickte dorthin, wo der Mann, der ihn angeredet hatte, eben wieder auf die Beine kam. Blut rann aus der Hand, wo Learoyds ungezielter Stich den kleinen und den Ringfinger abgetrennt hatte. Das Gesicht war verzerrt; mit einem halblauten Fluch sprang der nicht länger Vermummte in die Dunkelheit und verschwand. Learoyd kam auf die Beine und rannte hinterher, fand ihn aber nicht. Langsam ging er zurück zum Kai. Dabei bemühte er sich, jede Einzelheit des Gesichts fest in seinem Gedächtnis einzugravieren. Ein hellbraunes Gesicht, das Gesicht eines Cadhrassi. Oder vielleicht eines Anarchovegetariers. Jedenfalls weder ein Shil noch ein Mischling.

Die Fischer beugten sich über die beiden Toten. Beide waren Mischlinge. Erst jetzt sah Terence, daß einer der Fischer eine Fischerin war, Lerio. Sie blickte ihn vorwurfsvoll an.

»Trottel. Wenn du etwas gesagt hättest – wir hätten sie lebend fangen können. Warum hast du das allein gemacht?«

Terence zuckte mit den Schultern. Er fühlte sich zerschlagen und verwirrt, wütend und gleichzeitig apathisch. Er preßte die Lippen zusammen und zog das lange Messer aus der Brust des Mannes, der vor ihm lag. Einer der Fischer reichte ihm Barakudas kleines Messer; er hatte es bereits abgewischt.

»Ich weiß nicht. Ich wollte keinen hineinziehen. Außerdem konnte ich nicht wissen …« Dann schüttelte er langsam und lange den Kopf, ohne jemanden anzusehen. »Aber was soll das alles?«

Drei Tage nach dem Messerkampf ging Terence Learoyd morgens von Lerios Wohnung zum Gasthaus. Dort traf er den Taucher an, der Barakuda und Oubou gesucht hatte.

»Ich habe am Abend, bevor die beiden verschwanden, wie ich jetzt weiß, mit ihnen verhandelt«, sagte der Shil.

»Woher weißt du, wo du mich findest?«

Der Taucher sah in abschätzend an. »Deine Freunde haben gesagt, sie seien im Gasthaus. Ich bin gleich hergekommen, und eben erst hat mir der Wirt erzählt, was geschehen ist. Und daß es einen dritten Cadhrassi hier gibt. Bist du an dem Geschäft interessiert?«

Learoyd seufzte. Drei Tage lang hatte er alle möglichen Schritte erwogen und wieder verworfen. Inzwischen war er fast sicher, daß Barakuda und Oubou entführt und zu den Korallkorsaren gebracht worden waren. Der gestohlene Kajütkutter war nicht wieder aufgetaucht, aber mehrere Fischer hatten ihn auf hoher See gesehen.

Niemand war bereit, ihn zu den Korsaren zu bringen; nach allem, was er gehört hatte, sah Terence die Sinnlosigkeit eines derartigen Versuchs ein. Die Korallkorsaren würden jeden Fremden gefangensetzen und verkaufen, ohne mit ihm über die Gründe seines Kommens zu diskutieren. Ein paar Gleiter und eine halbe *centuria* aus Cadhras würden die Aussichten auf ein Interview wesentlich erhöhen – aber wie sollte er sich mit Sarela oder Major Maqari in Verbindung setzen? Cadhras war weit.

»Hast du *alangra?*«

Der Shil nickte. »Natürlich. So war es besprochen. Ich habe die Hälfte des Preises erhalten, ich habe das *alangra* beschafft. Wenn du mir die zweite Hälfte zahlst, liefere ich es dir. Aber überleg nicht zu lange. Du weißt, es wird bald zerfallen.«

»Welcher Preis war abgemacht?« Learoyd wußte, daß er sich damit auslieferte, aber wie sollte er erfahren, was Barakuda zu zahlen bereit gewesen war?

»Siebenhundertfünfzig. Es fehlt die zweite Hälfte.«

»Wo ist das *alangra?*«

»Ich werde es holen, wenn du es so willst.«

Terence nickte. Der Mann verließ das Gasthaus, und Learoyd setzte sich auf die Terrasse. Er ließ sich einen Tee servieren und grübelte. ›Notfalls‹, dachte er, ›werde ich mit der Kiste eben allein nach Cadhras aufbrechen. Viel länger hier herumzusitzen ist sinnlos. Und die TraPaSoc muß weitermachen, egal, wo die beiden stecken.‹ Der Gedanke war bitter, aber er hatte noch immer eine kleine Hoffnung. Irgendwo im Land der Bundashil gab es Kundschafter – das von Barakuda eingerichtete Informationsnetz; und irgendwann mußte ein Kundschafter vom Verschwinden zweier Cadhrassi in Bu'ndai erfahren. Kundschafter hatten Funkgeräte.

Einige Zeit später fuhr ein Karren vor, gezogen von zwei P'aodhus. Der Taucher sprang vom Bock, entdeckte Learoyd auf der Terrasse und winkte.

Sie schleppten drei feuchte Holzkisten in den Keller des Gasthauses. Terence öffnete die Munitionskiste, nahm die beiden Reisebeutel der Verschollenen heraus und packte das in geteerte Tücher eingeschlagene Ambra um. Die Substanz war schwer und dicht, eine weißgraue Masse ohne jeden Geruch.

»Aus welcher Tiefe hast du es geholt?«

Der Taucher kaute auf seiner Unterlippe. »Mhmhm – ungefähr elfeinhalb Schlingen.«

Eine Schlinge entsprach der Länge von dreizehn Männern, das war die klassische Bootsbesatzung der Hochseefischer auf Shilgat. Eine Mannslänge war etwa 1,75 m; die Schlinge also ungefähr 22,75 m. Demnach hatte der Mann das Ambra aus einer Tiefe von annähernd 260 m geholt. Learoyd stellte den Druckregler auf 26,5 bar ein und verschloß die Kiste.

Vor dem Gasthaus händigte er dem Taucher 375 Foldar aus. Der Shil nickte und steckte die Münzen ein. »Wenn ihr wieder einmal in Bu'ndai seid und *alangra* wollt, weißt du, wo ich zu finden bin.«

Am nächsten Morgen weckte Lerio ihn sehr früh. »Da sind zwei Männer. Sie wollen zu dir.«

Murrend stieg Terence aus dem Bett, kleidete sich an und ging zur Tür. Lerio war schon längst wach und braute Tee. Die beiden Männer saßen auf der obersten Treppenstufe, vor der Wohnungstür. Sie standen auf, als Learoyd öffnete – Lerio hatte sich zunächst geweigert, die Männer einzulassen, nicht unverständlich nach den letzten Ereignissen.

»Guten Morgen«, sagte einer der beiden Shil auf Galaktein. »Wir sind müde und hungrig, die letzten Tage und Nächte waren lang. Sie sind Terence Learoyd, nicht wahr?«

Mit Rücksicht auf Learoyd sprachen sie beim ausgedehnten Frühstück Taggashilgu. Die beiden jungen Männer hatten Gerüchte über die Vorgänge in Bu'ndai gehört und waren zwei Tage und Nächte unterwegs gewesen.

»Wir haben einige Male versucht, Funkkontakt zu bekommen«, sagte Nalgeri. Beide waren kräftig und bewegten sich mit einer fast katzenhaften Geschmeidigkeit; beide waren mittelgroß und unauffällig, aber Nalgeri schien der etwas ältere von beiden zu sein. Er hatte buschige Brauen und eine schmale Nase; am Mittelfinger der Linken fehlte das vordere Glied. Uyina besaß breite

Schultern und prominente Backenknochen; sein Lederhemd stand offen, und als er sich weit vorbeugte, um nach der Teekanne zu langen, sah Terence die Narbe über dem Brustbein.

»Barakuda war der einzige mit *telekom*«, sagte Learoyd. »Habt ihr eure Geräte bei euch?«

Uyina nickte und wies mit dem Kopf auf die beiden tornisterähnlichen Gepäckstücke, die auf dem Boden lagen. »Da drin.«

Terence atmete auf. »Gut so. Her damit. Ich werde mit McVitie sprechen; dabei hört ihr dann auch, was genau geschehen ist.«

Es war ein langes Gespräch. Nachdem er das Gerät wieder ausgeschaltet hatte, sagte Terence auf Taggashilgu, an Lerio gerichtet: »Sie bereiten noch etwas vor. In zwei Tagen werden sie kommen.«

Die Hummerfischerin blickte ihn ausdruckslos an. »Dann wirst du in zwei Tagen fliegen und suchen.«

Learoyd nickte. »Dann werde ich dir danken.«

Lerio stand auf und schaute aus dem Fenster aufs Meer. »Man soll nicht weinen, wenn der Hummer geknackt und verspeist ist.«

Sarela McVitie kam mit einem schweren Gleiter; an Bord waren vier Männer und sechs Frauen der neugebildeten A-*centuria,* erfahrene Leute, die alle seit Jahren auf Shilgat waren und sowohl die Vermißten als auch Learoyd kannten.

Sarela begrüßte Terence mit einem langen, dunklen Blick und einem kurzen Händedruck. »Maqari wäre am liebsten mitgekommen. Und die komplette TraPaSoc sowieso. Jedenfalls soll ich grüßen, auch von Ihrer Exzellenz.«

Der Gleiter stand auf dem Karrenplatz hinter dem großen Gasthaus. Learoyd tauschte Begrüßungen, Grimassen und Bemerkungen mit der Besatzung aus, während Sarela die beiden Shil-Kundschafter beiseite nahm und sich leise mit ihnen unterhielt. Terence bat einen der *suldaus,* ihn zu begleiten. Sie holten die Munitionskiste und die Reisebeutel aus dem Keller. Learoyd beglich die Rechnung im Gasthaus.

Alle hatten von den Korallkorsaren gehört, aber hören und sehen sind zweierlei. Das blaugrüne Meer war durchsetzt von dunkleren Inseln, deren die meisten klein und kahl, einige aber üppig bewachsen waren. Zwischen ihnen und um sie herum wölbten sich aus der Tiefe flamingorosa Formationen auf; aus der Höhe wirkten die Korallengebilde, die zum Teil unter blaugrüngrauem Wasser lagen, auf dem kupfern die Sonne spielte, zwischen braungrauen und tiefgrünen Inseln wie erstaunlich scharf umrissene Farbklekse, die ein Delirierender auf eine gescheckte Leinwand geworfen hatte. Die dunkelbraunen Rümpfe und weißen Segelflächen von Schiffen jeder Größe waren blendende Tupfer.

Die größte optische und ästhetische Wirkung ging fraglos von jenen riesigen flamingorosa Konstruktionen aus, die einige Leute der Besatzung schlicht als ›irrsinnig‹ bezeichneten.

Annähernd gleichgroße Korallkalotten dienten als stabilisierende Ausleger. Sie waren aus den Korallbänken im Ganzen oder teilweise herausgeschnitzt, luftdicht verpicht, mit Luft gefüllt und umgedreht ins Wasser gesenkt worden. Es gab Tausende Gebäude; sie ruhten meistens auf einer oder zwei kleinen Inseln und bedeckten Flächen zwischen wenigen hundert Quadratmetern und mehreren Quadratmeilen. Einige waren flach, andere ragten hoch über die Wasserfläche, in verwinkelten, versetzten Ebenen, mit Türmen ohne jede beschreibbare Form und Aufbauten, die rosa Geschwulsten glichen. An den nicht auf Inseln ruhenden Außenkanten der Korallschlösser lagen in kurzen Abständen die luftgefüllten Kalotten.

Sarela murmelte Anweisungen; der Gleiter sank und flog langsamer. Die rosa Burgen und Schlösser auf dem Wasser zogen sich von Horizont zu Horizont – Korallkastelle, die nicht nur die ausgedehnte Bucht von Bu'ndai abriegelten. Der Scheitel der Bucht, zweihundert Kilometer im Osten, war nicht einmal vom Gleiter aus zu sehen, der langsam die Mitte der ebenfalls zweihundert Kilometer langen Kette zwischen den beiden Kaps anflog. Je näher sie der rechnerischen Mitte kamen, desto breiter wurde der Gürtel der Korallbauten.

Der Gleiter sank noch tiefer; sie flogen nun knapp über der Wasseroberfläche. Die rosa Wände wiesen unregelmäßige Vorsprünge auf, die keine Funktion haben konnten – sie entsprangen vermutlich lediglich der Beschaffenheit des Baumaterials. Es gab auch funktionelle Details – Fenster, die aus allen denkbaren Winkeln auf, über oder neben die Meeresfläche schauten; Türen in absurder Form und Höhe, aus denen niemand treten konnte; Schiffs- und Bootsanlegestellen, die so zwischen vorspringenden und zurückweichenden Wänden verkeilt schienen, daß nur ein artistischer Navigator sie ohne Schiffbruch anlaufen konnte. Auf der Basisebene des nächstschwimmenden Gebäudes ragte versetzt wie die zweite Stufe einer Pyramide ein beinahe ovales Stockwerk in den Himmel, versehen mit dreieckigen Fenstern und runden Türöffnungen, umgeben von einer unebenen Terrasse, auf der vielleicht Möbel, vielleicht Koralltrümmer standen, über die große Fischernetze zum Trocknen gebreitet waren. Auf der ovalen Etage thronte ein rosa Quader, der keinerlei Öffnungen aufwies. Eine unbebaute Meergasse von etwa dreißig Metern trennte dieses vom nächsten Gebäude, das keine geraden Kanten besaß; die zackigen Wände lehnten nach außen und endeten in stilisierten Schwertern und Blüten, von denen Strickleitern baumelten. Es schien keine andere Möglichkeit zu geben, dieses Korallkastell zu betreten. Hinter den Schwertern und Blumen dehnte sich eine Plattform aus, die poliert und eben war und in einer wahnsinnigen Wucherung von Flächen, Kurven, Kuben, Wülsten und Nadeln endete. In diesem Aufbau wirkten rechteckige Türen und quadratische Fenster schlicht absurd.

Keines dieser zigtausend Gebäude glich einem anderen.

Die jüngeren äußeren waren sämtlich Variationen zum Thema Schachtel – Quader, dreidimensionale Verbindungen von Rhomben und schiefen Ebenen, Trapeze mit durchhängenden Dächern. Die großen Kastelle in der Mitte erhoben sich in aufeinandergetürmten Blöcken wie düstere Fragmente eines erstarrten, von Riesenfäusten zerbrochenen und von den Zuckungen eines kranken Planeten sinnlos aufgeschichteten Lavastroms in allen Schattierungen von Rosa.

Learoyd kratzte seinen rostroten Kopf. »Ich hätte nie geglaubt, daß Rosa finster und bedrohlich sein kann. Ob es da drin viele Leute mit Glatze gibt, die mich sofort zum Oberkorsaren wählen würden?«

»Das müssen mehrere hunderttausend Menschen sein«, sagte McVitie. »Wie sollen wir hier eine bestimmte Person finden?«

Die Pilotin manövrierte den Gleiter neben eines der größeren Segelschiffe, das in einer Art Binnensee lag, umgeben von Riesenburgen. Frauen und Männer kämpften mit einer Fischladung. Der Gleiter schwebte in Höhe der Bordwand.

Die Korallkorsaren warfen ihnen flüchtige, desinteressierte Blicke zu und arbeiteten weiter. Sarela runzelte die Stirn und gab kurze Anweisungen.

Der Gleiter legte schwebend an der Bordwand des Schiffes an; vier Frauen sprangen hinüber, packten den ältesten der Korsaren und schleppten ihn zum Gleiter. Die anderen Frauen und Männer ließen sofort ihre Lasten fallen, stießen Wutschreie aus und griffen zu langen Entermessern und Bogen.

Die Pilotin ließ den Gleiter schnell steigen; Schiff und Wasserfläche blieben zurück.

Der alte Korsar wirkte gelassen. Er saß mit verschränkten Armen auf einer Bank und musterte die Gesichter und die Ausrüstung.

»Warum wollt ihr nicht mit uns reden?« sagte Sarela.

»Warum sollten wir?«

»Aus Neugier oder Höflichkeit.«

»Wir leben mit dem Wasser, und das Wasser gehört uns. Was in der Luft vorgeht, ist bedeutungslos.«

»Und wenn wir mit einem Boot gekommen wären?«

Der Korsar spuckte aus. »Dann hätten wir euch gefangen und verkauft.«

»Ihr hättet also auch dann mit uns geredet?«

»Wir hätten euch Befehle erteilt, soweit es nötig gewesen wäre.«

Sarela nickte nachdenklich. »Also was aus der Luft kommt, ist euch gleichgültig; mit den Leuten an Land macht ihr Geschäfte, und was auf dem Wasser schwimmt, gehört euch. Wie kann man denn überhaupt mit euch reden?«

Der Alte grinste. »Indem man uns zwingt. Wie du es getan hast, Frau aus Cadhras.«

»Du weißt, woher wir kommen?«

Er machte eine geringschätzige Handbewegung. »Daß wir auf dem Wasser leben, heißt nicht, daß wir nicht wüßten, wie die öden Teile der Welt beschaffen sind.«

»Wir suchen zwei Männer.«

Der Alte grinste wieder. »Du hast doch« – er blickte die Besatzung an – »fünf Männer an Bord. Mit mir sechs. Wieviel willst du denn noch?«

Sarela lächelte; einige der Leute lachten. »Wir suchen zwei bestimmte Männer, die vor einigen Tagen aus Bu'ndai verschleppt worden sind und wahrscheinlich zu euch gebracht wurden.«

»Das kann sein, aber davon weiß ich nichts.«

»Wer könnte es wissen?«

»Die, die es getan haben. Und die, die eure beiden Männer nun festhalten oder schon verkauft haben.«

»Wie können wir erfahren, wer es weiß?«

Der Alte streckte beide Arme aus, als wolle er die Welt allgemein und die tausend Burgen und Schiffe speziell umarmen. »Jedes einzelne Schiff fragen. In jedem Kastell fragen. Ihr müßt aber jedesmal eine Person zwingen, euch zu antworten. Vielleicht weiß die Person, die ihr erwischt, aber nichts. Vielleicht erwischt ihr einen weisen Lüfter*, der sich um nichts anderes als seine Aufgabe kümmert. Oder ihr packt den Koch des Schiffs, auf dem eure Freunde sich aufhalten, aber er interessiert sich nicht für einzelne Sklaven. Alles in allem« – er lächelte – »wünsche ich euch glückliche hundert Jahre bei der Suche. Schneller wird es nicht gehen, es sei denn durch Zufall. Und vielleicht dauert es auch länger. Mich solltet ihr aber vorher wieder zu meinem Schiff bringen. Ich habe nicht mehr so viel Zeit.«

Als sie ihn von Bord gehen ließen – die anderen Korsaren seines Schiffs sahen aufmerksam, aber friedlich zu –, setzte er noch hinzu: »Obwohl der Wal kein Interesse an der Möwe hat, will ich euch noch eines sagen. Vielleicht sind eure Freunde irgendwo im Reich der Korallkorsaren, wie ihr uns nennt. Vielleicht sind sie an Bord eines Schiffes, das einen jener Häfen anläuft, in denen wir Sklaven verkaufen. Während ihr hier sucht, fahren sie vielleicht nach Norden, und wenn ihr im Norden sucht, segelt ein Schiff, das sie im Kielraum hat, nach Südwesten. Vielleicht findet ihr in einigen Jahren das Schiff, das sie geborgen hat, aber dann werden sie längst irgendwo an Land sein, und die Sklavenhändler ziehen weit herum.«

Zehn Tage später gaben sie auf. Es gab unter den Korallkorsaren keine Organisation, die über das jeweilige Gebäude oder Schiff hinausging. Sie hatten zahllose Korsarinnen und Korsaren verhört, aber niemand konnte oder wollte Auskunft erteilen.

»Wir müßten hundert Divisionen mit Flugpanzern einsetzen und jedes einzelne Kastell, jedes einzelne Schiff und jeden einzelnen Korsaren untersuchen.«

Learoyd räusperte sich. »Die einzige Möglichkeit scheint zu sein, alle in Frage kommenden Häfen und alle Sklavenhändler zu überwachen.«

»Richtig. Wissen Sie, wie viele das sind? Abgesehen

---

* Art Ingenieur, der die luftgefüllten ›Ausleger‹ zu warten hat.

von Bu'ndai ungefähr dreihundert allein an der Westküste des Kontinents. Nicht zu reden davon, daß die Schiffe auch die Ostküste erreichen könnten. Und nicht zu reden von den zehntausend Inseln im Pangotischen Ozean. Selbst wenn wir uns auf die größeren beschränken – wer sagt uns dann erstens, daß Barakuda und Oubou überhaupt zu den Korsaren gebracht worden sind, und zweitens, daß die Korsaren sie nicht als Zuladung zu einer kleineren Insel gebracht haben?«

Learoyd bat um ein Stück Papier und einen Stift.

»Was haben Sie vor, Terence?«

»Anweisungen an Begheli, was mit dem Ambra geschehen soll; was Dante damit vorhatte.« Er klopfte auf die Munitionskiste neben seinem Sitz.

»Wieso sagen Sie es ihr nicht selbst?«

Terence blickte auf und zuckte mit den Schultern. »Ich komme nicht mit zurück.«

Sarela seufzte. »Ich hätte es mir denken können.«

Sie landeten wieder hinter dem großen Gasthaus. Terence nahm seinen Reisebeutel. Sarela ging mit ihm einige Schritte vom Gleiter fort.

»Mach den Beutel auf«, sagte sie leise.

Terence gehorchte. Sie hatte ein kleines, offenbar nicht ganz leichtes Bündel unter dem Arm; nun ließ sie es in den Beutel fallen.

»Und sieh dich vor, Mann!«

Der Gleiter startete, beschleunigte, stieg steil nach Nordosten und verschwand. Als er sich vergewissert hatte, daß niemand ihn beobachtete, öffnete Terence den Beutel und löste die Schnüre des Bündels.

Es enthielt ein Funkgerät und eine kleine Schnellfeuerpistole mit zehn Magazinen.

Aus: Lydia Hsiang, Memoiren *(Gaia, 501)*

»... über die Korallkorsaren wußten wir absolut nichts; wir kannten lediglich Gerüchte und Geschichten sowie Mutmaßungen. Der damalige Sekretär für Sicherheit, Barakuda, schrieb 464 in einem Bericht, nachdem er Bu'ndai bei einer Routineinspektion des Südens besucht hatte:

›Dank der anekdotischen Historiographie der Shil sind Zeit und Hergang nicht zu ermitteln; die ältesten bestehenden Korallkastelle dürften jedoch mindestens 3000 Jahre alt sein. In Bu'ndai weiß man nur, daß die Korsaren früher weiter nördlich im Pangotischen Ozean lebten, vermutlich auf einer der großen Inseln oder einer Inselgruppe; es heißt, sie hätten dort schändliche Dinge getan und seien zur Strafe durch die Häupter und Heiler dazu verurteilt worden, bis zu einem bestimmten Ereignis oder Zeitpunkt (?) die Bucht von Bu'ndai abzuschirmen und dafür zu sorgen, daß niemand von See oder von Land her bestimmte Punkte der Bucht aufsucht. Wozu das alles? Ein Zusammenhang mit den Sterbegrotten der Shilgat-Wale (angeblich schwimmen alle Wale zum Sterben hierhin) läge nahe, ergibt aber nach dem Stand der Kenntnisse keinen Sinn. Es sei denn, das von Tauchern im Auftrag der Heiler aus den Grotten geborgene Ambra, das in Bu'ndai zu Arzneien verarbeitet wird, hätte okkulte oder schädliche Eigenschaften. Ich habe versucht, diese Frage zu klären; anders als angenommen gibt es in Bu'ndai jedoch keinerlei ‚Ambra-Industrie'. Der Stoff wird von den Tauchern gegen Bezahlung an die Heiler abgegeben – genauer: an einige Heiler, die sich durch bestimmte Zeichen zu erkennen geben, Ambra kaufen und damit verschwinden. Die gewöhnlichen Heiler der Gegend verwenden Arzneien aus Ambra, stellen diese jedoch nicht her; sie beziehen sie allem Anschein nach von den Korallkorsaren, die ansonsten Fischfang und Piraterie betreiben und nur in Abständen Bu'ndai aufsuchen, um zu handeln.

Das Bild ist also undeutlich, wenn es überhaupt eines ist:

Taucher besorgen Ambra aus Höhlen unter dem Meer, in die sie der Legende nach gar nicht eindringen dürfen; die Korsaren sollen sie und andere eben daran hindern. Sie geben das Ambra an mysteriöse Heiler ab, von denen die gewöhnlichen Heiler nichts wissen. Nur die gewöhnlichen Heiler jedoch verwenden Endprodukte aus Ambra, die in Abständen von den Korsaren als Tauschwaren geliefert werden. Die Taucher bestreiten aber, Ambra an Korsaren abgegeben zu haben. Und die Korsaren selbst sagen überhaupt nichts – außer bei Tauschgeschäften oder im Verlauf der von ihnen betriebenen Sklavenverschiffung sprechen sie nicht mit Außenstehenden …‹«

V

Unter dem Sommerhimmel tanzten die Halme im Westwind, der Salzgeruch vom Pangotischen Ozean mischte sich mit dem der Gräser und des Getreides; Sensen blitzten im Takt der Ballade. Längst trugen die schlanken, kräftigen Schnitterinnen nicht mehr den Lederharnisch und die Lendungen der Unberührbarkeit; weiße und beige Tuniken waren bewegliche Tupfer im Korn. Hinter den Schnitterinnen kamen andere Frauen und Männer, bündelten die Ähren und brachten die Garben an den Rand des Feldes. Auf dem Weg standen Karren.

Tremughati stieg zum riedbestandenen Flußufer hinunter. Die Arbeitsgesänge erfüllten sie mit einer leichten Melancholie, denn sie kannte die anderen, die ganz alten Lieder, die in der Nordsteppe über das Land der Sieben Ströme gesungen wurden, als dieses noch nicht Pasdan, sondern Pangotajdir gewesen war, das ›Glückliche Westland‹.

Das träge Wasser murmelte und schmatzte im Ried. Vielleicht war hier einst eines der fantastischen kristallenen Labyrinthe gewesen. Die Festungen, Verliese, Sklavenpferche, die Werften und Wälle, die Schmieden, Gießereien und Laboratorien der Heiligen Mütter von Pasdan waren zerstört, wie zuvor die Glaspaläste der Pangoshil. Das Land und die Ströme waren geblieben.

Tremughati wanderte langsam flußaufwärts und sammelte aromatische und heilende Kräuter, die in Flußnähe unter Stauden und kleinen Bäumen gediehen. Ein Kraut zur Heilung aller Wunden der Welt war nicht darunter. Manchmal dachte sie an die vielen Shil, Cadhrassi und Pasdani, die in das Große Chaos eingegangen waren; meistens jedoch war sie mit den jungen Frauen und Männern beschäftigt, die sich in den verschiedenen Formen eines kleineren Chaos nicht zurechtfanden, weil sie an eine terroristische Ordnung gewöhnt waren. Tremughati hielt sich im Hintergrund; sie hütete sich, in beginnende selbstlenkende Gruppenprozesse einzugreifen.

An einer flachen, sandigen Stelle ohne Schilf legte sie die Tasche mit den Kräutern ab, zog das helle weite Kleid über den Kopf und watete in den Strom. Erst nach etwa fünfzig Schritten war das Wasser tief genug zum Schwimmen. Das andere Ufer war fast fünfhundert Meter entfernt; mit kräftigen Schlägen schwamm sie flußaufwärts. Später ließ sie sich auf dem Rücken treiben. Das Wasser erfrischte und entspannte sie, aber es vertrieb nicht die Gedanken.

Sie watete wieder an Land, legte sich ins Gras der Uferböschung und ließ sich von Wind und Sonne trocknen. Dies war ihr einundvierzigster Sommer; ihr Körper war noch immer straff und geschmeidig. Nach der Rechnung der Cadhrassi war sie fünfundvierzig Gaiajahre alt. Zusammen ergaben die Zahlen etwa ein Zehntel dessen, was sie an Jahren schon erlebt zu haben glaubte. Aber das war eher die Last von Kenntnissen als die von Erfahrungen. Die ehemalige Fürstin der Banyashil, Mutter der Stämme und Städte des Nordens, hatte Teil am Wissen der Heiler, und dieses umfaßte den gesamten Planeten und viele Jahrtausende.

Fürstin – Potentielles-Notfalls-Haupt –; flüchtig dachte sie an Barakuda, der ihr und Gortahork die andersartigen Vorstellungen der Cadhrassi zu erläutern versucht hatte. Sie hatten all dies nur begreifen können, weil sie Galaktein beherrschten; in ihrer Sprache, in der es für abstrakte Dinge wie Ordnungsprinzipien keine konkreten Wörter gab, sondern nur Potential- und Irrealformen, die das Gesagte von vornherein denunzierten, war es kaum möglich, die entsetzlichen, beklemmenden, unfreien Vorstellungen auszudrücken, die in Cadhras mit Wörtern wie Regierung oder Universum verbunden waren. Barakuda. Vor wenigen Tagen hatte Sarela McVitie, seine Nachfolgerin im Wächteramt zu Cadhras, Tremughati besucht und berichtet, daß Dante verschleppt und vielleicht tot sei.

Tremughati wußte, daß er lebte, irgendwo im Süden; sie hätte gefühlt, wenn er gestorben wäre. Sarela war halb beruhigt wieder abgeflogen.

Nun wartete Tremughati mit Freude und Sehnsucht auf das Eintreffen des ehemaligen Fürsten Gortahork. Sarela wollte ihn in der Nordsteppe suchen, wo er sich um andere Gruppen von Frauen und Männern aus Pasdan kümmerte; und sie wollte ihn auf dem schnellsten Weg nach Pasdan bringen. Tremughati wußte, daß Gortahork in wenigen Tagen bei ihr sein würde, mit seinen Tagen und Nächten.

Sie streifte das Kleid über ihren halb getrockneten Körper. Es würden nicht nur Tage und Nächte sein, sondern auch Sorgen. Neben den Sorgen, die es ohnehin gab. Etwas ging in Gashiri vor; etwas, das Shilgat insgesamt bedrohen konnte. Sie wußte nicht, was es war; die Geister derer in Gashiri waren ihr verschlossen, aber sie fühlte deutlich die Bedrohung. Um diese Bedrohung, sollte sie einmal groß und fürchterlich werden, abzuwehren, hatten die Heiler vor Jahrhunderten die Institution der Königin von Kelgarla geschaffen, die für den Süden zu tun hatte, was die Fürsten der Banyashil für den Norden getan hatten. Aber Tremughati konnte ebenso wenig wie Gortahork mit dem Titel die Last der Kenntnisse ablegen, und dieses Wissen drängte sie zum Handeln.

Abends wurde das Idyll zur Agonie. In einem der Gemeinschaftshäuser des Dorfs erhob sich kurz nach Sonnenuntergang Lärm. Tremughati saß mit einem uralten Heiler vor dessen Zelt; sie aßen schweigend und lauschten dem Klang der beginnenden Nacht, den Gräsern und Vögeln, als die Stille zunächst von erregten Stimmen unterbrochen wurde, denen bald das Krachen geworfener Gegenstände folgte. Plötzlich gellte ein entsetzlicher Todesschrei.

Der alte Mann blieb sitzen; er murmelte etwas und begann mit dem Oberkörper zu schaukeln. Tremughati sprang auf und eilte zu dem langen, niedrigen Gebäude.

Die Tür wurde aufgerissen; Tureela, die Troubadourin,

stürzte heraus und lief in Tremughatis Arme, wie blind. »Mutter«, sagte sie erstickt. Dann biß sie sich auf die Lippen.

Tremughati schob die junge Frau von sich und betrat das Gebäude. Auf dem Holzboden, zwischen dem langen Eßtisch und der Spülbank, breitete sich eine Blutlache aus. Ein Mann lag darin; seine Brust war von einem Messer geöffnet. Umgestürzte Stühle und zerbrochenes Geschirr bedeckten den Boden. Neben dem Toten kauerte ein älterer Mann; seine Augen waren wirr, und Speichel tropfte ihm aus den Mundwinkeln, rann über das Kinn, hing in Fäden herab. Hals und Kleidung waren von Erbrochenem besudelt. Mehrere Männer, alle jünger, standen um ihn herum, mit Messern in den Fäusten.

Dieser Gruppe gegenüber hatten sich etliche Frauen aufgebaut; auch sie mit Messern. Eines der Messer war rot, und die junge Frau, die es hielt, atmete schwer, mit einem knurrenden Keuchen. Ihre Augen waren blutunterlaufen, Spuren von Erbrochenem auf ihrer weißen Tunika.

Später erfuhr Tremughati die Einzelheiten (der wirre, ältere Mann gehörte zu einem Trupp, der die von den Müttern für ihre Schiffbauten abgeholzten Wälder neu anlegen sollte; er hatte hastig und unkontrolliert sein Essen heruntergeschlungen und sich über die junge Frau erbrochen; als diese ihn anschrie, beschimpfte und fortstieß, war der Mann, der nun in seinem Blut lag, ihm zu Hilfe gekommen...), aber zunächst kümmerte sie sich nicht um Ursachen.

Mit ihr trat auch Stille in den großen Raum; nur das Wimmern des Mannes und das knurrende Keuchen der jungen Frau waren zu hören. Irgendwo tropfte Wasser.

Die übrigen starrten Tremughati an. Einen Moment lang war es, als ändere sich mit ihrem Eintreten die Gravitation im Gemeinschaftshaus. Sie schien zu schweben, biegsam, groß und schlank, in ihrem knielangen hellen Kleid. Die nackten Arme und Beine schienen sich nicht zu bewegen, das olivfarbene Gesicht schien unbewegt, die bloßen Füße schienen den Boden nicht zu berühren; dennoch bewegte sie sich vorwärts, und es war, als sei dort, wo sie sich befand, das Zentrum aller Schwerkraft, das alle Blicke, alle Köpfe anzog. Nur der Tote, der Kauernde und die Keuchende blieben frei von diesem Einfluß, gefangen in ihrer jeweiligen eigenen Sphäre.

Tremughati trat zu den Frauen. Sie hob nicht die Stimme. Auf Galaktein sagte sie halblaut, aber vernehmlich: »Das ist mein Kind; ich liebe es.« Dabei berührte sie den Hals der verkrampften Frau; absichtlich verwendete sie ›es‹, das geschlechtsneutrale *lo.* Unter Tremughatis Berührung schien die Frau aus ihrem Rausch zu erwachen. Tremughati faßte die Klinge des blutigen Messers; der klammernde Griff löste sich, die Frau gab das Messer frei.

Tremughati wandte sich um; alle konnten sie sehen, als sie in die Mitte zwischen die Gruppen trat. Sie hob das Messer hoch, führte es an ihre Stirn, beide Wangen, legte es an ihre Lippen und wischte das restliche Blut an ihrem Kleid ab, über dem Herzen. Sie trat zu dem kauernden, wirren Mann, beugte sich vor, legte eine Hand auf seinen Kopf, wischte ihm mit der anderen den Speichel vom Kinn und sagte wieder: »Das ist mein Kind; ich liebe es.«

Dann trat sie zu dem Toten; sie kniete in der Blutlache nieder und bettete den Kopf des Erstochenen in ihren Schoß. Das Messer legte sie auf die Brust des Mannes. »Das war mein Kind«, sagte sie; »ich habe es geliebt.«

Sie wandte sich der jungen Frau zu, die aus Zorn und Blutrausch auftauchte und mit flackernden Augen um sich sah. »Komm, Kind. Das Blut, das du trinken wolltest, ist von deinem Messer auf meine Lippen und mein Herz gekommen. Küß mich.«

Langsam, zögernd näherte sich die junge Frau und kniete neben Tremughati nieder. Sie schloß die Augen; ihre Lippen bebten.

Die ganze Nacht brannte das Feuer auf dem Platz im Herzen des Dorfs. Tremughati saß mit dem Ermordeten im

Schoß; die ganze Nacht saß die Mörderin neben ihnen, und immer weitere zwei Frauen und zwei Männer, die abgewechselt wurden. Tremughati schwieg, also schwiegen auch die anderen.

Am Morgen stand die ehemalige Fürstin auf. Niemand hätte ihr ansehen können, daß sie die Nacht ohne Schlaf verbracht hatte. Scheinbar mühelos nahm sie den Leichnam auf die Arme. Dann bedeutete sie der Mörderin mit einer stummen Geste, anzufassen. Gemeinsam legten sie den Toten auf den Holzstoß, der immer wieder neu angefacht worden war.

Später, lange nach Sonnenaufgang, kam Tureela in Tremughatis Zelt. Sie trat leise auf und näherte sich der Lagerstatt.

»Was ist, Tureela?« Tremughati blickte sie an; sie schien noch immer nicht geschlafen zu haben.

Tureela ging in die Hocke und schlug die Augen nieder. »Sie haben mich geschickt«, sagte sie leise. »Um dir zu danken.«

Tremughati winkte ab.

»Doch. Und um dir zu sagen, daß wir dich bitten, uns weiter zu lieben. Und an der Gerichtssitzung teilzunehmen.«

Tremughati richtete sich auf. »Ihr wollt zu Gericht sitzen? Wann?«

»Sofort.«

Das Gericht beriet schnell und sicher; alle Frauen und Männer des Dorfs nahmen teil. Tureela vertrat eine Art Anklage; ein junger Mann die Verteidigung. Tremughati hielt sich zurück; sie lauschte und schwieg. Sie saß nicht weit von Byam entfernt; die junge Frau machte nicht den geringsten Versuch, sich zu rechtfertigen.

Tureela sagte nur einen Satz: »Byam hat getötet.«

Der junge Mann (Tremughati konnte sich nicht auf seinen Namen besinnen) nickte und erwiderte: »Sie hat getötet. Vor einem Jahr hätten Heilige Mütter gesagt: ›Sie hat ein Tier gestraft.‹ Nun haben wir eine wirkliche Mutter.

Seit sie gesagt hat, alle drei, Byam, der tote Glodar und auch Leng, seien ihre Kinder, die sie liebe, wissen wir, wieviel wir noch zu lernen haben. Niemand von uns kann ein lebenswertes Leben leben. Noch nicht. Und Byam ist nicht verantwortlich für das, was sie getan hat, denn so hat sie es gelernt.«

Tureela schüttelte den Kopf. »Das ist nicht richtig«, sagte sie fast stolz. »Als Wehrhafte Jungfrau hat sie gelernt, Tiere ohne Haß und kalten Blutes zu schlachten. Als sie Glodar erstochen hat, hat sie kein Tier, sondern einen Menschen erstochen, und sie hat es nicht kalten Blutes getan. Aber du hast recht – sie ist nicht verantwortlich.«

Es gab nur wenige weitere Sätze, die gesagt werden mußten. Tureela stand schließlich auf und blickte auf die Sitzenden hinab. Wie fast alle ehemaligen Wehrhaften Jungfrauen war sie groß, schlank und kräftig. Wie bei den meisten anderen waren auch bei ihr die Gesichtszüge in den vergangenen zweihundert Tagen weicher, die Haltung gelassener geworden, fast anmutig.

»Keiner kann Byam etwas vorwerfen«, sagte sie. »Aber alle, die Glodar geschätzt haben, werden Byam ungern sehen. Wir können Byam nicht strafen für etwas, wofür sie nicht verantwortlich ist; wir können sie nicht im Dorf behalten, wenn wir sicher sein wollen, daß dieser Tod nicht weitere nach sich zieht. Ich schlage vor, daß Byam uns verläßt und sich einer anderen Gruppe anschließt.«

Niemand erhob Einwände. Als Tureela um Handzeichen bat, stimmten alle zu. Auch Byam; sie nickte langsam.

Tureela wandte sich an Tremughati. »Mutter – bist du damit einverstanden?«

Tremughati seufzte. »Es ist eure Entscheidung. Ich will nichts einwenden.« Sie erhob sich ebenfalls und trat zwischen Byam und Tureela; eine Hand legte sie auf Byams Kopf, die andere auf Tureelas Schulter. »Ich möchte euch etwas berichten. Ich habe diese Nacht viel Zeit gehabt, über euch und vieles andere nachzudenken.«

Sie schwieg einen Moment, als suche sie nach den besten Worten für den Beginn der Geschichte. Dann faßte sie die Ereignisse des Pasdan-Konflikts noch einmal zusammen. Besonderen Wert legte sie auf die Bedeutung einiger Personen; ohne bescheiden oder unbescheiden zu sein, mit knappen Worten, skizzierte sie die Rollen, die sie und Gortahork gespielt hatten; dann sprach sie, beinahe liebevoll, über den alten Saravyi, schließlich über die Gouverneurin Lydia Hsiang, »die auch eure Mutter ist und die von ganz Shilgat«, und zuletzt über Dante Barakuda.

»Nun sieht es so aus«, schloß sie, »als ob uns allen neues Unheil drohte, das aus Gashiri kommt – aber niemand weiß genau, was es ist. Nur eines wissen wir: Dante Barakuda, dem wir alle das Überleben und ihr eure jetzige Freiheit verdanken, ist entführt worden. Er wird auf dem Südkontinent gesucht; ich bin aber sicher, daß er früher oder später in Gashiri auftauchen wird – verschleppt oder nach seiner Befreiung. Und wenn er dort auftaucht, wird es zu einem Zeitpunkt sein, da das Unheil sich entlädt.«

Niemand fragte, woher sie all dies wußte; zu oft hatte sie Dinge ausgesprochen, die allen anderen verhüllt waren und erst später offenkundig wurden.

Tremughati wandte sich Byam zu. »Du, Kind, kannst wählen zwischen der schmerzlosen Verbannung, die das Gericht dir auferlegt, und der vielleicht sehr schmerzvollen Expedition, die ich unternehmen will. Sobald Gortahork kommt, werden wir aufbrechen. Gashiri schickt zur Zeit Delegationen zu vielen Städten und Ländern, und wir werden einen Gegenbesuch machen.«

Byam blickte zu ihr empor. Das Gesicht war noch immer ernst, aber der stumpfe Schleier glitt von den Augen.

»Wenn Byam will, werde ich sie mitnehmen. Wir werden viele Male Pfeil und Bogen brauchen, fürchte ich. Das ist auch eine Gelegenheit, die Große Waage des Chaos an einer Stelle wieder auszubalancieren.«

Byam nickte nur.

Tureela räusperte sich. »Wir können nichts gegen deine Entscheidung sagen, Mutter. Ich glaube, sie ist gut. Aber nimmst du auch Freiwillige?«

* * *

Nach dem Frühstück zerstreuten sich die wenigen noch in Shontar befindlichen Leute der TraPaSoc. Begheli und Kakoiannis gingen ins Büro. Sie hatten sich kaum niedergelassen, als das Visifon schrillte. Die Commonwealth-Bank Cadhras meldete den Eingang einer Überweisung aus Puerto Albaicín auf dem fernen Neu-Granada, in Höhe von 112.376,21 Drachmen. »Ich dachte, von einem derartigen Betrag würden Sie gern sofort wissen«, sagte die lächelnde Bankangestellte.

Begheli dankte und beendete das Gespräch. Dann dachte sie daran, daß Dante alles eingeleitet hatte und verschollen war.

Der glühende Herbst vor dem Fenster entsprach Beghelis Stimmung gar nicht. Das Kinn auf die geballten Fäuste gestützt, starrte sie lange Minuten dorthin, wo der farbtriefende Zweig einer Blutweide im leichten Seewind schaukelte.

Sie riß sich vom Bürofenster los und wandte sich Kakoiannis zu, der auf der anderen Seite des Schreibtischs saß und sie aufmerksam und voll Mitgefühl betrachtete.

»Tut mir leid«, sagte er leise. »Soll ich es erledigen?«

Begheli gab den Blick zurück. Ihre Augen schienen verschleiert. Sie musterte das feingeschnittene, braune Gesicht des Mannes, als gebe es darin versteckt den Rat, die Idee, die Erlösung. Dann blieb ihr Blick an den langsam ergrauenden Schläfen des ehemaligen Don Juan der Garnison hängen, und mit einer kleinen Irritation sagte sie sich, daß auch Yasuhiro mit seiner Bildung, seinen Manieren und seiner geheimnisvollen Vergangenheit unvollkommen war. Wie sein Haar. Wie seine Möglichkeiten. Wie sie selbst.

»Warum bist du eigentlich einfacher *suldau* geworden,

statt bei deiner zweifellos noblen Familie zu bleiben?« sagte sie zerstreut.

Kakoiannis hob eine Braue. »Ich verstehe, daß du ablenken willst. Aber das Problem muß gelöst werden, und in meiner Vergangenheit, die keinen etwas angeht, liegt der Schlüssel nicht.«

Begheli nickte. »Entschuldige. Aber es ist nicht ganz einfach.«

»Es ist nur halb so schwer. Warum läßt du mich das nicht erledigen?«

»Ich muß mich da durchbeißen, sonst wird es mir immer nachhängen.«

Dante war verschwunden. Shulamit as-Sabah ritt mit der Karawane zu den namenlosen Dörfern der Mischlinge im Norden. Lugo Bondak hatte zugestimmt, aber die letzte Entscheidung mußten Begheli und Kakoiannis treffen. Begheli nahm wieder den Bericht des Labors in die Hand. Er hatte die TraPaSoc 1000 Drachmen gekostet.

»Zusammenfassend ist zu sagen, daß es sich um eine Substanz mit faszinierenden Eigenschaften handelt, die mit den Mitteln des Hospital-Labors von Cadhras keineswegs erschöpfend analysiert werden können.«

So stand es im Bericht. Man hatte das Ambra beziehungsweise eine kleine Probe unter den unterschiedlichsten Bedingungen getestet, verflüssigt, vergast, erhitzt, gefroren, mit tausend anderen Substanzen, von destilliertem Wasser bis zu Radium, gemischt, jedes Mal mit anderen Ergebnissen.

Kakoiannis stand auf. Er streichelte Beghelis Kopf. »Ich lasse dich wohl besser allein.«

Begheli starrte wieder eine Weile aus dem Fenster. Dann seufzte sie und aktivierte das Visifon. Sie wählte die Funkzentrale des Raumhafens an und bat um eine Auskunft. »Geben Sie mir bitte die Ortszeit von Pugan auf Osiris.«

Der freundliche junge Mann am anderen Ende betätigte die Tasten seines Terminals. »Einundzwanzig neunundsiebzig.«

Begheli nickte. »Verbinden Sie mich doch bitte mit folgender Nummer.«

Nur etwa zwei Minuten waren vergangen, als sich der graue Bildschirm stabilisierte. Begheli sah den massigen Kopf von Gildor Gerames über einem offenen Hemd, aus dem die gewaltigen Brusthaare quollen.

Der Konstrukteur hatte offensichtlich gearbeitet; er lehnte sich überrascht zurück, und die Automatik seines Geräts veränderte die Einstellung. Er saß am Schreibtisch. An einem antiken, wunderschön gearbeiteten Schreibtisch, dessen grüne Lederplatte von Papieren übertürmt war. Begheli nahm diese und noch viele weitere Einzelheiten mit träumerischer Klarsicht auf.

»Begheli!«

»Ja. Ich bin's. Wie geht es dir?«

»Gut. Viel Arbeit. Erstklassiger Umsatz. Ausgefülltes Privatleben.« Gerames grinste schief, legte den Kopf auf die Seite und kniff die Augen zusammen. »Du siehst bezaubernd aus. Aber müde. Hast du Sorgen?«

»Ja. Eine Sorge ist Dante; er ist verschwunden. Tot oder verschleppt.«

Gerames spitzte den Mund. Dann zwinkerte er. »Hat er wieder was Heißes gefunden? Er ist doch jetzt Privatmann. – Aber du klingst ... Habt ihr euch zusammengetan?«

Sie war erstaunt. »Ja. Woher weißt du ...?«

»Die Schwingungen in deiner Stimme, als du ›Dante‹ gesagt hast. Aber das freut mich. Das finde ich ganz ausgezeichnet.«

Sie lächelte. Sarkastisch sagte sie: »Was? Daß er vielleicht tot ist?«

Gerames runzelte die Stirn. »Quatsch. Also, was kann ich tun? Soll ich eine Flotte bauen und schicken?«

Begheli berichtete von der Gründung der TraPaSoc, den ersten Unternehmungen, Dantes Reise nach Bu'ndai und seinem Verschwinden. Und dem Gutachten des Labors.

Gerames nickte langsam. »Gute Arbeit habt ihr geleistet. Was ist das für ein Zeug?«

Er lauschte ihren knappen Erklärungen. Schließlich sagte sie ihm, was Dante, Learoyds Botschaft zufolge, für den Fall der Nichtanalysierbarkeit des Ambra vorgeschlagen hatte.

»Ja. Aha. Hmmm. – Halt mir doch mal den Bericht vor den Apparat.«

Sie hielt die Seiten des Laborberichts nacheinander vor den Aufnahmeteil des Visifons. Auf dem Schirm sah sie, wie Gerames Knöpfe drückte. Offenbar verfügte er über die Möglichkeit, ein Visifonbild zu kopieren.

Er überflog die Seiten, las das Wesentliche, nickte. »Sehr interessant. Also, Barakuda meint, wir sollten das gemeinsam machen? Klar, ihr habt die Mittel noch nicht. Hm. Pharma ist etwas, wovon ich keine Ahnung habe. Aber das heißt nichts. Es gibt vieles, wovon ich keine Ahnung hatte, mit dem ich aber inzwischen gut verdiene. Ich höre mich um. Ich weiß auch schon wo. In zwei Tagen, ungefähr, ruf ich zurück. Wie ist eure Nummer?«

Es dauerte dann doch länger. Neun Tage später erhielt Begheli zwei Anrufe. Die gute Nachricht stammte von einem älteren grauhaarigen Mann mit asketischen Gesichtszügen.

»Rábano Logshel ist mein Name, gnädige Frau«, sagte er mit trockener Stimme. Dann erklärte er, er sei seit einigen Stunden ihr Kollege. »Die genauen Einzelheiten gehen Ihnen schriftlich zu, Madame. Ich freue mich auf unsere Zusammenarbeit.« Gildor Gerames hatte eine neue Firma gegründet, die GERAFARMA, die er auch selbst zu leiten beabsichtigte; er hatte Begheli und Logshel zu gleichberechtigten Geschäftsführern bestimmt. Begheli schluckte. Die GERAFARMA, erfuhr sie, habe soeben ein mit den besten erhältlichen Wissenschaftlern und Apparaten ausgerüstetes Laborschiff nach Shilgat gesandt.

Während sie noch überlegte, wie sie, Mischlingsmädchen und ehemalige Aushilfs-*tavernera,* sich als Mit-Leiterin eines pharmazeutischen Unternehmens fühlte, das irgendwo in der Galaxis existierte (und sie hatte niemals Shilgat verlassen), kam der schlechte Anruf.

Pa'aira, die seit einigen Tagen im Haus von Bondak und Subhat im Hafen war, hatte eben, im dritten Monat, ihr Kind verloren. Und Begheli durfte es Yasuhiro Kakoiannis mitteilen. Sie legte einen Moment den Kopf auf die Arme. Als sie sich gefaßt hatte, fiel ihr Blick auf die Flasche mit Gashiri-Rum. ›Ich könnte einen vertragen‹, dachte sie. Dann beschloß sie, es sei noch zu früh am Tag.

* * *

Morgens versuchte Toyami, ein Stück kalten Hühnerfleischs hinunterzuwürgen. Das Ergebnis war wie zuvor. Anschließend zwang sie sich zu einem kargen Körnerfrühstück, um wenigstens etwas in den Magen zu bekommen. Sie fühlte sich schwach.

Sie beseitigte die Spuren ihrer Fleischfresserei, nahm Bogen und Köcher an sich, sattelte den Rappen und brach auf. Es war ein kühler Morgen.

Nach etwa einer Stunde erreichte sie einen Wald, der zunächst klein und licht zu sein schien. Vorsichtig trieb sie den Rappen zwischen den ersten Bäumen hindurch. Je weiter sie ritt, desto dichter standen die Bäume. Nach einiger Zeit kam sie zu einem von Nordwesten nach Südosten, dann nach Süden verlaufenden Weg.

Später ließ sie die Zügel locker hängen und achtete kaum noch auf ihre Umgebung. Sie horchte in sich hinein, suchte wieder eins mit sich zu werden, aber die fremden Einzelteile beharrten auf ihrer Andersartigkeit.

Sie konzentrierte sich auf die Landkarte in ihrem Kopf und sortierte die Pässe durch das Gebirge. Alle Straßen mußte sie vermeiden, und alle Pässe lagen an Straßen oder zumindest Karrenwegen. Dann beschäftigte sie sich mit der Frage, was in Tag'gashir'dir tatsächlich vorgehen mochte. Gerüchte über Forschungsstationen oder ähnliche Einrichtungen halfen nicht viel weiter, denn erstens ließen sie sich nicht verifizieren, und zweitens waren sie viel zu allgemein und erlaubten keine Schlüsse. Sie hielt es für wahrscheinlicher, daß sich im verbotenen Bergland Straflager befanden.

Der Weg beschrieb eine scharfe Biegung nach rechts, und unvermittelt war der Wald zu Ende. Zwanzig Schritte vor ihr standen einfach gekleidete Leute vor Holzhäusern und unterhielten sich. Es war später Nachmittag, und man hatte sie längst gesehen. Sie konnte nur hoffen, daß in dieser entlegenen Gegend noch nicht nach ihr gesucht wurde.

Zu ihrer Überraschung behandelten die Kommunarden sie beinahe zuvorkommend, und sie begriff, daß man sie für eine Kontrolleurin hielt. Es war auch die einfachste Erklärung für eine allein durch den Wald reitende Person. Kinder kümmerten sich um ihr Pferd. Jugendliche und erwachsene Kommunarden führten Toyami zum großen Sammelraum.

»In letzter Zeit ist viel Bergverkehr«, sagte eine ältere Frau.

Ein Mann ergänzte: »Natürlich kommen sie nicht hier vorbei, aber bei Tag sehen wir die Staubwolken von der großen Straße.«

Toyami nickte und aß weiter.

So ähnlich, glaubte sie, würde ein Kontrolleur sich verhalten. Offenbar glaubten die Kommunebauern es auch. Während des Essens wurde sonst nicht viel gesprochen. Der große Sammelraum war Koch, Eß- und Redeplatz, aber alles zu seiner Zeit. Sie musterte die gegerbten Gesichter und die rauchigen Balken. Zum Nachtisch gab es Kaffee; einige der Kommunarden frönten dem Luxus des Tabaks.

Toyami hielt sich an ihrem Kaffeebecher fest. Seit sie vom Pferd gestiegen war, kämpfte sie gegen die Müdigkeit. Die Gespräche waren nicht gerade lebhaft; auch die Bauern hatten sicher einen harten Tag hinter sich.

Als es draußen völlig dunkel geworden war, erhob sie sich und bat darum, man möge ihr einen Schlafplatz zuweisen.

»Wir haben eine Initiation«, sagte ein junges Mädchen fröhlich. »Magst du uns nicht ehren und daran teilnehmen, Geschwist?«

Toyami ächzte innerlich, bemühte sich jedoch, ein freundliches Gesicht zu machen. »Es wird mir natürlich ein Vergnügen sein.«

Wie überall, wo das Geschlechtsleben reglementiert war, gab es auch in Gashiri dafür Gründe, die mit der Aufrechterhaltung von System und Kontrolle zusammenhingen. Junge Leute neigten dazu, sich bei Beginn der Geschlechtsreife abzusondern: zweisam vereinzelt zu privatisieren. Um empfindsame Jugendliche nicht zu verschrecken, war die vorbeugende Initiation einem begrenzten Kreis vorbehalten, dem *kintupl'inisyatik,* an dem neben dem Initianden vier Initiatoren teilnahmen, drei von ihnen Angehörige des jeweils anderen Geschlechts.

Beim üblichen gemeinsamen Bad, das der Einleitung und Vorwärme diente (und natürlich der erforderlichen Reinlichkeit), lernte Toyami die anderen vier kennen und war erleichtert, da es sich um durchweg sympathische junge Leute mit offenen Gesichtern handelte. Der 13jährige Initiand hatte große, verwunderte grüne Augen und war der Fremden gegenüber sichtlich verlegen. Der ältere Junge war kräftiger und, wie die beiden Mädchen, bereits behaart. Toyami beschloß, sich weitestgehend zurückzuhalten, und hoffte, daß die anderen es dulden würden. Sie duldeten es nicht, aber später konnte sie erstmals wieder gut und tief schlafen.

Sie erwachte erholt, aber auch erschrocken, denn es war bereits vollkommen hell. Eigentlich hatte sie bei Morgengrauen aufbrechen wollen.

Nach einem hastigen Frühstück im Sammelraum ergänzte sie ihren Proviant und verabschiedete sich von den Kommunarden, die sich weigerten, Geld für die Nahrungsmittel anzunehmen. Der grünäugige Junge kam zu ihr, als sie bereits aufgesessen war, und dankte ihr für ›die erfreulichen Lehren‹.

Der Weg führte nach Süden, und solange man sie vom Dorf aus sehen konnte, durfte sie ihn nicht verlassen. Während sie durch Obstpflanzungen und Getreidefelder ritt, dachte sie über einiges nach, was sie zufällig im Dorf aufgeschnappt hatte. Auch hier waren jene seltsamen Eignungstests durchgeführt worden, einige Leute hatte man zur Arbeit an anderen Orten geholt – wohin genau wußte keiner. Und seit dieser Zeit, etwa einem dreiviertel Jahr, waren keine Kinder mehr geboren worden.

Kurz vor Sonnenuntergang kam sie in die Hügel. Vorsichtig näherte sie sich der ostwestlich verlaufenden Straße und beobachtete sie eine Weile von einer Hügelkuppe aus. Nach Einbruch der Dunkelheit überquerte sie die Trasse und ritt noch etwa eine Stunde weiter über stetig ansteigendes Gelände.

In der Nacht schlief sie unruhig. Im fahlen Frühlicht erklomm sie den nächsten Hügel und studierte das Gelände. Die Berge waren unmittelbar vor ihr. Von der Kuppe konnte sie die abends überquerte Straße nicht sehen; es gab kein Anzeichen für menschliche Aktivitäten. Die Hügel waren spärlich mit Gräsern und Moosen bewachsen, in den Senken drängten sich Büsche. Dazwischen und an den Hängen lagen Steine, Felstrümmer, teils überwuchert, teils nackt. Mit oder ohne Pferd, sie sah keinen Weg in die Höhe. Die glatten, kahlen Steinwände ragten wie himmelhohe Mauern auf.

Weiter westlich glaubte sie, oberhalb einer Steilwand einen grünen Hang zu erkennen, auf dem sich dunkle Punkte bewegten. Vermutlich *zhumzhums,* Springschafe mit überentwickelten Hinterläufen, die sich im Bergland wie irdische Känguruhs bewegten. Im Osten dagegen sah sie nur steile Wände, und sie nahm an, daß die erste Möglichkeit, dort die Berge zu überwinden, die große Südstraße war. Dort hatten die Bauern in den letzten Tagen große Staubwolken gesehen, die auf dichten Verkehr schließen ließen. Toyami fragte sich, wer da unterwegs sein mochte – Nachschub für Grenzfestungen, Truppenkontingente, Sträflingskolonnen? Jedenfalls schied diese Route aus.

In Zickzacklinien ritt sie am Fuß der Berge nach Osten. Der beschwerliche Weg zwischen den Hügeln wurde nicht leichter dadurch, daß sie immer in Deckung zu bleiben versuchte.

Gegen Mittag kam sie an einen Bach, der aus den Bergen floß. Nach kurzer Rast folgte sie dem Bachlauf. Nachmittags stieg sie ab, hängte sich Proviantbeutel und Köcher über den Rücken, nahm den Bogen in die Hand und gab dem Rappen einen Klaps auf die Hinterbacken. Es war soweit – weiter oberhalb verschwand der Bach hinter Vorsprüngen, aber der Hang war zu schaffen. Nicht jedoch für ein Pferd.

Das Tier stand lange da und starrte ihr nach; als sie den Rappen nicht mehr sehen konnte, hörte sie schwach ein letztes Wiehern. Nach erschöpfenden Stunden am steilen Hang, zwischen Geröll, Moosen und Flechten, erreichte sie gegen Abend keuchend eine kleine Felsplattform. Es dauerte lange, bis sie ausreichend zur Ruhe gekommen war, um eine Handvoll Körner und Obst zu essen. Im Westen sah sie bei Sonnenuntergang die Windungen einer Straße, vielleicht auch nur eines kleinen Wegs in die Berge. Als sie sich erholt hatte, wog der Köcher keine hundert Kilo mehr. Alle Fasern schmerzten, aber sie beschloß, die letzten hundert Minuten Zwielicht auszunutzen und weiter zu steigen, bis sie nichts mehr sehen konnte.

Die Schleifen des Bergwegs kamen dem Bachlauf immer näher, und am dritten Tag nach Beginn des Aufstiegs sah sie den kleinen Paß. Bis zum Abend arbeitete sie sich vorsichtig näher. Der Hang war hier nicht mehr so steil; er bildete eher eine schräge, von Brocken übersäte Terrasse, auf der sie gute Deckung fand. In der Nacht schlich sie zwischen Weg und Bach näher an den Paß heran, einen scharfen, wahrscheinlich von der Geduld des Baches geschaffenen Einschnitt.

Im Morgengrauen stellte sie fest, daß die Wände zu

steil waren. Es gab keine Möglichkeit, den Paß zu umgehen; die blanken Felsen hingen teilweise über, und so weit sie blicken konnte, boten die oberhalb des Schräghangs aufragenden Berge weder im Osten noch im Westen viel Hoffnung.

Der Paß war bewacht. Sie sah einen grünuniformierten Ordner gelangweilt auf und ab gehen; manchmal blieb er stehen und starrte in die Ebene hinab, dann wieder wandte er sich um und gestikulierte. Sie nahm an, daß er mit anderen sprach. Rechts und links waren am Ausgang des Passes schwere Armbrüste auf Stativen montiert. Man konnte sowohl Metall- oder Eisenholzbolzen als auch Metallsplitter damit abschießen, die mit einem leichten Klebemittel verbunden waren. Es löste sich nach dem Abschuß durch die Luftreibung auf.

Nachdem sie den Posten vier Stunden lang beobachtet hatte, wurde er abgelöst. Toyami zog sich einige hundert Meter zwischen Felsblöcke zurück. Der Weg zum Paß war eng und von oben kilometerweit überschaubar. Wahrscheinlich wurde er selten benutzt und wenn, dann nicht von Wagen. Sie schloß daraus, daß hier keine komplette Paßgarnison liegen konnte. Wahrscheinlich handelte es sich um einen kleinen Trupp, vier oder fünf Leute.

Vorsichtig kroch sie wieder auf ihren Beobachtungsplatz. Der Posten ging immer noch auf und ab. Als die fünfte Stunde abgelaufen war, am frühen Nachmittag, kam eine uniformierte Frau und löste den Mann ab. Toyami seufzte. Wenn die Wachdauer fünf Stunden betrug, mußte sie mit einer Postenbesatzung von fünf Leuten rechnen, die sich den 23stündigen Tag teilten und dabei jeden Tag zwei Stunden Überhang hatten. Sie schätzte, daß es nun kurz nach 15 Uhr sein mochte. Der nächste Wechsel würde also um 20 Uhr stattfinden, bei Sonnenuntergang, dann wieder um zwei Uhr früh.

Leise kroch sie zurück zwischen die Felsen. Sie kalkulierte alle Möglichkeiten durch, die sie finden konnte, und sie haßte alle gleichermaßen.

Als sie erwachte, ging die Sonne unter. Toyami aß und trank wieder eine Kleinigkeit; dann packte sie Beutel, Köcher und Bogen und kroch zu ihrem Beobachtungsplatz. Im Paß stand eine andere Frau. Kurze Zeit darauf kam ein Mann und ging den Weg hinunter, kam immer näher. In die letzte Biegung stellte er eine Pechfackel und entzündete sie. Eine zweite loderte bald darauf am Eingang des Passes, so aufgestellt, daß jeder Näherkommende zu sehen war, selbst aber nicht in den Paß schauen konnte.

Toyami fluchte lautlos. Die Möglichkeit, sich im Schutz der Dunkelheit bis auf sichere Pfeilschußentfernung an den Paß zu schleichen, war damit Illusion geworden. Der Weg war beleuchtet, und die undeutliche Gestalt, die sie im Flackerlicht der zweiten Fackel bisweilen sah, als ihre Augen sich an die Lichtverhältnisse gewöhnt hatten, war kein sicheres Ziel.

Sie wartete. Sie wandte mehrere Entspannungstechniken an, die allesamt nicht halfen; vielleicht hatte sie diese Techniken auch allzu lange nicht mehr verwendet. Einmal hörte sie raschelnde Geräusche in ihrer Nähe und dachte mit unguten Gefühlen daran, daß in den Berglanden des Südkontinents giftige Flugschlangen existierten.

Als sie glaubte, von dem Geräusch ihres Herzklopfens taub zu werden, kroch sie von ihrer Beobachtungsstelle fort zwischen zwei Felsen und machte Kniebeugen.

Endlich bequemten sich die Sterne dazu, sich den Positionen zu nähern, die ihr den nächsten Wachwechsel ankündigten. Toyami tastete zwischen den Steinen, bis sie eine erdige Stelle fand. Sie zog die wärmende Lederjacke aus, die ihr hinderlich werden konnte. Hemd und Hose waren aus grobem Baumwollstoff und dunkel. Nach kurzem Überlegen streifte sie auch die Stiefel ab. Dann beschmierte sie Gesicht, Hände und Füße mit Erde und kroch an ihren Beobachtungsplatz zurück. Dort legte sie Jacke und Stiefel zu den anderen Sachen, wickelte sich Dolch und Scheide mit einem Lederriemen um das linke Handgelenk und brach auf.

Geräuschlos kroch sie an der ersten Fackel vorbei, dicht an den Boden gepreßt und so weit entfernt wie möglich von dem lodernden Pech. Sie blieb einen Moment liegen und starrte zum Paß, aber dort hatte sich nichts verändert. Sie atmete tief durch und horchte.

Die Nacht war fast windstill. Toyami strengte die Ohren an, schloß die Augen, konzentrierte sich. Wie aus weiter Ferne hörte sie ein leises, regelmäßiges Kratzen – die Stiefel der Frau hinter den Armbrüsten. Wenn sie auf und ab ging, konnte sie noch nichts gesehen haben.

Auf Zehen und Fingern kroch sie weiter. Ein blödsinniger Einfall brachte sie beinahe zum Lachen. Was gäbe sie darum, eine Flugschlange zu sein! Sie wartete, lautlos keuchend, bis sie sich wieder gefangen hatte.

Langsam näherte sie sich dem Eingang zum Paß. Sie schaute nach den Sternen. Ungefähr zwei Uhr; der Wachwechsel mußte gleich erfolgen. Sie drückte sich hinter einer kleinen Bodenunebenheit an die Erde, unweit der zweiten Fackel, und wartete.

Schritte kamen aus dem Hintergrund des Passes. Eine Frauenstimme. Ein belangloser Scherz; eine zweite Frau, näher, antwortete. Die erste Stimme wurde lauter. Dem Klang nach mußte die Frau älter sein, wahrscheinlich kräftig. Toyami wartete noch ein paar Sekunden, dann riskierte sie einen Blick. Sie sah undeutlich im Flackerlicht zwei Gestalten und glaubte, beide schauten in den Paß hinein. Sie unterhielten sich über etwas in der Wachhütte, blickten wahrscheinlich unwillkürlich dorthin.

Wie eine Schlange näherte Toyami sich dem Paß, eng an die steilen Seitenwände gepreßt. Unterhalb der westlichen Armbrust sprang der Felsen ein Stück vor, warf einen zuckenden Schatten. Dahinter, im Dunkel, tat sich eine Nische auf.

Sie kauerte sich hinein. Die beiden Frauen waren kaum zehn Meter entfernt. Endlich beendeten sie ihre Unterhaltung; die Schlankere ging fort, die Stämmige begann mit der unvermeidlichen Wanderung, knapp hinter den montierten Armbrüsten, fünf oder sechs Meter entfernt.

Das Gesicht war nicht zu sehen, und auf den wenigen Metern ließ sich aus dem Gang nicht viel ablesen, aber das wenige reichte. Toyami schloß auf Kraft und gute körperliche Verfassung; die Frau war ihr vermutlich überlegen, und sie konnte es nicht auf einen Ringkampf ankommen lassen. Alles mußte schnell und völlig geräuschlos gehen.

Seit dem Wachwechsel war etwa eine dreiviertel Stunde verstrichen. Nur die Schritte, manchmal der Atem der Frau, die auf und ab ging, auf und ab, wie ein Uhrwerk.

Toyami wunderte sich plötzlich über das leichte Erdbeben, bis sie begriff, daß die Kälte der Bergnacht nach ihr faßte. Sie kauerte dort barfuß und ohne Jacke und zitterte erbärmlich. Es wurde Zeit.

Als die Frau wieder auf ihrer Seite des Passes war und sich auf dem Absatz umdrehte, sprang Toyami. Zwei weite, lautlose Sätze. Sie hielt den Dolch in der Rechten und preßte die Linke auf Mund und Nase der Wachtfrau. Die Halsmuskeln waren hart.

Toyami hielt den erschlaffenden Körper fest. Die Frau trug einen Degen an der Seite; sie durfte um keinen Preis auf den steinigen Boden stürzen. Die Nacht blieb still. Toyami schulterte den Körper und glitt wieder aus dem Paß. Sie trug die Tote in die Nähe der Stelle, wo ihre Sachen verborgen waren. Dort legte sie die Frau hinter einen Felsen.

In der Dunkelheit versuchte sie, Hände und Dolch mit Erde zu reinigen. Plötzlich bemerkte sie, daß ihr Tränen über das Gesicht liefen. Sie schluckte, drängte alle Gedanken beiseite, zog die Jacke an, stopfte den Lederhut zwischen die Pfeile im Köcher, damit sie nicht klapperten, klemmte sich die Stiefel unter einen Arm, warf mit dem anderen Beutel und Köcher über die Schulter, griff nach dem Bogen und lief wieder bergauf.

Sie glitt über den unebenen Boden des Passes. Am anderen Ende sah sie nun erstmals die Postenhütte. Sie hielt den Atem an und huschte zum südlichen Ausgang. Im

Sternenlicht sah sie, daß der Weg abfiel und dann in einem langen Bogen wieder anstieg. Neben dem Pfad lag eine umzäunte Weide, auf der sie fünf Pferde zählte. Sie näherte sich den Tieren, die nicht unruhig wurden, stieg über den Zaun, öffnete das Gatter von innen, schlüpfte in die Stiefel und trieb vier der Pferde hinaus. Dann sprang sie auf das fünfte. Sie nahm sich nicht die Zeit, nach Sattel oder Zaumzeug zu suchen. Das Pferd war sanftmütig und ging gehorsam im Schritt; die anderen folgten. Toyami ließ das Tier weiter gehen, neben dem Weg, nach Süden, bis ans Ende des grasbewachsenen Stücks. Dann schnalzte sie mit der Zunge und preßte ihre Absätze in die Flanken des Tieres. Die anderen vier Pferde folgten, bis ihnen der nächtliche Ausflug uninteressant wurde. Aber da waren sie schon einige Kilometer vom Paß entfernt, und der Weg flog unter Toyami dahin.

* * *

Nach acht Tagen kannte Terence Bu'ndai auswendig. Lerio fuhr tagsüber mit anderen hinaus, um zu fischen und Hummerkörbe zu kontrollieren. Einmal fuhr sie nicht; diesen Tag verbrachte sie mit Terence in ihrer Wohnung. Für beide war es eine gute Zeit, und die Gewißheit, daß sie enden würde, beeinträchtigte die Freude nicht.

Am neunten Tag entdeckte Learoyd zwei Löcher in der Sohle seines rechten Stiefels. Er grinste und suchte einen Schuhmacher auf, der abfällige Äußerungen über die Qualität der Infanteriestiefel aus dem Commonwealth machte (»Aber langes Gehen ist zwischen den Sternen wohl von Übel, wie?«) und beide Stiefel mit neuen Sohlen aus P'aodhu-Leder versah.

Außer den Sohlen erreichte er nichts. Er schlenderte zum x-ten Mal durch die engen Hafengassen, setzte sich vor ein Lokal am Kai, trank schwarzes Bier und rollte Zigaretten. Als er die zweite anzündete, legte eines der Taucherboote ab und steuerte in die Bucht hinaus. Die Schiffe waren breit, hatten flache Bordwände und Aufbauten, mit deren Hilfe die Dreiviertelkugel aus halbtransparentem, druckfestem Korall geschwenkt, abgelassen und aufgezogen wurde – eine Art Hebebaum, verbunden mit Riemen, Ketten und Zahnrädern.

Learoyd stieß einen wilden Fluch aus. Bundashil an Nebentischen warfen ihm interessierte Blicke zu. Er hatte sich auf Galaktein beschimpft, aber Ton und Miene hatten den Nachbarn verraten, daß es sich um interessante Fügungen handeln mußte. Einer der Bundashil sagte: »Dürfen wir hören, welche anmutigen Bemerkungen du soeben abgesondert hast?«

Bei aller Wut mußte Learoyd doch grinsen. Er versuchte eine Übersetzung, der entgegenstand, daß es auf Shilgat keine Hunde gab, so daß er zunächst eine Erläuterung über geringgeschätzte Tiere zu erstatten hatte. »Ich habe mich als plattköpfigen, schweißfüßigen Bastard einer räudigen Hündin bezeichnet, in deren Sippe Gehirnschwund erblich ist.«

Die Bundashil lächelten und dankten für diese willkommene Bereicherung ihrer Kenntnisse.

Learoyd knallte eine Münze auf den Tisch und marschierte los. ›So viele Tage sinnlos vergeudet, dabei gibt es nur eine sinnvolle Möglichkeit‹, dachte er verärgert. ›Kein Wunder, daß ich nicht General geworden bin.‹

Seit Tagen hatte er sich mit Versuchen abgeplagt, Gründe für den Anschlag zu finden. Annehmend, bei den Drahtziehern handle es sich um Leute aus Gashiri, hatte er sich den Kopf mit wilden Hypothesen zerbrochen – Verschwörung der AVs mit Bundashil zur Errichtung einer anarchovegetarischen Kolonie in Bu'ndai; politische Verbindungen zwischen AVs und Korallkorsaren; eine Racheaktion irgendeines AV, dem Barakuda in seiner Zeit als Sicherheitschef auf die Füße getreten haben mochte ... All diese und drei Dutzend andere Überlegungen führten immer wieder zur Frage der Nützlichkeit, der Motivation, des Orts und der Zeit. Warum sollten AVs Barakuda und Begleiter verschleppen, statt sie an Ort und Stelle zu töten? Warum in Bu'ndai und nicht beispielsweise in der zu Gashiri gehörenden Station der Taggabahn? Wenn ein Rächer ihnen gefolgt war, warum hatte er dann erst in Bu'ndai zugeschlagen und nicht früher, an einem einsamen Ort? Inzwischen hielt Learoyd es für wahrscheinlich, daß die AVs, aus welchen Gründen auch immer, Barakuda aus dem Weg schaffen, aber nicht sichtbar umbringen wollten, und daß Oubou und er selbst nur notwendige Dreingaben, zufällig ebenfalls anwesende Zeugen darstellten. Zeugen für was?

Der Anblick des Taucherboots gab ihm die einzig sinnvolle Antwort. Er wußte jetzt, warum jemand Dante und Vlad überfallen und verschleppt hatte, und warum versucht worden war, auch ihn zu beseitigen.

Jemand mußte gehört haben, daß Barakuda auf der Suche nach Ambra war. Jemand mußte Interesse daran haben, zu verhindern, daß Barakuda Ambra erhielt und nach Cadhras brachte. Das konnte nur bedeuten, daß jemand – Terence war sicher, daß es sich hierbei um AVs aus Gashiri handelte – selbst an dem Zeug zu sehr interessiert war, um Einmischung oder Konkurrenz zu dulden.

Learoyd ging schnell nach Süden am Kai entlang, dorthin, wo jener Taucher wohnte, der ihm Ambra gebracht hatte. Dabei schüttelte er immer wieder den Kopf über seine Dummheit. Händler hatte er gefragt; Wirte; Bauern, die in der Nähe großer Straßen arbeiteten; die Leute, die die Endstation der Taggabahn warteten – nur keine Taucher.

Der Mann war zu Hause. Nach einigem Murren erklärte er sich bereit, gegen Zahlung eines größeren Betrags sofort in See zu stechen und Learoyd die ungefähre Stelle zu zeigen, unter der sich die Grotten der sterbenden Wale befanden. Terence erklärte ihm in Umrissen, weshalb er solch großen Wert darauf lege; der Taucher seinerseits bestritt, jemals Ambra an Fremde von außerhalb Bu'ndais abgegeben zu haben. Er könne natürlich nicht für alle Taucher sprechen.

Am Nachmittag des übernächsten Tages liefen sie wieder in den Hafen von Bu'ndai ein. Learoyd hatte einige Dinge gelernt; er wußte, daß die Grotten tief unter der Wasseroberfläche zwischen Riffen und ehemals vulkanischen Inseln lagen, an der unzugänglichen Steilküste im Süden der weiten Bucht.

Mühsam fragte er sich durch das Gewirr der Gassen, Straßen und Plätze. Er hatte die Namen mehrerer Taucher, und bis zum Abend war es ihm gelungen, sechs Männer und zwei Frauen zu finden, die regelmäßig oder bisweilen Ambra holten. Von ihnen war keine hilfreiche Auskunft zu bekommen – alle bestritten, jemals Ambra an Fremde abgegeben zu haben.

Von der zweiten Frau erfuhr Learoyd immerhin noch einen weiteren Namen. »Versuch es bei Shari. Er wohnt draußen im Süden, unter den Klippen. Ein Eigenbrötler. Wahrscheinlich sagt er dir nichts, aber versuch es wenigstens.«

Es war längst dunkel, als Terence die Hütte zwischen Sand und Felsen erreichte. Sie lag fast einen Kilometer außerhalb der Stadt. Das Taucherboot dümpelte neben einem morschen Steg.

Die Hütte war nicht erleuchtet; als er näher kam, stellte Learoyd jedoch mit Bestürzung fest, daß er kein Licht brauchte, um zu wissen, was er dort finden würde; seine Nase sagte es ihm.

Shari war tot, der Leichnam bereits in Verwesung übergegangen. Terence hielt die Luft an und tastete sich durch die enge Hütte. Endlich fand er eine Tranlampe. In ihrem undeutlichen Licht sah er, daß der Kopf des Mannes wie von einer Riesenfaust zerschmettert worden war; ein dickes Brett lag nicht weit von der Leiche entfernt.

Learoyd löschte die Lampe, flüchtete aus dem Schuppen, schloß die Tür und atmete gierig die Seeluft. Er ging zu der Taucherin, die ihn zu Shari geschickt hatte.

Sie hörte ihm zu, nicht besonders begeistert. In einer Ecke ihres kleinen, einräumigen Hauses stand ein riesiges Paddel, und zerstreut fragte Terence sich, wie es ins Haus gekommen sein mochte; wahrscheinlich war das Gebäude um diesen Gegenstand herum errichtet worden.

»Was tut ihr, wenn jemand ein Verbrechen begeht oder Opfer eines Verbrechens wird?«

Sie kratzte Reste eines Fischeintopfs aus ihrem Steingutteller. »Seine Verwandten, seine Freunde, seine Nachbarn, seine Kollegen«, sagte sie mit vollem Mund. Dann leckte sie den Löffel aus Walknochen ab. »Sie tun sich zusammen und suchen den Verbrecher. Oder wenn jemand einen Mord oder so etwas begeht, beraten alle, die davon betroffen sind. Dann wird er an die Korsaren verkauft, und sein Besitz wird aufgeteilt oder fällt an die Hinterbliebenen des Opfers.«

»Und was kann man in diesem Fall tun?«

»Wenig.« Sie stand von dem rohen Tisch auf, ging in eine der kaum erhellten Ecken, wühlte unter Fellen und Decken und kam mit einer Flasche Schnaps zurück. Terence sah mit Erstaunen, daß es sich um Rum aus Gashiri handelte.

»Woher hast du das?«

Sie zuckte mit den Achseln. »Gekauft. Vor Wochen, von einem Händler aus Lolai.«

Lolai lag im Hinterland. Terence nahm ein Glas an.

»Wir können morgen früh die Taucher versammeln. Shari hatte keine Freunde und keine Verwandten. Nachbarn, wie du weißt, auch nicht – außer seiner Hütte steht da unten ja nichts. Wir können uns eine Stunde nach Sonnenaufgang dort treffen und versuchen, etwas herauszufinden. Ich werde die anderen informieren.«

Im Morgenlicht rissen sie Türen und Fenster auf; danach machten sie sich an eine Untersuchung der Hütte. Offenbar war Shari tatsächlich mit dem dicken Brett erschlagen worden. Die Hütte hatte man durchwühlt; alles war zertrümmert und verstreut. Die wenigen Habseligkeiten des Tauchers sahen beklagenswert aus. Bodenbretter waren herausgerissen, das flache Brett zerbrochen und der wurmstichige Schrank demoliert.

Learoyd zählte zwei und zwei zusammen, addierte eine imaginäre Zahl und wanderte leise pfeifend zum Bootssteg. In der Kajüte des kleinen Schiffs fand er unter Planken, deren Schrauben glänzende Schlitze aufwiesen, eine Kiste. Er rief die anderen herbei; zu dritt schleppten sie die Truhe an Land und brachen den Deckel auf.

Die Summe der Goldmünzen hatte einen Gesamtwert von etwa elftausend Foldar; es waren Drachmen und sogar zwei goldene Fünf-Talent-Münzen (500 Drachmen) aus dem Commonwealth dabei, außerdem Foldar aus Kelgarla, Sa'orq, den Bergstaaten, Bu'ndai und Gold- und Silbermünzen von Foldargröße aus Gashiri.

»Was geschieht damit?«

Die Taucher berieten stumm, indem sie Blicke tauschten. Der Mann, der Learoyd mit Ambra beliefert und in den letzten Tagen über See gefahren hatte, räusperte sich. »Es gibt keine Interessenten.« Er grinste böse. »Außer dem Mörder, oder den Mördern, die wahrscheinlich genau nach dieser Kiste gesucht haben. Komisch, daß sie nicht auf Sharis Boot gekommen sind. Mit dir sind wir zehn.«

Sie teilten. Learoyd bat um die beiden goldenen Talentmünzen und ein paar Gashiri-Foldar. Insgesamt erhielt er so 1000 Drachmen, 250 Gashiri-Foldar und 350 in gemischten Münzen.

Danach rissen sie die Hütte nieder, bauten aus den Brettern und der Einrichtung einen Scheiterhaufen und legten Shari darauf.

Einer der Taucher schrieb eine Notiz für das Kundgabe-Brett nahe dem Ratskäfig. Darauf stellte er fest, der Taucher Shari sei, vermutlich von Leuten aus Gashiri, ermordet worden, und empfahl den Lesern, sich bei Geschäften mit den Bewohnern jenes wirren Landes äußerster Vorsicht zu befleißigen.

Learoyd mietete ein kräftiges Pferd, das an steile Wege gewöhnt war, und begann die Umgebung von Bu'ndai zu erkunden. Er war überzeugt, daß Shari den größten Teil seines Schatzes durch Ambra-Handel verdient haben mußte. Die meisten Münzen waren neu; sie konnten nicht lange in der Truhe gelegen haben. Vorsichtig schätzte er, daß Shari etwa die zwanzigfache Menge dessen, was in die schwere Munitionskiste gepaßt hatte, geliefert und verkauft haben mußte. Aber nun stellte sich das Problem des Transports und des Zerfalls. Unter normalem Druck hielt *alangra* sich nicht lange, und die AVs verfügten nicht über Kisten mit Druckautomatik. Überlegungen, zu welchem Zweck die AVs so viel Ambra gekauft haben mochten, schob er zunächst beiseite. Wenn seine Annahme stimmte, daß das Ambra für Gashiri wichtig genug war, um deswegen Dante Barakuda, Vlad Oubou und (versuchsweise) Terence Learoyd aus dem Weg zu schaffen, war es auch wichtig genug, den Lieferanten zu töten, wenn man verhindern wollte, daß jemand ihm Fragen stellte.

Er begann im Norden, in den ausgedehnten Basaltfeldern an der Küste. Zwanzig Tage lang bewegte er sich in einem großen Bogen von dort nach Süden, bis zu den steilen, kahlen Felswänden oberhalb der Sterbegrotten, aber er fand nichts, was auf ein geheimes Laboratorium oder auch nur einen versteckten Stützpunkt hindeutete.

Am einundzwanzigsten Tag kehrte er nach Bu'ndai zurück. Am folgenden Morgen sprach er lange mit Xhadruga, dem er einen Teil der geliehenen Foldar zurückgeben wollte, aber der alte Händler weigerte sich.

Nachmittag und Abend verbrachte Terence mit Lerio in ihrer Wohnung, danach in einigen Tavernen. Die Stimmung war gedämpft, auch deshalb, weil Lerio am Morgen bei einer alten Freundin gewesen war, die sich lange vergebens ein Kind gewünscht und nun, endlich schwanger, im dritten Monat eine Fehlgeburt erlitten hatte.

Morgens verließ er Bu'ndai. Lerio begleitete ihn bis zur Taggabahn.

Aus: Flimmer Bundobust, Ich zog mit der Nordkarawane *(Atenoa, 427)*

»...Je weiter wir nach Westen kamen, desto größer wurde meine Lust, Pasdan zu besuchen. Pasdan! Welch ein Name! Welch ein Raunen und Wogen in diesen zwei Silben! Verbotenes Land schöner Frauen, exotischer Gewürze, absurder Riten? Irgendwie mochte ich mich mit den Auskünften nicht zufriedengeben – weder den kargen Daten, die ich in Cadhras erhalten hatte (und die im Lexikon der bewohnten Welten *ebenso karg zu lesen sind), noch mit den Geschichten der Händler und Treiber.*

›Pasdan? Geh nicht hin‹, sagte einer. Ein anderer, den ich als beflissenen Zyniker kennengelernt hatte, riet mir: ›Geh ruhig hin, aber beschwer dich nicht bei mir, wenn du nicht zurückkommst.‹ Ja, der köstliche Humor der Steppe ...

Dem Vernehmen nach wurde Pasdan einst von Träumern bewohnt, die im Wasser der Flüsse Kristallpaläste besaßen und sich darin der Kunst und der Nacht ergaben. Angeblich landeten eines Tages, lang lang ist's her, einige Schiffe mit Frauen, die einem Patriarchat entflohen waren, um ein Matriarchat zu errichten. (Als ob man zur Feier der Tatsache, daß man vom Typhus geheilt ist, die Cholera in Umlauf brächte!) Obwohl die Träumer unter Wasser lebten und das Land nicht nutzten, das also zur Besiedlung frei war, hätten die Fremden Frauen – die ein paar Männer zu Zuchtzwecken mitbrachten – alle Shil des Landes getötet, zunächst die Männer, dann auch die Frauen, da diese nicht bereit gewesen seien, den Regeln des neuen Paradieses entsprechend zu leben. Erst die Einrichtung des Gouvernements in Cadhras soll das ewige Blutvergießen und die Übergriffe der ›Mütter‹ beendet haben.

Nun, ich mußte mich mit derlei Märchen begnügen, zu meinem und sicher auch zu deinem Leid, lieber Leser, da die Karawane weit nördlich von Pasdan Richtung Vagaván zog und es mir doch als allzu tollkühn erschien, Tausende Meilen auf einem fremden und, sagen wir es ruhig, barbarischen Planeten allein zurückzulegen, nur um am Ende festzustellen, daß alles doch ein Märchen ist und in Pasdan das Leben nicht anders verläuft als sonstwo. Ich tröstete mich mit der Aussicht, das nicht minder fantastische Vagaván kennenzulernen – die Blutgrafschaft! Dort, so sagte man mir, lasse man die gewählte Regierung – Graf oder Gräfin, je nachdem – zur Ader, wenn er/sie etwa die Bevölkerung durch den Versuch belästige, Politik zu machen. Welch überaus idyllische Vorstellung!«

VI

Der dickbauchige Frachtsegler ankerte zwischen den Riedinseln des Losabu-Deltas. Leichter verkehrten zwischen dem Schiff und den Anlegestellen der Taggashil-Dörfer; für größere Segler waren die Untiefen des gemächlichen Losabu unüberwindlich. Lehm- und Sandbänke zwangen selbst kleinere Schiffe mit minimalem Tiefgang zu ständigem Loten, und das Hochseeschiff aus Gashiri hatte sich bis an den äußersten Rand des eben noch befahrbaren Wassers gewagt.

Der zweite Besuch. Vor zehn Zehntagen hatte das gleiche Schiff mit der gleichen Besatzung den Taggashil erstmals Waren angeboten und viele Säcke Schlickreis eingehandelt. Diesmal brachten die Leute aus Gashiri nur wenig, vor allem Flaschen mit ausgezeichnetem Zuckerrohrschnaps, den sie ›Rum‹ nannten, und einige Ballen feinen Tuchs.

Die Obfrau der Taggashil verhandelte mit einem Mann über den Preis. Es war der gleiche Verhandler wie beim ersten Besuch; Tineti stufte dies als ungewöhnlich ein, da bei den Anarchovegetariern, wie sie wußte, die Kommandofunktionen jeden Tag von anderen Personen eingenommen wurden.

Er hatte stechend braune Augen und braunes Haar. Tineti mißtraute ihm zutiefst, schob dies aber auf die Umstände. Gashiri lag im Westen, vom Land am Losabu nur durch steile Berge getrennt. Es hatte nie andere denn blutige Kontakte gegeben.

Immerhin, Handel bedeutete eine Art von Friede, und Tineti ignorierte die Abneigung, die sie diesem Shevshan entgegenbrachte.

»Wir fahren weiter nach Cadhras.« Der Sprecher der Anarchovegetarier steckte die rechte Hand in die Tasche seiner braunen Hose. »Deshalb bringen wir euch diesmal nur wenig, und deshalb können wir nichts mitnehmen. Oder fast nichts.«

Tineti war alt und ging bereits gebückt, dennoch brauchte sie nicht zu dem Fremden aufzuschauen. »Aber wie sollen wir euch bezahlen? Ihr wollt uns doch sicher keine Geschenke machen.«

Shevshan lächelte; er hatte links einen goldenen Eckzahn. »Das wollen und können wir nicht. Aber wir können Münzen gut gebrauchen – Foldar. Ihr prägt doch auch Foldar, oder? Und wenn nicht, sind wir bereit, eine bestimmte Menge an Gegenleistungen vertraglich festzuschreiben und beim nächsten Mal mitzunehmen.«

»Nein, Foldar sind besser. Man soll Schulden immer gleich aus dem Keller schaffen, bevor sie einem das Dach eindrücken.«

Shevshan zog Papier und einen Stift aus der Tasche seines braunen Hemds und schrieb Zahlen nieder.

Tineti hatte das Gefühl, beobachtet zu werden, wandte sich jedoch nicht um. Sie wartete auf das Ergebnis der Rechnung.

»Nun, das wären ungefähr zweihundertfünfzig Foldar«, sagte Shevshan schließlich. Er blickte über Tinetis Schulter zu einem ihr nicht einsehbaren Punkt, und sie hatte das Gefühl, er betrachte die Person, von der sie sich beobachtet wähnte.

Tineti wollte nicht feilschen. »Wir werden den Preis im Kreis der Alten beraten.«

Vom Dorfplatz zwischen den riedgedeckten Holzhäusern näherten sich Schritte. Tineti wandte sich nun doch um und riß die Augen auf.

Der alte krummbeinige Mann mit tausend Runzeln im Gesicht trat neben sie und legte die Innenfläche seiner Hand an ihre Wange. »Mutter der Taggashil«, sagte er lächelnd, »der Fisch meiner Seele schnellt aus dem Wasser des Trübsinns, da ich dich sehe!«

Tineti kicherte. »Freund und Vater. Du solltest einer alten Frau nicht solche Dinge sagen. Sie lassen mich daran denken, daß ich kaum noch Zähne habe und einen krummen Rücken.« Sie warf Shevshan einen Blick zu. »Dies ist Shevshan aus Gashiri. Und dies ist der weitgereiste, weise Saravyi.«

Einen winzigen Moment lang schienen die Augen des braunen Mannes aus der Anarchovegetarischen Union zu flackern; dann neigte er knapp den Kopf. »Gruß«, sagte er. Er wandte sich Tineti zu. »Ich werde auf dem Schiff gebraucht, Obfrau der Taggashil. Bitte schick uns einen Boten, wenn die Alten über den Preis beraten haben.«

Saravyi blickte ihm nach. Shevshan ging mit schnellen Schritten zum Anlegesteg, sprang in das Beiboot und gab mit Gesten Anweisungen. Die Ruderer ergriffen ihre Riemen und steuerten das Schiff an.

»Ein merkwürdiges Gesicht«, sagte Saravyi. »Man könnte fast meinen, er kennt mich und will ganz schnell aus meiner Nähe.«

Tineti strahlte; sie legte eine Hand auf die Schulter des alten Mannes. »Unmöglich, Saravyi. Wer würde sich freiwillig der Wonne deiner Gegenwart berauben?«

Saravyi starrte mit zusammengekniffenen Brauen zum Schiff aus Gashiri hinüber. Eine kaum merkliche Brise wehte von Nordwesten und kräuselte das Wasser des trägen Stroms. »Oh, ich könnte dir einige Namen nennen«, sagte er gedehnt. »So zum Beispiel die ehemals wichtigsten Mütter von Pasdan.«

Tineti wurde ernst. »Du meinst, Shevshan gehört zu den wichtigsten Leuten aus Gashiri und hat deshalb Besorgnis, wenn er dich sieht?«

Saravyi zuckte mit den Schultern. »Ich weiß es nicht. Gibt es unter diesen seltsamen Wahnsinnigen wichtige Leute? Ich dachte, alle seien gleich wahnsinnig. Und gleich unwichtig.«

Während die Alten über den Handel berieten, wanderte Saravyi durchs Dorf und grübelte. Gerüchte über Besucher aus Gashiri hatten ihn zu diesem Umweg veranlaßt. Er war auf dem Weg aus dem Norden über Cadhras nach Golgit, Kelgarla und Sa'orq im Süden. Seit dem Ende des

Matriarchats von Pasdan hatte er sich vergebens bemüht, seine düsteren Ahnungen abzuschütteln oder sie einem übermäßigen Realismus zuzuschreiben. Saravyi seufzte und setzte sich auf einen ausgehöhlten Baumstamm, durch den Kinder krabbelten. Sie wuselten um seine Füße, verwickelten ihn in ihr Spiel. Der alte Mann spielte mit, beantwortete kindliche Rätselfragen, gab Tips zum unauffindbaren Verstecken nichtexistenter Gegenstände (ein Mädchen behauptete, einen fürchterlich großen Schatz verstecken zu müssen, damit die Fremden – dargestellt durch einen Jungen – ihn nicht fänden), aber ein Teil seines Geistes wanderte zerstreut umher und befaßte sich mit den Besorgnissen.

Saravyi starrte in den Nachmittagshimmel, rollte eine unförmige Zigarette, zündete sie an und sah dem aufsteigenden Rauch hinterher. Entweder handelte es sich um eine langfristig angelegte Öffnung des bisher verschlossenen Gashiri, also eine Änderung zum Besseren, zum friedlichen Miteinander; aber dann mußte es innere wie äußere Signale dafür geben, und die Kundschafter des Protektorats in Gashiri hatten bisher nichts von inneren Änderungen berichtet. Oder es war eine politische Reaktion auf Pasdan, ein Einlenken angesichts der Tatsache, daß das Gouvernement in Cadhras schnell und hart reagiert hatte, daß Fantasie, Shiljäger und Commonwealthtruppen zusammen ein Blutbad verhindert, den Terror beendet und damit den Sektierern in Gashiri indirekt ein Warnsignal gegeben hatten. ›Aber‹, dachte Saravyi, ›wozu dann eine Handelsdelegation zu den Taggashil statt einer diplomatischen Gesandtschaft nach Cadhras, nach Arameq, nach Kelgarla und zu den anderen wichtigen Orten?‹ Oder gab es in Gashiri eine innere Notwendigkeit für forcierten Außenhandel nach Jahrhunderten der Isolation? Aber auch von Überproduktion oder Hunger war ihm nichts bekannt.

Er seufzte erneut und trat den Rest der Zigarette aus. Die Shil, die an nichts außer an das Große Chaos glaubten, neigten nicht zu der Annahme, große Dinge könnten aus reiner Freundlichkeit geschehen; ein ausbalanciertes System voneinander abhängiger Egoismen war dauerhafter als Gefühle. Große Versöhnungs- oder Weltumarmungsgefühle schloß Saravyi für Gashiri aus, weil er Realist war. Blieb ein Kalkül. Niemand wußte, wer in Gashiri entschied; es gab zweifellos Führungsgruppen oder -personen, aber sie waren anonym. Persönliche Rückschlüsse oder solche auf das Interesse einer kleinen Gruppe waren nicht zu ziehen. Der einzige greifbare Sinn, den Saravyi sah, war eine Form des Gewinns. Aber mit so kleinen Warenmengen zu so geringen Preisen ließen sich keine wesentlichen Gewinne erzielen, zumal im Tauschhandel.

Er erhob sich von dem Baumstamm, streichelte die Kinder zum Abschied und schlenderte zurück zum Flußhafen. Die letzte Möglichkeit war also, daß die von Gashiri exportierten Dinge wichtig waren, daß Gashiri sehr daran interessiert war, diese Waren in Umlauf zu bringen. Er trat zu den gestapelten Kisten und Ballen, schloß die Augen und konzentrierte sich.

Als Zehnjähriger hatte er die Lehrzeit bei den Heilern der Banyashil begonnen; mit 15 war er bestauntes Wunderkind gewesen; als er 20 wurde und der alte Fürst der Banyashil starb, hatte man ihn zu dessen Nachfolger wählen wollen. Er hatte abgelehnt und sich seitdem bemüht, die Mechanismen zu erforschen, die das Leben, Handeln und Sterben von Menschen und Gruppen bestimmten, und mit besonderer Aufmerksamkeit hatte er die seltsamen Fremden von Pasdan, Gashiri und Banyadir beobachtet, soweit er sie indirekt beobachten konnte. Ohne seine Kenntnisse und Einfälle wäre es vielleicht ein Jahr zuvor doch zur großen, entsetzlichen Katastrophe gekommen, als die Heiligen Mütter von Pasdan sich aufmachten, die Welt nach ihrem Bild umzuformen. Er schaltete alle anderen Fähigkeiten ab, konzentrierte sich ganz auf die Gefühle, die geistigen Tastsinne des Heilers.

Einige Taggashil, die die noch nicht endgültig übernommenen Waren bewachten, beobachteten ihn aufmerksam. Saravyi war Legende; bereits ihre Großeltern hatten von ihm gesprochen. Nun sahen sie, wie der alte, weitgereiste Mann erstarrte. Sie alle hatten schon Heiler bei der Arbeit gesehen, wenn sie sich in den Leib eines Kranken hineinfühlten und ihre Kraft in die siechen Körperteile fließen ließen, damit diese selbst die Krankheit bekämpften. Aber Saravyis Konzentration war stärker, seine Erstarrung felsiger als alles, was sie je gesehen hatten. Sie traten lautlos zurück und bildeten einen Kreis, der jede Störung fernhielt.

Er berührte glattes, feines Tuch. Hauchdünn und kühl. Der analytische Teil seines Geistes sagte ihm, ehe er ihn ausschaltete, daß Gashiri über sehr feine Webmaschinen verfügen mußte, wie es sie nirgends sonst auf Shilgat gab. Allein dies war eine Besorgnis, denn feine Webmaschinen setzten ein ganzes Netz anderer feiner Techniken voraus, mit denen auch andere Dinge hergestellt werden konnten. Dann erlosch der Analyseteil.

Er empfand Eis und Schwärze. Etwas Fremdes, das sich entzog. Nicht fremd wie von einem anderen Stern, ungesehen, kaum faßbar, sondern furchteinflößend fremd wie etwas Bekanntes, Vertrautes, das bei grellem Licht plötzlich nie geahnte dämonische Züge entwickelt, die viel fremder sind als alles Fremde. Etwas völlig Neuartiges, nie zuvor Erblicktes oder auch nur Vorgestelltes kann unfaßbar sein, aber gleichzeitig weist es eine beruhigende Eigenschaft auf, nämlich die Fremdheit, mit der man rechnet, die in sich erwartet und damit beinahe vertraut ist. Beängstigender ist jähe, unbegreifliche Fremdheit bei Altbekanntem; der über Nacht in Verwirrung versunkene Freund ist viel fremdartiger als ein sich bizarr gebärdender Unbekannter. Saravyi empfand etwas, das er nicht benennen konnte. Wie ein gewöhnliches Wort, das durch eine winzige Veränderung eine unauslotbare, bedrohliche Bedeutung bekommt. Erschreckende Bilder formten sich: Gräßlich entstellte riesige Fische, die an Land stiegen und durch Straßen wanderten, welche sich unter ihrem vielbeinigen Trampeln veränderten, als seien sie schon immer Fischstraßen gewesen, auf denen Menschen nicht gehen sollten.

Er öffnete die Augen, zog die Hände zurück. »Schwarzes Eis und wandernde Fische«, murmelte er. Langsam ging er zum Anlegesteg und starrte über das matte Wasser zum Schiff, das im Strom ankerte. Wieder schloß er die Augen und tastete nach dem braunen Fremden. Wie alle Heiler konnte er zwar keine Gedanken lesen, aber Stimmungen fühlen, die ungefähre Beschaffenheit eines Menschen oder die Gemütslage einer Gruppe erahnen. Er fand Shevshan schnell – kalter Intellekt, der mit etwas beschäftigt war, das die gleiche Qualität hatte wie der Stoff: schwarzes Eis.

Saravyi massierte sich die Schläfen. Eine junge Frau trat schnell neben ihn und berührte seinen Arm. Er lächelte sie an. »Keine Besorgnis, Tochter. Ich werde alt und meine Kraft läßt nach, aber stürzen werde ich deshalb nicht.«

Er war ratlos. Am liebsten hätte er den Taggashil gesagt: ›Werft die Waren ins Wasser oder verbrennt sie!‹ Die Fremdartigkeit, die er wahrgenommen hatte, war nicht konkret bedrohlich. Nicht so konkret zumindest, daß er hätte sagen können, was sich aus ihr ergeben mochte.

Im Rat der Alten schwieg er; besser nichts sagen als Ungenaues. Zwei Tage später verließ er das Losabu-Delta. Die Händler aus Gashiri waren längst abgesegelt, und die Waren wurden verteilt. ›Harmlos‹, dachte er, als er fortritt, ›oder furchtbarer als alles Bisherige, einschließlich Pasdan.‹ Aber er wußte nicht, welche Möglichkeit zutraf.

Vom Delta des Losabu ritt Saravyi zunächst gemächlich flußaufwärts. Etliche Tage verbrachte er in Dörfern am Mittel- und Oberlauf des großen Stroms, besuchte alte Freunde und beriet mit örtlichen Heilerinnen und Heilern über die Düsternis der Zeiten und die Unvollkommenheiten des Menschen, der niemals des Großen Chaos würdig sein könne. Danach überquerte er die südlichen Berge des Losabu-Landes auf schwierigen, kleinen Pfaden.

Als er nach Langladir gelangte, war der Sommer bereits älter geworden. In Langlava erfuhr er, daß vor einigen

Zehntagen eine Karawane aus Cadhras gekommen und wieder abgereist war. Er erfuhr auch, daß sein Freund Barakuda nicht zurück nach Cadhras, sondern weiter zur Taggabahn geritten sei, und daß in den vergangenen hundert Tagen kein Kind mehr in den Wipfeln ersprossen war.

Er wandte sich südwärts und durchquerte einen Ausläufer des Landes der Frauen von Zheziri, wo er ähnlich betrübliche Botschaften hörte.

An einem kühlen Sommerabend traf er in den Bergen der Mitte, dort, wo die Bereiche von Golgit, Sa'orq, Zheziri und Kelgarla zusammenstoßen, Heilerinnen und Heiler, die seine Gedanken empfangen und sich dorthin begeben hatten.

In der kalten Nacht der Berge berichtete Saravyi von dem, was er gesehen und dem, was er daraus geschlossen hatte. Die alten Shil lauschten und nickten bedächtig. Die Feuer brannten nieder, bis der schreckliche Beschluß feststand. Saravyi bestimmte einen Tag. »Wenn wir das Licht erhalten wollen, müssen wir in die Finsternis hinabsteigen«, sagte er. »Sind die Wege gangbar?«

Die Heilerinnen und Heiler bestätigten dies. Saravyi blickte sie der Reihe nach an. Die alten Gesichter waren starr.

Im fahlen Morgenlicht verließen die anderen den Ort der Sammlung. Saravyi blieb zurück, mit einer alten Frau aus den Bergen von Sa'orq.

»Mutter«, sagte er. »Du weißt, was ich will?«

Die Heilerin lehnte sich an den Felsen und sah in Saravyis Augen. »Die Bläser und Feuerspeier werden bereit sein.«

Als auch sie gegangen war, stand Saravyi noch lange auf einem Felsvorsprung und blickte hinab. Die ausgedehnten, fruchtbaren Täler, die gewaltigen Berge, die Dörfer, weit im Osten und nicht sichtbar der Lysangrische Ozean. Shalga vervielfältigte sich strahlend in Millionen Tautropfen; für Sekunden glühte die Welt.

* * *

»Drei Leute von der Freien Handelskommission? Was wollen die denn?« Yasuhiro Kakoiannis lehnte sich an Beghelis Schreibtisch und verschränkte die Arme. Die Bügelfalten von Hemd und Hose waren wie immer tadellos. Er hatte P'aodhu-Kühe gemolken, aber das sah man ihm nicht an.

Begheli kratzte ihr kurzes Kupferhaar; dann stützte sie das Kinn auf die Fäuste. »Ich weiß nicht. Sie haben nicht viel gesagt. Nur, daß sie mit uns in einer wichtigen und für beide Seiten lukrativen Sache reden wollen.«

»Soll die TraPaSoc Mitglied in der Kommission werden? Das wäre aber nicht besonders lukrativ.«

»Ich könnte mir vorstellen, daß sie allmählich begreifen, wie interessant unsere Geschäfte sind. Alle anderen Händler sind Mitglieder der Kommission – wir sind Außenseiter. Und Konkurrenten.«

Kakoiannis murmelte etwas, verschwand Richtung Küche und kam mit zwei Bechern Kaffee zurück. Er stellte Begheli einen hin, dann setzte er sich in den Sessel vor ihrem Schreibtisch. »Also sind wir der kleine Fisch, der das Monopol der Haie stört?«

»So ungefähr.«

»Was kann dabei herauskommen?«

Sie hob die Schultern. »Eine Aufforderung, mit der Kommission zusammenzuarbeiten, Märkte abzusprechen, Informationen auszutauschen, Preise festzulegen. Oder Drohungen, falls wir uns weigern.«

Kakoiannis starrte in seinen Becher. »Wahrscheinlich. Und was tun wir?«

Begheli lehnte sich zurück. Ihre schlanken Finger, die keinen Schmuck brauchten, spielten nervös mit dem Rotstift. »Wir sollten noch eine dritte Möglichkeit bedenken.«

»Nämlich?«

»Vielleicht wollen sie uns kaufen und auszahlen.«

Kakoiannis grinste. »Wie sieht unser Konto aus?«

»Oh, gut. Dantes Coup mit dem Porzellan hat uns saniert. Alles andere dazu, lauter nette Kleinigkeiten – wir sind mit knappen hunderttausend im Plus.«

»Was ist mit dem Laborschiff und der Pharmasache?«

»Das kostet uns zur Zeit nichts, bringt aber auch nichts ein. Zukunftsmusik.«

»Wie fühlt man sich eigentlich?« Kakoiannis zwinkerte. »Vor einem halben Jahr hast du noch im *Meeresleuchten* betrunkene Seeleute bedient, und heute bist du befehlende Herrin der TraPaSoc und an einem interstellaren Pharmakonzern beteiligt.«

Begheli winkte ab. »Alles rein formal. Und was uns hier angeht…« Sie seufzte und schaute aus dem Fenster. Rauher Seewind zerrte an den Zweigen der flammenden Blutweide. »Dante und Vlad sind verschollen. Learoyd treibt sich im Süden rum und sucht nach ihnen. Sechs sind zu den Mischlingsdörfern im Nordosten geritten und werden erst in vierzig oder fünfzig Tagen zurück sein. Sind wir überhaupt beschlußfähig?«

»Wir sind. Der Chef ist futsch. Entschuldige, Begheli, so war's nicht gemeint. Wir haben vier Stellvertreter – du, ich, Bondak und Shulamit. Die *kaprala* ist mit den anderen im Nordosten, der *sirján* sitzt in Cadhras und ist erreichbar. Notfalls beschließt der Vorstand mit einfacher Mehrheit. Wenn du, Bondak und ich also einer Meinung sind, gilt es.«

Begheli schloß die Augen. »Ich weiß. War nur eine rhetorische Frage. Paß auf, Yasu – ich hab heut früh schon mit Bondak gesprochen. Weißt du, was er sagt?«

Kakoiannis schüttelte den Kopf.

»Verkaufen.«

»Huch. Wieso?«

»Du weißt, er hat immer eine gute Nase gehabt – sagt ihr jedenfalls alle. Bei Einsätzen oder vor Einsätzen. Der Sergeant wußte immer, daß was passieren würde. Stimmt's?«

»Es stimmt. Aber was soll denn passieren?«

Sie sah ihn nachdenklich an. »Er hat ein paar Dinge zusammengezählt. Die plötzliche Öffnung von Gashiri, die Handelsdelegationen der AVs; dann verschwindet Dante, zusammen mit Oubou, in Bu'ndai. Sarela erzählt, daß

Tremughati und Gortahork düstere Befürchtungen haben. Seit Pasdan wissen wir auch, wie das mit Saravyis Nase ist – der alte Mann ist immer da, wo Unheil droht, und im Moment ist er irgendwo an der Südgrenze von Gashiri. Addier die mysteriöse Welle von Fehlgeburten. Alles zusammen ergibt keinen Sinn, aber es beunruhigt mich. Vielleicht hat nichts von alledem miteinander zu tun – aber wenn doch, dann sehe ich keine fröhlichen Handelskarawanen vor mir, sondern Katastrophen. Und dann gibt uns niemand mehr was für die TraPaSoc. Dann können wir aber mit ihr auch nicht mehr viel anfangen.«

Kakoiannis kaute auf der Unterlippe. »Weiß jemand was über die Beziehungen zwischen uns und dem Laborschiff?«

»Nur wir, das Gouvernement und die GERAFARMA.«

»Wir könnten also diesen Teil aus einer eventuellen Transaktion heraushalten?«

Begheli lächelte ironisch. »Wir müssen. Ich komme erst allmählich dahinter, wie schlau Gerames' Anwälte sind. Im ganzen GERAFARMA-Vertrag taucht der Begriff TraPaSoc nicht auf.«

Am Nachmittag traf kurz nach Lugo Bondak die dreiköpfige Abordnung der Kommission ein – eine alte Frau, eine junge Frau und ein Mann irgendwo dazwischen. Begheli und Kakoiannis übernahmen die Begrüßung und Führung über die von der TraPaSoc gepachtete Halbinsel.

Die ältere der beiden Frauen betrachtete mißbilligend die vom feuchten Farn auf ihrem grauen Kostüm hinterlassenen Spuren, kniff den Mund zusammen und betrat wortlos den Sammelraum. Der Mann trug ein Pokerface zur Schau, gab sich dabei verbindlich und sah sich sehr aufmerksam um. Die jüngere Frau und er waren – vermutlich unabsichtlich – in einer Art Partnerlook erschienen: in uniformähnlichem Anzug bzw. Hosenanzug von dezenter und teurer Eleganz. Sie blieb noch einen Moment auf dem Innenhof stehen und nickte.

»Gute Arbeit«, sagte sie. »Ich bin vor zwei oder drei

Jahren mal hier gewesen und weiß, wie der Trümmerhaufen vorher aussah. Wirklich, Respekt.«

Es gab Kaffee, importierten Brandy, Gebäck und belegte Brote. Tatuschin, Pa'aira und Nardini zogen sich zurück; die beiden Frauen kümmerten sich um das Vieh, und der schielende *suldau* mußte angeblich dringend einen Karren reparieren.

Im hohen, mit Holzbänken und schweren Holztischen eingerichteten Sammelraum saßen sich die drei Leute der Delegation und die drei Vertreter der TraPaSoc zunächst noch ein wenig steif gegenüber. Nach dem Austausch ritueller Höflichkeiten kam die junge Frau zur Sache. Sie war offenbar die Sprecherin.

»Vermutlich haben Sie sich Gedanken gemacht, was wir von Ihnen wollen.«

Kakoiannis lächelte maliziös und musterte zunächst das Gesicht der Frau, dann seine gebügelte Hose; wie an diese gewandt, sagte er halblaut: »Natürlich. Wir stören Sie, und Sie wollen etwas dagegen tun.«

»Das stimmt.« Die Miene der Sprecherin veränderte sich nicht. »In der Freien Handelskommission sind alle Handelsinteressen von Cadhras vertreten – Cadhrassi und Shil, Karawanen, Frachtsegler, Frachtagenturen, Export-Import-Büros. Mit Ihrem Porzellan-Coup haben Sie die Agenturen verärgert ...«

»Das freut uns«, sagte Begheli kühl.

»... und mit Ihrem Exotikahandel aus abgelegenen Regionen die großen Karawanen.«

»Versäumnisse«, knurrte Bondak, »sollte man nicht denen anlasten, die sie aufarbeiten.« Das grüne Haar des alten Sergeanten stand zu Berge.

»Einige unserer Mitglieder haben die Möglichkeiten nicht erkannt oder unterschätzt. Der Umsatz der TraPaSoc im ersten halben Jahr des Bestehens ist erstaunlich – wie unsere Versäumnisse.«

Begheli hob die Brauen. »Was wissen Sie über unseren Umsatz?«

Die Frau lächelte. »Sie haben etwa achtzigtausend

Drachmen investiert und inzwischen an die zweihunderttausend eingenommen. Bei oberflächlicher Kalkulation Ihrer laufenden Kosten und kleineren Nachinvestitionen dürfte man auf einen Gewinn von tausend Talenten kommen – hunderttausend Drachmen in einem halben Jahr. Es ist nicht schwierig, die Ziffern zu bekommen. Oder zu berechnen, wenn man beobachtet, was Sie machen.«

»Richtig«, sagte Begheli munter. »Und weiter?«

»Der Kuchen ist sehr groß; Sie haben bisher kaum ein paar Krümel aufgepickt.«

»Und nun wollen Sie an dem Kuchen, den wir gebakken haben, mitknabbern.« Kakoiannis nickte versonnen.

»Es gibt mehrere Möglichkeiten«, sagte die ältere Frau. »Vergessen Sie unsere zahlenmäßige Überlegenheit nicht – wir können in jedes Gebiet, in das Sie eine Karawane schicken, drei schicken, bis für Sie nichts mehr bleibt. Es wäre für uns kostspielig, aber Sie würden es nicht überstehen. Wir können auch dafür sorgen, daß keine Agentur Ihnen mehr Aufträge erteilt oder Ihnen etwas abnimmt. Und daß Frachter, die von Ihnen direkt kaufen, von niemand anderem in Cadhras mehr beliefert werden. Das sind nur einige Vorschläge. Es gibt weitaus unangenehmere.«

Die Stimmung im Raum war nun sehr kalt. Plötzlich lehnte Bondak sich zurück, bis die Holzbank knirschte, und lachte. »Ein interessantes Gespräch.« Er gluckste und fuhr sich durch das Haar. Die elliptischen Ringe um seine schrägen Augen schienen zu zucken. »Begheli, was meinst du, was in der Nordsteppe für die regulären Karawanen zu holen sein wird, wenn wir Tremughati und Gortahork von diesem Gespräch berichten?«

Die ältere Frau kniff den Mund wieder zusammen und schwieg; die jüngere warf ihr einen mißbilligenden Blick zu.

»Wir wissen, daß Sie alle, besonders Barakuda, mit den Banyashilfürsten befreundet sind«, sagte der Mann schnell. »Wir wollten Ihnen auch keineswegs drohen; meine Kollegin hat unsere Möglichkeiten in einem etwas unpassenden Moment und unpassenden Ton aufgezählt.«

»Ach, das macht nichts.« Begheli lächelte. »Als wir vor der Gründung der TraPaSoc gesetzliche und wirtschaftliche Probleme beredet haben, hat uns Lydia Hsiang auf einige Schwierigkeiten vorbereitet. Ich glaube, wir sollten Sie zu Ende anhören und dann Ihre Vorschläge mit der Gouverneurin und dem Wirtschaftsrat erörtern.«

»Hören wir mit dem Spiel auf«, sagte die junge Frau energisch. »Reden wir nicht von Ihren guten Beziehungen, sondern vom Geschäft.«

Begheli lächelte; es lag fast Sympathie in ihrem Blick. »Was haben Sie wirklich vorzuschlagen?«

Es lief auf ein Kaufangebot hinaus. Die TraPaSoc sollte begonnene Geschäfte abwickeln und sich anschließend aus dem Geschäft zurückziehen. Die Mitarbeiter sollten sich verpflichten, relevante Kenntnisse schriftlich niederzulegen und der Kommission zur Verfügung zu stellen. Dafür bot man ihnen Übernahme zu den üblichen Bedingungen in andere Transportfirmen an.

»Und Ihr Preis?«

»Wir hatten an hunderttausend Drachmen gedacht.«

Kakoiannis kicherte, Bondak schnaubte. Begheli schüttelte nicht einmal den Kopf. »Das ist lächerlich.«

»Und natürlich können Sie, wenn Sie wollen, versuchen, den bisher ungenutzten Passage-Aspekt Ihrer Firma auszubauen.«

»Wie extrem großzügig.«

»Welche Vorstellungen haben Sie denn vom Wert der TraPaSoc?«

»Zwei Millionen«, sagte Begheli kaltschnäuzig.

Es wurde ein langer Abend.

* * *

Sarela McVitie legte den Finger auf eine kreisrunde Stelle. Maqari beugte sich vor, obwohl er die Satellitenaufnahmen längst kannte. Hsiang verglich Bilder aus den letzten

Jahren mit den neueren. Im Konferenzraum des Palais war es angenehm kühl; die Assistentin brachte frischen Tee und zog sich zurück. Nur der Kommandeur der Garnison, die Sekretärin für Sicherheit und die Gouverneurin nahmen an der Beratung teil.

»Können Sie etwas dazu sagen?«

Maqari brummte etwas Unverständliches; Sarela rümpfte die Nase. »Wenig. Wenn Dante hier wäre ...«

Hsiang lächelte. »Nicht aufgeben, Sarela.«

McVitie nickte müde. Maqari hüstelte. »Meiner Ansicht nach ist dieser Komplex in den letzten Jahren ständig umgebaut worden. Er ist aber nicht größer als vorher.«

Es handelte sich um vergrößerte Aufnahmen des Zentrums von Tag'gashir'dir, des Verbotenen Landes im Süden von Gashiri. Mitten in einer ausgedehnten Wüste befand sich dort ein Gebäudekomplex – Lager, Schuppen, Unterkünfte. Die Wüstenzentrale wurde regelmäßig über eine Piste mit Nachschub versorgt. Nur wozu?

»Alles ist streng geheim. Es ist uns bisher nicht gelungen, Agenten einzuschleusen.« Sarela nippte an der hauchdünnen Tasse aus Pharlit. Der Tee stammte von der Erde und war kaum zu bezahlen.

»Was da so streng abgeschirmt wird, ist sicher wichtig. Aber was geht da vor?«

Maqari deutete auf eine andere Bilderserie. Sie zeigte die große Nordsüd-Route innerhalb von Gashiri. Die Aufnahmen waren an mehreren Tagen gemacht worden; alle bewiesen, daß reger Transportverkehr auf der Route herrschte. Karren und Karawanen zogen durch die Pässe ins Verbotene Hochland. Und Truppen. Maqari legte die Stirn in Falten. »Schätzungsweise mehrere tausend Tonnen Fracht und an die fünfzehntausend Mann Ordner, in den letzten zwei oder drei Monaten. Aber auch hier frage ich mich, was das soll.«

»Und ob es vielleicht einen Zusammenhang zwischen diesen Aktivitäten und der seltsamen Handelsoffensive gibt.« Die Gouverneurin spitzte den Mund.

»Noch etwas.« Sarela faltete die Hände auf dem Tisch.

»Sie sind wachsamer geworden. In den letzten Zehntagen sind mindestens vier unserer Agenten geschnappt worden.«

»Aber wir haben keine Handhabe für Aktionen?« fragte Maqari.

Die Gouverneurin seufzte. »Nichts. Nur abwarten. Und Tee trinken.« Sie hob die Tasse, aber ihr Lächeln war unecht.

* * *

Seine Hände und Füße waren gefesselt, die Augen verbunden. Der schmerzende Kopf brachte die Erinnerung zurück. Die Planken unter ihm bewegten sich; aus der Schnelligkeit der Stöße schloß er, daß er sich auf einem sehr kleinen Boot befand.

Barakuda grübelte über die Gründe für den Überfall. Er war noch immer mit Grübeln beschäftigt, als das Boot an einem größeren Schiff anlegte. Er hörte gedämpfte Stimmen, konnte aber nichts verstehen. Nach einer Weile quietschten Scharniere; Geräusche und Gerüche wurden deutlicher, die Kajüte wurde geöffnet. Schritte kamen näher; Hände packten ihn, zerrten ihn vom Boden hoch. Die Fußfesseln wurden gelöst. Auf tauben Beinen stolperte Dante vorwärts. Niemand sprach.

Seine Gedanken rasten. Die Entführer mochten ihn über eine Planke gehen lassen, an deren Ende nur Luft und Ozean waren – aber wozu hatten sie ihn dann entführt? Ein Messerstich in Bu'ndai hätte das gleiche Resultat erbracht.

Er wurde gestoßen; Fäuste rissen ihn in die Luft, dann kam er wieder auf den Boden.

Man brachte ihn zu einem Niedergang; er stieß sich den Kopf und stolperte Stufen hinab. Unten befreite man seine Augen von der Binde und löste die Handfesseln.

Er brauchte nicht lange, um zu wissen, wo er war. Er kannte die Weltgegend und die Gebräuche des Ozeans von Bu'ndai. Man hatte ihn auf ein Schiff der Korallkorsaren gebracht. Der Laderaum war weitläufig; im Halbdunkel stellte Barakuda fest, daß fünf Shil sich darin aufhielten, vier Frauen und ein Mann. Alle waren relativ jung, soweit sich das im ungewissen Licht bestimmen ließ.

Drei Korallkorsaren standen am Fuß des Niedergangs; sie hielten gespannte Bogen in den Händen. Ein vierter bedeutete ihm, sich an die Bordwand zu begeben. Dort wurden seine Füße in einen Stock aus Eisenholz gesteckt. Sekunden später krachte die Klappe auf den Niedergang.

Eine der Frauen sagte ruhig: »Willkommen an Bord, Fremder. Du bist Cadhrassi?«

Barakuda nickte. »Und ihr?«

Sie kamen aus verschiedenen küstennahen Orten; alle waren Bundashil. Allerdings waren sie nicht entführt worden und äußerten Erstaunen, als Barakuda von dem Überfall berichtete.

Eine Frau hatte eine Nachbarin mit dem Messer verletzt; die zweite hatte Foldar gestohlen, um mit der Taggabahn ans Ende der Welt zu reisen. »Jetzt komme ich dafür ans andere Weltende«, sagte sie mürrisch. Die dritte hatte die Erschaffung des Großen Chaos durch eine Hierarchie geisteskranker Dämonen geschaut und versucht, in ihrem Landstrich eine ähnliche Hierarchie zur Verwirrung der materiellen Angelegenheiten einzurichten. Wie üblich hatten die Bundashil sie zunächst gewähren lassen; erst als sie Anhänger fand und lästig wurde, hatte man sie und den Mann, ihren obersten Subaltern-Dämonen, an die Korallkorsaren verkauft. Die vierte Frau schließlich hatte einen Fischer erschlagen.

»Wir haben vielleicht Glück«, sagte sie. »In dieser Jahreszeit können sie uns nicht in den Norden oder Westen bringen; die Windverhältnisse sind zu ungünstig.«

»Was ist daran Glück?« sagte der Mann verdrossen.

»Wir bleiben auf dem Kontinent. Stellt euch vor, sie brächten uns auf eine kleine Insel. Da müßten wir dann ewig bleiben.«

Zwanzig Tage brachten Barakuda und die anderen Sklaven in einem Kastell zu. Sie konnten sich in drei Räumen frei bewegen, aber eine Möglichkeit zur Flucht gab es nicht. Die rosa durchscheinenden Wände waren stabil. Durch die engen Fenster war ein Entkommen nicht einmal für die schmächtigste der Frauen möglich, und Dante mußte allen Gleichmut und sämtliche Noastoa-Techniken der konstruktiven Sublimierung aufbieten, als er tagelang einen Gleiter über dem Kastellkomplex schweben sah. Er konnte sich nicht bemerkbar machen, und alle Versuche, mit den Korsaren zu reden, scheiterten. Seine Habseligkeiten hatte man ihm abgenommen; vielleicht wäre es anders gewesen, wenn er einen Korsaren hätte bestechen können. Aber seine Behauptung, die Cadhrassi würden für ihn weitaus mehr zahlen als jeder Sklavenhändler, stieß auf Unglauben. Ein Korsar zwinkerte ihm freundlich zu. »Sie werden dich mitnehmen und nichts zahlen. Sie haben Feuerwaffen und Flugapparate – wie könnten wir sie zum Zahlen zwingen?«

Die tägliche Routine. Morgens, lange vor Sonnenaufgang, stiegen Fischer in ihre Boote und fuhren auf den Pangotik hinaus. Taucher holten von Muschelbänken Nahrung, andere schafften Algen herbei, auf Dachgärten zog man Gemüse. Frauen und Männer bereiteten in einer großen Gemeinschaftsküche Speisen für alle zu. Kinder wurden in den wichtigen Dingen des Lebens unterwiesen – Schwimmen, Tauchen, Umgang mit Messern und bewaffneten Gegnern, Segeln, Sternkunde. Barakuda beobachtete durch ein Fenster eine kleine Plattform, auf der man winzige Boote baute. Zunächst fertigten die Kinder aus hauchdünnen Korallplatten und biegsamen Walgräten, Sehnen und gebeizter Walflossenhaut eine Art Windsurfer, mit dem sie sich im Wasser tummelten und die Geheimnisse von Wind und Wellen erlernten. Von den schweren Walknochen, die beim Bau der Kastelle als Balken und Säulen verwendet wurden, blieb manchmal Abfall zurück, aus dem Pfeil- und Harpunenspitzen, aber auch Messergriffe und allerlei Gebrauchsgegenstände sowie Zierat geschnitzt wurden. Mit einiger Faszination lauschte Barakuda eines Tages einer Unterweisung. Ein alter Korsar erläuterte, indem er für die Kinder mit einem Pfeil und großen Schuppen Zeichnungen anfertigte, welcher Fisch bei welchem Wetter in welcher Tiefe schwimmend welche Wasserverwerfungen an der Oberfläche erzeugte, und wie man einen kräftigen jungen Wal, ohne ihn zu Gesicht zu bekommen, von einem der bösartigen alten Tiere unterscheiden konnte, die zum Sterben in die Tiefseegrotten schwammen, und deren Fleisch und Haut nicht mehr verwendbar waren.

Nach und nach kamen weitere Sklaven ins Kastell. Als 50 beisammen waren, wurden sie auf ein größeres, dreimastiges Schiff gebracht. Im Zwischendeck konnten sie sich frei bewegen; es gab Decken und Latrinen, und jeden Tag holte man sie in Zehnergruppen unter Bewachung an Deck.

Die Fahrt war ereignislos. Barakuda erfuhr von vielen Schicksalen; die unterschiedlichen Vergangenheiten, kanalisiert durch die Gegenwart, mündeten in eine gewisse Zukunft: Sklaverei. Vermutlich würde man sie zu einem Hafen nahe dem südlichen Wendekreis bringen und dort entweder an Einzelabnehmer oder an Händler verkaufen.

»Sklavenhändler wäre mir lieber«, sagte eine anmutige junge Shil; ihren Händen sah man nicht an, daß sie einen Mann erwürgt hatte. »Wenn ich gleich im Hafen verkauft werde – nein, lieber nicht. Da unten gibt es nur kleine Orte, und ich habe keine Lust, die nächsten zehn Jahre am exkrementalen Spundloch von Shilgat zu verbringen. Lieber mit einem Händler in eine größere Stadt.«

Anders als seine Leidensgenossen sah Dante sich nicht als Objekt eines üblichen und akzeptierten Strafvollzugs, sondern als Opfer eines Verbrechens, dessen Hintergründe ihn immer mehr beunruhigten.

»Was heißt Verlust der persönlichen Freiheit?« sagte ein Mädchen bei einer der Debatten im Zwischendeck. »Wenn ich in meinem Heimatdorf nähe oder Unkraut jäte oder Stiefel besohle, bin ich doch genauso angebunden.«

»Ja«, sagte Barakuda ungeduldig. »Aber du könntest weg, wenn du wolltest.«

»Das stimmt, aber ich will ja nicht.«

Ein älterer Mann, über dessen Verfehlungen niemand etwas wußte, mischte sich ein. »Ich glaube, ihr Sternenleute leidet an übertriebenem Bewegungsdrang und bildet euch ein, irgendwo, zum Beispiel in der Zukunft, sei etwas besser oder wesentlich anders. Deshalb auch eure Manie, was die Umgestaltung der Welt angeht, die sich doch nie wirklich ändert, falls es sie überhaupt gibt. Ich dagegen bin immer da, wo ich bin, ob ich nun hier oder dort bin.«

Dante nickte. »Das ist so. Aber macht es euch nichts aus, zehn Jahre lang* nicht tun zu können, was ihr wollt?«

»Wir können nie oder immer tun, was wir wollen«, sagte das Mädchen. »Was zählt, ist das Wollen. Vielleicht werde ich von einem Sa'orqi gekauft, der an der Zwangsvorstellung leidet, Karren herstellen zu müssen. Dann werde ich Räder verspeichen oder Kutschböcke verleimen. Vielleicht kauft mich eine Frau, die ein Bergwerk betreibt; dann werde ich Gold oder Eisen fördern. Vielleicht kauft mich ein Mann mit absonderlich hohem Sexualbedarf; dann werde ich dem abhelfen. In jedem Fall wird der Käufer seine Interessen berücksichtigen und meine Fähigkeiten, und mich wird nur der kaufen, der zwischen beidem eine gesunde Relation herstellen kann. Es wäre

---

* Sklaverei ist ein ökonomischer bzw. Straf-Zustand auf Shilgat. Auf dem Südkontinent beträgt seine Dauer üblicherweise zehn Jahre; Sklave und Käufer schließen häufig einen Kontrakt, in dem der Sklave Verzicht auf Fluchtversuche garantiert, der Käufer sich verpflichtet, sein Eigentum gut zu behandeln und für jeden Arbeitstag eine bestimmte Summe (meistens 0.25 bis 0.5 Foldar) zurückzulegen; die Gesamtsumme steht am Ende der Zeit dem Sklaven zu. Der Kontrakt garantiert dem Käufer eine dauerhafte Arbeitskraft zu geringen Kosten, dem Sklaven gute Behandlung sowie Bewegungsfreiheit innerhalb der Stadt- oder Landesgrenzen. – Die Gepflogenheit der Korallkorsaren, niemals Sklaven in deren Heimat zu verkaufen, schützt Missetäter davor, z. B. Verwandten ihrer Opfer in die Hände zu fallen.

sinnlose Geldvergeudung, etwa eine schmächtige Frau für eine Arbeit zu erwerben, die nur Muskelprotze erledigen können. Und wer einen liebenswürdigen, flaumhaarigen Lustknaben möchte, ist weder an mir noch an dir interessiert, Cadhrassi.«

Vierzehn Tage dauerte die Seereise. Sie liefen einen Hafen weit im Süden an. Segrest war unbedeutend; es lag an der Westküste des Südkontinents, der hier eine – nach planetaren Maßstäben – dünne Halbinsel bildete. Die Westküste erstreckte sich noch fast 1000 Kilometer weiter nach Süden, in den subarktischen Bereich hinein. Dort lag Kap Tagga, das Südkap, mit einigen öden Inseln. Auf der Höhe von Segrest durchmaß die ›Halbinsel‹ etwa 300 Kilometer – eine Bergkette, abfallende Plateaus, ein Sumpfgürtel, dann wieder Küste.

In einer Verhandlung, von der sie nichts sahen und hörten, wurden alle Sklaven einem Händler übergeben, der eine Ladung Robbenfelle, Trockenfisch und Schildpatt zum Hafen Lorgan, an der Ostküste, brachte. Am folgenden Tag brach die Karawane auf; die Sklaven wurden locker aneinandergekettet, so daß sie sich zwar bewegen, nicht aber fliehen konnten, und zwar immer in Gruppen zu zehn Frauen und Männern etwa gleicher Körpergröße. Die Karawane setzte sich aus Packtieren, Karren und Sklaven sowie berittenen Händlern und Treibern zusammen.

In gemächlichem Tempo durchquerten sie die Halbinsel. Die Sklaven wurden weder gut noch schlecht behandelt. Manchmal wurde einer krank, meistens fußkrank; dann wurde die Verkettung gelöst, und der oder die Kranke reiste bis zur Genesung auf einem Karren.

Die Bergkette stellte kein großes Hindernis dar; der Paß lag etwa 1500 m über NN. Karge Vegetation, beständiger Nieselregen und die Ausdünstungen der P'aodhus waren das einzig Erwähnenswerte an der Reise. Dante lernte etliche Marschlieder kennen, die die Fortbewegung ein wenig erleichterten. Die meisten von ihnen waren vielstrophig, episodenhaft und burlesk oder obszön.

Barakuda rutschte auf einem Stein aus und begann zu humpeln. Der Sklaventrupp stockte. Einer der Aufseher kam und starrte mißvergnügt auf Barakudas Beine. Dann winkte er einem zweiten Mann, der einen Schlüssel von seinem Gürtel nahm, Barakudas Kette öffnete und den Humpelnden stützte. Ein Karren wurde angehalten, auf dem bereits ein Sklave lag.

Der Mann hatte eine häßliche Wunde am rechten Oberschenkel; auch er war ausgerutscht, gestürzt und hatte sich an einem scharfkantigen Stein das Fleisch aufgerissen.

Der Treck setzte sich wieder in Bewegung. Dante bettete sich auf Felle und Decken und begann ein Gespräch mit dem Leidensgenossen.

Abends kampierten sie in einem kleinen Seitental, begrenzt von schroffen Vorsprüngen und Steilwänden; als bei Sonnenuntergang die Wolken kurz aufrissen, sah Dante, daß sie etwa die halbe Höhe zwischen Paß und Ebene erreicht hatten.

Feuer wurden angezündet, Essen in großen Bottichen bereitet; nach Einbruch der Dunkelheit warfen die Flammen huschende Schatten auf die nackten Felswände. An einer Stelle, am Ende des Einschnitts, war der Beginn eines engen, steilen Pfads zu sehen gewesen; nun herrschte dort finsterste Dunkelheit.

Der Sklave mit dem wunden Oberschenkel sprang plötzlich auf und lief schreiend durchs Lager. Immer wieder heulte er schrill, brüllte seine Angst in die Nacht, warnte vor giftigen Flugschlangen. Zunächst dachte niemand daran, daß diese Reptilien so weit im Süden nicht existierten. Sklaven zeterten, Wächter, Treiber und Händler rannten hin und her, versuchten, die aufgebrachten Menschen zu beruhigen und den durch das Lager tobenden Sklaven einzufangen, dem sich inzwischen andere Verletzte angeschlossen hatten.

Endlich kehrte Ruhe ein. Durchdringendes Stöhnen und ein erstickter Hilfeschrei alarmierten die Wächter erneut. Sie fanden einen Händler, der sich den Kopf hielt. Man hatte ihn niedergeschlagen; als er an sich herumtastete, stellte er fest, daß sein Geldbeutel und sein Messer fehlten.

Mit Erleichterung bemerkte Dante, daß das Getöse noch anhielt. Er hatte die Hälfte der im letzten Licht erblickten Kletterstrecke zurückgelegt und wußte nicht, worauf er sich einließ, wohl aber, wovor er floh.

Auf einem winzigen Vorsprung machte er eine Pause, bis seine Atmung sich beruhigte. Weit unten sah er die Feuer des Lagers, in dem wieder Stille herrschte, die jählings von neuem Durcheinander gesprengt wurde. Er lächelte grimmig in die Nacht, überprüfte die Riemen des Geldbeutels und der Messerscheide an seinem Gürtel; dann klomm er weiter.

Nach kurzer Zeit hatten seine Augen sich an die Dunkelheit gewöhnt. Zwar konnte er nie mehr als zwei oder drei Meter weit sehen, aber das reichte, um ihm das beklemmende Gefühl zu nehmen, er taste sich durch einen steilen Kohlensack.

Längst hörte er nichts außer dem Nachtwind und Gräsern. Er stieg einen Abhang hinauf, dessen Fels von einer dünnen Humusschicht bedeckt war. Unter seinen Füßen fühlte der Boden sich weich an.

Nach etwa einer Stunde erreichte er eine weitere überhängende Wand. Rechts und links bot sich, so weit er dies in der Dunkelheit feststellen konnte, kein Ausweg. Er befand, er sei außer Reichweite etwaiger Verfolger, und suchte nach einer windgeschützten Nische, in der er notfalls auch im Morgengrauen vor Blicken sicher war.

Er brauchte nicht lange herumzutasten. Unter dem überhängenden Gestein war es absolut finster; dennoch war er sicher, daß er den gesuchten Unterschlupf gefunden hatte. Er ließ sich auf Hände und Knie nieder und prüfte den Boden. Die Nische mochte sechs Meter tief und eineinhalb Meter breit sein; sie schien keine seßhaften Bewohner mit Nägeln und Klauen zu haben. Er fühlte weder Lagerspuren, noch roch er Wildausdünstungen. Blind räumte er Steine beiseite, schuf eine einigermaßen glatte Fläche und streckte sich aus. Es war kalt und feucht, aber hier spürte er den eisigen Nachtwind nicht. Und er war nicht mehr angekettet.

Im Morgengrauen erwachte er aus einem unruhigen, immer wieder abreißenden Schlaf. Vorsichtig lugte er aus der Höhlung. Unter ihm wogten dichte Schwaden von Morgennebel, so daß es ihm unmöglich war, seine Position im Verhältnis zum Lager zu bestimmen. Er ignorierte das Knurren seines Magens, lutschte Tautropfen von Gräsern, um den ärgsten Durst zu stillen, und sah sich um.

Offenbar steckte er in einer Klemme. Die überhängende Wand bot keine Aufstiegsmöglichkeit, und die nahezu ebene Fläche zu ihren Füßen war begrenzt. Er ging nach rechts, dann nach links; schaudernd dankte er seinem Geschick, daß er nicht nachts noch versucht hatte, weiterzukommen. Am Rand der felsigen Fläche gähnten Abgründe, in denen der Nebel kochte.

Es würde ihm nichts anderes übrigbleiben als zu warten. Warten, bis der Nebel sich verzog und er sehen konnte, wo er war; warten, bis der Sklaventreck weitergezogen war, damit er wieder hinabsteigen konnte.

Im fahlen Morgenlicht wirkte die Nische wie eine rechteckige Gruft. Bei genauer Betrachtung glaubte Dante, Spuren von Bearbeitung an den Wänden zu sehen, aber es konnten ebensogut Bruchstellen infolge Erosion sein oder Spuren von Tierkrallen. Eine Reihe von elf Steinen in Kopfhöhe an der rückwärtigen Wand erregte seine Aufmerksamkeit. Sie bildeten ein Band, das in einer flachen Kurve aufwärts gewölbt war. Er stellte sich auf die Zehenspitzen und betrachtete den mittleren Stein. Er schien anders als die übrigen; so, als sei er gelegentlich berührt worden.

Barakuda trat einen Schritt zurück und zwinkerte. Die rückwärtige Wand schloß fugenlos mit den Seiten, der Decke und dem Boden ab.

»Auf Shilgat«, knurrte er, »ist nichts unmöglich.« Er dachte noch einen Moment nach; dann zuckte er mit den

Schultern, nahm das Messer in die Rechte und berührte mit dem linken Zeigefinger den Stein.

Nichts geschah. Dante versuchte, den Stein zu drehen. Er gab nach. Von links ertönte ein leises Knirschen, und zwischen Kopfwand und Seite bildete sich ein schmaler Spalt. Dante bückte sich und schlüpfte hindurch. Hinter ihm schloß sich die Wand wieder; er stand im Dunkeln.

Aus: Erzählungen der Banyashil *(anonym, Cadhras 511)*

»Laßt uns nun schweigen von jenem, der jahrelang die Welt durchzog um zu sehen, ob sie sei wie sie war, ob sie würde wie sie schien, ob sie ist was sie nie wird, ob sie seiner bedurfte oder ihn ausspie. Als Saravyi zwanzig wurde, hatten die Häupter und Heiler ihn alles gelehrt, was anzuwenden oder zu vergessen sich überhaupt lohnt. Man wollte ihn zum Fürsten des Nordens machen, doch verlangte es ihn danach, die Rückseite des Windes zu sehen und die Enden der Welt zu verknoten. So brach er denn auf. Mit Karawanen zog er, verschnitt P'aodhus und feilschte mit Händlern von den Sternen. Er baute Schiffe in Tashila, lernte fremde Gedanken und Handwerke in Cadhras, riffelte Taumeltang und trank Grafenblut in Vagaván, kelterte Sampas für tifti *in Kelgarla, tauchte in Bu'ndai nach* alangra *und suchte Steine auf der Dämoneninsel Zho, stieg auf die Gipfel von Banyadir und in die Eingeweide von Sa'orq, zählte die Rispen im Farndschungel und den einmütigen Sand der Roten Wüste. Er barg das verschüttete Wissen der Vergangenheit, um die Zukunft zu formen. Er war der Spieler, wir alle seine Puppen. Der Süden ruht auf seinen Knochen, im Norden trägt ein Berg seinen Namen. Deshalb wollen wir nun nicht daran erinnern, daß er zu einer ihm genehmen Zeit Wegelagerern und Müttern half, eine Bedrohung zu werden, damit Cadhras sie ausschaltete; daß er den Schrecken von Gashiri beendete; daß er die Heiler an ihre Pflicht und die Häupter an ihre Lust erinnerte; daß er alle List und aller Witz von Shilgat war. Deshalb wollen wir versuchen, ihn zu vergessen und vor allem die folgenden Geschichten, die man sich von ihm erzählt ...«*

VII

Nachts kam sie langsam voran, tagsüber war jede Bewegung gefährlich. Außerdem unmöglich; unter der heißen Herbstsonne knapp südlich des Äquators wurde Tag'gashir'dir zu einem Brutbecken. Das ringsum von steilen Bergsystemen umgebene Hochland litt unter anhaltender Dürre, Wind kam selbst nachts kaum auf, und für jemanden, der wie Toyami nicht an diese Bedingungen gewöhnt war und nicht gesehen werden durfte, gab es erfreulichere Landschaften. Aber alle waren weit weg.

Unweit der Berge hatte sie viele Tage gebraucht, um durch ein Netz von Wehr- und Versorgungsdörfern zu schlüpfen. Toyami war es gelungen, sich und ihr Pferd zu versorgen; sie hatte jene ekelhafte, aber nährende Substanz aus Pflanzenfetten und Körnern, *panyám,* in ausreichender Menge aus Depots stehlen können.

Jenseits der Dörfer begann die Savanne. Dort hatten die Führer der AVs in Abständen kleine befestigte Postenstationen angelegt. Tagsüber fanden Transporte oder Truppenverschiebungen statt; dann wimmelten die bergnahen Savannen von Menschen, Tieren, Karren und Material. Riesige mobile Katapulte waren dabei und andere Konstruktionen, die aus der Ferne nicht genau zu erkennen waren. Die Bewegungen deuteten nach Süden.

Dreißig Tage nach jener Nacht im Paß hatte Toyami bestenfalls 100 Kilometer Luftlinie zwischen sich und die nördlichen Berge von Tag'gashir'dir gebracht. Immer wieder sah sie sich gezwungen, Umwege zu reiten, nachts, ungewiß, ob nicht hinter dem nächsten Hügel eine Patrouille wartete. Einmal hatten sie und das Pferd zwei Tage ohne Wasser verbracht; es gab in der Hochsteppe genügend Brunnen, aber die meisten lagen im unmittelbaren Bereich einer Wachstation.

Was auch immer der Grund für die Transporte und

Märsche war – allmählich kam sie zu dem Schluß, daß sie auf diese Weise nie die südliche Grenze erreichen würde. Das Verbotene Land Tag'gashir'dir ließ sich als unregelmäßige Schüssel betrachten. In der Nähe der Berge, die allenthalben den Rand der Schüssel bildeten, gab es hügelige Steppe, Brunnen, Stationen und scharf kontrollierte Wege. Weiter im Zentrum der Schüssel erstreckte sich ein Wüstengebiet, und dorthin wurde sie unweigerlich abgedrängt.

Von einem niedrigen Hügel aus erblickte sie am Nachmittag zwei Stationen, die vielleicht fünf Kilometer auseinanderlagen. Von einer stieg eine dünne Rauchsäule auf. Sie befand sich westlich der hauptsächlichen Transportrouten, eingeklemmt zwischen den Savannenpfaden und dem System der Wachstationen einerseits und der zentralen Wüste andererseits. Die beiden kleinen Festungen waren nicht zu umgehen.

Es sei denn, sie versuchte abermals, im Schutz der Dunkelheit unter den Hügelkuppen vorbeizukriechen. Zu riskant; diese Möglichkeit schied aus. Die Stationen waren zu nah beieinander, die Transportroute zu nah neben der östlichen der beiden Stationen, und ein Wiehern ihres Pferdes konnte das Ende bringen.

Sie nahm den Zügel und zog das Tier nach Westen; die Hügel gaben ihr Deckung. Nach einer Stunde machte sie halt und kletterte auf die nächste Kuppe. Die Landschaft schien sich nicht verändert zu haben; wieder sah sie zwei Stationen. Offenbar hatte sie eine Reihe von Sperrforts innerhalb des Verbotenen Landes erreicht, und zum wiederholten Male fragte sie sich, ob es überhaupt eine Aussicht gab, die Südgrenze zu erreichen. Sie versuchte, den Aufwand der anonymen AV-Führer zu kalkulieren. An dieser Stelle mochte die Savanne von den östlichen Bergen bis zum Beginn der Wüste etwa 160 bis 180 Kilometer durchmessen. Entlang den Nordsüd-Routen gab es Wachstationen und Depots, die bereits aufwendig zu unterhalten und zu besetzen waren. Wenn nun auch noch eine Kette von jeweils etwa 5 Kilometer voneinander entfernten Sperrstationen ostwestlich eingerichtet war, bedeutete das an die 35 Stationen mit mindestens fünf bis sieben Leuten; hinzu kämen Versorgungstrupps und Ablösemannschaften.

Aber was war der Sinn des Ganzen? Wozu Sperrstationen in einem fast unzugänglichen Land, in dem nur Autorisierte sich aufhalten durften? Gab es in Tag'gashir'dir eine Abstufung der Unzugänglichkeit – eine Absolut Verbotene Zone innerhalb des Verbotenen Landes? Vielleicht gar noch eine Gänzlich Absolut Verbotene Zone innerhalb der Absolut Verbotenen?

Bei Sonnenuntergang bewegte sie sich noch immer parallel zu der nicht abreißenden Kette von Sperrposten. Am folgenden Nachmittag fand sie einen kleinen, halbverdeckten Brunnen in einer Hügelsenke, an dem sie das Pferd tränken und Lederflasche und großen Wasserschlauch füllen konnte. Kurz vor Beginn der Abenddämmerung kam sie zu einem Wasserlauf, der an einer Stelle einfach aus dem Boden trat. Sie folgte ihm vorsichtig, wobei sie das Pferd hinter sich her zog, und stellte fest, daß sich in einer Senke zwischen zwei Sperrstationen eine Art See gebildet hatte, an dessen Ufern Pferde grasten. Niedriges Buschwerk bildete Inseln in der Savanne. Toyami beobachtete die Pferde, die Stationen auf ihren Hügeln, den kleinen See.

Als es dunkel geworden war, zerrte sie das unwillige Tier langsam zwischen den letzten Kuppen Richtung Seeufer. Fast schien es, als habe das Pferd in den langen einsamen Tagen eine Abneigung gegen Artgenossen entwickelt. Bis auf den als Zügel dienenden Lederriemen, den sie aus ihrer Jacke geschnitten hatte, trug das Tier keinerlei Zaumzeug. Sie hätte viel für einen Sattel gegeben; ihre Baumwollhosen waren längst nur noch Fetzen. Aber es gab Wichtigeres.

Behutsam schlich sie vorwärts. Manchmal blieb sie stehen, ließ das Tier einige Minuten grasen oder einfach ruhen; dann wieder ging sie ein wenig seitwärts. Sie hoffte, auf diese Weise eventuellen Beobachtern nicht aufzufallen. In ihrem dunklen Zeug war sie kaum auszumachen; sie bewegte sich tief gebeugt. Wer den See und die Pferde sah, falls er nachtsichtig war, der konnte kaum mehr als ein weiteres Pferd erblicken, das sich langsam zwischen den anderen Tieren hindurch von Norden nach Süden bewegte.

Für die Strecke von 600 Metern brauchte sie fast drei Stunden. Endlich erreichte sie das Ende des Sees, wo das Wasser ebenso jäh versickerte, wie es aus dem Boden getreten war. Noch ein paar Meter bis zu den Hügeln.

Endlich konnte sie aufsitzen. Sie ritt noch eine Stunde, bis sie sich sicher genug fühlte, um ein wenig zu schlafen.

Zwei Tage lang ritt sie durch verlassenes Land. Hier gab es kleinere Wildtiere und viele große Vögel, aber beim Gedanken an Fleisch wurde ihr übel. Am dritten Tag, nachdem sie den See passiert hatte, trat das Pferd während einer langen Galoppstrecke in ein verdecktes Loch und überschlug sich. Toyami wurde vom Rücken des Tieres geschleudert. Der Wasserschlauch, den sie mit Stücken aus ihrer Jacke und Fetzen ihrer Hose um den Hals des Reittiers gebunden hatte, platzte; den Bogen verlor sie beim Sturz, und die Pfeile schossen aus dem Köcher und verteilten sich in der Steppe.

Das Pferd wälzte sich, schlug aus und schrie. Es war kein Wiehern, sondern ein Schmerzensgeschrei, das Toyami erschauern ließ. Das rechte Vorderbein war gebrochen; wahrscheinlich waren auch noch Muskeln und Sehnen gerissen. Als sie nähertrat, richtete das Pferd die Augen auf sie und lag einen Moment still. Toyami kauerte neben dem Kopf des Tieres nieder, tätschelte ihm den Hals und tastete nach den Adern. Dann zog sie das Messer.

Eine halbe Stunde suchte sie die Pfeile zusammen. Als sie weiter nach Süden ging, schlotterte die zerschnittene Jacke um ihre abgemagerte Gestalt. Der Hut saß im Nacken wie ein verbogenes, undichtes Schneckenhäuschen. Die Sohle des rechten Stiefels war vorn gelöst und schlappte bei jedem Schritt; die Hose bestand aus Fetzen und Fäden. Am Gürtel hing der Dolch in seiner Scheide, daneben der volle und völlig nutzlose Geldbeutel. Das dunkle Baumwollhemd war verklebt und stank, aber Toyami nahm es längst nicht mehr wahr. In den Jackentaschen steckten ihre restlichen Vorräte: drei Handvoll Körner und ein Stück *panyám.* Über der linken Schulter trug sie die halbvolle Wasserflasche und den Bogen, über der rechten den Köcher. Bei Einbruch der Nacht las sie aus den Sternen, daß sie etwa 300 Kilometer Steppe, Wüste und Feinde vor sich hatte, wenn sie zur Südgrenze kommen wollte. Erschöpft ließ sie sich am Fuß eines Hügels nieder und starrte eine Weile in den Himmel. Später zog sie den Dolch, betrachtete die Klinge, die im Licht der Sterne glitzerte, zog die Jacke aus und krempelte den linken Ärmel des Hemds auf. Die kalte Nachtluft biß in ihre Haut, und da merkte Toyami, daß sie zum Sterben noch zu lebendig war.

* * *

Drei Tage und Nächte – die einzigen nach und vor langer Zeit. Das Schiff lag an der unzerstörten Mole, und als sie im Morgengrauen zu den Ruinen von Pasdan hinüberschaute, fragte Tremughati sich erneut, ob es wirklich erst ein halbes Jahr her war. Sie erinnerte sich an einen anderen Morgen – zuschanden gerittene Pferde, erschöpfte Jägerinnen und Jäger der Banyashil, längst nicht besiegte Wehrhafte Jungfrauen, die Mischlinge aus dem Nordosten, die Frauen und Männer der Garnison; dann die aus dem Himmel fallenden Landetruppen des Commonwealth und die Sprengung der Hauptstadt der mörderischen Mütter. Sie dachte an viele andere Tage und Nächte, die Mühsal des Erziehens, den Versuch, ehemalige Gardistinnen und versklavte Manntiere an ein anderes Leben zu gewöhnen. Und nun, da die schwerste Arbeit vorüber war, die ausgesuchten Heilerinnen und Heiler der Shil zusammen mit fortentwickelten Zöglingen den Rest tun konnten, waren eine Heimkehr in die Steppe und Friede an Gortahorks Seite weit entfernt.

Sie seufzte. Gortahork sah, daß ihre Augen, sonst von einem eigentümlich lichten Schwarz, trüb waren. Dann bemerkte er, daß seine eigenen Fingerknöchel weiß durch das dunkle Oliv der Haut stachen, weil er die Reling umklammerte.

Sie brauchten an diesem frühen Morgen keine Worte. In drei Tagen der Arbeit und drei Nächten der Liebe war alles gesagt worden. Als mittschiffs die ersten Frauen erschienen und in den Morgen blinzelten, standen sie noch immer an der Steuerbordreling des Achterdecks.

Über dem Meer wuchs ein Punkt aus dem Himmel und wurde schnell größer. Der kleine Gleiter landete neben dem Ruderhäuschen. Sarela McVitie war allein gekommen. Nach kurzer Begrüßung gingen sie zu dritt in die Heckskajüte. Ein Frühstück aus Obstsaft, Brot und kaltem Braten war vorbereitet; Sekunden nach ihnen trat eine ehemalige Gardistin von Pasdan ein. Sie brachte dampfenden Kaffee.

Sarela trug bequeme Halbschuhe aus Leder, eine Khakibluse und einen hellgrünen Uniformrock; nach beinahe einem halben Jahr als Sekretärin für Sicherheit fühlte sie sich in Zivil noch immer seltsam. Sie hob die Tasse. »Die Gouverneurin hat mir aufgetragen, euch zu grüßen, Fürsten.« Dann rümpfte sie die Nase. Auch das war etwas, woran sie sich noch gewöhnen mußte. Fürstin und Fürst der Banyashil gab es nicht mehr.

»Deine Schiffe sind bereit, Vater der Banyashil.« Sarela zwinkerte müde, nach langem Alleinflug durch die Nacht. »Sie liegen auf der Reede von Tashila. Es sind vierzig.«

Der große breitschultrige Mann nickte. Auch an Bord eines zum Auslaufen bereiten Dreimasters wirkte er in seiner Lederkleidung nicht wie ein verirrter Savannenläufer; Gortahork war überall ein Fürst, und die Ausstrahlung war keineswegs mit dem Amt erloschen. »Gut. Weißt du, ob alle Dinge an Bord sind, die an Bord sein sollten?«

Sarela lächelte. »Ja«, sagte sie auf Banyashilgu. »Wer

verstieße denn gegen deine Anweisungen? Es ist alles an Bord. Pelze, Gewürze, Teppiche, Handwerkserzeugnisse, alle Handelsgüter des Nordens. Und viele seekranke Jägerinnen und Jäger mit ihren Waffen.«

Gortahork erwiderte das Lächeln. »Dann ist es gut, Schwester und Freundin.« Halblaut setzte er hinzu: »Besser wäre es, all dies wäre nicht nötig. Aber nach der beschwerlichen Arbeit, ehemalige Manntiere zu Menschen zu machen, ist die Fahrt nach Gashiri geradezu verlockend.«

Nachdenklich sah Sarela ihn an, dann die wunderschöne dunkle Frau im weißen Kaftan. »Was genau sind eure Pläne? Dies fragt die Gouverneurin.«

Tremughati schob den Metallteller von sich; sie hatte nicht viel gegessen. »Gortahork segelt mit Schiffen und Waren nach Gashiri, um die Handelsbesuche zu erwidern und die Augen aufzuhalten. Ich segle in den Süden, um Barakuda zu suchen, mit zweihundert ehemaligen Wehrhaften Jungfrauen.«

»Hoffentlich sind noch alle wehrhaft«, sagte Sarela trocken.

Die dunkle Frau lächelte kurz. »Das ja. – Weißt du Neues über Dante?«

Sarela schüttelte den Kopf; die graugrünen Augen blickten traurig.

»Du sagtest, er sei in Bu'ndai überfallen und verschleppt worden.«

»Oder getötet.«

»Er ist nicht tot. Wir würden es spüren«, sagte Gortahork entschieden.

Sarela dachte an die Heiler, schwache Telepathen, die sich mit dem Geist in den Körper des Kranken fühlten. Auch die ehemaligen Fürsten waren Heiler. Sie nickte. »Ja. Ich weiß. Ich glaube euch und freue mich.«

Tremughati musterte die Tischplatte; ohne Betonung fragte sie: »Was hat Dante eigentlich in Bu'ndai gesucht?«

»Ihr wißt ja, daß er zusammen mit anderen Ehemaligen aus der Garnison eine Transport- und Passagegesellschaft gegründet hat, die TraPaSoc. Sie schaffen Dinge nach Cadhras, an die sonst keiner denkt. Dante wollte, glaube ich, in Bu'ndai vor allem Ambra auftreiben.«

Gortahorks olivfarbenes Gesicht wurde fahl. Tremughati schloß die Augen.

Sarela sah beide erstaunt an. »Was ist daran so furchtbar?«

Tremughati biß sich auf die Unterlippe. »Ambra ist ein galakteinisches Wort«, sagte sie tonlos. »Du meinst *alangra,* nicht wahr?«

Sarela nickte.

Gortahork holte tief Luft. »Dann wissen wir, was zu tun ist.« Seine Augen loderten plötzlich, und Sarela erschrak.

»Was hat es denn damit auf sich?«

»Eine Gegenfrage«, unterbrach Tremughati. »Weißt du, ob seit dem Besuch der Handelsdelegation aus Gashiri in Cadhras seltsame Dinge geschehen sind?«

McVitie runzelte die Stirn. »Was meinst du?«

»Zum Beispiel – sind noch Kinder geboren worden?«

Sarela öffnete den Mund; dann ließ sie sich gegen die Stuhllehne zurückfallen. »Es ... es hat in den letzten Wochen sehr viele Fehlgeburten gegeben.«

Gortahork stand auf und ging zum Heckfenster. Es war, als spräche er mit dem brackigen Wasser des ehemaligen Hafens von Pasdan. »Das ist eine der möglichen Wirkungen, die mit zerfallenem *alangra* zu erzielen sind.«

»Was sind die anderen?«

Gortahork antwortete nicht. Tremughati faltete die Hände auf der Tischplatte. »Es ist eine der harmlosen Wirkungen«, murmelte sie. »Das Große Chaos möge uns vor den anderen bewahren.«

»Was sind die anderen?«

Sarela erhielt keine Antwort. Nach einer langen Pause blickte Tremughati sie an. »Du warst bei den Korsaren, auf der Suche nach Dante?«

»Ergebnislos.«

Gortahork wandte sich wieder zum Tisch. »Nun weiß ich, was ich gefühlt habe. In Golazin habe ich Waren aus

Gashiri in den Händen gehalten. Die Schwärze des letzten Abgrunds und die Kälte der tödlichsten Ordnung waren darin.«

»Es ist nichts, was ihr in Cadhras als Basis für ein ›amtliches Vorgehen‹ verwenden könnt.« Tremughatis spöttischer Tonfall täuschte Sarela nicht; die ehemalige Fürstin war zutiefst entsetzt. »Dann ist auch klar, was geschehen ist. Dante wollte *alangra* holen; jemand, der auch an *alangra* interessiert ist und nicht will, daß andere damit experimentieren, hat dafür gesorgt, daß Dante überfallen wurde.«

»Und Vlad Oubou«, sagte Sarela. Die ehemaligen Fürsten kannten die alten *suldaus* der Garnison. »Nur Terence Learoyd ist entkommen. Er schwört, die Anarchovegetarier seien dafür verantwortlich. Er wird, fürchte ich, wieder die Taggabahn besteigen und einen privaten Rachefeldzug beginnen.«

Die beiden Shil lächelten, aber es war ein Lächeln voll Sympathie und Respekt.

»Er wird nicht viel ausrichten, aber ich wünsche ihm Glück«, sagte Gortahork.

»Vielleicht treffe ich ihn«, murmelte Tremughati. Sie registrierte Sarelas fragenden Blick. »Ja. Ich werde zu den Korallkorsaren segeln. Sie werden nicht sehr erfreut sein.«

Sarela seufzte. »Erklärt mir wohl jemand, wovon eigentlich die Rede ist?«

»Die Korsaren«, sagte Gortahork, »sollen dafür sorgen, daß nur die Heiler *alangra* bekommen – sonst keiner. Deshalb und nur deshalb dulden die Heiler und Häupter aller Shilvölker ihre seltsame Lebensweise. Außerdem erfüllen sie mit dem Sklavenhandel eine sinnvolle Tätigkeit – aber wichtiger ist die Wache über die *alangra*-Höhlen.«

»Verzeih, aber warum sollten sie über deinen Besuch nicht erfreut sein, Tremughati? Sie werden ihn nicht zur Kenntnis nehmen – ebenso wenig wie den bewaffneten Gleiter des Gouvernements.«

Tremughati hob die Brauen. Einen Moment lang fühlte

Sarela McVitie sich winzig; erstickt, zermalmt von Macht und Wissen weit jenseits ihres Begreifens. Dann lächelte die Fürstin, und Sarela vermochte wieder zu atmen.

»Sie werden trauern«, sagte Gortahork. »Wächterin von Cadhras, wir sollten aufbrechen. Was du erzählt hast, macht die Dinge nur noch eiliger.«

Tremughati dachte an etwas anderes – an einen alten, listigen Mann, der immer dort war, wo Unheil drohte. »Weißt du, wo Saravyi steckt?«

Sarela nickte. »Ungefähr. Er wollte zu den Shil im Delta des Losabu und dann nach Kelgarla. Warum?«

»Die Königin von Kelgarla hat für den Süden zu tun, was die Fürsten der Banyashil für den Norden tun mußten.« Die Stimme der ehemaligen Fürstin klang dumpf. Gortahork öffnete die Kajütentür. »Dann ist es soweit, und die arme fette Varanira wird die letzte Königin sein. Und unsere Schwester Lydia die letzte Gouverneurin von Cadhras.«

Sarela blickte völlig fassungslos.

»Hoffentlich bleibt einer übrig, der sich an die Namen erinnern kann«, sagte Gortahork. »Komm, Freundin, laß uns fliegen. Ich werde dir sagen, was ich sagen kann.«

* * *

Der von zwei P'aodhus gezogene Wagen ratterte durch die Straßen des Zentrums von Cadhras. Yasuhiro Kakoiannis saß auf dem Bock; Begheli, die ihn von hinten betrachtete, erkannte an der Kopfhaltung und, wenn er sich bewegte, an den Schwellungen der Wangenmuskeln, daß Kakoiannis unausgesetzt grinste.

Neben ihr, auf der Ladefläche, hockte der alte Sergeant auf einer älteren Metallkiste. Auch Bondak grinste. Die Kiste enthielt 7500 goldene Talente, 750 000 Drachmen. Es war der ausgehandelte Preis dafür, daß sich die TraPaSoc aus dem Karawanengeschäft zurückzog und ihre Kenntnisse der Freien Handelskommission zur Verfügung stellte.

»Ein Scheck hätte es nicht getan, Lugo?« sagte sie.

Bondak klopfte auf seine massive Sitzgelegenheit. »Nein.« Er schüttelte mehrfach heftig den Kopf, ohne mit dem Grinsen aufzuhören. »Nein, hätte es nicht. Auch kein Bares in Papier. Nein. Wenn schon denn schon.«

»Nicht schlecht für ein halbes Jahr«, sagte Kakoiannis.

»Wenn jeder seine Einlage zurückbekommt, wie vereinbart, und der Rest gleichmäßig aufgeteilt wird, sind das immer noch fast fünfzigtausend pro Nase.« Bondak faßte sich ins Gesicht, als wolle er das genannte Objekt prüfen.

»Wir haben ja schon ein paar Möglichkeiten gefunden, neue feine Dinge zu tun«, sagte Begheli. »Aber selbst wenn wir nichts tun – Shontar ist gepachtet, wir haben ein Dach über dem Kopf und einen Gemüsegarten, und unter diesen Umständen kann man mit fünf Drachmen pro Tag mehr als luxuriös leben. Also, irgendwann in den nächsten zehn Jahren wird uns bestimmt noch was einfallen.«

»Eh, *sirján*«, sagte Kakoiannis. »Ich hab den Mund gehalten, als du das ausgehandelt hast, aber jetzt wüßte ich doch gern, was die Gashiri-Sache soll.«

Bondak nickte und wurde ernst. »Später«, knurrte er.

Sie hielten vor der Commonwealth-Bank an der Plaza Tokman. Bondak und Kakoiannis wuchteten die Kiste vom Wagen und schleppten sie ins Bankgebäude. Bis auf weiteres würde das Gold nutzlos in einem Tresor liegen; bis eine Vollversammlung der aufgelösten TraPaSoc entschied, was zu tun war.

»So. Was jetzt?«

Begheli deutete auf das gegenüberliegende, gediegene *Hotel Centro.* »Heute können wir uns das leisten. Ich könnte ein zweites Frühstück vertragen. Zum Beispiel mit echtem Champagner.«

Als die livrierten Kellner aufgetragen und den abgetrennten Raum wieder verlassen hatten, kam Bondak zur Sache. »Eine Idee, die ich schon länger hatte.« Er starrte Begheli durch den hauchdünnen, transparenten Pharlit-Kelch an. »Wegen Dante und den anderen.«

Die junge Frau nickte; ihr Gesicht wurde ernst.

Kakoiannis' gute Manieren brachen wieder durch; er warf Bondak einen mißbilligenden Blick zu, als der ehemalige Sergeant sein Frühstück mit stoßbereitem Messer überfiel.

»Was hat diese Idee mit Dante zu tun?«

»Ganz einfach. Saravyi ist immer da, wo Unheil droht, und jetzt ist er an der Südgrenze von Gashiri. Die AVs schicken Handelsdelegationen aus; seit sie hier waren, hat es viele Fehlgeburten gegeben. Dante, Terence und Vlad werden in Bu'ndai überfallen; Terence behauptet, er hätte einem, der aussah wie ein besonders brauner AV, zwei Finger abgeschnitten. Tremughati reist zu den Korallkorsaren, und Gortahork ist mit Schiffen aus Arameq und Golazin nach Gashiri unterwegs. Da, finde ich, sollten wir nicht zurückstehen.«

»Du meinst, all das hat mit Dingen zu tun, die die AVs ausbrüten?«

»Hast du eine andere Erklärung? – Jedenfalls: Wenn die AVs uns Handelsdelegationen schicken, können sie keine Einwände haben, wenn wir auch zu ihnen kommen.«

Die Freie Handelskommission war darauf eingegangen; die defunkte TraPaSoc würde die Kosten für den Schiffscharter übernehmen, Händler der Kommission würden Waren zur Verfügung stellen, und nach Abzug der Unkosten würde man den erhofften Gewinn teilen – 35 % für die TraPaSoc, den Rest für die Kommission.

»Und wie soll das genau aussehen?« Kakoiannis gab sich keine Mühe, die Skepsis zu verbergen.

Bondak hustete. »Ich denke mir das so«, sagte er.

Die Erklärung nahm eine Weile in Anspruch; schließlich, nach vielen Reden und Gegenreden, seufzte Begheli und hielt ihren leeren Kelch hoch. Kakoiannis goß aus der Magnumflasche nach.

»Und du glaubst, Sarela spielt mit, die Garnison spielt mit, das Gouvernement spielt mit, und die AVs spielen mit? Ganz zu schweigen davon, daß unsere Leute im Norden sind und nicht morgen hier in Schiffe klettern können.«

Bondak grinste. »Ja. Das habe ich alles bedacht. Ich werde gleich einen Spaziergang zur Garnison machen und mit dem Chef reden. Dann sehen wir weiter.«

»Hier«, sagte Bondak. Er deutete auf die große Karte des Südkontinents. Der mächtige Gashigar durchzog von Südwesten nach Nordosten das Gebiet der Anarchovegetarischen Union der Ungläubigen Transzendentalisten. Die Hauptstadt Gashir lag etwa 100 km südlich der Mündung. »An der Mündung sind zwei gegenüberliegende Forts, mit Schnellseglern und Ordnertruppen und riesigen Katapulten. Wir segeln dorthin und verhandeln. Wenn wir Glück haben, lassen sie uns flußauf zur Hauptstadt segeln. Wenn wir Pech haben, werden wir die Ladung in den Forts oder einem Küstenhafen löschen müssen und heimkehren, aber auch dabei könnte man etwas herausfinden. Und wenn wir großes Pech haben, schicken sie uns sofort wieder weg.«

Es war ein heißer Tag; vom Binnenmeer wehte kaum Erfrischendes über das flache Küstenland zu Garnison und Raumhafen herüber. Auf der Halbglatze des Kommandanten der Garnison glitzerten Schweißtropfen. Ein altertümlicher Ventilator an der Decke der Schreibstube brachte keine Abhilfe.

»Klingt nicht schlecht, Bondak.« Maqari trommelte mit Zeige- und Mittelfinger der Linken auf seinem Schreibtisch. »Ich kann natürlich nicht sagen, was Ihre Exzellenz davon halten wird. Ich könnte mir aber vorstellen, daß sie mit allem einverstanden ist, was uns vielleicht weiterbringt. Sie sitzt genau wie wir herum und mopst sich, weil wir nichts wissen, nichts tun können, solange wir nichts wissen, und fast nichts tun können, um was zu erfahren.«

Bondak nickte. Er hütete sich, die Gedanken des Majors durch Worte zu stören. Er kannte Maqari zu lange und wußte, daß der Kommandant im Moment damit befaßt war, eine Entscheidung zu fällen, bei der jedes weitere Argument nur stören konnte.

»Und die Besatzung, sagten Sie?«

»Ein Teil von uns Ehemaligen – Sie wissen schon: Kakoiannis, Nardini, Ping, Timoara, die Damen Tatuschin, Bodrelur, as-Sabah, Katz, Kikuyo und ich. Pa'aira und Begheli halten die Stellung auf der Halbinsel. Ein Teil Leute aus dem Hafen – Shil und Mulis, möglichst robust; ich kenn mich da aus und finde schon die richtigen. Und Freiwillige von der Truppe. In Schifferkluft, aber mit Karabinern und Funk und so.«

Maqari seufzte. »Wie ich Sie kenne, wissen Sie auch da schon, wer sich Ihrer Meinung nach meldet, was?«

Bondak grinste. »Ich hatte an *legat* Yakku gedacht und ein paar Frauen und Männer, die noch von den alten *centurias* übriggeblieben sind.«

»Wenn Sie meinen, der Leutnant macht mit …« Maqari kniff die Augen zusammen. »Aber sind nicht die meisten von Ihren Leuten im Moment oben im Norden, mit einer kleinen Karawane?«

Bondak nickte. Ungerührt gab er zurück: »Ja, die müßte man holen – Gleiter, Sie verstehen.«

Der Kommandant lachte. »Prima Sache, *sirján.* Gut ausgedacht. Na ja, was soll's. Sind Sie sicher, daß die Alten alle mitmachen?«

Bondak runzelte nur die Stirn.

»Gut. Aber fangen Sie bitte keinen Krieg an. Sie können dreißig Leute haben. Ich regle das mit der Gouverneurin.«

Bondak drückte ihm die Hand. »Was den Krieg angeht, *tribún*«, sagte er gleichmütig, »den kriegen Sie von den AVs sowieso bald gratis, schätze ich.«

Aus: Randwelten und Protektorate
Pym Bazhoglu (Atenoa, 442)

»... Aber die problematischen Mönche und ihr hochgelegenes Reich in Banyadir sowie die von ihnen erzeugten und ausgestoßenen Mischlinge sind vergleichsweise nebensächlich. Der gesamte sonstige Norden – ausgenommen der scheußliche Appendix namens Pasdan – untersteht, wenn dies das richtige Wort ist, den ›Fürsten des Nordens‹. Sie werden von den Heilern und Häuptern aller Gebiete des vielgestaltigen Nordkontinents gewählt, immer eine Frau und ein Mann, ›Mutter und Vater der Stämme‹. In der Regel kennen die beiden einander nicht und haben nichts miteinander zu tun; ein besonders prägnantes Beispiel waren vor etwa achtzig Jahren die Fürsten Uqbar und Tadhuli. Tadhulis Vorgängerin, eine Heilerin aus dem Hinterland von Vagaván, starb mit kaum 50 Jahren; ebenso alt war Tadhuli bei ihrer Wahl. Sie lebte in einem der arktischen Küstendörfer nördlich von Banyadir, jagte Eiskatzen und konnte weder lesen noch schreiben, kannte die Wege des Eises und der Winde, den Fellhandel und das hungrige Dunkel des Winters. Nachdem sie – abwesend – gewählt worden war und die Wahl mit einem Schulterzucken angenommen hatte, bereiste sie einige Zeit den Norden, bis hinüber nach Vagaván und hinunter nach Arameq, ehe sie wieder zum Eis heimkehrte. In den Städten achtete man, wie es hieß, ihren herben Ruch (Tran?) und ihr ironisches Schweigen; in den Steppen pries man ihr scharfes Gehör und die Gelassenheit ihrer Augen.

Uqbar, Nachfolger eines Jägers aus den Bergen am oberen Golzain, war Stiefelmacher in Golazin. Bei seiner Wahl – durch die er vom einfachen Handwerker zum stimmlosen Berater der Zunftältesten aufstieg, denen er im Fall einer großen Krise ebenso hätte Befehle erteilen können wie dem Blutgrafen oder dem Fischfisch – war er 23 Jahre alt und wurde so zum Kollegen von Tadhuli, die bereits seit 20 Jahren ›Mutter der Stämme‹ und inzwischen 70 war. Beide sahen einander nie; ihr

›Amt‹ hatten sie – abgesehen von den üblichen Beratungen in Streitfragen – nur ein einziges Mal wirklich auszuüben, als die Mönche von Banyadir am Banyuli südwärts vorstießen. Zu dieser Zeit residierte in Cadhras ein schwacher, an den Belangen des Planeten weidlich desinteressierter Gouverneur (der wegen seiner Untätigkeit daraufhin abgesetzt wurde). Die Gargava und andere Stämme in der Nähe des Banyuli sowie, natürlich, die von den Mönchen bedrängten Bewohner der fruchtbaren Ufer verlangten einen Kriegszug. Uqbar und Tadhuli berieten mit Heilergruppen, die untereinander (telepathisch?) Kontakt hielten, ließen das von den Mönchen besetzte Land gänzlich räumen und einige Tagereisen unterhalb den Fluß stauen. Als ihre Häuser davonschwammen und die Saaten ertranken, gaben die Mönche auf und zogen sich in die Berge zurück – hierin zweifellos bestärkt von den Gleitern der Garnison, die der neue Gouverneur sofort losgeschickt hatte …

Das Amt der Fürsten des Nordens scheint erst eingerichtet worden zu sein, nachdem Pasdan und Banyadir entstanden waren; möglich, daß es erlischt, sollten die Sektierer-Enklaven eines Tages verschwinden.«

VIII

Learoyd schaute nicht zurück. Vielleicht hatte Lerio sich abgewandt, vielleicht blickte sie noch hinter ihm her. Er wollte weder das Gesicht noch den Rücken sehen.

Die Bu'ndai-Station der Taggabahn lag auf einem der höheren Küstenhügel, nördlich der Stadt. Es gab eine Art Aufzug der üblichen Shil-Bauweise: ein Transportkäfig, über Rollen und Riemen gehoben von der Kraft einiger P'aodhus, die an ein horizontales Rad geschirrt wurden. Terence beschloß, die zottigen Büffel nicht zu behelligen. Sein Gepäck war leicht; er stieg die in den Fels gehauenen Stufen empor.

Er legte sein Bündel in einen Wagen und schob ihn auf das rechte der beiden Geleise. Die Konstruktion aus leichtem Metall und Hartholz ließ sich mühelos bewegen.

Am Ausgang der Halle sprang Terence auf; der Wagen rollte mit geringer Geschwindigkeit über die Bahn, die sich sanft neigte. Terence hockte auf einer Bank, starrte auf die zurückbleibenden schwarzgrauen Felsen der Küste und kaute kalten Braten.

Allmählich wurde der Wagen schneller. Die Bahn sank von der Höhe der Hügel dem fruchtbaren Flachland entgegen. Learoyd rauchte, trank Wasser und blickte ohne großes Interesse über die ausgedehnten Gemüse- und Getreidefelder, in denen zahllose Menschen arbeiteten. Mit kaum merklichem Rütteln nahm der Wagen eine kleine Steigung, wurde langsamer, fiel in ein ausgetrocknetes Flußtal hinab, raste mit dem neuen Schwung einen weiteren Hügel hinauf. Nach kaum einem Drittel des Hangs würde der Schwung verbraucht sein. Learoyd fragte sich, was in diesem Fall vorgesehen sein mochte. Er hängte sich kopfunter aus der Tür und musterte die steinerne Fahrbahn.

In der Mitte der Spur entdeckte er eine Rille, wie sie

ihm bisher nirgends aufgefallen war. Schieferplättchen, die den Boden der Rille bildeten, mochten durchaus Verkleidung für etwas Darunterliegendes sein – aber was? Oberhalb der Plättchen zog sich eine Stahltrosse bergauf; an ihr waren in Abständen von etwa fünf Metern Stifte befestigt.

Der Wagen blieb stehen, begann dann, bergab zu rollen. Learoyd entdeckte noch etwas Neues: Unter dem Wagen, an Bug und Heck, befanden sich Metallbügel. Der Heckbügel glitt gerade über einen der Stifte an der Trosse und klappte um; gleichzeitig blieb der Bugbügel an einem anderen Stift hängen. Learoyd schloß daraus, daß beide Bügel zur Wagenmitte umklappbar waren. Er zerbrach sich den Kopf über den Sinn der Vorrichtung.

Der Wagen rollte weiter bergab und zog dabei den Stift und die Trosse mit sich, bis zu dem Punkt, an dem die Trosse verschwand: Sie lief in einer ausgesparten Vertiefung der Steinbahn um eine Welle, die in V-förmigen Halterungen ruhte. Knapp unterhalb dieser Konstruktion ragte ein Bolzen aus der Bahn. Der rollende Wagen zog mit seinem Bugbügel den Stift und die Trosse über die Halterung hinaus, die ein wenig Spiel hatte und der Abwärtsbewegung folgte, bis sie den Bolzen in der Bahn berührte.

Er schien eine Art Arretierung zu lösen. Plötzlich hielt der Wagen an, bebte und begann ganz langsam, dann schneller bergauf zu rollen, von der Trosse gezogen.

Learoyd richtete sich auf, kroch in den Wagen und blickte mit großen verwunderten Augen durch die Bugverglasung. Er schätzte die Länge der Steigung, die noch vor dem Wagen lag, auf fast 500 Meter, den Winkel auf annähernd 25°. Als das Vehikel sich dem Gipfel näherte, hängte er sich wieder aus der Tür und versuchte, etwas zu sehen, ohne zu wissen, wonach er suchte.

Auf der Höhe des Hügels – eigentlich war es schon ein Berg, der weit über das Niveau der Küstenhügel hinausragte – wurde die Strecke eben. Learoyd sah neben der Bahn Platten, die möglicherweise Schächte verschlossen; sonst nichts.

Plötzlich endete die Zugwirkung; unter dem Wagen verschwand das Tau mit den Schleppstiften. Gleichzeitig verlangsamte sich die Fahrt spürbar. Terence hatte keine Augen für die Umgebung; kopfunter hängend versuchte er, aufschlußreiche Einzelheiten auf und neben der Strecke zu entdecken; vergebens. Als der Wagen das Ende der nahezu ebenen Strecke auf dem Berg erreichte, gab es einen leichten Ruck.

Der vordere Bügel glitt über einen angeschrägten Stift, wurde gegen den Wagenboden gedrückt und klappte dann wieder herunter; der hintere Bügel blieb an dem Stift hängen, und die Geschwindigkeit sank abrupt. Nun begann jedoch eine Gefällstrecke, das Tempo erhöhte sich erneut, der Wagen zog den Stift und mit ihm das Tau des abwärts weisenden zweiten Systems. Nach einer Strecke, die Learoyd länger vorkam als die Steigung auf der anderen Bergseite, lief das Tau über eine Welle und verschwand; der Wagen rollte frei bergab.

Kopfschüttelnd kletterte Terence zurück, schloß die Tür und ließ sich auf den Sitz fallen. Er stellte alle möglichen Vermutungen an, dachte etwa an eine Art Uhrwerk, das von bergab rollenden Wagen aufgezogen wurde und ankommende Wagen bergauf zog. Aber nichts erschien ihm plausibel oder durchführbar.

Die Gegenspur war nicht zu sehen; sie verlief vermutlich weit links von seiner derzeitigen Fahrstrecke, im Norden. Die Taggabahn Richtung Osten hatte die erste Terrasse nahe der Küste erreicht; Terence schätzte das Tempo auf 60 km/h. Der Wagen rollte den Hang einer ostwestlich verlaufenden Hügelkette entlang, die das Plateau kreuzte. Felder wechselten sich mit Viehweiden ab, dazwischen sah er Bauminseln. Der Wagen rollte langsamer, fuhr durch eine Station; dann fiel die Strecke wieder, das Tempo stieg. Die Landschaft blieb bunt, durchsetzt von kleinen Dörfern und einzelnen Gehöften.

Am mittleren Nachmittag überwand der Wagen den Hang des zweiten Plateaus in der gleichen Weise – Taue, Stifte, Wellen, aber ansonsten nichts Sichtbares. Vom

Kamm blickte Learoyd zurück. Das Meer war nicht einmal mehr zu ahnen; er schätzte, daß er inzwischen 1000 Meter über dem Flachland der Küste angekommen war. Noch eine Stufe – wenn er sich recht erinnerte –, dann begann die Fahrt durch die Farnwälder des Hochlands.

Die Strecke lief über einen Damm durch ein Hochmoor, überquerte mehrere kleine Wasserläufe; langsamer und langsamer erklomm der Wagen einen kegelförmigen Hügel, kam fast zum Stillstand, erreichte den Gipfel und beschleunigte auf einer langen Gefällstrecke. Sie schien kein Ende zu nehmen, führte Kilometer um Kilometer den Hang eines tiefeingeschnittenen Flußtals hinab. Unter sich sah Learoyd Pfahldörfer und auf dem Wasser vereinzelte Nachen. Immer noch fiel die Strecke; der leichte Wagen begann zu rütteln, das Tempo mußte inzwischen über 100 km/h betragen. Dann führte die Taggabahn in einer eleganten Schleife aufwärts, der Wagen überwand einen Kamm, der Fluß blieb zurück.

Learoyd blickte durch das Bugfenster. Vor ihm ragte eine steile Felswand auf, rötlich im Sonnenuntergang. Der Wagen wurde langsamer und rollte schließlich in eine überdachte Station am Fuß des Berges.

Morgens bedankte Terence Learoyd sich bei dem alten Shil für das Nachtlager im Haus neben der Station, für Essen und Trinken, vor allem für Informationen. Dann schulterte er seine Tasche und machte sich an den langen Aufstieg. »Gutes Training«, murmelte er mit zusammengebissenen Zähnen. Es gab ein kompliziertes, vielfach abgesichertes Transportsystem zur Beförderung von Lasten oder größeren Reisegruppen; für einen einzelnen rüstigen Mann mit geringem Gepäck war es jedoch zu aufwendig, wie der Hüter der Bergräder versicherte. Learoyd gab ihm recht. Während er die flachen Stufen in Angriff nahm, um die 1400 Meter Höhenunterschied zu überwinden, hatte er genug Gelegenheit, das System zu betrachten. Und nachzudenken.

Die Westseite des graubeigen Berges war entweder von

Natur aus oder durch Bearbeitung vor nicht abschätzbarer Zeit abgeschrägt und längst nicht so steil, wie sie aus der Ferne wirkte. Dennoch war der Aufstieg über die in den Fels gehauenen, ausgetretenen Stufen auch für einen rüstigen Mann beschwerlich.

Nachts hatte Learoyd vom Hüter der Bergräder erfahren, wie die Zugvorrichtungen an den Steilstrecken der Taggabahn funktionierten.

Unter der eigentlichen Bahnstrecke verlief ein schräger Schacht, in dem auf Rollen ein riesiger Felsblock lag. Sein Gewicht reichte aus, um einen vollbesetzten Wagen langsam bergauf zu ziehen – wenn nicht, mußten eben einige Passagiere aussteigen. Auf dem jeweiligen Gipfel angekommen, verließ der Wagen das Zieh-System, gewann freilaufend bergab Geschwindigkeit und hakte sich ins zweite, ins Schlepp-System auf der anderen Seite ein. Auch dort gab es einen unterirdischen Schacht, in dem über einige gegeneinander versetzte Zahnradkreise fünf kleinere Steine nacheinander durch das Gewicht des abrollenden Wagens gehoben wurden. Zusammen waren sie schwerer als der Felsblock der Gegenseite, konnten jedoch einzeln den Wagen nicht völlig bremsen. Die Gefällstrecke reichte aus, um alle fünf an die Schachtspitze zu heben. Wenn der letzte oben war, löste er beim Anschlagen eine weitere Arretierung aus. Die fünf kleineren Brocken rollten dann wieder den Schacht hinab und zogen dabei den großen Felsen auf der anderen Seite hoch.

Die Hebestrecke hier am Berg funktionierte nach einem ähnlichen Prinzip. Es gab 15 Abschnitte vom Fuß zum Gipfel. In jedem Abschnitt liefen gesicherte Stahltrossen um ein Boden- und ein Kopfrad; an einer Seite befand sich ein Transportkorb, an der anderen ein schwerer verketteter Felsbrocken; beide liefen in Stahlschienen am Berg. Nicht voll besetzte Körbe mußten abgebremst werden. Hatte der Fels den Korb 80 Meter gehoben (die tatsächlich zurückgelegte Strecke war größer, wegen der Schräge des Hangs), stiegen die Passagiere mit ihren Packen in den nächsten Korb um.

Die sanfter abfallende Südseite des Bergs bestand vor allem aus Bergweiden. Es gab mehrere P'aodhu-Herden, die sich zum Gipfel hinaufgrasten. Oben wurden die zottigen Tiere bei Bedarf in den Korb gepfercht; ihr Gewicht reichte aus, das System umgekehrt zu bewegen, die Steine wieder hochzuziehen. Wenn die Rinder unten angekommen waren, wurden sie erneut auf die Bergweide gebracht. Der Hüter der Bergräder hatte die Tiere mit einem Namen belegt, den Learoyd sich leicht grinsend mit *Orbitbullen* übersetzte.

Als er den Gipfel erreichte, war er total ausgepumpt. Hier befand sich, fast zweieinhalbtausend Meter über dem Meer, die nächste Station der Taggabahn. Unterhalb der überdachten Halle, in der zehn Wagen standen, sah er ein Wohnhaus mit Gemüsegarten und kleiner Quelle, darunter wiederum eine ausgedehnte Weide mit mindestens dreihundert P'aodhus, aber auch Pferden und zahmem Hochlandwild. Einen Augenblick lang zerbrach er sich den Kopf darüber, woher die Wagen kommen mochten, denn von dieser Station führte nur eine Spur fort. Dann fiel ihm ein, daß die Förderkörbe Schienen aufwiesen. Vermutlich wurden aus dem Kopfbahnhof am Berg bei Bedarf Wagen hochgebracht. Er zögerte, entschied sich dann gegen ein längeres Frühstück mit dem Bewohner des Hauses, steckte eine Münze in den dafür vorgesehenen Behälter der Station und legte seine Tasche in den vorderen Wagen.

* * *

Sekunden nach dem Sonnenaufgang war die glatte Ebene des Lysangrischen Ozeans von einem Kupferfirnis bedeckt, und die Frühlingsbrise schien milder. Es war, als nähme die Luft Farben auf und gäbe sie gefiltert und neu gruppiert weiter.

Der alte Mann auf der Terrasse bewegte sich, zwinkerte dem Diener zu, der dampfende Brühe in einem schweren Becher brachte. Die Augen waren hell und wach zwischen den tausend Falten und Runzeln.

»Du brauchst nicht zu schleichen, Freund«, sagte Saravyi. »Ich habe nicht geschlafen. Manche Nächte sind zum Denken da, vor allem, wenn man zu alt ist, um sie mit anderem als seinen Gedanken oder Träumen zu teilen.«

Der Diener lächelte. Er war jung, Sohn einer der großen Familien von Kelgarla, und leistete seinen zweijährigen Gemeinschaftsdienst im Palast ab.

Am anderen Ende der Terrasse klang Musik auf. Es war ein altirdisches Stück. Die Königin liebte exotische Musik wie die von Bach; der Resident des Gouvernements versorgte sie regelmäßig mit neuen *musikubes* und Batterien.

»Die Herrin erwacht.« Saravyi nahm einen Schluck von der Brühe. »Dann darf auch Shalga steigen.«

Die Sonne erhob sich langsam über das Meer. Hinter den verzierten Türen aus Eisenholz und Kristall wurden Vorhänge beiseite geschoben.

Der Palast lag nördlich der Stadt in den Felsen, direkt über dem Meer. Er war aus orangefarbenem Naturstein gebaut, schlicht und weitläufig. Im Inneren endete die Schlichtheit in unentwirrbaren Gangknäueln und grell ausgeschmückten Sälen jeder denkbaren Form. Die Palastküche war rechteckig; der große Konferenzsaal rund, der kleine oval. Das Archiv befand sich in mehreren sechseckigen Räumen, das Schlafgemach der Königin hatte den Grundriß eines Karos. Die Terrasse – eigentlich war es eine Serie von Terrassen – bestand aus gleichseitigen Dreiecken, deren Spitzen über das Meer ragten; es gab keine Brüstung (»einer lebensmüden Königin soll nimmer der Große Sprung verwehrt sein«), doch waren die Dreiecke durch kleine Stege verbunden, die die Mittelpunkte der Seiten berührten und mit den vielfarbigen Mosaiken der Dreiecksflächen, den Schnittpunkten der Lote und dem blaugrünen Hintergrund des Meeres ein Lehrstück der Geometrie schienen.

Der junge Diener erstarrte, als die Königin verschlafen auf die Terrasse trat. Aus der geöffneten Doppeltür dröhnte terranische Musik.

Varanira zwinkerte der Sonne zu und rieb sich die

Augen. Die Herrscherin war Mitte Dreißig; ihre gebleichten weißen Haare ringelten sich wie Maden dem Tag entgegen. Den beinahe kugelförmigen Leib hatte Varanira in ein Gewand von der Farbe blutiger Orangen gehüllt.

»Ah. Der edle Greis ist bereits wach, wie?« Sie trat zu Saravyi, der ihr lächelnd entgegensah und in seinem bequemen Sessel liegenblieb.

»Deine Träume sollen gewesen sein wie Flaumwölkchen im Morgenrot und dein Schlummer leicht wie der Herzschlag eines Kolibris, o Fürstin.« Neben irdischer Musik liebte Varanira auch exotische Tiere.

Die Königin klatschte in die Hände und deutete auf einen Korbsessel. Der Diener stellte ihn neben Saravyi.

Varanira ließ sich hineinfallen. »Ächz nicht so, dummes Stück«, sagte sie. Dann beugte sie sich vor und schnupperte an Saravyis Becher. »Ha, ba, ba«, machte sie. »Brühe so früh? Furchtbar. Mein übliches Frühstück, Söhnchen!«

Der Diener lächelte und verschwand. Varanira sah seufzend auf das Meer hinaus. Saravyi schlürfte lautstark und steckte sich eine der monströsen Zigaretten in den Mund, die er im Lauf der Nacht gedreht hatte.

Varanira warf ihm einen mißbilligenden Blick zu. »Natürlich will und kann ich einen gelehrten Gast nicht daran hindern, zu rauchen, bevor ich gefrühstückt habe. Aber muß es denn sein?«

»Herrscherin des Südens«, sagte Saravyi sanft, »es muß.« Er entzündete das Machwerk.

Varanira verfolgte den aufsteigenden Rauch mit den Augen. »Ei ja. Es gibt Schlimmeres.«

Zwei Dienerinnen brachten Tabletts. Varanira hatte eine entschiedene Vorliebe für exotische Genüsse. Auf einem der Tabletts stand eine Kanne aus hauchdünnem Pharlit, ein Geschenk der Gouverneurin zu Cadhras; darin dampfte süßer Kakao, importiert von der alten Erde. Die Mädchen entluden die Tabletts. Kakao, Pharlitgeschirr, Berge von Gebäck, Fettkringel, heiße Pfannkuchen mit Rosinen aus dem Commonwealth, kandierte Früchte.

Varanira begann konzentriert mit der Nahrungsaufnahme. Saravyi schaute ihr bewundernd zu. Schließlich seufzte die Herrscherin, wischte ihre Hände am unförmigen Gewand ab und lehnte sich zurück.

»Ah«, sagte sie. »Ah ja.«

Saravyi nickte. »Alle Tage ist es eine Freude, dir zuzuschauen.«

Varanira faltete die Hände über dem Bauch und blinzelte; sie streckte die Beine aus, wackelte mit den bloßen Zehen und gähnte. »Wenn ich schon all meine Kraft dem Amt opfere – soll ich dann auch noch hungern? – Söhnchen!«

Der Diener erschien und blieb neben ihr stehen, stumm.

»Wir brechen in einer Stunde auf. Stell die Musik in meinem Schlafgemach ab; es ist der grüne Knopf. Dann sorg dafür, daß meine Zofen alles bereitlegen. Ich werde in wenigen Minuten kommen.«

Sie sah ihm hinterher und wandte sich Saravyi zu. »Ach ja, dieser Gang«, sagte sie wehmütig, »und die Hüften. – Hast du eine Entscheidung gefällt, alter Mann?«

Saravyi nickte.

»Und wie sieht sie aus, deine Entscheidung?«

Saravyi breitete die Arme aus, als wolle er die Welt oder die Fürstin umarmen. »Ich habe keine Lust.«

Varanira verzog schmollend den Mund. »Ich weiß, daß es langsam gehen wird. Die Garde kann nicht schneller reiten, als die Pferde meinen Eisenkarren ziehen. Aber du alter Mann kannst doch ohnehin nicht mehr galoppieren wie ein Jüngling.«

»Das ist wahr. Aber besser als ein solcher jederzeit.« Mit einer geschmeidigen Bewegung streifte er die Decke ab und stand auf.

»Und wer wird an meiner Seite sein und mir raten im Gemetzel?«

Saravyi zuckte mit den Schultern. »Wenn es zu einem Gemetzel kommt, Varanira, weißt du selbst am besten, was zu tun ist. Die Heiler haben dich vorgeschlagen, das Volk hat dich gewählt, und zehn Jahre hast du prächtig regiert. Du bist das Bollwerk des Südens.«

Varanira kicherte. »Ein breites Bollwerk, das stimmt. Aber was wirst du tun, Vater? Was wäre aus dem Norden geworden, ohne deine Hilfe? Glaubst du, Tremughati und Gortahork hätten es ohne dich geschafft?«

»Tremughati ja, Gortahork nein.« Saravyi grinste. »Außerdem hatten sie viel Hilfe – die Gouverneurin Lydia und, nicht zu vergessen, Dante Barakuda.«

Varanira stemmte die Fäuste auf die gerundeten Hüften. »Und wir haben diese Hilfe nicht, also brauche ich dich um so mehr.«

Saravyi nickte. Sein Gesicht wurde ernst, aber das Lauern blieb. »Du wirst meine und die Hilfe vieler Menschen haben, Fürstin.«

»Wie das?« Varanira blickte ihn aufmerksam an.

Saravyi hustete. »Nun, da du alle Anweisungen gegeben hast und nicht mehr zurück kannst, will ich es dir sagen.« Er beugte sich vor und sprach leise. »Ich werde hinabsteigen. Die Heiler der Berge sagen, die Wege seien in gutem Zustand.«

Varanira schwieg fast eine Minute. »Ach ja«, sagte sie dann. »Und was willst du dort unten?«

»Du weißt, daß ich nicht zum ersten Mal hinabsteige.«

Varanira nickte. »Ich weiß, daß du seit sechs Jahrzehnten die alten Geheimnisse über und unter der Erde erforschst. Wohin willst du, und wozu?«

»In den Bergen bei Sa'orq gibt es eine Gruppe von Heilern. Ich habe sie – ihre Meister, genauer – vor fünfzig Jahren etwas gelehrt, was ich zunächst selbst enträtseln und lernen mußte. Nun ist es an der Zeit, es anzuwenden.«

Die Königin seufzte. »So lange Jahre ... Hast du all dies vorbereitet, damit du es eines Tages einsetzen kannst?«

»Bläser und Speier«, sagte Saravyi wie nebenher.

Varanira wurde blaß. »Gibt es diese schrecklichen Waffen doch noch? Es ist also so furchtbar, daß du sie verwenden willst?«

Saravyi hustete. »Ich habe Kenntnisse gesammelt. Ich weiß, was in Gashiri geschieht, wo genau es geschieht, und was geschehen wird, wenn nicht bald was geschieht. Drücke ich mich klar aus?«

Die Königin grunzte nur.

Saravyi legte eine Hand an ihren Hals, zog ihren Kopf zu sich und flüsterte in ihr Ohr. Als er fertig war, ließ er die Königin los.

Varanira betrachtete ihn einen Moment lang. Ihr Gesicht war blutlos, die Augen groß und starr. Dann schlug sie die Hände vors Gesicht.

Eine Stunde später stieg Varanira, die letzte Königin von Kelgarla, auf den Eisenkarren, den vier Hengste zogen. Die Garde – zweihundert junge Frauen und Männer – bildete lockere Formationen vor und hinter dem Karren. Saravyi ritt neben der Fürstin.

Der Zug verließ den Palasthof und wand sich bergab zur Stadt. Einzeln und in Grüppchen standen Kelgarl'iri auf den Straßen und Plätzen der Metropole. Die Steinhäuser wirkten dunkel, fast trüb, und das karge Laub der Bäume gab allem einen herbstlichen Hauch.

Mitten im Ort beugte Saravyi sich zur Seite und streichelte Varaniras weißen Schopf. Die Königin lächelte und küßte seine Hand. »Sei vorsichtig, Vater der Shil. Und hilf uns.«

Er nickte und ritt beiseite, blickte dem Trupp nach. Dann trieb er sein Pferd an.

Bei Sonnenuntergang ließ Saravyi das Tier auf einem Hof an der Nordseite des großen Küstenberges zurück. Er war einen großen Bogen geritten. Gegen Mitternacht erreichte er zu Fuß den Palast, drang durch eine Geheimtür ein und gelangte ungesehen in einen Kellerraum. Dort öffnete er eine nur den Heilern und Herrschern bekannte, verkleidete Felspforte und verschwand aus Kelgarla.

* * *

Nichts Neues. Wie die Satellitenaufnahmen zeigten, kam Gortahorks Handelsflotte wegen der Flaute auf dem Binnenmeer nur mühsam voran; das Schiff der ehemaligen Fürstin auf dem Pangotik war längst außerhalb des Erfassungsbereichs. Gortahorks Flotte hatte erst ein Viertel der Strecke zurückgelegt und befand sich zwischen Huasiringa und dem Larena-Archipel.

Im Palais war es angenehm kühl; draußen regte sich kaum ein Lüftchen. Hsiang schob die Aufnahmen beiseite und wandte sich dem nächsten Bericht zu. Auch er hatte mit Satellitenbeobachtung zu tun. Meteorologen von der Akademikerinsel Corilia hatten vor längerer Zeit um Erlaubnis gebeten, die Gouvernements-Satelliten für gründliche Studien der Meeresströmungen nutzen zu dürfen. Lydia Hsiang hatte die Erlaubnis erteilt; nun hielt sie das Ergebnis in den Händen. Dem Bericht zufolge gab es eine starke Strömung vom Pangotischen Ozean; sie wurde durch noch zu erforschende Faktoren ausgelöst. Der Bericht vermerkte mit Fragezeichen Äquatorialdrift und/oder Wind- und Strömungsphänomene im Pangotik als mögliche Ursachen. Die Strömung drang durch die Enge von Pasdan ins Binnenmeer, verlief in Küstennähe nach Osten, wurde durch die Wassermassen der großen Flüsse, wie Losabu und Gashigar, angereichert und jeweils ein wenig nach Norden abgedrängt, traf südlich von Cadhras auf die Isthmusküste; hier wurde die Strömung nach Norden gelenkt, wo sie unweit der Protektoratsgrenze abermals deflektiert wurde und an der Südküste des Nordkontinents nach Westen lief. Auch hier kamen die großen Flüsse mit ihren Süßwassermassen hinzu – Avrak und Golzain. Schließlich verließ die Strömung das Binnenmeer wieder durch den nördlichen Teil der Meerenge von Pasdan. Der Bericht endete mit der Bitte um Bereitstellung von Satelliten für eine Untersuchung der Strömungen des Pangotischen Ozeans.

Sie warf einen Blick auf die Uhr, dann klingelte sie ihrer Assistentin und bat sie, den Forschungsbericht im Rechner speichern zu lassen. Während sie durch die Bruthitze zur Stadt ging, überlegte sie, daß die Shil wahrscheinlich längst von der Strömung wußten, zumindest grundsätzlich, und daß es einen Zusammenhang zwischen den Bewegungen der großen Fischschwärme und denen des Wassers geben mochte.

Sie aß in einem Restaurant an der Esplanade von Cadhras; durch das Fenster blickte sie auf die Bucht, auf der zahllose Schiffe lagen und auf Wind warteten. Das Meer, das sie seit Jahren jeden Tag sah, kam ihr plötzlich fremd vor.

Beim Essen überprüfte sie noch einmal ihren Entschluß; sie fand kein neues Gegenargument.

Der Weg zum Raumhafen führte durch den großen Park. Es hatte seit Tagen nicht geregnet; Gärtner kümmerten sich um die empfindlicheren Pflanzen und Bäume. Die zwei P'aodhus vor dem Wagen mit Wassertank standen reglos in der Hitze; eines schob die Unterlippe vor und stierte die Gouverneurin an. Lydia Hsiang hing einen Moment lang der albernen Vorstellung nach, wie sie sich als Grasbüschel unter diesem Blick fühlen würde.

Die Gouverneurin ließ sich zunächst die Mitglieder der navigatorischen und der wissenschaftlichen Besatzung vorstellen. Danach führte Arman Mugadisk sie durch eine Internschleuse in die eigentlichen Labors. Der Leiter des wissenschaftlichen Teams erläuterte ihr die wesentlichen Apparate, die Sicherheitsvorkehrungen, die Isolation. »Schließlich könnte es ja sein, daß wir auf ein furchtbares Gift stoßen. Dann sollten wir nicht unbedingt den ganzen Planeten auf einen Schlag verseuchen.«

Hsiang nickte; ihr Lächeln war jedoch sehr nachdenklich. »Was haben Sie denn bisher herausbekommen?«

Mugadisk senkte den Blick. »Exzellenz«, sagte er zögernd, »ich hoffe, das muß ich vorausschicken, also, hm, ich meine, Sie werden uns vielleicht, oder aber ...«

Die Gouverneurin lachte leise, und Mugadisk stellte fest, daß die schlanke, beherrschte Frau mit den feinen Zügen sehr schön war.

»Hören Sie, ich halte Sie sicher nicht für Stümper. Also sprechen Sie einfach.«

»Nun ja, immerhin kommen wir von irgendwoher und basteln hier seit langem herum.«

Die Gouverneurin nickte. Etwas in ihren Mundwinkeln zuckte. »Ich weiß. Aber halten Sie mich bitte Ihrerseits nicht für eine Stümperin. Sie sind Arman Mugadisk, geboren im Dezember 419 auf Trasom, Praesepe-Sektor. Promotion in Biochemie an der Zentralakademie von Atenoa im Jahre 443. Sie haben 452 den Erreger der antarischen Graufäule isoliert. Die Dame dort« – sie deutete auf eine vierschrötige, kahle Frau in bläulichem Overall, die vor einem Bildschirm stand, Zahlenreihen betrachtete und mit dem kleinen Finger im Ohr bohrte – »haben Sie mir als Doktor Labruyère vorgestellt. Georgina Labruyère ist zweifache Commonwealth-Preisträgerin für Serologie. Bei einer Sicherheitsüberprüfung im Jahre 459 haben Sie den damaligen Lordkanzler mit vollem Recht als hirnlosen Alkoholiker und Waisenschänder bezeichnet.«

Mugadisk hob die Hände. »Ich gebe mich geschlagen, Exzellenz.« Er lächelte. »Betrachten Sie mich als hoffnungslos zerknirscht. Ich bin allerdings begeistert darüber, daß inzwischen mit der Lordkanzlerin und Ihnen gewisse Spitzenpositionen besser besetzt sind.«

»Vergessen Sie's. Sie wissen so gut wie ich, daß die Gouverneurin einer unwichtigen Randwelt keine Spitzenposition einnimmt.«

»Darf ich mich erkundigen, Exzellenz, weshalb Sie sich für diese Experimente interessieren?«

»Sie dürfen. Erstens aus Interesse an bedeutenden Wissenschaftlern, die unseren Planeten besuchen. Zweitens muß ich so gut wie alles wissen, was auf Shilgat vorgeht, und ich nehme an, daß Ihre Experimente politische Bedeutung bekommen werden.«

»Wie darf ich das verstehen? Wir sind im Auftrag einer Privatfirma hier ...«

»... der Gerames-Pharma A.S., ich weiß. Ich werde Ihnen später mehr dazu sagen. Lassen Sie uns mit dem Rundgang beginnen.«

Langsam wanderten sie von Raum zu Raum. Mugadisk erläuterte die Anordnungen in allgemeinen Begriffen und war verblüfft, als Lydia Hsiang sehr präzise Zwischenfragen stellte, die weit über eine fundierte Allgemeinbildung hinausgingen.

Schließlich beendeten sie den Rundgang und nahmen im Büro des Leiters Platz. Mugadisk wartete, bis sein Sekretär Kaffee und Gebäck gebracht und den Raum wieder verlassen hatte.

»Tja, nun wissen Sie in groben Zügen Bescheid, Exzellenz«, sagte er dann. »Es handelt sich um die unglaublichste Substanz, mit der jemals einer von uns zu tun hatte. In jeder Form, jedem Zustand, jeder Mischung entwickelt sie andere Eigenschaften. Eins zu hundert in Alkohol gelöst regt dieses Ambra die Haut zur Bildung neuer Hautflächen an – ein wunderbares Mittel gegen großflächige Verbrennungen. Wir haben Versuchstiere mit Lungen-TB infiziert und sie eine gasförmige Verdünnung inhalieren lassen; sie waren innerhalb von zwei Tagen geheilt. Wir haben das Zeug tiefgefroren, ultrahocherhitzt, mit Alkohol, Wasser, Säuren und Gasen versetzt, verdünnt, abermals verdünnt. Flüssig, verdampft und wieder gekühlt, dehydriert und pulverisiert, als Brei, als Aufgußgetränk, was Sie wollen – immer hatte es eine neue, überraschende Wirkung, und bisher waren die Wirkungen ausnahmslos heilsam.«

»Wie viele Möglichkeiten gibt es Ihrer Meinung nach?«

Mugadisk breitete die Arme aus. »Die Anzahl der möglichen Kombinationen, Mutationen von Kombinationen und Permutationen von Kombinationsmutationen ist unendlich. Fürchte ich jedenfalls.«

Die Gouverneurin nickte und deutete auf den Bildschirm, der die Umgebung zeigte, die Garnison und im Hintergrund die östlichen Hügel. »Deshalb habe ich Sie hier untergebracht, nicht auf dem eigentlichen Raumhafen«, sagte sie leise. »Und deshalb stehen Sie und all Ihre Leute unter Dauerbewachung, egal, wohin Sie gehen.«

Mugadisk seufzte. »Ich habe es mir fast gedacht. Es ist zu wichtig, nicht wahr? Auch für unseren Auftraggeber. Was, wenn die pharmazeutische Konkurrenz davon erfährt? Ich könnte ohne lange zu überlegen Konzerne nennen, die Milliardenbeträge auszugeben bereit wären dafür, daß wir sie entweder informieren oder aber das Zeug unterdrücken.«

Lydia Hsiang spitzte die Lippen. »Keine Sorge deswegen«, sagte sie, beinahe ironisch. »Gerames ist ein kluger Mann. Er kennt den Planeten, hat ein paar Dinge addiert und Schlüsse gezogen. Deshalb« – sie beugte sich ein wenig vor – »besteht Ihre navigatorische Crew aus Offizieren und Mannschaften der Abwehr. Das konnten Sie nicht wissen, nein. Gerames trägt die Unkosten. Die Leute sorgen dafür, daß zum Beispiel keiner Ihrer Mitarbeiter die Galaxis allgemein oder einen Pharmakonzern informiert.«

Mugadisk nickte langsam. »Man hätte damit rechnen müssen. Ich vielmehr. Natürlich. Wenn Gerames mit etwas Ähnlichem wie diesem Ambra gerechnet hat ...«

Hsiang räusperte sich. »Und Sie alle haben sich zu diskretem und notfalls riskantem Arbeiten verpflichtet – für gutes Geld, wie ich weiß. Der Punkt ›Risiko‹ kann bald vordringlich werden. Sowohl von der Arbeit her als auch von der politischen Lage auf dem Planeten.«

»Was ist mit der Lage?«

»Wir haben tausend Hypothesen, aber keinen Beweis. Deswegen will ich mich nicht näher dazu äußern. Ich bitte Sie aber um eine besondere Untersuchung.«

Mugadisk verschränkte die Arme. »Aha. Nun kommen wir zur Sache. Worum geht es?«

»Die bisherigen Untersuchungen sind an intaktem Ambra vorgenommen worden. Dem Vernehmen nach zerfällt die Substanz, wenn sie nicht unter Druck gehalten wird.«

»Ja. Nach gewissen stabilisierenden Behandlungen spielt der Druck keine Rolle mehr, aber im Urzustand zersetzt sich Ambra sehr schnell.«

»Ich bitte Sie um Folgendes. Lassen Sie Ambra zerfallen und untersuchen Sie es dann. Präzise: Kann man mit zerfallenem *alangra* etwas anfangen?«

Mugadisk pfiff leise. »Sie nehmen an, jemand auf Shilgat hat Ambra, aber keine Möglichkeit, es unter Druck zu halten? Und lebt zu weit vom Fundort entfernt, so daß es nicht sofort verarbeitet werden kann?«

»So ähnlich, ja.«

Mugadisk grübelte. Schließlich sagte er: »Das läßt sich sicher so machen, daß niemand direkt damit in Berührung kommt. Falls wirklich etwas Gefährliches dabei herauskommt. Aber« – er kniff die Brauen zusammen – »was tun Sie, wenn ich mich weigere? Wenn mir die Sache zu kitzlig ist – und sie muß ja kitzlig sein, wenn die Gouverneurin persönlich sich herbemüht.«

Hsiang warf ihm einen eisigen Blick zu. Einen Moment hatte Mugadisk das Gefühl, die Raumtemperatur stürze ins Bodenlose. Er war seit langem an den Umgang mit Vertretern von Regierungen oder einzelnen Behörden gewohnt, aber diese Empfindung war neu – persönliche Kompetenz, die schiere Macht eines galaxisweiten Apparats und das Bewußtsein, diese Macht anwenden zu können, wenn es sein mußte. Plötzlich traten Erscheinung, Charme, Umgangsformen zurück, wurden zu zweitrangigen Accessoires.

»In diesem Fall«, sagte die Gouverneurin ruhig, »würde ich Sie und Ihr Team durch ein Laboratorium der Abwehr oder des Sekretariats für Forschung ersetzen und Ihnen ein Jahr bezahlten Forschungsurlaub auf einem entlegenen Asteroiden oder einem TecSat beschaffen – in einem Jahr wird wohl nichts von alledem mehr der Geheimhaltung bedürfen.«

Mugadisk hustete trocken. »Können Sie mir sagen, ungefähr jedenfalls, in welche Richtung Ihre Befürchtungen gehen?«

Hsiang stand auf und näherte sich dem Schott. »Ja«, sagte sie, die Hand bereits am Öffnungsmechanismus. »Etwas, das durch Luft, Nahrung oder Kontakt übertragen wird und innerhalb kurzer Zeit – zwei, drei Monaten – Erbanlagen verändert.«

Mugadisk erhob sich ebenfalls. »Können Sie das präzisieren? Haben Sie Gründe für diese Vermutung?«

»Vor etwa vier Standardmonaten hatten wir in Cadhras Besuch von einer Delegation aus einem bestimmten, dubiosen Gebiet. Seit ein paar Wochen sind in Cadhras und Umgebung keine Kinder mehr lebend geboren worden.«

Auf dem Heimweg zum Palais kam ihr plötzlich ein entsetzlicher Gedanke. Einen Moment blieb sie stehen und umklammerte das Geländer der Brücke über den Plagas. Dann eilte sie zum Palais und begab sich in den Funkraum.

Am Abend kamen die Antworten auf ihre Fragen; eine halbe Stunde später trafen sich die erreichbaren Mitglieder des Krisenrats im Palais. Kommandant Maqari holte die Sekretärin für Sicherheit McVitie, die Richterin Lunz, den Präfekten der Gendarmerie Ataratz mit dem Gleiter ab; die Obfrau des Territoriums, Baramky, war ebensowenig aufzutreiben wie die Erste Operatorin des Rechners, Khalila, und die Leiterin des Raumhafens, Batauy.

»Ich hätte diese Fragen längst stellen sollen, aber sie waren mir nicht in den Sinn gekommen«, begann die Gouverneurin. Sie sah müde aus und war bleich. »Sie wissen, daß in Cadhras und Umgebung seit vielen Zehntagen nur Fehlgeburten auf die Welt gekommen sind.« Sie machte eine Pause, goß Tee nach und starrte auf ihre schlanken Finger.

Maqari beugte sich vor. »Madame, was haben Sie herausbekommen?« Seine Stimme war belegt.

»Ich hatte befürchtet, es könnte mit Gashiri zu tun haben. Aber die Analyse der Waren aus der AVU hat ja nichts ergeben, und aus anderen Gebieten, in denen AV-Delegationen waren, haben wir nichts gehört. Heute habe ich endlich die Residenten und die erreichbaren Agenten aufgefordert, sich nach Krankheiten, Fehlgeburten und so weiter umzuhören. Die Antworten liegen vor. Überall, wo

Delegationen aus Gashiri waren, ist kein Kind mehr geboren worden.«

Maqari war aschgrau unter der gebräunten Haut. »Aber das hätten die doch längst melden müssen!«

Hsiang schüttelte den Kopf und sah ihn traurig an. »Eben nicht.«

Die Residenten des Gouvernements vertraten die Interessen von Cadhras und meldeten, ebenso wie die Agenten des Sekretariats für Sicherheit, alle wichtigen Vorgänge an die Hauptstadt. Alle hatten gehört, daß Fehlgeburten aufgetreten waren – aber alle wußten es nur aus ihrer direkten Umgebung. Private Tragik gehörte nicht zu den meldenswerten Ereignissen. Keiner hatte gewußt, daß das gleiche Phänomen anderswo auftrat.

»Als ich ihn fragte, sagte der Resident in Arameq sofort: ›Ja, hier hat es viele Fehlgeburten gegeben. Aber wieso interessiert Sie das?‹«

McVitie zwang sich, an praktische Fragen zu denken. »Was ist zu tun?«

Die Gouverneurin hob die Achseln. »Ich habe Anweisungen vorbereitet. Am Ende der Beratung gehen sie ins Universum. Ich bitte Sie, solange dazubleiben; vielleicht brauche ich Zeugen.«

»Und wir können gar nichts gegen Gashiri unternehmen?« fragte die Richterin.

»Wir haben keinen Beweis – nur Indizien. Ich glaube nicht an eine zufällige Seuche, aber das ist nicht zu belegen. Mit dem Laborschiff habe ich schon gesprochen, sie machen ab sofort auch nachts weiter. Aber – wenn es sich um eine biologische Waffe der AVs handelt, kann ich, solange wir nicht mehr darüber wissen, nicht einmal die Garnison einsetzen. Wir würden jedes Kommando in den Untergang schicken. Und wir müssen die Galaxis warnen.«

Maqari schloß die Augen. »Natürlich«, sagte er dumpf. »Wie viele Frachter waren hier, seit die AVs uns Rum und alles mögliche andere gebracht haben? Wenn es eine Seuche ist – wie weit haben die Frachter sie dann schon im Commonwealth verbreitet?«

Hsiang erhob sich. Sie blickte die anderen nacheinander ruhig und intensiv an. »Sie wissen alle, was das heißt, nicht wahr? Shilgat muß blockiert werden.«

Sie gingen sehr langsam und still zum Funkraum. Die Gouverneurin setzte sich ans Pult, schaltete den Großrechner zu und gab die Anweisungen und Anforderungen selbst aus. Die Liste war lang und bedrückend. Start- und Landeverbot für den Raumhafen, Sperrung des Hyperfunkverkehrs – Ausnahme nur für das Gouvernement –, Rundum-Ausstrahlung des Quarantäne-Signals über Normal- und Hyperfunk, Liste der Schiffe, die in den letzten Standardmonaten Cadhras angelaufen hatten, und ihrer Heimat- sowie Zielhäfen, Bereitstellung einer Blockadeflotte mit Labor- und Lazarettschiffen zum sofortigen Einsatz im Orbit um Shilgat …

»Und Bondaks und Gortahorks Schiffe?« sagte McVitie.

Hsiang breitete die Arme aus. »Bondaks Leute sind längst infiziert. Sie haben Gashiri-Rum getrunken und waren in Cadhras, als die Delegation kam. Für die Shil ist es vielleicht noch nicht zu spät. Übernehmen Sie das, Sarela? Vielleicht kann Gortahork eine Art Seeblockade von Gashiri durchführen. *Wir* können im Moment nur auf die klugen Menschen im Laborschiff hoffen. Und warten.«

* * *

Sie war immer gern und viel barfuß gelaufen und litt nur den ersten Tag ohne Stiefel; das war der zweite nach dem Tod des Pferdes. Am folgenden Tag schaffte sie etwa 50 Kilometer, am Tag danach 30 bis zum frühen Nachmittag. Sie fühlte sich leicht, denn sie hatte nicht mehr viel abzunehmen, und die Vorräte waren fast aufgezehrt. Ihr Kopf war wärmer als sonst, wenn auch nicht heiß.

Von einem spärlich mit Gräsern und Gestrüpp bestandenen Hügel beobachtete sie die westöstlich verlaufende Straße; es handelte sich um den wichtigsten Verbindungsweg zwischen der Nordroute und der Wüste.

In kurzen Abständen rollten Karren nach Osten, in die

Wüste. Die Karrenbesatzungen waren klein, meistens nur ein Fahrer, manchmal eine zweite Person. Sie konnte nicht erkennen, womit die Wagen beladen waren, aber keiner fuhr leer. Es kam auch keiner aus der Wüste heraus.

Bis zum Abend beobachtete sie die Route. Allerdings wechselte sie zwischenzeitlich ihre Position, ging weiter nach Osten. Nach etwa einer Stunde befand sie sich gegenüber einem kleinen Depot. Karren hielten dort, die Zugtiere wurden getränkt und gefüttert, die Fahrer schienen Anweisungen, Hinweise oder Tips von den Depotbesatzungen zu erhalten und versahen sich mit Proviant.

Toyami trank den letzten Schluck Wasser aus ihrer Lederflasche, aß die letzte Handvoll Körner. Vorsichtig verließ sie den Hügel und vertraute sich der Dunkelheit an. Nahe der Route verbarg sie sich hinter einer Unebenheit des sandigen Bodens.

Sie rechnete sich keine Chance mehr aus, die Südgrenze von Gashiri erreichen zu können. Jedenfalls nicht zu Fuß und ohne neuen Proviant. Und nun, da sie die Sperrsysteme überwunden hatte und vielleicht näher an der geheimnisvollen Zentrale in der Wüste war als je ein anderer Agent, änderte sie ihre Pläne erneut.

Der nächste Wagen, gezogen von zwei Pferden, kam näher; auf dem Bock saß nur ein Mann. Als der Wagen vorüberrumpelte, warf sie ihr Bündel auf die Ladefläche und sprang neben den Fahrer. Sie preßte ihm das Messer an die Kehle und sagte halblaut: »Weiterfahren!«

Der Mann starrte sie mit aufgerissenen Augen an, nickte; sie verringerte den Druck der Schneide.

»Wohin fährst du?«

Er räusperte sich und blickte sie von der Seite an. Er war unbewaffnet; sie ließ das Messer sinken.

»Red schon!«

Er räusperte sich erneut und öffnete den Mund. Da sah sie, daß seine Zunge fehlte.

Im Morgengrauen legten sie eine kurze Pause ein.

Toyami sah mißtrauisch zu, wie der Fahrer abstieg, die Tiere tränkte und ihnen Futtersäcke umhängte. Als er wieder zu ihr trat, sah sie sein verwüstetes Gesicht zum ersten Mal deutlich. Es war von Narben übersät, von denen die meisten frisch zu sein schienen. Das offene Hemd zeigte die ähnlich entstellte Brust, und auch die Hände waren wie ausgebeult und zerstochen. Die Augen des Fahrers flackerten unruhig; ein sehr tiefer Schmerz schien sie getrübt zu haben. Die Haut des Mannes war braun. Es handelte sich aber nicht um eine gesunde Bräune von Wind und Sonne; ein gelblicher Ton schwang darin mit, und im fahlen Morgenlicht wirkte alles zusammen gespenstisch.

Sie ließ den Mann nicht aus den Augen und tastete nach ihrem Bündel. In einer Innentasche der Jacke verwahrte sie ein kleines Notizheft und einen Stift. »Kannst du schreiben?«

Der Mann hob die Brauen und nickte heftig; in seinem zerstörten Blick flammte so etwas wie Leben auf.

Toyami hielt ihm Heft und Stift hin. »Wohin fahren wir?«

Er schrieb die Antwort nieder: Denkzentrale Tagg.

»Was ist das?«

– Hochkontrolleure und Forscher.

»Was machen sie in der Wüste?«

Die so geführte Unterhaltung war mühsam und langwierig. Toyami hatte eben erfahren, daß in der Wüste eine unterirdische Forschungsstation existierte, als der Mann auf die Straße deutete. Sie wandte sich um; der nächste Karren war knappe drei oder vier Kilometer hinter ihnen. Der Fahrer nahm den Pferden die Futtersäcke ab und kletterte wieder auf den Bock.

Toyami beschloß, ihm in Grenzen zu vertrauen. Er hätte sie nicht auf den folgenden Wagen aufmerksam machen müssen; ebenso gut hätte er warten und den oder die Fahrer alarmieren können.

Sie stellte eine Serie von Fragen, auf die der Mann jeweils mit Kopfnicken oder -schütteln antworten konnte.

Im Lauf der nächsten Stunde erfuhr sie so einen Teil seiner Geschichte.

Er stammte aus dem Flachland nahe der Gashigar-Mündung und hatte sich beim Fleischessen erwischen lassen. Nach einem kurzen Verfahren, an dem Mitglieder seiner Kommune und ein Kontrolleur teilnahmen, hatte man ihn zur Verbannung verurteilt, aus der Kommune ausgestoßen und auf ein Schiff gebracht. Oberhalb von Gashir waren er und einige andere an Land und zu Karren geschafft worden, die nach Süden fuhren. Man hatte sie nach Tag'gashir'dir gebracht. Den letzten Teil der Strecke, von dem Punkt an, wo die Wüstenroute von der Nordsüdstraße abzweigte, hatten sie marschieren müssen. In der zweiten Nacht gab man ihnen Wasser zu trinken, in dem winzige graue Partikel schwammen. Zwei Tage später, als der Treck bereits in der Wüste war, wurden die ersten Gefangenen krank. Von über hundert Frauen und Männern erreichten nur zwanzig die Denkzentrale.

Nach und nach bekam Toyami noch mehr heraus. Bei schwierigen Teilen des Berichts übernahm sie die Zügel, und der Mann schrieb mit vielen Kürzeln und zittriger Schrift. Die Verbannten starben an Verformungen, aufweichenden Knochen, vor allem aber an entsetzlichen Beulen, die sich am ganzen Körper bildeten und platzten.

»Wie heißt du?«

– Lanshi.

»Berichte weiter, Lanshi.«

Er schrieb, hielt das Heft so, daß sie ihm über die linke Schulter sehen und dabei den Karrenweg im Auge behalten konnte.

Einige waren zäher als andere; er gehörte zu denen, die zuletzt von der Beulenkrankheit befallen wurden, einen Tag vor Erreichen der Zentrale. Offenbar hatte der Marsch mit der gezielten Verseuchung als Härtetest gedient; die Überlebenden wurden mit Injektionen behandelt. Zwar platzten auch bei ihm die Beulen und bildeten sichtbare Narben, aber sie platzten in langen Abständen und sonderten nicht, wie bei den Sterbenden, eine grünliche, ekelhafte Brühe ab. Dafür verfärbte sich die Haut der Behandelten, wurde gelblich-braun.

In der Zentrale liefen viele Sklaven herum, die diesen Härtetest überstanden hatten, aber auch sehr viele Frauen und Männer, deren Haut gelblich-braun ohne Narben war; Lanshi nahm an, daß es sich um Immunisierte handelte. Die Sklaven wurden zu den verschiedensten Arbeiten herangezogen: sie mußten unterirdische Stollen graben, schwere Gegenstände schleppen, oder, wie er seit kurzem, mit Karren in die Savanne fahren, Wassertanks füllen und zur Zentrale bringen.

»Warum kommen uns keine Karren entgegen?«

– Geschl. Kreislauf / Weg Tagg–Brunnen südl. von hier –

Man verließ die Wüste auf dem einen Weg, kehrte auf dem anderen nach Tagg zurück. An der Zentrale, am Brunnen und an verschiedenen Stationen wurden die Wagen scharf überwacht.

– Keine Sorge / jetzt erst wieder Tagg –

»Wann kommen wir an?«

Lanshi warf einen Blick in den Himmel und hob fünf, dann noch einmal drei Finger.

Toyami überlegte.

»Acht Uhr? Oder acht Stunden?«

Bei der zweiten Möglichkeit nickte Lanshi. Toyami stellte weitere Fragen, erfuhr aber nicht mehr viel. Was in Tagg tatsächlich vorging, wußte Lanshi nicht. Man hatte ihm und den anderen Sklaven die Zungen herausgeschnitten; erstens konnten sie so niemandem etwas verraten, es sei denn schriftlich, aber Papier gab es nicht; und zweitens schränkte es die Möglichkeiten einer Sklavenverschwörung drastisch ein.

Toyami schwieg eine Weile und stellte mehrere widersprüchliche Hypothesen auf, die sie sämtlich verwarf, ohne Lanshi zu befragen. Er reichte ihr plötzlich wieder die Zügel und griff noch einmal zu Papier und Stift.

– Ballons / Feuer – schrieb er.

Toyami starrte ihn verblüfft an. Was machten die anonymen AV-Oberen in der Wüste mit Heißluftballons? Lanshi ergänzte:

– Nicht Luft, Höhle –

Also, sagte Toyami sich, würde man auch davon in Cadhras nichts wissen.

Bis zum späten Nachmittag ließ sie sich von Lanshi den Wüstenstützpunkt beschreiben und zerbrach sich den Kopf. Zwischendurch trank sie, trotz seiner Warnungen, Wasser aus einem der Fässer auf dem Karren. Vielleicht infizierte sie sich; vielleicht war das Wasser sauber. Jedenfalls würde sie sicher verdursten, und die Chancen standen zwei zu eins.

Endlich senkte sich die erbarmungslose Sonne. Vor ihnen tauchten Umrisse von Gebäuden aus dem abendlichen Glast auf. Toyami kam zu einem Entschluß.

»Ich bin Cadhrassi«, sagte sie. Dabei beobachtete sie die Reaktion des Fahrers.

Lanshi warf ihr einen beinahe amüsierten Blick zu, als wollte er sagen: ›Das weiß ich längst.‹ Er nahm Papier und Stift abermals in die Hand und kritzelte etwas.

– Bisher mind. 3 (4?) Cadhras-Agenten in Tagg, gefang. u. tot / Alle –

Toyami nickte. Es mußte sich um erwischte Agenten handeln, die man aus Gashiri in die Wüste geschleppt und dort behandelt hatte wie alle anderen. Sonst hätte sie von Funksprüchen hören müssen, als sie noch ein Funkgerät besaß.

»Willst du mir helfen?«

Lanshi sah sie von der Seite an; dann nickte er langsam.

Aus: Flimmer Bundobust, Ich zog mit der Nordkarawane
(Atenoa, 427)

»... Hier trafen wir mehrere Händler aus einem Hafen des Südkontinents, dessen Namen ich damals leider nicht notierte und nun gründlich vergessen habe. Sie waren mit dem Schiff ins Delta des Avrak und dann flußauf bis Biyang gefahren, hatten sich an Land begeben und suchten nun nördlich der Sintul-Berge nach Waren. Beim abendlichen Gespräch am Feuer – ah, die Steppennächte! die Eisdiademe der Galaxis! die kreisenden Becher mit Kräutertee! der Gestank von Kamelen und P'aodhus! abermals ah! – erzählten sie allerlei Scheußlichkeiten, die sich an den Grenzen Gashiris zugetragen hätten; du weißt, verehrter Leser, wenn du aufmerksam warst, von jener seltsamen Anarchovegetarischen Union. Kein Jahr, sagten sie, vergehe ohne Übergriffe, Beutezüge, Annektierungsversuche. Die Beutezüge dienten vor allem der Gewinnung von Sklaven – Überfälle auf Shil-Dörfer, deren Bewohner entweder getötet oder, falls körperlich tüchtig, mitgenommen würden. Kleine Aktionen würden in der Regel erst später bemerkt, wenn nichts mehr zu machen sei, etwu Überfälle auf einsame Dörfer. Mittelgroße Aktionen riefen den Widerstand der nächsten Nachbarn hervor, große führten zum Einsatz der Garnison von Cadhras, allerdings nur auf Anforderung der Shil, oder vielleicht doch auch ohne diese.

Unmittelbar zuständig für die Abwehr solcher Ausuferungen, wie sie es nannten, sei das Königreich Kelgarla, ein für die Shil befremdliches Gebilde mit Legislative, Exekutive, Streitkräften und Gesetzen. Von den Heilern und Häuptern eingerichtet zur Bekämpfung Gashiris, wie es hieß. Um die Sache ein wenig erträglicher zu machen – wie du weißt, lieber Leser, halten die Shil nichts von Weltanschauungen und stabilen Institutionen –, wurde festgelegt, daß das Königtum keineswegs erblich sein solle. Die Königin – denn meistens ist es eine solche – wird von allen Erwachsenen des Landes gewählt, auf Vorschlag der Räte des Reichs. König(in) ist immer entweder eine fette Frau mit dem Ehrentitel ›Bollwerk des Südens‹, oder – falls keine ausreichend fette und ausreichend fähige Frau zu finden ist – ein Hermaphrodit. Die Herkunft ist unwichtig, sowohl sozial als auch geographisch; die Räte mögen eine Karawanenköchin aus dem Norden für wählbar erklären oder den hermaphroditischen Sproß einer wohlhabenden Händlersippe. Residenz ist der Terrassenpalast außer- und oberhalb der Stadt Kelgarla, von dem es heißt, er bestehe aus wenigen bewohnbaren Räumen und mehreren übereinander aufgetürmten Labyrinthen, deren Sinn es sei, eine allzu geradlinige Politik zu behindern …«

IX

Weit vor Cadhras, im Binnenmeer, lag eine öde Insel, die von der Garnison manchmal zu Ausbildungszwecken benutzt wurde; dort war vor zwei Tagen ein ferngelenkter Transporter gelandet. An Bord befanden sich Kampf- und *medik*-Robots. Maqari und die halbe Garnison, begleitet von vier Frauen aus dem Laborschiff, kümmerten sich um sie. Die Gouverneurin sprach ständig mit Maqari und dem Kommandeur der drei Einheiten (ein Kampfschiff und zwei Versorgungstender), die Shilgat vom Universum abriegelten. Im Commonwealth ging die Suche nach möglicherweise Infizierten weiter; die Schiffe, die in Cadhras mit den teuflischen Teilchen in Berührung gekommen waren, hatten inzwischen andere Welten angelaufen. Die Gendarmerie des Territoriums suchte Güter aus der Anarchovegetarischen Union. Sarela McVitie hatte sich per Funk von Terence Learoyd Einzelheiten über die Lage der Sterbegrotten bei Bu'ndai erzählen lassen, um Nachschub an Ambra zu beschaffen.

Die Garnison war vollständig im Einsatz – Leute in Bu'ndai, die vor kurzem gemeldet hatten, sie seien in 260 Meter Tiefe auf Grotten gestoßen, in denen sich *alangra* befinde; Maqari und seine Leute, die sich mit den Robots plagten; die 30 Freiwilligen auf den TraPaSoc-Schiffen vor der Nordküste von Gashiri; der Rest beschäftigt mit Hilfsunternehmungen zur Unterstützung der Gendarmerie und mit Gleiter- und Beibootflügen über dem Meer zur Sperrung des Seegebiets vor Gashiri – es durfte nichts mehr passieren, denn die Kräfte des Protektorats waren zerstreut.

In einer halbwegs ruhigen Minute betrachtete Sarela ihre Mitarbeiterinnen und Mitarbeiter, danach ihre Fingerspitzen. Sie holte frischen Kaffee und ging zum Drucker des Rechnerterminals, der in diesem Moment begann, die Auswertung der Satellitenaufnahmen auszuspeien. Sie nahm sie und ging wieder zu ihrem Tisch. Der Text des Rechners ließ keinen Zweifel daran, daß genau das geschehen war, was nicht hatte geschehen dürfen. Sie verbrühte sich den Mund mit heißem Kaffee, zog eine Grimasse und rief die Gouverneurin an.

»Ja?« Lydia Hsiang war ebenso erschöpft wie alle anderen, und sie war kurz angebunden.

»Tut mir leid, daß ich Sie stören muß.« Sarelas Zunge prickelte. »Ich habe eine neue Hiobsbotschaft.« Sie hielt die Bilder vor das Aufnahmegerät. Mit einem Stift deutete sie auf einzelne Punkte.

»Hier. Die AVs haben offenbar erfahren, daß die Königin von Kelgarla anrückt und das getan, was für sie militärisch sinnvoll ist, nämlich vorgelagerte Pässe besetzt. Und Stationen der Taggabahn. Damit ist die Südgrenze von Gashiri für Bodentruppen nicht mehr erreichbar. Die Pässe sind so eng, daß ein paar gute Bogen- oder Armbrustschützen sie gegen eine ganze Armee halten können.«

Die Gouverneurin rieb sich die Augen. »Wunderschön. Damit haben wir, was wir nun gar nicht gebrauchen können, nicht wahr? Wir sind zu wenige.«

Sarela nickte stumm.

Plötzlich lachte Hsiang. Es klang wie ein fröhliches Lachen, und McVitie kniff die Augen zusammen. Brach die Gouverneurin zusammen?

»Wissen Sie, was das bedeutet?« Hsiang lächelte tatsächlich. »Bisher hatten wir nichts als Verdachtsmomente, die keine Aktion unsererseits zulassen. Das da« – sie deutete auf den Schirm und meinte offenbar die Satellitenbilder – »ist eine militärische Aktion, und die ist laut Shilgat-Abkommen durch das Protektorat und das Gouvernement sofort zu unterbinden. Wie weit ist Maqari?«

Aber Maqari war noch nicht sehr weit. Desaktivierte Kampfroboter waren umzurüsten; ihre Programme mußten von Raum- auf Bodenkampf, von kleinen Gruppenleitstellen auf ein zentrales Kommando umgestellt werden, und von Strahl- auf Lähmwaffen. Dafür hatte Maqari nur eine Handvoll Leute. »Sechs Tage«, sagte er mürrisch. »Aber nur, wenn wir nicht zwischendurch schlafen.«

* * *

Nach langen Tagen erreichte Learoyd die Station von Golgit*, die vorletzte vor jener, die auf einem Zipfel des Territoriums von Gashiri lag. An jeder Station hatte er die Bahn verlassen und Dörfer und Städte aufgesucht, aber ohne Erfolg. Niemand wußte etwas von Barakuda, niemand erinnerte sich, braunhäutige Menschen aus Gashiri gesehen zu haben. Zwischendurch hatte Learoyd sich per Funk mit Cadhras in Verbindung gesetzt, mehrfach; er hörte, Gortahork sei mit einer Handelsflotte nach Gashiri unterwegs, Tremughati segle zu den Korallkorsaren, sonst gebe es wenig Neues. Tage später erfuhr er, die Königin von Kelgarla rücke mit Truppen gegen die Südgrenze von Gashiri vor, und seine Freunde hätten die TraPaSoc verkauft, Schiffe gechartert und segelten nach Gashiri, um sich dort umzuschauen. Irgendwie war alles sehr weit weg, und nicht einmal der Verkauf der eben erst gegründeten TraPaSoc berührte ihn. Er hungerte nach Aktionen, aber auch Cadhras konnte ihn nicht über Zu-

---

* Nach dem Hauptort benanntes Shil-Gebiet im Einzugsbereich des Huagilera. Der Fluß entspringt südlich der Grenzberge von Gashiri und mündet in den Ozean des Südens; der ›Golgit‹ genannte Bereich ist etwa 4000 km lang und bis zu 500 km breit. – Im Hauptort Golgit, einer sehr alten Stadt (erste Erwähnung in den Annalen von Sa'orq vor ca. 25 000 planetaren Jahren) regeln Zunftausschüsse die unabdingbaren Nöte – Straßenreinigung, Vorratshaltung, Bestrafung von Missetätern etc. Politische Fiktionen werden vom ›Stadtsklaven‹ bzw. der ›Stadtsklavin‹ wahrgenommen. Jährlich wird unter den zu zehnjähriger Sklaverei Verurteilten bzw. Verkauften eine Person ausgewählt, die neun Jahre absolviert hat; das Auswahlverfahren wechselt je nach Witterung, Ernteertrag und Stimmungslage. Der alten Formel zufolge soll der Stadtsklave »Unrecht mildern, Recht zügeln, Macht entbehren und den Shil der Berglande Anordnungen ersparen«.

sammenhänge aufklären. Allerdings hatte er das Gefühl, daß McVitie ihm nicht alles sagte.

In der Golgit-Station erwarteten ihn zwei Überraschungen. Zunächst wurde er von drei Männern empfangen, die er flüchtig kannte – Agenten des Sekretariats für Sicherheit. Sie nannten ihm die schlechte, die zweite Überraschung.

»Seit zwei Tagen ist die Bahn blockiert. Gashiri hat die nächsten Stationen im Osten und Westen besetzt.« Der drahtige Mischling nickte, als Terence ihn verblüfft anstarrte. »Wir haben schon mit Cadhras gesprochen.«

Terence setzte sich auf das Trittbrett des abgestoppten Wagens. »Dann geht es los, wie?«

Die beiden jüngeren Agenten verließen die Plattform. Der drahtige Mann zog eine Grimasse.

»Wohin gehen die?«

Er musterte Learoyd aufmerksam. »Essen. Wie steht es mit dir, Kamerad?«

»Das hat mir den Appetit ein bißchen geraubt.« Learoyd grinste schief. »Aber er wird schon wiederkommen. – Wie heißt du?«

»T'unga. – Ja, wahrscheinlich geht es jetzt los. Du kennst die Karte?«

Learoyd nickte stumm. Die Aktion war unerwartet, aber logisch. Mit dem Unternehmen hatten die AVs einen wichtigen Teil der Ostwest-Verbindungen gekappt; außerdem lagen die Stationen sämtlich in der Nähe der Südgrenze von Gashiri. Damit kontrollierte Gashiri alle Pässe und Wege, über die ein hypothetischer Gegner die Anarchovegetarische Union hätte erreichen können.

»Was sagt Cadhras?«

»Cadhras sagt, du bist zu uns unterwegs, deshalb haben wir dieses Empfangskomitee gebildet. Sonst sagt Cadhras wenig. Sie wollen erst noch ein paar Tage warten und versuchen, mehr herauszubekommen. Wir sollen uns auf jeden Fall vorsehen.«

Vier Tage später sahen sie sich immer noch vor. Aus

den näheren Dörfern von Golgit waren an die 200 Bogenschützen zusammengekommen, um die Station zu schützen. Learoyd betrachtete sie mit Sympathie und Skepsis; es handelte sich um wortkarge Jäger und Bergbauern, die mit Pfeil und Bogen umgehen konnten. Welche Chancen sie gegen die Ordnereinheiten der AVs haben würden, mußte dahingestellt bleiben.

Am folgenden Morgen näherte sich eine große Gruppe der Station. Es handelte sich um Fußgänger, und aus der Entfernung wirkten sie wie eine disziplinierte Truppe. Da sie jedoch von Golgit her kamen, beunruhigte es niemanden.

Als sie nahe genug waren und Learoyd, der von einem Felsen Ausschau hielt und darauf wartete, daß endlich etwas geschah, sie erkennen konnte, stieß er eine Serie wilder Flüche aus. Er kletterte von seinem Ausguck und rannte zu den Schuppen und Zelten neben der Station.

»Jungfrauen von Pasdan!« keuchte er, als er T'unga in die Arme lief.

Der Agent betrachtete ihn wie einer, dem ein seltenes Insekt in den Schoß gefallen ist. »Wer bitte?«

Sie sammelten Schützen und besetzten den Zugang zum kleinen Tal, aber die Näherkommenden machten keine Anstalten, sich zum Angriff zu formieren. Sie gingen einfach weiter. An der Spitze der Gruppe sah Learoyd nun drei alte Frauen, Shil.

Als sie auf Rufweite herangekommen waren, stand Terence auf und hob den Arm. Eine der alten Frauen gab den anderen Zeichen zu warten. Sie kam allein näher.

»Wir sind Heilerinnen«, sagte sie; dabei deutete sie auf sich und die beiden anderen Shil. »Und die Kriegerinnen von Pasdan kommen auf Befehl von Tremughati; sie sind auf unserer Seite.«

»Ziemlich beeindruckend«, sagte eine der jungen Frauen aus Pasdan. Sie saßen um viele Feuer und aßen und redeten. »Diese Korallbauten, wie aus einem Alptraum.«

Learoyd erinnerte sich sehr gut an die Korsarenburgen. »Und dann?«

»Tremughati hat uns genau in die Mitte der Kette segeln lassen. Sie stand auf dem Vorderdeck und wartete. Schließlich sind ein paar Schiffe der Korsaren gekommen, von allen Seiten. Als sie nahe genug sind, hebt Tremughati die Hand und ruft laut etwas, was keine von uns versteht. Eines der Schiffe geht längsseits, sie springt hinüber, das Schiff legt ab und Tremughati ist an Bord bei denen. Wir warten, bis zum Abend, wie sie gesagt hat. Dann kommt sie zurück, und mit ihr kommen an die zweihundert Korsaren mit seltsamen Waffen. Alle ziemlich zerknirscht, aber keiner erzählt was. Tja, und mit denen an Bord sind wir nach Bu'ndai gesegelt. Und jetzt sind wir hier.«

Es gab zu viele Fragen. Learoyd wußte, daß sich die ehemaligen Banyashilfürsten und die Heiler des Nordens darum bemühten – bemüht hatten? –, die Wehrhaften Jungfrauen von Pasdan an ein anderes Leben zu gewöhnen; dennoch fiel es ihm schwer zu glauben, daß die jungen Frauen, die um die Feuer saßen und wie normale Menschen redeten, vor kurzem noch zur Garde der Heiligen Mütter gehört hatten. Und was mochte Tremughati mit ein paar Worten bei den Korsaren erreicht haben, die nicht einmal auf einen armierten Gleiter des Gouvernements reagiert hatten? Und wie kamen die Frauen von Bu'ndai nach Golgit? Was sollten sie hier? Wo waren die Korsaren, die sie begleitet hatten? Wo steckte die Fürstin?

Einige der Fragen wurden nie beantwortet. Sie seien mit einer seltsamen unterirdischen Bahn bis Golgit gefahren, erzählten die Frauen. Dort habe Tremughati ihnen gesagt, sie sollten aussteigen und sich von den drei Heilerinnen, die an der unterirdischen Station auf sie warteten, zur Taggabahn bringen lassen. Dann sollten sie versuchen, von dort allein oder mit fremder Hilfe Richtung Gashiri vorzustoßen, wo sie von ihr hören würden. Sie sollten jedoch nicht über die Gashiri-Station hinaus vorstoßen, sondern in der Nähe der Taggabahn bleiben. Und Tremughati sei mit den Korsaren weitergefahren.

Die Heilerinnen schwiegen zu allem. Learoyd starrte kopfschüttelnd ins Feuer. Er war wie betäubt. »Eine unterirdische Bahn? Tremughati und Korsaren gegen Gashiri? Irgendwann muß ich doch aufwachen. Das kann alles nicht sein.«

Vier Tage später meldete einer der Posten einen von Osten kommenden Wagen. Learoyd und T'unga gingen in die Halle und setzten einen vorbereiteten Prellbock auf die Strecke.

Der Wagen rollte fast geräuschlos in die Station, prallte gegen den Bock und blieb stehen. Niemand stieg aus. Da man mit irgendeiner Teufelei der AVs rechnen mußte, beeilte sich auch keiner, die Tür zu öffnen und nachzusehen.

Schließlich stieß Learoyd einen Fluch aus und zog die kleine Automatik. T'unga warf ihm einen ausdruckslosen Blick zu, und die Frauen und Männer aus Golgit zogen sich an den äußersten Rand der Stationshalle zurück; einige hatten Pfeile aufgelegt.

Vorsichtig stieg Terence auf das Trittbrett und spähte durch das Fenster. Im Wagen stand eine Kiste, etwa in der Größe eines Sargs, und darin lag etwas.

Learoyd holte tief Luft und wandte sich ab. T'unga blickte zu ihm empor. »Du bist weiß wie ein Fischbauch. Was ist?«

Learoyds Halsmuskeln arbeiteten; das Würgen ließ nur langsam nach. Mühsam brachte er ein paar Wörter heraus. »Eine Kiste. Mit einer Person. Sie sieht gräßlich aus.«

T'unga hob die Brauen. »Gräßlich? Wieso? Und was heißt Person? Mann oder Frau? Shil, Muli, Cadhrassi?«

Learoyd stieg vom Trittbrett; die Bogenschützen näherten sich und lauschten.

»Ich weiß es nicht«, sagte er. »Was ich sehen kann, ist ein aufgedunsenes Monstrum, das zu leben scheint. Über und über mit Beulen bedeckt.«

In diesem Moment zuckten alle zusammen; aus dem Wagen drang dumpfes Geheul. Learoyd überwand sich und stieg noch einmal auf das Trittbrett.

In der Kiste bewegte sich das Ungeheuer. Eine verformte Hand schob sich über den Rand des Sargs. Es sah aus, als seien die Finger auf das Doppelte der ursprünglichen Größe aufgebläht und zusammengewachsen; durch die Scheibe und über mehr als drei Meter sah Terence die Beulen, aus denen grünliche Flüssigkeit troff.

Er sprang wieder vom Trittbrett und berichtete. Der Obmann der Bogenschützen kam näher, stieg zur Tür, warf einen Blick hindurch und schüttelte sich; sein olivfarbenes Gesicht wurde bleigrau. »Das kann nicht hier bleiben. Wir schieben es zurück Richtung Gashiri.« Er winkte einigen Leuten.

T'unga nickte langsam. »Was immer es ist, wir können ihm bestimmt nicht helfen. Wir können uns nur alle anstecken.«

Learoyd rang mit sich. Der ehemalige Soldat des Commonwealth focht mit dem Händler; der *karavanist* unterlag dem *suldau,* der Informationen haben wollte und verschleppte Freunde suchte. Sie waren wohl von den Leuten verschleppt worden, die dieses arme Monstrum losgeschickt hatten.

»Halt«, sagte er schwach. Dann, lauter: »Moment mal.« Er wandte sich an den Obmann. »Wir können den Wagen nicht hierbehalten, das stimmt. Aber wir müssen versuchen, soviel wie möglich über unsere Gegner zu erfahren. Deshalb sollten wir den Wagen nicht einfach zurückschicken.«

T'unga wandte sich ab und ging zu einem der anderen Agenten. Der Obmann betrachtete Learoyd nachdenklich. »Was schlägst du vor, Cadhrassi?«

Terence seufzte. »Ich werde aufsteigen und mit dem Wagen Richtung Gashiri fahren. Wenn wir aus dieser Station heraus sind, werde ich von außen bremsen, einsteigen und nachsehen.«

T'unga kam zurück; er hielt einen Seidenschal in der

Hand. »Binde ihn dir vor Mund und Nase, vielleicht hilft das.«

Learoyd nahm das Tuch entgegen. »Danke, Freund. Aber ich kann nicht zurückkommen, wenn ich euch nicht anstecken will. Und Cadhras muß das erfahren.«

* * *

Nach und nach nahm Barakuda Nuancen wahr. Das Dunkel stufte sich ab, durchsetzte sich mit Striemen. Von innen sah alles anders aus – nicht, als sei Dante durch eine merkwürdige Wand aus einer Nische in den Berg getreten, sondern als habe vor sehr langer Zeit jemand eine große Höhle durch Einbau einer Wand zu einer nicht mehr ganz so großen Höhle plus vorgelagerter Nische gemacht.

Vorsichtig, dann immer schneller ging er vorwärts. Das diffuse Licht im Inneren des Berges nahm zu, wurde jedoch nicht weniger diffus. Lichtschlangen krochen über Boden und Wände, Lichtfetzen zuckten um Vorsprünge des Felses. Immer wieder blieb er stehen und zwinkerte oder rieb sich die Augen.

Die Höhle war ein Gang, ein langer, sanft abfallender, regelmäßig geformter Gang, fast kreisrund; der ebene Boden wies rechts und links Rillen auf, die parallel liefen, wie Kufenspuren oder eingelassene Schienen.

Stundenlang marschierte er, immer weiter, leicht abwärts (wie er annahm), diesen seltsamen Gang entlang, bis Füße und Beine schmerzten und der Kopf sich anfühlte wie ein fremdes Objekt in einem Kasten aus Glaswatte. Durst und Hunger waren nicht so schlimm wie dieses Gefühl völliger Irrealität.

Endlich erreichte er eine größere Kammer, die eine Art Kreuzung von drei Gängen bildete. In der Mitte des Raums gab es eine Öffnung im Boden, aus der warmes, fast goldenes Licht stieg. Unter einem Metallgitter zogen sich in endloser Spirale enge Stufen um einen Schacht.

Barakuda zögerte. Schließlich hob er die Schultern, öffnete das mit Scharnieren versehene Gitter und stieg in die Tiefe, immer kreiselnd. Manchmal preßte er sich mit geschlossenen Augen, die unter den Lidern zuckten, an die Wand. Irgendwann erreichte er den Boden einer Halle und stürzte, als er mit angewinkelten Knien weitersteigen wollte.

Er richtete sich mühsam auf; die Kreiselbewegungen von Hirn und Augen wurden langsamer. Als er wieder auf die Füße kam, stand er an der Seitenwand einer riesigen, domartigen Halle, die so viele Ecken aufwies, daß sie fast rund war. Zwölf Tunnel mündeten in die Halle oder verließen sie; die dunklen Öffnungen lagen nebeneinander in kaum mehr als einem Viertelkreis der gesamten Wandlänge. Die sonstigen Wände waren voll von Nischen, offenen Kammern, Türen, Leitern und weiteren Treppen.

Und von etwas anderem. Barakuda ging langsam und staunend von einem Säulensockel zum nächsten. Rings an den Wänden standen Pfeiler, etwas über mannshoch, und auf ihnen ruhten Kugeln, die jenes warme, goldene Licht ausstrahlten, das nicht blendete.

Es waren Kristalle, kopfgroß, wunderbar symmetrisch, mit unzähligen winzigen Flächen. Das weiche Licht kam aus dem Inneren der Kugeln, und es blendete Barakuda auch dann nicht, als er sich auf die Zehenspitzen stellte und aus geringster Entfernung in die Kugel starrte.

Im Innern glaubte er, etwas wie eine dreidimensionale goldfarbene Rosette zu entdecken, ein inneres System goldbelegter Flächen. Die Kristallkugeln waren kühl.

Mitten in der Halle stand auf einer massigen Säule eine große bernsteinfarbene Lampe. Barakuda ließ zunächst die faszinierenden Kugeln und wandte sich dem Zentralpfeiler zu, an dem eine Eisenleiter lehnte. Er stieg hinauf und betrachtete die Lampe aus der Nähe. Sie bestand aus einer Art rauchigen Glases, das an Pharlit erinnerte, war fast einen Meter hoch und geformt wie eine große Vase mit breitem Boden. Die Lampe war warm. Als er die Säule erklommen hatte und sich über die Lampe beugte, kam es ihm so vor, als würde die Halle ein wenig dunkler. Das Gefäß war zur Hälfte mit einer klaren zähen Flüssigkeit gefüllt, deren Geruch eindeutig war: Fischtran. Ein dicker, langsam brennender Docht trug eine große Flamme. Das Gefäß mochte ausreichen, um etwa vierzig bis fünfundvierzig Tage lang zu leuchten, dann mußte der Tran nachgefüllt und ein neuer Docht eingesetzt werden.

Er wollte sich eben verblüfft wieder an den Abstieg machen, als ihn ein abenteuerlicher Gedanke durchzuckte. Er zog seine schwere Jacke aus und legte sie über das Lampengefäß. Augenblicklich lag die weite Halle in absoluter Dunkelheit.

Dante hob seine Jacke wieder hoch; die Flamme brannte noch, die Halle füllte sich wieder mit goldenem Licht. Er zog das Kleidungsstück an und kletterte hinab. Fassungslos näherte er sich noch einmal den Kristallkugeln.

»Sie brechen nicht nur das Licht, sondern auch alle möglichen Gesetze der Optik«, murmelte er. Offenbar reichte die relativ schwache Flamme der Tranlampe als Primärquelle aus. Die Kristalle und die goldenen Innenkugeln speisten sich aus dem Tranlicht, nahmen es auf, brachen es, *vermehrten* es und strahlten ihrerseits durchdringendes warmes Gold ab. Dabei blieben sie kühl.

Lange saß Dante mitten in der weiten Halle und bestaunte die Kristalle. Endlich raffte er sich auf und untersuchte den Rest der unterirdischen Anlage.

Die zwölf Tunnel waren mit Symbolen gekennzeichnet, die er nicht enträtseln konnte. Barakuda spähte in die Tunnel hinein; sie glichen dem Gang, den er durchwandert hatte, waren nahezu kreisrund und wiesen zwei parallele Rillen auf. Er konnte jedoch nicht weit hineinsehen; wo das Licht aus der Halle endete, begann Finsternis.

In den Nischen, den offenen Kammern und den durch unverschlossene Türen abgetrennten Nebenräumen fand er vielerlei Vorräte – kleine Kristalle, die golden aufleuchteten, als er die Türen öffnete; Fässer mit Trinkwasser, andere mit Tran; Werkzeug; Regale voll mit Dolchen, Degen und Armbrüsten; Säcke voller Getreide; Stapel von Dekken und Kleidungsstücken, manche von ihnen stockfleckig, andere frisch; Dörrobst; Hartbrot; sogar Konserven aus Cadhras und dem Commonwealth, mit Dosenöffnern und anderen Utensilien.

Während Dante aß, versuchte er, den unterirdischen Komplex zu begreifen. Wenn man davon ausging, daß die Tranlampe niemals erlöschen sollte, dann mußte in Abständen von etwa vier Zehntagen jemand Vorräte ergänzen und anfallende Reparaturen vornehmen. Nur – wer? Und wozu? Seit wann? Alles war in gutem Zustand, und gleichzeitig wirkte alles uralt. Barakuda war bereit, alle Eide darauf abzulegen, daß diese Anlage schon bestanden hatte, ehe die ersten Raumschiffe mit Sternenantrieb die alte Erde verließen.

In einem anderen Raum, in dem allerlei Gerümpel gestapelt war – Kisten mit zerbrochenem Geschirr, halbe Schuhe, ein ausgestopfter Seevogel, ein schlechtes Bild eines blühenden Zirgobeerenstrauchs, ein Päckchen Präservative mit dem Aufdruck einer Apotheke in Cadhras, unbrauchbares Werkzeug, stumpfe Nägel, eine welke Steppenblume –, entdeckte er einen seltsamen kantigen Stift; er hielt ihn in der Hand, bis er die gesuchte Erinnerung gefunden hatte. Dann lachte er und steckte ihn ein. Hoch im Norden, in der Blutgrafschaft Vagaván, saß der jeweilige Resident des Gouvernements in einem absurden Gebäude, das aus Dreiundzwanzigecken bestand; seit Jahrhunderten suchten alle Beamten nach den dreiundzwanzig Schlüsseln für die dreiundzwanzigeckige dreiundzwanzigschlossige Steintür in einem dreiundzwanzigeckigen Keller. Sechzehn Schlüssel hatte man gefunden; dies mochte der siebzehnte sein.

In einem weiteren kleinen Lagerraum fand er zu seinem Entzücken Tabak und Papier sowie Zündhölzer aus dem Protektorat. Er rollte sich die erste Zigarette seit langem.

Die Tür des letzten Raums war breiter als die der anderen. Als er sie öffnete, sah er zwei Reihen von Fahrzeugen – kleine Wagen, ohne Dächer, in denen jeweils bis zu zehn Leute Platz finden mochten. Sie glichen den Wagen der Taggabahn.

Dante Barakuda setzte sich auf ein Einstiegbrett, drehte die nächste Zigarette und dachte nach. Es mußte mehrere derartige Stationen geben; andernfalls wäre die Wartung dieser hier ein sinnloser Spaß. Und wer, außer den Heilern, war überall auf Shilgat präsent? Ferner gehörte diese Tagga-U-Bahn, wie er sie in Gedanken nannte, zu den gut gehüteten Geheimnissen, denn nicht einmal er hatte jemals von seinen Shil-Freunden auch nur eine Andeutung gehört. Auch das Hüten von Geheimnissen fiel in die Zuständigkeit der einzigen überall präsenten Gruppe.

Die übrigen Fragen waren nicht durch Logik zu lösen. Irgendwann einmal hatten die Shil der Technik entsagt und sich auf eine fortschrittliche Antike beschränkt. Heute wäre außer dem Gouvernement niemand in der Lage, auf Shilgat eine solche unterirdische Bahnanlage zu bauen. Und da sie offenbar wie die Taggabahn nur mit Gefälle arbeitete – denn die Wagen wiesen keinerlei Aggregate auf –, mochte sie ebenso alt und von den gleichen Erbauern konstruiert worden sein. Ein unterirdisches Röhrensystem so auszukalkulieren, daß darin Fahrzeuge ohne Eigenantrieb verkehren konnten, würde nach Barakudas Meinung die Ingenieure des Commonwealth überfordern.

Er machte einen weiteren Rundgang und fand eine winzige Tür, die er bisher übersehen hatte; sie führte zu einem Lagerraum, in dem Säckchen mit Heilkräutern und Flaschen mit allerlei Flüssigkeiten aufbewahrt wurden.

Barakuda ging zurück in die Halle und musterte die zwölf Tunnel und die Symbole über den Schlußbögen. Er befand sich weit im Süden; südlich erstreckte sich die lange Halbinsel bis zum Südkap, Kap Tagga. Im Westen lag nur Segrest, das Fischerdorf. Es war also sicher davon auszugehen, daß die Strecken dieser unterirdischen Bahn nach Nordwesten, Norden, Nordosten und Osten führten; Westen und Süden schieden aus.

Vermutlich handelte es sich, wie bei der Taggabahn, um je zwei gegenläufige Bahnen zwischen den gleichen Orten oder Gebieten. Wenn die bisherigen Annahmen stimmten, wenn es eine Bahn war, dann gab es bei zwölf Tunnels, gleich sechs Strängen zwischen Nordwesten und Osten, nur sechs sinnvolle Ziele, nämlich Ballungsgebiete; dorthin mußte jeweils die rechte Spur führen. Die Strecke nach Osten verlief vermutlich an der Küste nach Sa'orq. Nordöstlich von Sa'orq lag der Bereich der Königin von Kelgarla, Berge, Flachland und Küste am Ostrand des Kontinents. Der dritte Strang sollte nach Nord-Nordost führen, wahrscheinlich unter den Ländern Zheziri und Langladir hindurch – bis wohin? Der vierte genau nach Norden – allgemeine Richtung Gashiri? Der fünfte verlief vermutlich bis Golgit oder weiter, jedenfalls unterquerte er das Bergland der Golgishil. Der letzte nach Bu'ndai?

Als er so weit gekommen war, betrachtete er erneut die Symbole über den Bögen. Nun sah er, daß sie paarweise ähnlich, wenn auch nicht gleich waren, und fühlte sich in seinen Mutmaßungen bestätigt. »Wahrscheinlich«, knurrte er, »heißt das ›von Bu'ndai – nach Bu'ndai‹ und so.«

Er fluchte halblaut; der Klang seiner Stimme schien sich in der Halle auszubreiten wie das goldene Licht, sanft und gemächlich. Natürlich wollte er zurück nach Cadhras, zu Begheli und den anderen – aber wer hatte ihn entführt? Warum? Was war mit Learoyd und Oubou? Er konnte ja nicht davon ausgehen, daß man nicht auch versucht hatte, sie zu erwischen – vielleicht mit Erfolg. Dann hätte niemand *alangra* beschafft. Ob alles mit diesem seltsamen Stoff zusammenhing? Hatte man ihn überfallen, weil er *alangra* haben wollte? Wußte man inzwischen, ob die plötzliche Handelsoffensive von Gashiri Teil einer Politik war? Wenn ja – welchem Zweck diente sie?

Allmählich traten die persönlichen Fragen und Wünsche zurück. ›Wahrscheinlich‹, dachte er, ›bin ich viel zu lange in der Flotte und beim Sicherheitsdienst gewesen, um mich jetzt schon als Privatmann zu fühlen.‹ Er wollte noch immer nach Cadhras, heimkehren, aber Argumente gewannen die Oberhand über Wünsche. Mehr herausfinden – über diese U-Bahn und ihre Geschichte, über die Vorgänge auf dem Südkontinent, über mögliche Entwicklungen im Zusammenhang mit den AVs.

Er kam zu einem Entschluß und stand auf. Nirgends auf Shilgat gab es, soweit er wußte, Archive im herkömmlichen Sinn. Andererseits mußten die Heiler, wenn sie zum Beispiel eine solche Bahnstrecke wahren und nutzen wollten, über ältere Informationen verfügen – und hatte nicht der alte Saravyi mysteriöse Dinge aus der Vorgeschichte des Planeten gefunden und zum Teil eingesetzt?

Es mußte also irgendwo einen Wissensspeicher geben, gleich ob Museum, Archiv, Datenbank oder Wandzeichnung. Und wo ließe sich ein *richtiges* Archiv besser verstecken als dort, wo schon ein anderes, unernstes existierte – in Sa'orq, dessen bekanntes Archiv nichts als Schelmenstreiche und Bizarrerien verzeichnete und 30 000 planetare Jahre zurückreichte?

Er stellte Proviant zusammen. Es gab Beutel und lederne Feldflaschen. Dann versah er sich mit einer Armbrust, einigen Schachteln mit Bolzen und einem Degen. Er warf alles auf den nächsten erreichbaren Wagen und schob ihn aus dem Abstellraum.

Der Wagen war leicht zu bewegen und nahezu geräuschlos; er hatte einen windschnittigen, verjüngten Bug. Dahinter befand sich eine Art Fahrersitz mit einer Schutzscheibe aus dickem Glas. Vor der Scheibe war eine merkwürdige Vorrichtung angebracht: eine halbkugelförmige Versenkung, mit einer gekrümmten, polierten Metallscheibe. Dante lief in einen der ersten untersuchten Räume und holte eine der kleineren Kristallkugeln. Sie paßte genau in die Vertiefung und strahlte golden auf. Vor der Kugel entdeckte er im warmen Licht eine Höhlung im Bug, wie durch eine aufgebogene Kufe nach vorn abgeschirmt. Dort hinein stellte er eine kleine Tranlampe und entzündete sie.

»Nicht zu fassen«, murmelte er. Die Tranlampe, windgeschützt, brannte ruhig und lieferte jenes bernsteinfarbene Licht, das das Oberteil der halbversenkten Kugel aufnahm, vergoldete und verstärkte. Der polierte Metallspiegel war beweglich; nach vorn gerichtet reflektierte er das goldene Leuchten und schirmte den Wagen ab. Alles zusammen ergab einen kräftigen, angenehmen Frontscheinwerfer.

Leise summend schob Barakuda den Wagen an. Seine Mutmaßung schien zumindest in diesem Teil zu stimmen: Der scheinbar völlig ebene Tunnelboden mußte ein leichtes Gefälle besitzen. Die Räder paßten genau in die parallelen Rillen. Dante lief noch einen Moment nebenher und schob; als der Wagen schneller wurde, sprang er auf.

Er setzte sich in den Fahrersitz. Seine Füße berührten ein Pedal – eine Bremsmöglichkeit? Er entschloß sich zu einem kleinen Test, und tatsächlich reagierte der Wagen sofort auf einen leichten Druck, wurde langsamer.

Dante nahm den Fuß wieder vom Pedal. Im goldenen Licht des Kristalls glitten die Tunnelwände vorbei. Barakuda lehnte sich zurück und ergab sich dem Staunen.

* * *

Vor der Küste von Gashiri tobte ein Spätsommerunwetter. Die beiden Mündungsforts am Gashigar und die dazugehörigen Ortschaften waren kaum, die riesigen Katapulte gar nicht zu erkennen; Nebel, Gischt und tiefe Wolken bestimmten das Bild. Die drei von der TraPaSoc gecharterten Schiffe tanzten auf dem Wasser.

Überall bildeten sich Kabbelungen. Der heftige Nordwester trieb Salzwasser weit in die Mündung hinein; wenn er nachließ, setzte sich die träge Strömung des Flusses wieder durch. Die Ankerketten spannten sich und erschlafften in unregelmäßigen Abständen. Nicht ausreichend befestigte Gegenstände rollten durch die Kajüten und das Zwischendeck.

Durch das aufgeregte Wasser quälte sich ein großes Ruderboot; es kam vom Fort auf dem Ostufer. Die Ruderbesatzung leistete schwere Arbeit; als das Boot endlich längsseits ging und die Ruder eingezogen wurden, duckten sich die Leute unter einem plötzlichen Regenschauer.

Der Mann, der an Bord turnte, hatte ein seltsam aufgequollenes Gesicht. Er stellte sich als Zollinspektor der AVU vor, machte mit Bondak einen Rundgang über das Schiff, inspizierte die Waren und machte sich Notizen. Bondak stellte fest, daß auch die Hände des Mannes Schwellungen aufwiesen; er verzichtete aber auf Nachfragen nach der Gesundheit.

Die zwischen doppelten Trennwänden und unter Bodenbohlen versteckten Karabiner und sonstigen technischen Geräte fand der Inspektor nicht.

In der großen Heckskajüte tranken sie heißen Kaffee mit Rum. Der Inspektor legte die entstellten Hände um den Becher, als wolle er sich gleichzeitig wärmen und festhalten.

»Daß es einen Zollinspektor gibt«, sagte Bondak vorsichtig, »deutet darauf hin, daß Sie mit Handelsbesuchen rechnen.«

Der Inspektor nickte knapp. »Seit die *Verweser Der Kommunen Wirklichkeit* in Gashir beschlossen haben, die Realität neu zu definieren und Delegationen auszusenden, mußten wir mit Gegenbesuchen rechnen. Sie sind allerdings die erste Handelsflotte. Folglich mein erster Einsatz in Erfüllung der neuen Pflichten.«

»Welche Möglichkeiten gibt es für uns, die Waren zu löschen und zu verkaufen?«

»Das habe ich nicht zu entscheiden.«

»Wer denn?«

Der Inspektor deutete mit dem Kinn dorthin, wo sich seiner Meinung nach das Festland befand. »Sobald die Fahrrinne frei ist, können Sie das Fort am Ostufer anlaufen; dort wird die gesamte Ladung überprüft. Ich habe ja nur Stichproben auf einem von drei Schiffen gemacht. Danach wird entschieden, was zu tun ist. Vielleicht können Sie flußaufwärts segeln bis Gashir, vielleicht laden Sie alles schon hier aus und übergeben es der zuständigen Kooperative. Es bleibt abzuwarten.«

»Sie sagten etwas von der Fahrrinne.«

»Vor vier Tagen kam ein großer flacher Lastkahn flußab, wahrscheinlich von der Hauptstadt. Er ist zwischen den beiden Forts gesunken – das war, als der Sturm anfing. Er hat den Kahn quergestellt und einfach umgekippt. Wir haben die Ladung bergen können, aber die gesamte Besatzung ist ertrunken. Wir wissen nicht, was wir mit der Ladung tun sollen und warten auf Anweisungen, aber bei diesem Wetter helfen uns auch die Semaphoren und Heliographen nicht. Das Wrack liegt noch immer im Fluß. Sobald der Sturm endet, können wir es heben. Vielleicht hat dann aber der Fluß auch genügend Kraft, es ins Meer hinauszutreiben. Im Moment kommt dafür zu viel Wasser flußauf.«

Bondak verzog den Mund. »Ich dachte, der Gashigar ist in voller Breite befahrbar.«

Der Inspektor zwinkerte. »In Gashiri ist das, was Sie denken, unwichtig. ›Die Realität ist eine Funktion ihrer Definition.‹ Es gibt eine passierbare Fahrrinne, und sie ist durch ein Wrack blockiert.«

»Wie lange müssen wir denn hier liegen und den Sturm ausreiten?«

»Bis ich oder ein Kommunarde vom anderen Fort erkläre, daß die Rinne frei ist.«

»Trotz des Wetters? Können wir nicht wenigstens in den Hafen und an Land kommen?«

»Ausgeschlossen. Seien Sie froh, daß Sie nicht so unter dem Wetter zu leiden haben wie ich.« Der Inspektor deutete auf eine besonders üble Schwellung an seinem Handgelenk. »Kurz nachdem der Sturm und die Feuchtigkeit begonnen haben.«

Lydia Hsiang überflog die Niederschrift von Bondaks Funkmeldung – ein Kahn mit unbekannter Ladung sei in der Mündung gekentert, man warte auf Wetterbesserung und Landeerlaubnis.

Eine Weile starrte sie den Zettel an. Etwas bohrte in ihrem Hirn – als enthalte die Meldung geheimnisvolle Informationen, die einem Teil ihres Verstandes keine Geheimnisse, sondern wichtige Erkenntnisse seien. Plötzlich begriff sie. Der Arbeitsraum mit den alten, schweren und doch feinen Möbeln aus allen Gegenden von Shilgat drehte sich um sie. Sie stand langsam auf und ging mit schleppenden Schritten über den Korridor. Sie hatte das Gefühl, in den weichen Teppichen wie in Morast zu versinken und kaum vorwärts zu kommen.

Im Funk- und Rechnerraum setzte sie sich an den Terminal und formulierte einige Fragen. Die Antworten kamen sehr schnell.

Die Gouverneurin aktivierte das Visifon und rief die Sicherheitszentrale im Tower. McVitie meldete sich sofort; sie wirkte übermüdet.

»Hören Sie zu«, sagte Hsiang. »Vor einiger Zeit hatte ich einen Forschungsbericht über Meeresströmungen auf dem Schreibtisch.« Sie faßte zusammen, verwies auf Bondaks Bericht und musterte McVities Miene. »Sehen Sie? Wenn unser Verdacht stimmt und es sich bei der Welle von Fehlgeburten nicht um eine zufällige Seuche, sondern um eine biologische Waffe handelt – welche bessere Möglichkeit der Verbreitung gäbe es? Man braucht nur das Zeug zum Beispiel in den Gashigar zu schütten, der spült es ins Meer, die Strömung nimmt es auf und verteilt es an allen Küsten des Binnenmeers.«

Sarela rieb sich die Augen. »Wunderschön, Exzellenz. Und was machen wir? Wir haben nur zehn Gleiter und ein Beiboot zur Verfügung. Von der Blockadeflotte« – sie deutete in den Himmel – »können wir niemanden anfordern, wenn wir nicht das ganze Commonwealth kontaminieren wollen.«

Die Gouverneurin lächelte bitter. »Das stimmt. Aber

wir können vielleicht ein paar robotgelenkte Gleiter oder Flugpanzer bekommen, die hinterher zu vernichten sind. Ich spreche mit dem Subsekretär. Das einzige, was wir im Moment tun können, ist hoffen. Und eins noch – sprechen Sie mit Gortahork. Er soll alle Flußmündungen abschirmen.«

Aus: Lydia Hsiang, Memoiren *(Gaia, 501)*

»Zu den wenigen relevanten (?) Dingen, die unversehrt geborgen wurden, zählt die Stele der Wahren Wirklichkeit aus Gashir. In vielen anderen Orten der AV-Union kam es in den Tagen des Untergangs zu inneren Auseinandersetzungen und Kämpfen, bei denen vor allem Symbole des bisherigen Systems zerstört wurden; in vielen Fällen wohl von ehemaligen Führungskadern, sei es, um Spuren zu verwischen, sei es, um quasi sakrale Gegenstände nicht der profanen Nach- und Umwelt zu überlassen. Die auf der Stele und dem vierseitigen Marmorsockel angebrachten Maximen sind ganz interessant, wirken aber im Verhältnis zur Monstrosität des Regimes beinahe putzig.

›Es gibt keine Welt, nur Anschauung.‹

›Die gesellschaftliche Realität ist eine Funktion ihrer von der Kommune festgelegten Definitionen. Außerhalb der kommunen Definitionen gibt es keine Realität. Wer durch Denken oder Handeln erkennen läßt, daß er Wirklichkeiten jenseits der Definitionen vermutet oder diese gar formuliert und in Umlauf bringt, macht sich der Realitätsverfälschung schuldig.‹

›Wer die Realität verfälscht, wird aus ihr entfernt.‹

›Macht euch keine Götter nach eurem Vorbild. Die einzige Göttlichkeit wird entstehen, wenn wir unkenntlich eins sind.‹

›Setzt die Wahre Wirklichkeit durch. Außerhalb der Realität gibt es nur Tote. Da von diesen einige zu leben scheinen, wollen wir ihnen zur Erfüllung verhelfen.‹

›Sag nicht, dein abtrünniger Bruder sei hingerichtet worden. Die Kommune hat ihn zur Bekräftigung der Realität verpflichtet.‹

›Leben zum Tod; der Sieg ist jenseits und fleischlos.‹ …«

X

Toyami kauerte zwischen den Wasserfässern auf der Ladefläche. Die Kontrolle am Tor war oberflächlich. Sie hörte Stimmen. Dann rollte der Karren weiter. Nach einiger Zeit klopfte Lanshi auf das vordere Faß, und sie streckte den Kopf heraus.

Sie befanden sich innerhalb des abgegrenzten Bereichs, zwischen langgestreckten Gebäuden. Lanshi lenkte den Karren zu einem Schuppen am Ende des Areals. Im Abendlicht sah Toyami den Drahtzaun, hinter dem die Wüste lag. Eigentlich war eine Abschirmung überflüssig; wer sollte versuchen, in die lebensfeindliche Öde zu fliehen?

Zwischen zwei Schuppen drehte Lanshi den Kopf und nickte ernst. Erwartung und Angst spielten auf dem entstellten Gesicht. Toyami hob die Hand; dann glitt sie vom Wagen und verschwand im Schatten.

Sie wartete, bis es dunkel geworden war. Oberirdisch hielten sich nur Sklaven und Ordner auf; alle wichtigen Dinge, so hatte Lanshi ihr bedeutet, geschahen unter der Oberfläche. Die ausgedehnten Gebäude waren in der Mehrzahl Sklavenunterkünfte und Lagerhäuser; die Leiter der Zentrale lebten in der Tiefe.

Toyami trank einen Schluck Wasser. Ihr leerer Magen verlangte nach fester Speise, aber sie verzichtete darauf, die kleine Menge an Körnern und Obst anzugreifen, die Lanshi ihr hatte überlassen können. Sie befürchtete, in den nächsten Stunden unausgesetzt auf der Hut sein zu müssen; daher konnte sie es sich nicht erlauben, nun noch etwas zu essen und dann im ungünstigsten Moment Ausschau nach einer Latrine zu halten.

Schweren Herzens trennte sie sich von der Jacke. Das zerschnittene Lederding war nicht mehr so fest anzuziehen, daß nicht irgendwo Teile abstanden. Barfuß, mit den

Fetzen ihrer Hose und dem groben, starren Wollhemd bekleidet huschte sie zwischen den Schuppen zu einem der Treppenhäuschen. Sie wartete, bis der Posten abgelöst worden war. Laut Lanshi wechselten die Wachen alle vier Stunden. Die kleinen Treppen waren von je einem Posten bewacht; die großen von einem ganzen Trupp.

Vor dem Häuschen lag eine freie Fläche, von Fackeln erleuchtet. Toyami beobachtete den Posten eine Weile. Er stand im Eingang der kleinen Holzkonstruktion, die die Treppe gegen die Luftbeobachtung durch Cadhras absicherte, und blickte unverwandt auf die helle Fläche. Neben dem Häuschen erstreckte sich der Zaun. Es war nicht möglich, sich wie im Paß anzuschleichen. Auch dieser Posten verfügte über zwei Armbrüste, und die helle Fläche wies im Gegensatz zum Boden in den Bergen keine Unebenheiten auf, die Schatten geben könnten.

Sie zog den Hut aus dem Köcher, nahm drei Pfeile und legte den ersten auf die Sehne. Der Mann war gut sichtbar; er stand zwischen den Armbrüsten und stützte sich auf eine Pike. Toyami zog die Bogensehne bis zur Schulter zurück, zielte und ließ los.

Der Pfeil blieb zitternd im Herzen des Postens stecken. Ohne einen Laut sackte der Mann zusammen. Er hielt noch immer die Pike fest.

Toyami schloß die Augen und lauschte. Nichts, außer fernen Geräuschen, die nichts mit ihr zu tun hatten. Offenbar hatte niemand den dumpfen Fall gehört.

Mit schnellen Sätzen überquerte sie die helle Fläche, schlüpfte in das Postenhäuschen und legte ihre Sachen ab. Dann packte sie den Toten und zog ihn aus dem Eingang.

Sie schleppte den Mann in die dunkelste Ecke des Innenraums, kniete neben der Falltür und versuchte, die schwere Holzklappe geräuschlos zu öffnen. Unsinnige Überlegungen schossen ihr dabei durch den Kopf. Alles hier verbaute Holz hatte von weither transportiert werden müssen. Sie rechnete, während sie an der Klappe zerrte, Kilometer in Tagereisen um, bis sie begriff, daß ihr Geist sich selbständig darum bemühte, an etwas anderes als an den Toten zu denken, der da in der dunklen Ecke lag und nicht mehr atmete, nicht mehr essen und trinken und lachen konnte, weil sie ihn mit einem Pfeil erschossen hatte.

Leise Schritte kamen näher. Sie legte den nächsten Pfeil auf, wartete. Lanshi huschte durch den Eingang und nickte ihr zu. Sie sah sein entstelltes Gesicht, dachte an die herausgeschnittene Zunge und beschloß, den toten Posten als mitverantwortlich für all die Qualen und Torturen zu betrachten. Das half ihr, sich der Falltür zu widmen.

Langsam, ächzend bewegten sich die Scharniere; Toyami spähte durch den ersten kleinen Spalt. Sie sah eine matt von Ampeln beleuchtete Holztreppe, darunter steinerne Stufen und behauene Felswände. Einen Moment lang lauschte sie ins Zwielicht hinab; dann winkte sie Lanshi, der die Falltür hochwuchtete. Sie packte ihre Waffen. Als sie die Treppe betreten hatten, schloß Lanshi die Falltür hinter ihnen. Erst da sah Toyami, daß er eine Axt trug.

Die Stufen knarrten in der Mitte; sie drückten sich an den Rand. Allenthalben herrschte Stille; die trüb flackernden Ampeln waren die passende Illumination zu Lanshis Atem, der stoßweise kam und ging. Der entstellte Mann wirkte nervös, aber entschlossen; einmal nickte er Toyami grimmig zu, und das machte sein Gesicht nicht schöner.

Die Agentin atmete auf, als sie die steinerne Wendeltreppe erreichten. Der Boden war eisig unter ihren bloßen Füßen. Sie überlegte angestrengt, mit welcher Bewachung unter der Erde zu rechnen sei. Wahrscheinlich würde sie gering sein; die AVs hatten so umfangreiche und brutale Vorkehrungen über der Erde getroffen, daß eine Überwindung der Treppenposten kaum zu befürchten war. Sie dachte wieder an Lanshis Zunge.

Die Treppe mündete in einen Gang, der nach einer Richtung leicht abwärts führte, in der anderen an einer Wand endete. Nach den Drehungen der Treppe wußte Toyami nicht, welche Richtung es war, aber es gab ja keine Alternative.

Der Gang bog nach links. Hundert Schritte weiter erreichten sie eine Galerie. Toyami zog Lanshi zu Boden, winkte ihm, hinter ihr zu bleiben, ließ Bogen und Köcher liegen und kroch vorwärts.

Blakende Öllampen erhellten eine riesige Höhle. Sie war menschenleer. Arbeitstische und herumliegende Utensilien zeigten, daß jeden Moment jemand zurückkommen konnte.

Toyami versuchte, so viel wie möglich so schnell wie möglich aufzunehmen. Die Höhle maß etwa 100 Meter vom Boden bis zur Decke, war viereckig und sicher 200 x 200 Meter weit. Die Wände glitzerten feucht, wiesen keinerlei Spalten oder Fugen auf. Über den Boden liefen Schienen, vermutlich aus Hartholz, auf denen schwere Arbeitstische verschoben werden konnten.

Toyami blickte wieder nach oben. Daß die Tische nur in bestimmten Bahnen verschoben werden konnten, mußte einen Grund haben. Sie entdeckte massige Haltearme kurz unterhalb der Decke; dort oben war es so dunkel, daß die Konstruktion ihr zunächst entgangen war. Die Arme schienen über mehrere Gelenke zu verfügen und sowohl horizontal als auch vertikal beweglich zu sein.

Sie zwinkerte, denn vor ihren Augen begann die Decke leicht zu flimmern. Allmählich bemerkte sie, daß das Flimmern Kreise bildete. Endlich begriff sie, worum es sich handelte. Unter der Decke befanden sich große Lupen, Brenngläser vielleicht, die an den beweglichen Armen befestigt waren. Die starke Krümmung des Glases ließ die darüberliegende Höhlendecke verschwimmen.

Sie schüttelte den Kopf und betrachtete wieder die Schienen am Boden. Da erst wurde ihr klar, was die Konstruktionen bedeuteten. Die Höhle war ein einziges großes Labor. Wenn die Decke geöffnet war, fielen die Strahlen der Sonne auf die justierbaren Brenngläser, die das Licht sammelten und bündelten. Die beweglichen Metalltische am Boden konnten so postiert werden, daß der Brennpunkt jeweils auf ein mit Hitze zu behandelndes Objekt fiel, das auf einem der Tische lag.

Sie warf noch einen Blick auf den Boden der Höhle; dann winkte sie Lanshi. Er packte die Axt, sie nahm Bogen und Köcher auf. Sie liefen die Galerie entlang bis zu einer Leiter.

Der Boden der Höhle war übersät mit Gegenständen, von denen Toyami nur wenige identifizieren konnte. Sie versuchte, sich einiges einzuprägen; wenn sie jemals wieder nach Cadhras kam und wissenschaftlich kompetenteren Menschen berichtete, mochten diese vielleicht Rückschlüsse aus genauen Beschreibungen ziehen können. Mehrere große Tuchhaufen lagen herum, türmten sich bis in drei Meter Höhe auf. Es war das hauchdünne, widerstandsfähige Tuch, das sie erstmals vor wenigen Zehntagen in Gashiri gesehen hatte. Lanshi berührte ihre Hand und wies auf die Haufen; dazu malte er mit den Armen einen Kreis in die Luft und bildete mit den Lippen stumm das Wort ›Ballon‹.

Das war es, worauf sie seit Lanshis langem schriftlichen Bericht ihre Hoffnung gesetzt hatte. Sie schaute sich um. Im Hintergrund der Höhle zeichneten sich die Umrisse einer Schiebetür ab. Entschlossen schob sie Lanshi zwischen die Tuchhaufen. Sollte nun jemand aus dem hinteren Teil kommen, wären sie in Deckung. Sie legte Bogen und Köcher geräuschlos nieder und kroch unter das nächste Tuch.

Der Stoff war glatt und luftdicht, fühlte sich jedenfalls so an; sie konnte nicht atmen und kroch zurück. Flüsternd bat sie Lanshi um Hilfe, dann kroch sie wieder unter den Stoff. Lanshi hielt ihn hoch und versuchte, die Bahnen zu spannen, damit sie nicht gleich wieder durchhingen und Toyami erstickten.

Unter dem Stoffberg fand sie einen Korb, der mit seinem Gerüst die Höhe des Tuchhaufens bestimmte. Sie kletterte in den Korb und untersuchte ihn. Am Außenrand hingen Sandsäcke, deren Funktion ihr sofort einleuchtete – Ballast. Interessanter waren die Blechbehälter im Korb. Sie öffnete einen der Kanister und schnüffelte: Erdöl. Sie hatte nicht gewußt, daß es in Gashiri Erdöl gab;

auch in Cadhras war nichts davon bekannt. Dann verzog sie zweifelnd das Gesicht. Es gab Erdöl an verschiedenen Stellen des Südkontinents, aber wie kamen die AVs daran?

Insgesamt befanden sich drei Kanister im Korb. Weiter oben hing aufgerollt ein breiter, starker Docht, der durch enge Röhren mit jedem der Kanister verbunden werden konnte: das Prinzip der Petroleumlampe. Der Docht endete in einem kreisförmigen Kolben, der durch Räder bewegt wurde.

Heißluftballons. Toyami überlegte fieberhaft. Sie mochten im besten Fall noch zwei Stunden haben, bis der tote Posten entdeckt wurde. Sie entrollte den Docht und schob ihn in eine Röhre, steckte diese in den nächsten Kanister. Sie wußte nicht, wie lange der dicke Stoff brauchen würde, um sich vollzusaugen. Vorsichtig kletterte sie auf die Korbkante und drehte an den Justierrädern, bis das Dochtende aus dem Kolben lugte. Dann sprang sie zu Boden und kroch zurück zu Lanshi.

Irgendwo mußte ein Mechanismus zum Öffnen der Höhlendecke sein, wahrscheinlich eine Konstruktion aus Riemen, Zahnrädern und Kurbeln. Sie suchten eine halbe Stunde. Toyami begann bereits zu verzweifeln, als Lanshi zu ihr kam und in eine Ecke deutete, nahe der Schiebetür. Eine fast mannsgroße Kurbel hing dort an der Wand; Drähte und Seile führten nach oben in die Dunkelheit. Die Zahnräder waren gut geölt. Toyami ergriff die Kurbel und zog sanft daran.

Von oben kam leises Quietschen. Toyami stoppte sofort. Oben, an der Oberfläche, mochte das Quietschen furchterregend laut sein und Alarm auslösen. Mit angehaltenem Atem warteten sie einige Minuten, aber nichts geschah.

Toyami kalkulierte. Der Ballon, den sie inspiziert hatte, lag ungünstig, wenn man davon ausging, daß die Decke sich in der Mitte öffnen würde. Sie deutete auf einen besser gelegenen Haufen. Lanshi nickte.

Sie wiederholten die Prozedur – er hielt den Stoff

hoch, und Toyami kroch zum Korb. Auch hier gab es drei Kanister; alle waren gefüllt. Sie justierte den Docht wie beim anderen Ballon; dann hängte sie jeden zweiten Sandsack ab.

Sie kroch zum ersten Ballon und betastete den Docht. Er war feucht. Erleichtert atmete sie auf; es würde keine Ewigkeit dauern, bis der zweite Ballon startklar war. Sie zog Docht und Röhre aus dem Kanister, ließ diesen jedoch geöffnet.

Sie brachten Bogen, Köcher, Axt und Wasserflasche zu dem Korb, mit dem sie fliehen wollten. Plötzlich stieß Toyami einen halblauten Fluch aus. »Verdammter Mist! Feuer!«

Sie sah Lanshi an; er breitete die Arme aus und machte ein ratloses Gesicht. Wieder liefen sie durch die Höhle, suchten auf allen Tischen und in allen Ecken nach etwas, mit dem man Feuer machen konnte – vergebens.

Bestenfalls eine Stunde noch. Toyami schlich in den hinteren Teil der Höhle und preßte ein Auge an den Spalt der Schiebetür.

Sie sah in einen helleren, kleineren Raum. Zwei Frauen und drei Männer arbeiteten an niedrigen Tischen, auf denen Glaskästen standen. Graues, pulverartiges Zeug befand sich in den Kästen und in Beuteln, die neben den Tischen standen. Die Frauen und Männer waren allesamt hellbraun. Am anderen Ende des Raums entdeckte Toyami eine weitere Tür. Eine der Frauen verließ den Tisch, an dem sie arbeitete; sie trug einen kleineren Glasbehälter zu einem riesigen, aufgespannten Tuch und leerte die weißliche Substanz hinein. Das Tuch hing durch; die Ränder waren etwa einen Meter über dem Boden.

Auf dem Rückweg stolperte die Frau über etwas und schimpfte; dabei verfolgte sie das, was Toyami nicht sehen konnte, mit den Augen bis zur Schiebetür. Dann ging sie zurück zum Tisch.

Toyami kauerte sich nieder und betastete den Boden; an diese Stelle fiel kaum Licht von den blakenden Öllampen. Sie machte zwei Entdeckungen – zum einen die, daß sie entsetzlich dumm war, denn in der Höhle gab es ausreichend Feuer: in den Lampen. Zum anderen, daß neben der Schiebetür an den Wänden dicke Metallstränge verliefen, die weiter im Höhleninneren nicht zu sehen waren, weil Tische und alle möglichen Gegenstände vor ihnen standen. Sie preßte sich noch einmal an die Tür; nun, da sie wußte, wonach sie zu suchen hatte, sah sie am anderen Ende des Raums, neben der kleineren Tür, die zum Wohntrakt führen mußte, ein Metallgerüst, das momentan als Regal genutzt wurde, für diesen Zweck aber viel zu massiv schien. Sie wußte nicht, was sie mit der Beobachtung anfangen sollte, prägte sich aber die Einzelheiten ein.

Sie lief zurück zu Lanshi, wies auf ihren Kopf, schnitt eine Grimasse und deutete auf die nächste Lampe. Lanshi verzog das Gesicht. Toyami holte einen Holzspan von einem der Tische, ging zu einer Lampe und zündete den Span an. Sie schlichen zu ihrem Ballon; Toyami kroch zum Korb und entzündete den feuchten Docht oben am Kolben. Das Gerüst hielt dort das Tuch fest, weit genug von der Flamme entfernt, die begann, die Luft unter dem Haufen aufzuzehren. Toyami kroch zu Lanshi zurück und hielt ebenfalls ein Stück Tuchrand hoch, damit die Flamme Nahrung finden konnte. Dabei setzte sie Lanshi flüsternd auseinander, daß einer von ihnen die Höhlendecke öffnen, der andere den Korb startbereit machen mußte, sobald der Ballon sich zu füllen begann. Lanshi nickte und wies mit dem Kopf zur Kurbel; er würde diesen Teil übernehmen.

Unendlich langsam bewegte sich etwas unter dem Tuchhaufen, als kröche ein träges Reptil unter einem Kleiderberg herum. Schließlich brauchten sie das Tuch nicht länger hochzuhalten. Lanshi ging leise Richtung Kurbel, und Toyami näherte sich dem Korb.

Sie hatten zuviel Zeit verloren. In diesem Augenblick wechselten an der Oberfläche die Posten. Schrille Pfiffe ertönten, noch ehe Lanshi die Kurbel erreicht hatte. Einen

Moment blieb er starr stehen, dann rannte er vorwärts und packte zu. Nun kam es nicht mehr auf Lautlosigkeit an.

Toyami sprang in den Korb, hakte zwei weitere Sandsäcke ab und ergriff den Bogen. Die Schiebetür öffnete sich. Der erste Pfeil schwirrte los und verfehlte die Frau in der Tür. Der zweite traf einen der Männer an der Schulter. Toyami schoß schnell und gezielt. Der dritte Pfeil traf die Frau am Hals; sie stieß einen Schrei aus, riß die Hände hoch und sank zu Boden. Jemand schob die Tür wieder zu. Eine kleine Atempause.

Schritte klangen aus den zahlreichen Gängen, die auf die Galerie mündeten. Toyami blickte nach oben. Schräg neben den noch immer nicht ausgefüllten Wülsten des Ballonstoffs sah sie Sterne; die Decke stand offen. Wieder wollte jemand die Tür öffnen; der nächste Pfeil zischte durch die Öffnung, traf niemanden, war aber genug Warnung. Die Tür schloß sich.

Gestalten tauchten auf der Galerie auf. Die meisten waren unbewaffnet, aber zwei Männer hatten kleine tragbare Armbrüste bei sich. Toyami schoß Pfeil um Pfeil; sie erwischte den zweiten der beiden Bewaffneten erst, als dieser schon gespannt hatte. Im Fallen löste er den Bolzen aus, der hoch über den Ballon hinwegsauste und an die gegenüberliegende Wand klatschte. Toyami schrie: »Lanshi!«

Der Sklave kam herbeigerannt, als der Ballon sich bereits vom Boden gelöst hatte. Er klammerte sich an den Korbrand, zog sich mit einer gewaltigen Anstrengung hoch. Toyami hakte die letzten Sandsäcke aus. Der Ballon stieg schneller. Einen Pfeil setzte sie in Brand, indem sie ihn in die Flamme des Dochts hielt; dann schoß sie ihn in den Tuchhaufen, unter dem der Korb mit offenem Ölkanister lag.

Weitere Bewaffnete tauchten auf der Galerie auf, aber sie würden zu lange brauchen, um ihre Armbrüste zu spannen. Der Ballon erreichte das Höhlendach. Der Tuchhaufen flammte auf und erhellte das Innere der Höhle.

Aus der Höhe sah Toyami, daß die nunmehr beleuchteten Metallstränge aus dem hinteren Raum zusammen mit anderen, die sie zuvor nicht hatte sehen können, ein Riesenkatapult andeuteten.

Die Oberfläche. Alles nahm nur Sekunden in Anspruch, schien aber ewig zu dauern. Vier oder fünf Posten mit Armbrüsten stürzten zum Rand; drei standen bereits dort. Einer hatte gespannt und zielte auf den Ballon. Lanshi warf die Axt; sie traf nicht den Mann, sondern den Ständer der Armbrust. Der Bolzen löste sich, klatschte gegen den Korb, zerriß Toyamis linke Wade und durchlöcherte einen der Kanister. Toyami biß die Zähne zusammen und schoß weiter. Ein Pfeil ging fehl, der zweite traf den Oberarm eines Schützen, bevor dieser seine Armbrust fertig gespannt hatte, der dritte drang dem letzten, der ihnen noch gefährlich werden konnte, in die Brust. Der Mann sackte zusammen, hielt sich an seiner Waffe fest, spannte zu Ende und löste den Bolzen aus. Er hatte die Hülle des Ballons treffen wollen, der jedoch weiter gestiegen war. Der Bolzen traf Toyami in die rechte Schulter, zerschmetterte das Schlüsselbein und blieb im Gewebe stecken. Sie ließ den Bogen in den Korb fallen, klammerte sich noch einen Moment an einem der Halteseile fest; dann knickten ihre Beine ein, als die Schmerzimpulse das Gehirn erreichten. Sie schrie, während sie zwischen die Kanister fiel. Sie sah den gewölbten Ballon, die flackernde Flamme, einen Rand Sternenhimmel und Lanshis Augen. Dann nichts mehr.

* * *

Als der Wagen in die Halle fuhr, die nach Dantes Berechnung die Station Sa'orq sein mußte, bremste Barakuda und stieg aus. Er warf sich Lederbeutel und Waffen über die Schulter und suchte nach einem Ausgang. Im warmen Goldlicht entdeckte er eine Reihe von Leitern und Treppen und vertraute sich seiner Intuition an. Nach langem Steigen erreichte er keuchend eine höhere Halle, aus der wiederum Treppen aufwärts und abwärts führten. Die

Wände wiesen mehrere Öffnungen auf – vermutlich Gänge; zwischen den Öffnungen standen Statuen, deren seelenlose Blicke sich im Mittelpunkt der Halle trafen, wo sich die Lichtquelle befand. Vorsichtig tastete er sich glitschige Treppenstufen hinauf und erreichte eine Tür.

Unversehens befand er sich auf einem gefliesten Gang, an dem viele Räume zu liegen schienen – oder viele Kellerzugänge. Von rechts hörte er leise Stimmen und ging langsam in diese Richtung. Der Korridor führte in eine Säulenhalle mit Statuen, abstrakten Mosaiken und Darstellungen von Heilerinstrumenten.

An einem Ende der Halle standen schwere Holztische und Stühle; hinter einem Tisch saß eine ältere Frau und beriet zwei einfach gekleidete Leute, ein Paar. Der Mann trug einen Schulterverband.

Barakuda ging betont selbstverständlich in die Halle, blickte zum Tisch hinüber, nickte der Heilerin zu, die kurz aufblickte, und verließ das Gebäude durch ein ebenfalls von Säulen umgebenes Portal.

Es war früher Nachmittag; die Hafenstraße war nur mäßig belebt. Barakuda blickte über dümpelnde Schiffe und Fischstände hinaus aufs Meer des Südens. Es roch nach Salz, faulendem Holz, Abfall, Tang, Brackwasser, Schweiß, Fisch und Kot; Dante konnte sich nicht erinnern, jemals Köstlicheres eingeatmet zu haben.

Der Resident des Gouvernements bewohnte ein altes, helles Haus auf einem kleinen Hügel nördlich des Hafens. Dante ging langsam den Kai hinauf; er blinzelte im hellen Sonnenlicht, spürte, wie sich die Müdigkeit von den Beinen nach oben ausdehnte und bemühte sich, nicht wie ein Idiot zu grinsen.

Der Resident war nicht anwesend. Barakuda war nicht traurig darüber, denn das ersparte ihm langes Reden, und im Moment hatte er zu vielen anderen Dingen weit mehr Lust. Der Sekretär des Residenten, ein Muli aus dem Protektorat, kannte Barakuda natürlich noch, begrüßte ihn und bereitete ihm persönlich ein Bad und ein Mahl, da das übrige Personal mit dem Residenten verreist war.

»Wo steckt er eigentlich?«

»Er hatte eine leichte Sommergrippe und erholt sich an Bord eines Schiffes. Sehr zum Mißfallen von Cadhras, übrigens.« Der Sekretär zwinkerte. »Es scheinen große Dinge zu passieren. Und das Funkgerät an Bord des Schiffes ist offenbar defekt. Wir können den Residenten nicht erreichen.«

Barakuda gähnte ausgiebig und stützte sich am Rand der Wanne mit den Knien ab. »Was immer sich ereignet, muß auf mich warten, bis ich gebadet, gegessen und lange geschlafen habe.«

»Natürlich. Ich kann mir denken, daß Sie schlimme Tage hinter sich haben.«

Dante gähnte wieder und begann sich auszukleiden. Er hielt den Mann, der sich zurückziehen wollte, mit einem Blick fest. »Eins noch. Ich wäre Ihnen dankbar, wenn Sie Cadhras benachrichtigen könnten. Und auch davon, daß ich morgen früh einen längeren Bericht abgeben und wieder zur Verfügung stehen werde, wenn man meine Dienste wünscht.«

Nach fünfzehnstündigem Schlaf fühlte er sich dem reichhaltigen Frühstück gewachsen. Der Sekretär leistete ihm dabei Gesellschaft und berichtete von den Ereignissen, soweit er Bescheid wußte. Barakuda erfuhr von Fehlgeburten, vom Aufbruch der Königin von Kelgarla gegen Gashiri, von Tremughatis Reise zu den Korallkorsaren, Gortahorks Handels- und später Blockadeflotte, Learoyds einsamer Suche auf der Taggabahn – und davon, daß Saravyi vor zwanzig Tagen kurz in Sa'orq gewesen war.

»Wo genau war er hier?« Sein Kopf arbeitete selbständig, die Gedanken rasten und versuchten, die Informationen zu einem einheitlichen Bild zusammenzusetzen.

»Er war kurz in der Residenz, um uns vom Aufbruch der Königin in Kenntnis zu setzen. Außerdem hat er sich eine Weile bei den Priestern und im Archiv aufgehalten, soweit ich weiß. Allerdings ist mir schleierhaft, was er in dieser zugespitzten Situation von den Schelmengeschichten im Archiv erwartet.«

Die Gouverneurin hatte den Sekretär angewiesen, Barakuda die Residenz so zur Verfügung zu stellen wie zu den Zeiten, als Dante noch im Dienst war. Nach dem Frühstück geleitete er ihn zum Funkraum und zog sich diskret zurück.

Dante zögerte, wählte dann zunächst die Nummer der TraPaSoc. Begheli meldete sich sofort; natürlich hatte man sie noch am Abend davon unterrichtet, daß der Totgeglaubte aufgetaucht war.

Nach dem kurzen, intensiven Gespräch wählte er die Sicherheitszentrale. McVitie strahlte ihn an.

»Wie oft hab ich mir in den letzten Tagen gewünscht, du wärst da, Chef.«

»Nix Chef, Sarela. Das bist du jetzt.«

McVitie schüttelte heftig den Kopf. »Du hast die Erfahrung und die Kenntnisse, Dante. Das zählt jetzt mehr als Titel. Du weißt, daß Shilgat blockiert ist – Quarantäne?«

Er nickte und faßte in ein paar Sätzen seine Informationen zusammen. Sarela seufzte. »Viel mehr wissen wir nicht. Hast du eine Ahnung, was Saravyi vorhat?«

»Nein, aber das krieg ich raus.«

Sie tauschten noch einige Sätze, dann verband Sarela ihn mit dem Palais.

Lydia Hsiang wirkte kühl und gepflegt wie immer, aber in den Schatten unter ihren Augen las Barakuda die Sorgen.

»Wir sind unter uns, abhörsicher. Willkommen unter den Lebenden, Dante. Es ist schön, dich zu sehen. Aber es sieht schlimm aus.«

»Wie schlimm?«

»Wenn die Wissenschaftler im Laborschiff endlich etwas herausfinden und unsere Befürchtungen beweisen, dann ist es zehnmal schlimmer als Pasdan.«

»Davon sollten wir ausgehen.« Barakuda zögerte mit dem nächsten Satz. »Wenn Saravyi die Königin von Kelgarla auf einen Kriegszug schickt und Tremughati und

Gortahork den Norden im Stich lassen, ist mir das Beweis genug. Nicht amtlich, natürlich. Aber ich bin ja nicht im Amt. Nach allem, was ich weiß, gehe ich davon aus, daß die AVs eine biologische Waffe gebastelt haben und den Rest des Planeten entvölkern wollen.«

Hsiang sah ihn regungslos an. »Was hat Saravyi vor?«

Er breitete die Arme aus. »Ich weiß es noch nicht. Ich hoffe, ich kriege es in Sa'orq raus. Schnell. Ich gebe es dann sofort weiter.«

Nach dem Ende des Gesprächs verließ Barakuda die Residenz und begab sich zur Zitadelle. Inmitten des aus schwarzem Stein errichteten Komplexes lagen die Gebäude der Zünfte, der Elfpriester und der Annalen. Die wuchtigen Bauten schienen aus dem Grundfels des Südkontinents aufzuschießen, für die Ewigkeit gebaut und weder durch Stürme noch Erdbeben noch gar durch Feuer und Schwert zu nehmen.

Drei der Elfpriester hielten sich im Archivgebäude auf. Sie kannten Barakuda von seinen Besuchen und begrüßten ihn freundlicher, als die kurzen Kontakte dies bewirkt haben konnten. Dante war überrascht.

Die große Überraschung wartete allerdings erst noch auf ihn. Er hatte lange überlegt, ob er sich an die Theokraten wenden oder das vermutete ›richtige‹ Archiv, zu dem es sicher keinen öffentlichen Zugang gab, auf eigene Faust suchen sollte. Einer der Priester unterbrach ihn nach dem ersten Halbsatz.

»Du suchst die geheimen Kammern des Wissens, nicht wahr?«

»Woher weißt du das?« Dante war maßlos verblüfft. Und er atmete auf, denn offenbar gab es das Archiv, dessen Existenz er nur als mutmaßlich hatte ansehen können.

»Saravyi war hier. Er hat uns angewiesen, zwei Cadhrassi den Zugang zu gestatten. Falls sie kommen und ihn suchen. Dante Barakuda und Lydia Hsiang. Er hat uns gesagt, wir sollten diese beiden behandeln wie ihn. Was sind deine Befehle?«

Drei Tage brachte Barakuda in den Gewölben des geheimen Archivs zu. Ständig war ein Priester oder eine Priesterin bei ihm, um ihm bei Schwierigkeiten mit der komplizierten Kalligraphie der alten Shil zu helfen. Leider hatte Saravyi nicht hinterlassen, welche der zahllosen Folianten Dante (oder Lydia) untersuchen sollte.

Die Geheimen Kammern des Wissens befanden sich unter den Latrinen des Ratskomplexes; sie waren nur durch ein Labyrinth zu erreichen, in dem kein Uneingeweihter überlebt hätte. Lichtlose Gänge aus schwarzem Stein, Treppen ins Nichts, Türen zu tiefen Schächten, Fallgruben, blinde Korridore – Dante dankte dem Schicksal, daß er es nicht auf eigene Faust versucht hatte.

Er las und las und las. Die Geschichte von Shilgat, so sehr sie ihn fesselte, mußte beiseite bleiben. Es war nicht die Zeit für faszinierende Forschungen; er mußte Antworten auf bestimmte Fragen finden. Dicke Lederbände mit Tausenden von Seiten aus einem für die Ewigkeit haltbar gemachten Pergament, angefüllt mit Daten aus den Jahrtausenden der Vergangenheit.

Er irrte durch Odysseen und Schelmengeschichten, Königslisten einer undatierbaren Vorzeit, Haushaltspläne von Staaten, deren Namen nirgends in der ihm bekannten Geographie von Shilgat auftauchten; er fand Erkenntnisse über ausgestorbene Tierarten und tektonische Verschiebungen, Namen antiker Völker und Reiche, eine schwindelerregende und offenbar ernsthafte Chronologie von Sa'orq, die etwa 60 000 Jahre zurückreichte; er sah Pläne für Energiegewinnung aus der Sonne, Pläne für Raumhäfen, las Berichte der ersten Expeditionen zu anderen Systemen; es gab Konstruktionsunterlagen für drei verschiedene Überlichtantriebe, für Materietransmitter (er dachte an die unheimlichen Kästchen, mit denen die Wegelagerer und vielleicht auch die Mütter von Pasdan Waren und Waffen geschmuggelt hatten) und für Dinge, von denen er keine Vorstellung hatte – Zeichnungen und Formeln, die vielleicht nicht einmal die besten Physiker des Commonwealth auswerten könnten. Er beschloß ächzend, all dies zu vergessen, da der Kosmos ohnehin kompliziert und übel genug sei. Er überflog die Zusammenfassungen der unendlichen Debatte, an deren Ende die Shil auf all das verzichtet und den Rückweg angetreten hatten.

Als er schließlich die Antworten auf seine Fragen fand, wußte er, wie die Taggabahn entstanden war; er wußte, wer auf welche Weise das unterirdische Bahnsystem angelegt hatte; er begriff plötzlich Saravyis dunkle Andeutungen, die dieser lange vor Pasdan gemacht hatte – über eine oder mehrere Möglichkeiten, die Hauptstadt des Matriarchats innerhalb von Minuten spurlos verschwinden zu lassen. Und er wußte, was Saravyi beabsichtigte, wenn er auch noch immer nicht sagen konnte, aus welchen Gründen.

»Wenn einer von uns so verzweifelt ist, daß nur noch die Suche nach alten Shilgeheimnissen und nach Saravyi weiterhilft«, sagte er, »dann kommen wir her und finden und glauben, was wir nicht geglaubt hätten, wenn Saravyi es uns gesagt hätte.«

Die Priesterin nickte. »So ist es. Aber du weißt nicht, weshalb er nun tut, was er tut, nicht wahr?«

Dante war zu müde und zu benommen; er schüttelte stumm den Kopf.

»Es ist wegen *alangra*«, sagte die Priesterin gelassen. »Du kennst den Stoff, der einmal Wal war? Gut. Die Heiler wissen seit langer Zeit, daß man frisches *alangra* zu vielen guten, heilenden Dingen machen kann. Verfallenes *alangra* läßt sich zu ebenso vielen bösen, zerstörenden Dingen machen. Die erste Möglichkeit, es negativ zu verwenden, ist eine bei bestimmter Behandlung mit Hitze entstehende Substanz. Wer sie berührt, ißt, trinkt oder einatmet, wird nie wieder Kinder haben können.«

Dante dachte lange und konzentriert nach. Schließlich sagte er: »Und wer die erste Möglichkeit gefunden hat, kann auch weitere finden, nicht wahr? Wie sehen sie aus?«

Die Priesterin wehrte ab. »Saravyi wird es dir sagen. Wenn es nicht schon zu spät ist.«

»Wo ist er genau? Unter Gashir? Unter den Bergen?«

Die alte Frau holte eine Karte herbei und legte den Finger auf einen Punkt. »Hier. Im Zentrum von Tag'gashir'dir befinden sich die Versuchshöhlen der Leute von Gashiri. Er ist genau darunter.«

In der Residenz erfuhr er, daß Cadhras mehrfach nach ihm gefragt hatte. Er ging in den Funkraum und rief das Palais.

Hsiang war aschgrau. Dante hob die Hand, als sie beginnen wollte zu sprechen. »Ich habe die Archive gefunden und war dort. Du siehst aus, als ob die Leute im Labor es gefunden hätten – *alangra,* nicht wahr?«

»Ja. Und es ist in den Archiven beschrieben? Gibt es Gegenmittel?«

Barakuda seufzte. »Die Priesterin, die mir half, sagt ja, aber sie sind sehr schwierig herzustellen, und es dauert sehr lange. Nach dem, was Saravyi den Theokraten gesagt hat, arbeiten die Heiler der Bundashil daran, haben aber noch keinen Erfolg gehabt. Vielleicht schaffen die Koryphäen im Laborschiff es schneller.«

»Was hat Saravyi vor?«

»Kann uns jemand abhören?«

»Nein.«

Dante nickte. Langsam und deutlich sagte er der Gouverneurin, was er herausgefunden hatte. »Das sind meine Folgerungen – ich nehme an, sie laufen auf das hinaus, was Saravyi gerade tut.«

Lydia Hsiang faßte sich mühsam. »Es ist ein entsetzlicher Plan«, sagte sie matt. »Können wir ihn davon abbringen?«

Barakuda verzog das Gesicht zu einer grimmigen Dämonenmaske; seine Narbe schien zu pulsieren. »Kaum. Und was mich angeht – ich bin ja kein Amtsträger mehr und habe die humanen Gesetze des Commonwealth nur noch zu respektieren, nicht jedoch offensiv zu vertreten. Ich billige seinen Plan. Er wird aber im entscheidenden Punkt scheitern.«

Die Gouverneurin ging nicht auf die ersten Sätze ein. »Welcher Punkt ist das?«

»Er kann das Zentrum der Macht der AVs vernichten, aber nicht alle mutierte *alangra*-Substanz. Wenn er die AVs direkt angreift, können sie in einem letzten Verzweiflungsschlag genug von dem Zeug einfach mit heißer Luft oder Katapulten in die Atmosphäre blasen. Wenn er sie von unten angreift und überrascht, wird das meiste mit in die Tiefe stürzen, aber nicht vernichtet werden – unterirdische Wasseradern werden es wieder ausspülen, vielleicht erst in Jahrhunderten, aber sie werden. Das Zeug ist nur durch ungeheure Hitze zu vernichten.«

»Wir können ihn also nicht von seinem Plan abbringen, sondern müssen ihm helfen, ihn zu vollenden?«

* * *

Die Gänge des Laborschiffs waren matt erleuchtet. Ein Teil des Teams ruhte; die anderen trieben die Forschungen voran.

Seit Tagen verschlechterte sich die Stimmung. Es gab keine Ergebnisse, und die von der Gouverneurin verhängte Quarantäne und Nachrichtensperre schnitt das Team vom Rest des Universums ab. Außerdem wurde ihnen schlagartig bewußt, daß sie nicht theoretisch arbeiteten, sondern helfen sollten, eine Bedrohung zu beseitigen. Eine Bedrohung, die auch ihnen galt, denn wenn diese obskuren Sektierer etwas entwickelt, entdeckt oder erfunden hatten, was Fehlgeburten auslöste, dann waren zumindest die jüngeren Frauen und Männer ebenfalls betroffen.

Arman Mugadisk hatte diese Sorge nicht, jedenfalls nicht persönlich. Mit seinen 48 Jahren beabsichtigte er nicht, von der Wissenschaft, der er bisher absoluten Vorrang eingeräumt hatte, zur Gründung einer Familie überzulaufen. Er verstand jedoch die Sorgen der Jüngeren, die er nicht ausräumen konnte. Sie alle hatten in den vergangenen Wochen in der Stadt Speisen und Getränke zu sich genommen, Hände geschüttelt, Luft eingeatmet. Wenn die Bedrohung real war, dann waren sie alle längst befallen.

Morgens gegen drei Uhr platzte die Serologin Georgina Labruyère in Mugadisks Kabine. Er hatte sich vor zwei Stunden zu einem kurzen Schlummer zurückgezogen.

»Ich glaube, wir haben was«, sagte sie.

Mugadisk starrte sie an. Sie stand in der Tür, mit fleckigem Overall und schimmernder Glatze, und lächelte in einer beinahe komischen Mischung aus Erschöpfung, Triumph und Feierlichkeit.

Er folgte ihr in einen Laborraum, in dem sich nahezu die gesamte Nachtschicht versammelt hatte. Erstmals seit Tagen sah Mugadisk entspannte Gesichter; ein älterer Biochemiker schleppte ein Tablett mit Kaffee und Schnaps herein.

Labruyère zerrte den Chef förmlich zu einem der hermetischen Glaskästen. »Hier. Das sind die kleinen Teufel.«

Es handelte sich um eine Ambraprobe, die dem natürlichen Zerfall ausgesetzt worden war, während man in vielen anderen Räumen und Kästen versucht hatte, den Zerfall zu beschleunigen. Die unterschiedlich aufgewendeten Mittel hatten sämtlich versagt.

»Gestern früh.« Labruyère rieb sich die Augen. »Da hab ich festgestellt, daß das Ambra sich zu zersetzen begann. Seitdem bin ich drangeblieben. Ich habe alles mögliche damit angestellt; Sie wissen schon.«

Mugadisk nickte. Erhitzen, gefrieren, mischen, verdünnen, konzentrieren, dehydrieren, spalten, binden, Katalysatoren beigeben …

»Hier in dem Kasten habe ich am Nachmittag angefangen, die Dinger zu erhitzen. Unterschiedliche Proben in unterschiedlichen Temperaturen. Bei etwa 350° bildeten sich mehrere neue Verbindungen. Die ersten beiden sind noch im Simulanthrop, bisher keine Erkenntnisse. Die dritte – da, sehen Sie.«

Die mit sämtlichen relevanten Funktionsdaten eines Menschen programmierte Simulationsmaschine hatte Zahlen- und Formelkolonnen ausgedruckt. Am Schluß stand eine kurze Zusammenfassung. Mugadisk überflog den Bogen. Dann schnalzte er mit der Zunge.

»Ein Teufelszeug.« Er war gleichzeitig begeistert und entsetzt.

»Nicht wahr?« Labruyère trommelte mit ihren kurzen, dicken Fingern auf die Tischplatte. »Kleine Satansbraten, die Dinger. Ich weiß noch nicht, ob man sie unter Viren oder was auch immer einordnen soll; eine ähnliche Zerfallssubstanz, die sich fortwährend verändert und umgruppiert, habe ich noch nie gesehen.«

Arman Mugadisk nickte. Er rang sich zu einem schnellen Entschluß durch. »Schön schrecklich. Georgina, Sie weisen die anderen ein. Alle mal herhören. Ich möchte, daß alles andere zurückgestellt wird. Sie bilden bitte ab sofort zwei Gruppen. Eine, die sich mit den weiteren Möglichkeiten dieser Zerfallssubstanzen befaßt, und die zweite, die nach einer Heilung oder Prävention gegen diese Teufelsdinger sucht. Unter Einsatz aller Möglichkeiten. Wenn Sie die Kollegen eingewiesen haben, legen Sie sich hin, Georgina. Wir brauchen Sie ausgeruht.«

Labruyère nickte. »Und was machen Sie, Arman?«

»Ich werde die Gouverneurin wecken.«

»Danke für die Mühe und die rasche Nachricht.« Hsiang blickte auf die Uhr. »Gleich vier. Es lohnt sich nicht, mit dem Schlafen weiterzumachen.«

Mugadisk versprach, alles in Bewegung zu setzen.

Lydia Hsiang lehnte sich zurück. Die ebenfalls geweckte Assistentin brachte Kaffee. Die Gouverneurin rieb sich die Augen, goß Sahne in ihren Becher und trank.

Ihre wissenschaftlichen Kenntnisse reichten nicht aus, jede Einzelheit des Vortrags zu begreifen. Immerhin waren sie groß genug, das Problem als Ganzes überschauen zu können. Eine Substanz, die mit der Atemluft oder der Nahrung aufgenommen wurde, nahezu unsichtbar war, den Geschmack der Speisen oder Getränke nicht veränderte, in winzigsten Dosen wirkte, auf keine herkömmliche Analyse ansprach. Eine unter Vorbehalt als ›Breitband-Antisteroid‹ bezeichnete Substanz, die bei Frauen die Bildung der Placenta verhinderte bzw. die gebildete Placenta zerstörte, und die den Kopf des Spermiums aufweichte, so daß es nicht mehr in eine Eizelle eindringen konnte.

»Die Schädigung ist endgültig. Soweit wir das bisher haben erforschen können. Es ist nicht so, daß *einer* Placenta oder *einer* Ejakulation bestimmte Dinge entzogen werden; der befallene Körper kann sie nie mehr produzieren.«

Hsiang nickte. Ihr Gesicht zeigte keine besondere Regung.

Mugadisk faltete die Hände auf der Platte seines Schreibtisches. »Es tut mir leid, Exzellenz«, sagte er leise. »Und es wird Sie und die Menschen hier sicher nicht trösten, daß auch wir davon betroffen sind.«

»Also keine Heilung?«

Mugadisk schüttelte langsam den Kopf. »Bis jetzt nicht. Wir sind aber einer anderen Sache auf der Spur. Es sieht so aus, als ob eine dieser seltsamen Zerfallssubstanzen die andere abstößt. Das heißt, vielleicht finden wir da etwas, das Befallene nicht heilen kann, aber bisher nicht Betroffene vorbeugend immunisiert.«

Hsiang erhob sich. »Das wäre immerhin ein schwacher Trost. Bisher dürfte etwa ein Prozent der Bevölkerung des Planeten betroffen sein. Wenn den anderen zu helfen wäre...«

Fünf Stunden nach ihrem Abendbesuch im Laborschiff hatte die Gouverneurin sich zur Ruhe begeben, als die Assistentin sie bat, ein Gespräch entgegenzunehmen.

Es war Mugadisk; erschöpft und mit einem Ausdruck des nackten Terrors in den Augen. Hsiang spürte, wie ihre Finger sich selbständig machten und um die Armlehnen krallten.

»Bei höherer Temperatur«, sagte Mugadisk ohne Vorrede, »bildet sich ein weiterer Stoff. Stoff für Alpträume, Exzellenz. Infektion wie gehabt: Berührung, Einatmen, Nahrungsaufnahme. Der Simulation zufolge sieht die Wirkung so aus.« Er ratterte eine Serie medizinischer Fachbegriffe herunter.

Hsiang hob die Hand. »Langsam, langsam. So schnell komme ich nicht mit. Fassen Sie das doch verständlich zusammen, Mann! Was war das mit Schwellungen?«

Mugadisk holte tief Luft. »Ja. Also. Zwei bis vier Tage nach der Infektion schwellen Drüsen und vermutlich etliche Organe an. Genau wissen wir das noch nicht. Blut und Lymphe zersetzen sich, werden in die oberen Gewebeschichten geschwemmt und bilden Beulen. Diese bersten und sekretieren eine üble Flüssigkeit. Exitus erfolgt durch Vergiftung des gesamten Organismus und gleichzeitige Organrupturen.«

Die Gouverneurin zog den Kaftan enger um sich, als ob sie fröre. Mühsam brachte sie schließlich eine Frage heraus: »Halten Sie es bei den begrenzten Möglichkeiten auf Shilgat für denkbar, daß dieses Zeug wohl in Ihren Labors, nicht aber in Gashiri produziert werden kann?«

Mugadisk sah sie traurig an. »Madame, die Substanz bildet sich bei etwa 420°. Wenn diese Anarchovegetarier 350° Hitze erzeugen können, was kaum ein Problem sein dürfte, dann schaffen sie den kleinen Sprung auch.«

»Könnte jemand von Natur aus dagegen immun sein?«

Mugadisk begriff die eigentliche Frage. »Nein, Exzellenz. Wenn Gashiri diesen Erreger empirisch gefunden hat – jemand spielt mit dem Ambra herum, zum Beispiel, und wird krank, und wenn sich das wiederholt, kann man ein Gesetz daraus ableiten –, also, wenn die wissen, was sie da in der Hand haben, dann gibt es nur zwei Möglichkeiten. Entweder sie sind zufällig darauf gestoßen, es gerät ihnen aus der Hand und sie gehen selbst daran zugrunde, oder sie können es kontrollieren und als Waffe einsetzen, dann müssen sie ein Gegenmittel haben. Oder – aber das wäre absurd. Oder sie löschen bewußt den ganzen Planeten und sich selbst aus.«

»Finden Sie etwas. Ganz schnell.«

Mugadisk breitete die Arme aus.

Aus: Erbgott, Fischfisch und Stadtsklave.
Institutionen der Shil auf Shilgat
Ireneo Fnuse (Atenoa, 448)

»... In Sa'orq gibt es mehrere Institutionen von unterschiedlicher Wichtigkeit. Bedeutend und unwichtig ist der Erbgott von Sa'orq, der die Stadt nach außen repräsentiert und Verträge unterzeichnet. Die Göttlichkeit kommt dem ganzen Land Sa'orq zu und ist nicht in einer Familie, sondern in der Bevölkerung insgesamt erblich. Nach dem Tod des letzten Erbgotts wird sein Nachfolger bzw. seine Nachfolgerin unter den freundlichsten Schwachsinnigen der Stadt gewählt, indem man diese mit Wasser und Brot versehen in einen Ratssaal sperrt, in welchem eine der Menge der Schwachsinnigen entsprechende Anzahl von einteiligen Kleidungsstücken in verschiedenen Farben ausliegt. Die Kandidaten werden vor Beginn des Konklaves von den Mitgliedern der Schneiderzunft entkleidet und betreten den Saal nackt. Sie verbringen dort eine Nacht. Elf Blinde (falls es zum fraglichen Zeitpunkt nicht genügend Blinde in Sa'orq gibt, lädt man die fehlenden aus der Umgebung ein, notfalls aus entlegenen Orten) werden in einen anderen Raum gebracht, in welchem weder Fenster noch Lampen sind. Auf einem Tisch in diesem Raum stehen elf Farbtöpfe. Jeder der Blinden erhält einen kleinen Becher und wird aufgefordert, diesen aus einem der Töpfe zu füllen und in einen neben dem Eingang stehenden Behälter zu gießen. Am folgenden Morgen analysieren die Mitglieder der Zünfte der Gerber und Färber die Farbmischung und bestimmen, welcher Grundfarbe sie am ehesten nahekommt. Sobald sie sich geeinigt haben, wird das Konklave der Schwachsinnigen für beendet erklärt; die Türen des Ratssaals werden geöffnet. Da es dort nachts kalt war, haben die Kandidaten der Göttlichkeit sich mit größerem oder kleinerem Erfolg bemüht, sich mit den ausgelegten Kleidern gegen die Kälte zu wappnen. Der Schwachsinnige, dessen Kleidung mit dem von Gerbern und Färbern bestimmten Farbton übereinstimmt, ist

der neue Erbgott. Das Verfahren ist gerecht und gegen jeden Versuch der Manipulation gefeit.

Den Erbgott berät eine Theologenkaste, die ›Künder der Gottheit‹. Hierbei handelt es sich um alte Frauen und Männer, die keinen sinnvollen Beruf mehr ausüben können und daher frei für die Politik sind. Auch ihre Zahl ist elf, und sie werden von den Zünften der Stadt gewählt. Zunächst wird hierbei unter den mehr als elf Zünften durch das Los entschieden, welche elf in Frage kommen; diese haben sodann auf der Stelle nach einer ebenfalls durch Los festgelegten Verteilung einen Kandidaten oder eine Kandidatin aus einer bestimmten anderen Zunft vorzuschlagen. Auch hier sind Absprachen und Manipulationen unmöglich. Diese Theologen legen die Ratschlüsse des Erbgotts aus oder erfinden sie. Elf ist auch die Anzahl der erfundenen und verhöhnten Götter, die in Gestalt der elf hellsten Sterne des südlichen Himmels der Nacht vorstehen und, wie die Überlieferung sagt, niemals hinschauen. In Sa'orq hält man es für ein verzweiflungsvolles Unterfangen, auf göttliche Offenbarungen zu warten, da Götter a) nicht existieren, sich b) vorwiegend Geisteskranken offenbaren und c) in der Absurdität des Großen Chaos ohnehin keine Chance haben. Die Ermittlung der göttlichen Weisungen richtet sich nach dem Gemeinwohl.

Die wichtigste der Institutionen von Sa'orq ist jedoch zweifellos die der Annalen. In ihnen verzeichnen begabte Chronisten, die ebenfalls durch Losentscheid bestimmt werden, mit vielerlei Ausschmückungen bemerkenswerte Scherze, Anekdoten und Bizarrerien. Kriege, Epidemien oder benachbarte Dynastien gelten als gewöhnlich und daher nicht aufzeichnenswert. In die Annalen von Sa'orq aufgenommen zu werden gilt als höchste Anerkennung, die einem Schelm auf Shilgat widerfahren kann.«

XI

Der Wagen rollte langsam aus der Halle der Golgit-Station. Learoyd klammerte sich an den Haltegriff neben der Tür. Er hatte seinen Beutel an einen weiter links angebrachten Griff gehängt und starrte abwechselnd ins Wageninnere, dann wieder auf die Bremsklötze rechts von ihm.

T'unga seufzte und nickte dem Obmann zu; der Shil zuckte mit den Schultern und ging zurück zu den anderen. Als er die Plattform verließ und zu den Wohngebäuden hinabstieg, traf eine weitere Truppe von Frauen und Männern mit Bogen, Degen und Pike ein. Die Besatzung der Station lag nun bei fast 800, und es würde schwierig werden, alle auf dem kleinen Hochplateau unterzubringen. Nicht zu reden von Nahrungsmitteln. Bintiq überlegte nicht lange. Er stieg hinunter und versammelte die Sprecher der Freiwilligen.

Die Berge des nördlichen Golgit-Landes überzogen sich mit Wolkenschatten. T'unga hockte am Ende der Plattform, schon unter freiem Himmel. Er sah dem davonrollenden Wagen nach; ein erster Regentropfen streifte seine Nase. T'unga wischte ihn ab, starrte in den Himmel, als wolle er ihn mit Beleidigungen bewerfen; dann schnaubte er und schaltete das Funkgerät ein.

Es dauerte eine Weile, bis er Sarela McVitie persönlich sprechen konnte.

Er schilderte den Vorfall, gab Learoyds Beschreibung des Sarges samt Inhalt durch und sagte schließlich: »Terence hockt auf dem Trittbrett. Er wird den Wagen bald abbremsen. Ich nehme an, auf einem Hügel, der ihm später die Weiterfahrt in beide Richtungen erlaubt. Dann wird er hineinklettern.«

Sarela schwieg. Als sie sprach, klang ihre Stimme brüchig. »Ich habe eben, noch während du geredet hast, versucht, Terence zu erreichen. Er meldet sich nicht.«

T'unga hustete. »Er hat sein Funkgerät im Beutel, der hängt links von ihm. Wahrscheinlich hört er bei dem Fahrtwind das Piepsen nicht.«

»Du meinst, er läßt ohnehin nicht mit sich reden, nicht wahr, und überhört es absichtlich?«

T'unga schwieg.

»Hör zu, T'unga, merk dir jedes Wort; es ist wichtig, aber es wird weh tun. Wir wissen seit ein paar Stunden, was da in Gashiri ausgebrütet worden ist.« Sie gab ihm eine knappe, schonungslose Zusammenfassung.

T'unga lauschte. Er hatte bemerkt, daß inzwischen der Obmann wieder zu ihm getreten war und alles anhörte, und er wußte, daß Bintiq genug Galaktein verstand.

Schließlich sagte Sarela: »Ihr habt vier Tage; wenn ihr euch schont, kann es ein wenig länger dauern. Wahrscheinlich beginnen die ersten Symptome innerhalb von zwei Tagen – Schwellungen und Fieber. Wer immer den Kranken in den Wagen geschoben hat, hat auch den Wagen berührt; damit sind alle, die in der Nähe des Wagens waren, angesteckt, ob ihr ihn direkt berührt habt oder nicht.«

Bintiq beugte sich über die Schulter des hockenden Mischlings vor. »Wächterin von Cadhras. Dies sagt Bintiq, Obmann der freiwilligen Kämpfer von Golgit. Ich habe das gehört. Aber sag mir eines – werden auch die sterben, die den Kranken in den Wagen gesetzt haben? Werden alle Leute aus Gashiri sterben, die die Stationen besetzt haben?«

Sarela schwieg einige Sekunden lang. »Nein, Obmann«, sagte sie dann. »Es gibt ein Gegenmittel aus dem gleichen Stoff wie die Krankheit. Aber wir haben bisher sehr wenig davon. Wir sind sicher, daß Gashiri das Gegenmittel ebenfalls hat. Wir versuchen alles, was wir können. Bleibt in der Station, laßt keinen weg und keinen zu euch. Sobald wir können und genug Mittel haben, schicken wir einen Gleiter und *mediks.* Habt ihr verstanden?«

T'unga machte klickende Geräusche mit der Zunge. »Wie lange kann man das Mittel anwenden?«

Sarela seufzte. »Wenn die Schwellungen zu Beulen werden, wird es kritisch. Wenn die Beulen zu platzen beginnen, ist es zu spät. Der Kranke im Wagen ist, so wie du ihn beschrieben hast, nicht mehr zu retten. Er hat vielleicht noch einen oder zwei Tage zu leben. Keine schönen Tage. Die Schmerzen sind schlimm.«

Bintiq räusperte sich. »Wächterin, das alles kommt für uns zu spät. Eben sind einige hundert Leute zu uns gekommen. Sind diese auch schon infiziert?«

»Wahrscheinlich, Obmann.«

»Dann werden wir tun, was wir tun müssen. Wir können nicht alle hier bleiben, es gibt nicht genug Platz, Wasser und Nahrung. Die Station ist auf eine Besatzung von zehn Leuten eingerichtet.«

»Was wollt ihr tun?«

»Hier stehen elf Wagen. Wir werden einen Teil der Leute zurücklassen und mit den anderen dorthin fahren, wo wir niemanden anstecken können. In die nächsten, von Gashiri besetzten Stationen.«

T'unga nickte. Laut sagte er: »Chef, der Obmann hat recht. Wir sind die letzte Station, die etwas unternehmen kann. Die Königin von Kelgarla kann nicht nahe genug an die Bahn herankommen; die Gashiri-Trupps kontrollieren ja alle Pässe. Wenn da überhaupt etwas zu tun ist, muß es von hier aus geschehen. Oder aus der Luft.«

Sarela klang einen Moment wie verzweifelt. »Wir können noch nicht angreifen. Wir haben im Moment nicht einmal genug Mittel, um auch nur einen Teil der Garnison zu impfen. Wir würden die Frauen und Männer in den sicheren Seuchentod schicken.« Ihr war klar, was sie den infizierten Männern gerade gesagt hatte.

Bintiq wandte sich ab. T'unga sah hinter ihm her. »Der Obmann geht«, sagte er leise. »Er wird jetzt die Wagen vollpacken.«

Sarela seufzte wieder. »Was soll ich sagen?«

»Nichts, Chef. Das ist jetzt eine Sache zwischen uns, den Infizierten, und denen, die uns und den anderen das angetan haben. Ich glaube, ich würde keine Befehle entgegennehmen, Chef.«

»Ich werde dir keine erteilen. Ich bleib am Gerät, bis Terence sich meldet.«

Einer der anderen Agenten kam zu T'unga. Leise stellte er ein paar Fragen; schließlich sagte er: »Sie halten sich gut. Keine Panik bisher; alle wissen Bescheid. Ich glaube, jetzt etwas tun ist sinnvoller als hier herumsitzen und auf das Ende warten.«

Eine halbe Stunde später meldete sich Terence Learoyd. »Ich hab den Wagen gebremst. Ich geh jetzt rein. Ich meld mich dann wieder. Muß ja keine durchgehende Live-Übertragung werden, oder?«

Sarela rief: »Stopp, Terence!«

»Ist das die Chefin?«

»Ja, Terence. Bevor du in den Wagen steigst, solltest du noch etwas wissen.«

Learoyd lauschte der Zusammenfassung. Am Ende knurrte er: »Na ja, dann kann ich beruhigt in den Wagen steigen, wenn ich ohnehin angesteckt bin.«

Mit einem trockenen Knacken schaltete er sein Gerät ab.

Die anderen warteten. Sie warteten sehr lange, fast eine Stunde. In Cadhras war die Stimmung hektisch; T'unga hörte immer wieder unverständliche Gesprächsfetzen. In der Golgit-Station verteilte Bintiq die 200 Frauen aus Pasdan und 100 Männer auf die verfügbaren Wagen. Die Atmosphäre war ruhig, gelassen, fatalistisch. Wie lange noch? T'unga vermied es, in sich hineinzuhorchen.

»Learoyd hier.« Die Stimme kam wie aus weiter Ferne, wie aus einer Zukunft, in der Terence Learoyd nur ein vergessener Schatten und die Welt ein Trümmerhaufen war. »Der Kranke… Das ist – das war Vlad Oubou. Er konnte kaum sprechen und hat sich nur an wenig erinnert. Sie haben ihn mit der Taggabahn von Bu'ndai nach Gashiri gebracht und zu Experimenten verwendet.«

T'unga und Sarela schwiegen.

Nach einer Weile sprach Terence weiter, müde. »Von Barakuda hat er nichts gewußt.«

Sarela dachte an den dürren alten Soldaten. Ruhig, zuverlässig, ein guter Freund, Mitglied von Bondaks legendärer ›Bande‹. Ein aufgequollenes Ungeheuer mit berstenden Beulen, aus denen grünliche Flüssigkeit troff. Die Seele eines Menschen in einem unmenschlichen, von unsäglichen Qualen gepeinigten Körper.

T'unga versuchte, nicht zu denken.

Bintiq kam zu ihm. »Fertig zum Aufbruch.«

T'unga nickte. Mit schwacher Stimme sprach er ins Funkgerät. »Terence, hörst du? Wir brechen gleich auf.«

Learoyd antwortete nicht.

Eine neue Stimme klang aus den Geräten. »Hier ist Lydia Hsiang. Agent T'unga und Obmann Bintiq, hören Sie mich?«

T'unga warf dem Obmann einen Blick zu; der Shil nickte. »Ja, Exzellenz.«

»Ich mache ungern davon Gebrauch, daß mir laut Shilgat-Abkommen auch das Recht zusteht, Obleuten und Fürsten der Shil Befehle zu erteilen. Aber es muß wohl sein. Sie werden die Station nicht verlassen. Ich schicke so bald wie möglich einen Gleiter mit Medikamenten. Haben Sie verstanden?«

Bintiq beugte sich über T'ungas Schulter vor. »Herrin von Shilgat«, sagte er, und es klang durchaus nicht ironisch, »Mutter der Völker. Dies ist Bintiq, der Obmann. Ich habe gehört und werde nicht gehorchen.«

T'unga nickte. »Ich ebenfalls nicht, Exzellenz.«

Die Stimme der Gouverneurin klang unverändert. »Das habe ich befürchtet. Kann ich Sie wirklich nicht umstimmen?«

T'unga übernahm die Antwort. »Nein, Exzellenz. Sollen wir hier wie Schlachtvieh auf den unsichtbaren Henker warten? Lieber unternehmen wir noch etwas.«

»Gut so. Ich fahr langsam los.« Das war Learoyds Stimme.

»Ich wünsche Ihnen Glück und ein langes Leben«, sagte

die Gouverneurin ernst. »Halten Sie Funkkontakt. Wir werden die erste Ladung Medikamente losschicken, sobald wir sie zusammenstellen können. Wir schicken sie dorthin, wo Sie dann sind.«

»Danke, Exzellenz«, sagte T'unga. »Wir melden uns.«

»Leben Sie wohl. Learoyd, bitte dran bleiben. Ich möchte mit Ihnen noch reden. Allein.«

T'unga schaltete sein Gerät ab. Der Obmann legte ihm eine Hand auf die Schulter; sie gingen zu den Wagen. Gegenverkehr war nicht zu erwarten.

Learoyd wartete, bis er das Knacken des Ausschaltens vernommen hatte. Dann räusperte er sich. »Exzellenz?«

Die Gouverneurin klang plötzlich müde. »Lassen Sie die Förmlichkeiten, Terence. Niemand hört uns, nicht einmal Sarela. Was war mit Oubou? Ist er tot?«

Terence zögerte. Dann sagte er tonlos: »Sie haben ihn nicht gesehen, Lydia. Und seine Schreie nicht gehört. Er... er hat mich gefragt, ob ich eine Pistole habe. Seine Finger, verstehen Sie? Er konnte nichts mehr anfassen, so dick.« Er verstummte.

Hsiang schwieg. Nach einer langen Weile sagte sie leise: »Es ist gut, Terence. Sie sollten wissen, daß ich an Sie denke. Fahren Sie wohl, mein Freund.«

Die erste Station war nicht blockiert. Die Wagen rollten langsam hindurch. Erst als alle bis auf die letzten beiden Vehikel die Plattform passiert hatten, stürzten gelblichbraune Bogenschützen aus den Treppenaufgängen.

Vorbei. Learoyd, allein im ersten Wagen mit Oubous monströsem Leichnam, kaute auf einem Stück Oberlippe, das er zwischen die Zähne gezogen hatte.

In der Abenddämmerung kam die Station von Gashiri näher. Es war noch hell genug, um von weitem sehen zu können, daß beide Spuren der Bahn blockiert waren. Die AVs schienen Wagen zertrümmert und die Bruchstücke aufgetürmt zu haben.

Learoyd ging vom Wagenbug zur Mitte und starrte auf das hinab, was einmal Oubou gewesen war. »Alter

Freund«, sagte er leise, »ich weiß nicht, ob sie dich von dieser Station abgeschickt haben. Es sind aber die gleichen Finsterlinge. Außerdem sind sie dumm. Du hättest ihnen sagen sollen, daß sie die Trümmer vor die Station schütten, nicht in die Station.«

Als der Wagen in die Halle der Station rollte, kauerte Terence Learoyd unter einem zerschlagenen Fenster. Die Magazine lagen neben ihm, griffbereit.

Es dauerte nicht lange. Die AV-Truppen waren gewarnt worden, durch Signalfeuer, Heliograph oder Semaphor. Hinter Trümmern und Verschanzungen hockten etliche Dutzend Bogen- und Armbrustschützen.

»Damit«, sagte Terence trotzig, »haben sie bestimmt nicht gerechnet, Vlad. Anders als du werden sie sich aber nicht freuen.«

Er hielt sich fest, erwartete den Aufprall des Wagens auf die Trümmersperre. Dann schob er die automatische Pistole über den unteren Fensterrand und schoß. Die nachfolgenden Wagen mit sicheren Bogenschützen aus Golgit und Pasdan rollten in die Halle, krachten gegen die Trümmer, schoben sich in Learoyds Wagen und ineinander und spien ihre tödliche, gefiederte Ladung aus.

* * *

Am Nachmittag des dritten Tages nach dem Besuch des Inspekteurs mit dem verquollenen Gesicht bildeten sich die ersten Schwellungen. Bondak und Yakku standen an der Heckreling und unterhielten sich über die Symptome.

»Auf den anderen Schiffen haben sie sie auch«, murmelte der Leutnant.

Lugo Bondak ballte die Fäuste, öffnete sie wieder, ballte sie erneut. Sie gehorchten; die Schwellungen in anderen Gegenden des Körpers waren merklicher, aber nicht besonders schmerzhaft. Der ehemalige Sergeant ließ seine Blicke prüfend über Yakku und andere Mitglieder der Mannschaft schweifen. Auch ihre Gesichter waren aufgequollen. Bondak nickte langsam.

Yakku sah ihn forschend an. »Na, ein Entschluß?«
»Ja. Wir landen.«
Der Leutnant atmete auf und schlug Bondak fast die Schulter ein. »Endlich, Mann. Ich dachte schon, wir würden hier draußen liegen, bis wir krepieren.«
»Du meinst, es ist ernst?«
Yakku nickte kurz. »Ich fürchte, ja. Allmählich frag ich mich, weshalb wir keinen Besuch mehr von den Mündungsforts bekommen haben.«

Sie verständigten sich mit Zeichen von Schiff zu Schiff. Das vornehme Gesicht des einstigen Don Juan der Garnison begann, die Proportionen zu verlieren; Kakoiannis hatte seit dem Morgen auf ein Landeunternehmen gedrängt. Er sah genauso erleichtert aus wie alle anderen – alles war besser als dies nervzerfressende Warten.
Die Schiffe setzten Segel; die Brise war schwach und kam bisweilen von querab, wenn der Wind in erratischer Laune umsprang, aber die meiste Zeit wehte er aus Nordwesten. Sie steuerten die kleine Mündungsfestung auf dem Westufer des Gashigar an; es war jenes, an dem weiter flußauf die Hauptstadt Gashir lag.
Bondak stand auf dem Vorderkastell und starrte durch das Glas zum Fort. Die riesigen Arme des Semaphors hingen herunter; auch in der Nähe der Katapulte war nichts zu sehen. Das Ufer kam näher; die beiden anderen Schiffe folgten in Kiellinie.
Auf der Plattform der Katapulte bewegten sich Gestalten. Riesige Drähte und schwenkbare Arme erwachten zum Leben; eine der großen Schleudermaschinen wurde ausgerichtet.
»Zu weit«, knurrte Bondak. Er drehte sich um, gab Zeichen. Hinter der Reling knieten einige der Freiwilligen aus der Garnison. Yakku hatte die besten Schützen ausgesucht und auf das erste Schiff geschickt. »Versucht es«, sagte Bondak laut. »Einzelfeuer.«
Sie wußten, worauf es ankam. Die Frauen und Männer

schossen ruhig und gezielt, aber die Plattform war noch zu weit entfernt, um sicher treffen zu können.

Noch immer liefen einige Menschen in Nähe der Katapulte herum. Plötzlich bewegte sich die Schale. Dann brach das Unheil über das Schiff her. Kleine Steine mit scharfen Kanten und gehacktes Metall prasselten auf die Leute nieder. Der größte Teil der Ladung ging ins Wasser; Fontänen stiegen ringsum auf. Aber ein Teil traf auch das Schiff. Segel wurden zerfetzt, Taue rissen singend. Eine Rah stürzte aufs Zwischendeck, riß Taue und Blöcke mit und begrub zwei Shil und Gavril Tatuschin.

Das Katapult neben dem eben abgefeuerten wurde geschwenkt, aber inzwischen waren sie nah genug. Die Scharfschützen aus Cadhras konnten die Ziele nicht mehr verfehlen; das zweite Katapult trat nicht in Aktion. Als das Schiff sich der Kaimauer näherte, sprangen dort Gestalten auf, legten gespannte Armbrüste an und schossen. Bondak spürte den Luftzug, als ein Bolzen knapp neben ihm vorbeisirrte. Die Schützen an Land ließen sich sofort wieder hinter die Mauer fallen; zwei oder drei mochten vom Karabinerfeuer getroffen worden sein.

Die Steuerbordkante knirschte den Kai entlang. Die Frauen und Männer, die an Land sprangen, fanden zwei Tote neben Dutzenden von Armbrüsten; die anderen hatten sich kriechend aus dem Staub gemacht.

Während die beiden anderen Schiffe festmachten und ihre Besatzungen zusammen mit den Leuten von Bondaks Schiff das Ufer sicherten, kümmerte der alte *sirján* sich um die Verletzten und Eingeklemmten.

Gavril Tatuschin war tot; ihr Kopf stand in einem unmöglichen Winkel vom Körper ab. Als die herunterstürzenden Teile der Takelage sie umrissen, war sie seitlich gegen den Fuß des Hauptmastes gefallen. Die beiden Shil lebten, hatten nur leichte Abschürfungen.

Auf dem Vorderdeck lagen noch fünf Tote – Karuka Katz, ein Shil, zwei Mischlinge und Narciso Ping. Die Armbrustschützen hatten sehr gut gezielt. Mehrere andere Leute waren von Bolzen gestreift worden und leicht verletzt.

Bondak starrte auf die Toten. Katz, Tatuschin, Ping – sie hatte er seit vielen Jahren gekannt, und viele Jahre waren ausgelöscht. Einen Moment fühlte er sich uralt, leer, gleichzeitig verantwortlich, weil er das Unternehmen vorgeschlagen hatte.

Dann betrachtete er das friedliche, leicht verwunderte Gesicht von Narciso Ping. Der Bolzen war aus kurzer Entfernung mitten in die Stirn geschlagen. Lugo Bondak schloß eine Sekunde die Augen. »Abschied, Freunde«, murmelte er schließlich. Er tastete nach der dicksten Beule, die die Haut über seiner rechten Schläfe spannte. Er seufzte. »Vielleicht werde ich euch in ein paar Stunden beneiden.«

Die Wohngebiete um den Hafen waren seltsam still. Erst als sie in die engen Gassen eindrangen, bemerkten die Frauen und Männer aus Cadhras den schweren, süßlichen Geruch, den die Brise flußauf wehte. Bondak sah einen Muli, der sich übergab; alle liefen mit blassen, gespannten Gesichtern vorwärts und spähten in die Häuser.

Am frühen Abend erreichten sie die eigentliche Festung auf einem Hügel. Die Tore waren geöffnet. Nahe den Katapulten fanden sich acht Tote. Alle hatten auffallend braune Haut. Fünf von ihnen waren an Schußwunden gestorben; die anderen waren verwundet worden, gestorben jedoch nicht an Kugeln, sondern an durchschnittenen Kehlen. Ein Shil, der einen Turm erkletterte, gestikulierte wild und deutete nach Süden. Bondak verstand nicht, was er schrie; eine Frau, die näher beim Turm gewesen war, kam herbeigelaufen. »Es müssen noch einige hier gewesen sein«, sagte sie. »Sie reiten nach Süden.« Dann sah sie die Messerspuren an den Leichen.

Yakku kratzte sich den Kopf. »Sie haben ihre verwundeten Kameraden umgebracht, damit sie uns nichts erzählen können.«

Bondak hob die Schultern. »Was sollen sie uns erzählen? Die Stadt ist voller Leichen; alle sind offenbar an dieser Beulenpest – oder was es auch sein mag – gestorben. Die anderen hier, mit dieser seltsamen Hautfarbe, die waren offenbar immun.«

Kakoiannis kauerte neben einer Leiche und betastete die Haut. »Aber nicht gegen Kugeln«, murmelte er. Er richtete sich auf. »Sieht so aus, als ob sie nicht zufällig immun wären. Alle haben die gleiche Bräune. Gelblichbraun, eher.«

Yakku starrte in den Himmel. »Es gibt zwei Möglichkeiten. Entweder handelt es sich um eine Seuchenkatastrophe oder um eine biologische Waffe. Und entweder sind diese Gelbbraunen zufällig immun, oder sie sind immunisiert worden.«

Sie durchsuchten die Räume des Forts, fanden aber nichts außer Vorräten und Material. Danach durchkämmten sie die Stadt.

Es war, als hätten sich alle zum Sterben in die Häuser zurückgezogen. Die meisten Toten waren kaum als Menschen kenntlich. Entstellte, aufgedunsene Leiber mit verformten Gliedmaßen, übersät mit zerplatzten Beulen, aus denen grünliche Flüssigkeit gesickert und später geronnen war.

Bei Sonnenuntergang fanden sich alle neben den Schiffen ein.

Yakku und Bondak wechselten Blicksignale. Der Leutnant verschwand an Bord des ersten Schiffs, und Bondak winkte die Frauen und Männer, Shil, Mulis und Cadhrassi zu sich. Sie bildeten einen dichten Kreis um ihn.

»Wir haben uns alle angesteckt, Kameraden.« Bondak blickte von einem Gesicht zum anderen. »Wir haben gesehen, wie es wirkt. Es scheint schnell zu gehen. Aber offenbar gibt es was dagegen. Ihr habt die Immunen gesehen, oder?«

Sie nickten; in einigen Gesichtern spielte plötzlich wieder eine kleine Hoffnung. »Yakku informiert gerade Cadhras. Ihr wißt, da liegt ein Laborschiff mit erstklassigen Wissenschaftlern. Ich bin sicher, daß die was finden, was uns hilft. Schließlich haben sie ganz andere Möglichkeiten als die AVs, und die haben ja offenbar auch was gefunden.«

Er machte eine kleine Pause, suchte wieder die Augen seiner Zuhörer. Er las Skepsis, aber auch Hoffnung und viel Fatalismus. Die Shil begannen, sich in sich selbst zurückzuziehen, einige der Mulis ebenfalls.

»Wir müssen uns nur über eines klar sein: Auf keinen Fall darf das, was wir uns hier geholt haben, weiter verbreitet werden. Sonst stecken wir ganz Shilgat an. Ich bin sicher, daß Cadhras uns helfen wird, aber wir müssen warten, bis sie Hilfe zu uns schicken. Wir dürfen nicht versuchen, uns hier abzusetzen. Und dann sollten wir uns überlegen, was wir gegen das Fort auf dem anderen Ufer tun können.«

Er mußte die Leute beschäftigen. Er blickte zu den Schiffen und wartete auf Yakku, aber der kam nicht. Noch nicht. Bondak unterdrückte einen Seufzer; dann schickte er Kakoiannis mit 20 Leuten los, um die Festung noch einmal zu untersuchen. Kakoiannis zwinkerte. Den anderen befahl er, ein paar Lastkähne so mit den nötigen Dingen wie Proviant und Munition zu beladen, daß eventuelle Beobachter vom anderen Ufer nichts sehen konnten. »Wenn es völlig dunkel ist, werden wir übersetzen und auch drüben das Fort ausschalten. Je weniger Katapulte hier herumstehen, um so besser für Ärzte und Krankenschwestern, wenn sie uns besuchen kommen.«

Er erntete sehr schwaches Gelächter; immerhin hatten die Leute nun ein paar Minuten etwas zu tun.

Yakku tauchte auf dem Achterdeck auf und winkte. Bondak kletterte an Bord.

»Sie versuchen seit Stunden, uns zu erreichen«, sagte der Leutnant. »Aber das war während der Landung, da hat keiner an die Funkgeräte in der Kajüte gedacht. – Letzte Nacht haben die Wissenschaftler herausgefunden, was los ist. Sie wußten schon von der Geschichte, bevor ich ihnen die Leichen hier beschrieben habe. Explosive Beulenpest nennen sie es.«

»Hervorragend. Wir gehen vor die Hunde, und die überlegen sich einen passenden Namen dafür. Haben sie denn auch was dagegen?«

Yakku blickte fort, auf das schimmernde Wasser, das sich in der Abenddämmerung blutig färbte. »Sie glauben, daß sie bald was finden; vielleicht schon diese Nacht. Aber spätestens in ein paar Tagen.«

»Sehr beruhigend«, sagte Bondak. »Sie können es dann über uns ausstreuen. Nach dem Salutschießen.«

Plötzlich stieß Kara Kikuyo einen Schrei aus und deutete zum Fort. »Feuer!«

Die geflüchteten AVs mußten im letzten Moment in irgendeinem für Fremde unzugänglichen Winkel der Festung Feuer gelegt haben. Es hatte eine Weile gebraucht, um sich nach außen zu fressen, aber nun war es nicht mehr einzudämmen. Der kräftige Seewind fachte es weiter an; es würde nur noch Minuten dauern, bis die ganze Stadt mit ihren zahllosen Holzbauten in Flammen stand. Eine schwarze Rauchsäule stieg in den Abendhimmel, und keiner wußte, was mit ihr in die höheren Luftschichten gelangte. Aber spätestens, wenn das Feuer die entstellten Leichen erfaßte, würden auch giftige Teilchen aufsteigen.

Die Boote und die drei Schiffe legten ab, ehe sie von den Flammen erfaßt werden konnten. Bondak, der in einem der Boote saß, ließ flußaufwärts rudern. Er hoffte, daß die Besatzung des gegenüberliegenden Forts in der Abenddämmerung zu sehr mit dem Brand und den Seglern beschäftigt wäre, um auf die Boote zu achten.

In der Dunkelheit legten sie am Ostufer an, oberhalb des Forts. Wie Geisterclipper standen die Schiffe zwischen ihnen und dem Feuermeer.

Auch dieser Ort war eine Stadt der Toten, aber hier hatten die Immunen offenbar das Weite gesucht, ohne Feuer zu legen und ohne auf eine Aktion von Bondaks Leuten zu warten.

Schweigend kehrten sie zu den Booten zurück und ruderten auf den breiten Strom hinaus, dorthin, wo die Lampen der drei Schiffe nur Pünktchen waren, gegenüber dem noch immer tosenden Inferno am Westufer kaum wahrzunehmen.

»Ich habe eine gute und eine schlechte Nachricht.« In den letzten Stunden hatte Yakkus Nase sich zu einem Rüssel verformt. Er biß auf die Unterlippe, als wieder einer der Schmerzkrämpfe durch seinen Kopf raste. »In Cadhras ist etwas gefunden worden, das wahrscheinlich diese Explosive Beulenpest stoppen kann.«

Ringsum hellten sich Gesichter auf.

»Ja, und die schlechte ist, daß sie noch nicht ganz sicher sind und Versuchskaninchen brauchen.« Er machte eine Pause. »Im Morgengrauen wird ein Gleiter über uns fliegen, einen Antigravkasten mit diesem Medikament abwerfen und zu einem der Schiffe steuern. Ich werde mir eine Spritze setzen. Was hab ich schon zu verlieren?«

Bondak nickte. »Das stimmt. Nicht viel. Das hattest du übrigens noch nie.«

* * *

Über ihr dehnte sich der Ballon aus, der den sichtbaren Himmel bis auf einen schmalen blauen Rand einnahm. Sie sah nackte Füße und Beine, eine kurze Wollhose. Lanshi. Als sie versuchte, sich zu bewegen, rasten Wellen irrsinnigen Schmerzes durch ihren Körper. Es gab zwei Quellen, in der Schulter und in der Wade. Da erinnerte Toyami sich und stöhnte auf.

Lanshi beugte sich vor. Er saß auf dem leergelaufenen Petroleumkanister und trug nur die kurze Wollhose. Es war kalt; sein entstelltes Gesicht zeigte Müdigkeit.

Toyami blickte an sich herunter, so gut es ging. Sie lag auf dem Boden des Korbes, zwischen den beiden intakten Kanistern; Lanshi hatte ihr das schmutzstarrende Hemd ausgezogen und ihre Schulter mit Fetzen seiner Kleidung verbunden. Sie fror; auch sie trug nichts als spärliche Überreste ihrer zerrissenen Wollhose und diesen notdürftigen Verband. Mit zusammengebissenen Zähnen sagte sie: »Wie lange war ich bewußtlos?«

Lanshi hob den Daumen und beschrieb einen Kreis mit der Hand.

»Einen ganzen Tag?«

Er nickte.

»Wo sind wir?«

Er spähte über den Rand des Korbes. Dann deutete er mit beiden Händen eine Schüssel mit aufgebogenem Rand an, wies in eine Richtung und machte Schwimmbewegungen, danach wies er in die andere Richtung und nickte.

»Wir sind nach Süden getrieben worden?«

Sie bemühte sich, die Schmerzen, die Kälte und etwas anderes zu ignorieren, das ihr noch nicht ganz bewußt war.

»Sind wir noch über Gashiri oder schon weiter?«

Seinen Gesten nach befanden sie sich über den südlichen Grenzbergen.

Plötzlich wußte sie, was sie zusätzlich fühlte. Langsam hob sie die Hand. Auf dem Handrücken hatte sich eine kleine Schwellung gebildet. Sie suchte Lanshis Augen, und er nickte langsam, deutete auf ihre Stirn, ihre Brust, ihre Lenden.

»Hilf mir. Wenn's auch weh tut, ich muß über den Rand sehen, sehen, wo wir sind.«

Sie schrie vor Schmerzen, als Lanshi vorsichtig versuchte, sie auf die Beine zu stellen. Es dauerte lange, bis sie die Tränen fortgezwinkert hatte, die aus ihren Augen schossen, ohne daß sie etwas dagegen tun konnte.

Der Anblick des Landes im strahlenden Morgenlicht raubte ihr einen Moment den Atem. Sie schwebten über einem tiefblauen, klaren Bergsee, in dessen Wasser nichts zu sehen war als das winzige Bild eines Ballons. Nadelbäume bedeckten die Hänge. Der Ballon trieb auf die nächste Kette zu, überquerte sie. Toyami erinnerte sich an die Landkarten und wußte, daß sie nicht mehr über Gashiri waren. Die letzte Kette von Bergen gehörte bereits zu Zheziri; weiter im Süden sah sie die Linie der Taggabahn.

Was sollten sie tun? Cadhras mußte gewarnt werden. Wie? Auf gar keinen Fall durften sie landen. Sie wußte nicht genau, was es war, aber wenn sie sich in Tag'gashir'dir angesteckt hatte und nun überall Schwellungen und Beulen bekam, würde sie zweifellos bald sterben, und mit ihr alle, die nicht wie Lanshi immunisiert worden waren. Er hatte von den aufgequollenen Leichen berichtet, und von den Injektionen, die er und andere erhalten hatten.

Sie konnten nicht ewig weiterfliegen, ohne zu verhungern. Früher oder später würde auch das Petroleum aufgebraucht sein; dann mußte der Ballon langsam sinken. Cadhras konnte nur gewarnt werden, wenn sie landeten. Aber landen durften sie nicht, wenn sie nicht diese furchtbare Seuche über ganz Shilgat verteilen wollten.

Sie bat Lanshi, ihr wieder beim Niederlegen zu helfen. Von unten starrten sie in die Flamme des Brenners, die Lanshi eigenmächtig kleiner gestellt hatte. Das war richtig.

Sie dachte nach, aber ihre Gedanken verirrten sich immer wieder zu dem Tod, der unausweichlich auf sie zu kam. Aus ihr kam, aus den Schwellungen, die Beulen wurden.

Dann durchfuhr sie eisiger Schrecken. Sie dachte an die Luftströmung, die den Ballon nach Süden getrieben hatte. Sie dachte an die graue Pulversubstanz, die die AV-Wissenschaftler in der Höhle zubereiteten. Sie dachte an die anderen Ballons in der Höhle. Und an das riesige Katapult.

Sie richtete sich wieder auf. »Lanshi«, schrie sie, »hilf mir auf. Wir müssen landen!«

Als sie stand, sah sie schräg unter dem Ballon die Taggabahn, und nicht weit entfernt eine ihrer Stationen. Der Wind sprang um, südlich der Berge, trieb den Ballon nach Osten. Die Station kam näher. Toyami preßte die Lippen zusammen; dann faßte sie einen Entschluß.

»Stell die Flamme ganz ab, Lanshi.«

Am mittleren Vormittag hockten Learoyd und T'unga auf dem Felsvorsprung oberhalb der Station. Sie tranken Gashiri-Rum aus der Flasche. Learoyd erzählte T'unga Geschichten aus den Garnisonen des Commonwealth, und der Agent revanchierte sich mit Anekdoten aus den Annalen von Sa'orq.

Plötzlich deutete T'unga in den Himmel und öffnete den Mund, sagte aber nichts. Learoyd blickte empor. Über ihnen trieb ein Ballon; er war nicht sehr hoch, und etwas fiel aus ihm herab.

»Fünfzig Meter vielleicht«, knurrte Terence, der zunächst an Halluzinationen dank des Rums geglaubt hatte. Wer immer der Passagier im Ballon sein mochte, er hatte gut gezielt. Zwei Pfeile, mit einem Stoffstreifen zusammengebunden, lagen nicht weit von Learoyd und T'unga entfernt. Terence ging hin und hob das Bündel auf. Ein Zettel steckte zwischen Stoff und Pfeilen. Darauf stand eine Zahlenreihe. Terence schüttelte ungläubig den Kopf. »Flottencode. Sie wollen, daß wir sie runterholen. Oh, verdammt.«

Er schwankte ein wenig, als er die Pistole zog. T'unga stützte ihn. Die Kugel traf. Der Ballon begann zu flappen, dann sank er immer schneller. Die Luft entwich, der Stoff riß weiter aus.

Eine Bö faßte nach den Resten der Stoffkugel, schleppte sie und den Korb weiter. Vom Schuß aufgeschreckte Shil standen neben der Station und starrten auf das seltene Bild. Learoyd und T'unga rannten dem havarierten Luftgefährt nach. Der Korb krachte gegen einen Hügel, wurde über die Kuppe gezerrt, umgedreht, wieder aufgerichtet, schleifte über den Boden, hüpfte und blieb in einem Baum hängen.

Am Hügel fanden sie zwei leblose Gestalten. Der Mann mit dem entstellten Gesicht lag da wie zum Picknick ausgestreckt; sein Genick war gebrochen. Die junge Frau mit den schweren Verletzungen war bei Bewußtsein. Sie starrte Learoyd aus matten, schmerzvollen Augen an.

»Können Sie Cadhras erreichen?« Sie biß auf die Lippen, bis Blut floß.

Learoyd kniete neben ihr nieder, während T'unga zur Station rannte, um das Funkgerät und ein paar Notmedikamente zu holen, die zu seinem Gepäck gehörten.

»Ja. Wer bist du?«

Sie lächelte mühsam. »Agentin Toyami, Kamerad. Du mußt Learoyd sein. Keiner hat so rotes Haar.«

»Ja. Was soll ich Cadhras sagen?«

Aus: Lydia Hsiang, Memoiren *(Gaia, 501)*

»... Während der zähen, komplizierten Verhandlungen gab es Momente, in denen alle sich weit fort wünschten. An einem nassen Abend floh ich ins Serai, wo ich mit den Frauen und Männern einer kleinen Karawane Tee trank und Geschichten lauschte. Sie behandelten mich wie ihresgleichen, was ich meinem langen Shil-Umhang und den Sprachfertigkeiten zuschrieb. Ich irrte mich. Später, als ich mit einem alten Händler allein vor dem Feuer saß, bei heißem Sampawein, begriff ich dies. Der alte Mann zog sein Messer und ließ den Schein der Flammen auf der Klinge tanzen.

›Ich fürchte‹, sagte er bedächtig, ›wenn ihr alles aufgelöst habt, Hüterin von Cadhras, werden wir nur noch tanzende Flammen sein ohne Klinge, auf der wir ruhen können.‹

›Du weißt ...?‹

Er hob die Schultern und kratzte sich den grauen Bart. ›Alle wußten, aber wenn du wie wir zu sein beschließt, kommt es nicht uns zu, dich daran zu hindern.‹

›Du bist also gegen die Kündigung des Statuts?‹

Wieder hob er die Schultern. ›Warum etwas zerstören, solange es allen nützt? Aber ihr werdet Gründe haben oder finden, zu tun, was euch sinnvoll erscheint. Ob es in hundert Jahren noch sinnvoll ist, wird man sehen. Auch die Weisen irren sich bisweilen. Wie sich die Heiler und Häupter geirrt haben, als sie die Korsaren zu Hütern des alangra *machten.‹*

Ich bemühte mich, meine Erregung nicht zu zeigen. Keiner, weder Gortahork noch Tremughati noch gar Saravyi, hatte bisher Fragen zur Vorgeschichte beantwortet.

Vorsichtig sagte ich: ›Du hältst es für einen Irrtum? Weil sie alangra *nicht gut genug gehütet haben? Oder weil es zu gefährlich ist?‹*

Er hielt die Klinge senkrecht. ›Jede kundige Hand kann ein Messer führen; jede starke Scheide kann es bergen. Das alangra *wurde immer von jenen Heilern bewacht und verarbeitet, die* bei Bu'ndai auch die schnellen Straßen über und unter der Erde hüteten. Sie waren der Arbeiten überdrüssig, heißt es; sie wollten wandern und heilen, nicht tauchen und Buchten absperren, indem sie auf Schiffen dort herumfuhren. Zu jener Zeit gab es im Norden des Meeres eine Sippe von Piraten mit wenigen Schiffen, jenseits der großen Insel Zho. Sie hatten damit begonnen, eine verkürzte Sprache zu entwickeln, um sich schneller von Bord zu Bord verständigen zu können. Und um reden zu können, auch wenn Fremde zuhörten. Diese verkürzte Sprache verzichtete auf viele Feinheiten, darunter auf die Formen der Möglichkeit und der Unwahrscheinlichkeit. Sie sagten nicht: ‚Laßt uns tun, als wäre die See wichtiger als das Land, der Seemensch wichtiger als der Landmensch, der Pirat wichtiger als alle anderen; und wenn wir es eine Weile gespielt haben, hören wir wieder damit auf.' Sondern: ‚See ist wichtiger als Land, und wir sind die Allerwichtigsten.' Die ersten Generationen sprachen diese verkürzte Sprache noch im Bewußtsein, daß sie verkürzt war. Aber bald vergaßen ihre Nachkommen es und hielten jeden gesprochenen Traum, jede irrsinnige Aussage für möglich, weil sie sagbar war. Sie erbeuteten Schiffe und behielten sie, statt sie wieder zu verkaufen. Sie fingen Shil und töteten sie, statt sie zu verkaufen oder freizulassen. Da beendeten die Heiler und Häupter des Nordens den Unfug, indem sie ihnen den Gebrauch der Kurzsprache untersagten und sie zur Sühne für begangene Verbrechen in den Süden schickten, in die Bucht von Bu'ndai. Eigene und andere Taucher brachten ihnen alangra; ihre eigenen Heiler, ohne Verbindung zu denen des Landes, verarbeiteten es und ließen zu, daß Ware daraus wurde. Dies ist einige tausend Jahre her, und es war kein guter Einfall.‹

›Was hätte deiner Meinung nach getan werden sollen?‹

Der alte Shil kicherte. ›Sie hätten ihnen die Zungen herausschneiden sollen.‹ Er spielte mit dem Messer. ›Den Kindern hätten Lehrer von außerhalb der Sippe Shilgu beibringen können. Und in Bu'ndai hätte man die Dinge beim alten belassen sollen. Aber so?‹ Er hob die Schultern.

›Was geschieht nun mit ihnen? Und wie ist es Tremughati gelungen, sie zum Kampf gegen Gashiri zu bewegen?‹

Er lachte leise. ›Die Fürstin schweigt? Nun ja, ihre Gründe sind nicht meine. Die Korallbauten sind verlassen, Herrin von Cadhras; sie werden verfallen. Heiler hüten die Höhlen des alangra, *wie es hätte sein sollen. Die Korsaren werden über die Meere verstreut, als Fischer und Händler und Walfänger. Was nun die ehemalige Fürstin des Nordens angeht ... So erzählt man es sich: Einige Schiffe näherten sich den Korallkastellen; wie ein düsteres Tuch hing über ihnen die Stimmung der Strafe und Verzagtheit. Die Fürstin ging von Bord und begab sich ins älteste Korallgebäude. Die Korsaren rutschten vor ihr auf dem Bauch, da sie nicht anders konnten. Tremughati sah sie an, dachte dies und jenes, sagte kein Wort. Da begannen die Korsaren von Gebäude zu Gebäude, von innen nach außen, ihre Habseligkeiten auf Schiffe zu bringen und auf die See hinauszufahren. Die leeren Burgen blieben zurück. Einige kampfkräftige Leute begleiteten die Fürstin an Land, um Sühne zu leisten.‹*

›Mehr erzählt man sich nicht darüber?‹

›Mehr gibt es darüber nicht zu erzählen. Noch nicht. Es dauert immer einige Zeit, Herrin, bis das Gerippe der Wahrheit durch das Fleisch des Erfindens zum Körper der Geschichte wird.‹«

XII

Die Zeit lief davon. Barakuda atmete auf, als abends endlich die beiden robotgesteuerten Transportgleiter von einem der Blockadeschiffe landeten.

Drei Frauen der Garnison und *kapitán* Cebrian waren in Cadhras zugestiegen. Einerseits wurde der Offizier überall dringend gebraucht, andererseits war er der einzige, der einen Spezialkurs für den Umgang mit den Spezialbomben absolviert hatte. Barakuda begrüßte die *suldás* und Cebrian knapp und herzlich; dann luden sie die Bomben auf mitgebrachte Antigravplattformen. Die Transportgleiter waren zu groß für die unterirdischen Gänge.

Im Norden von Sa'orq begannen die Berge. In einem nach Erdrutschen und Überschwemmungen unzugänglich gewordenen Tal, in dem sich ein uralter, vor Jahrtausenden aufgegebener Steinbruch befand, hatten die Heiler und Elfpriester einen der Zugänge zum unterirdischen Bahnsystem geöffnet. Cebrian und die *suldás* schoben die Schweber in den Eingang. »Immer den Heilern nach«, sagte Barakuda. »Erklärungen folgen später. Auf der Fahrt haben wir genug Zeit dazu.«

»Welche Fahrt?« sagte der *kapitán;* dann hob er die Schultern und verschwand in der Tiefe.

Barakuda instruierte die Robotpiloten der Transporter. Sie würden in den Bergen südlich von Tag'gashir'dir warten. Warten auf ein Funksignal, das vielleicht niemand geben konnte, wenn es soweit war.

Auf der langen Fahrt nach Norden berichtete Dante von seinen Erlebnissen und Entdeckungen. Cebrian ergänzte Barakudas Kenntnisse dessen, was sich in Cadhras ereignet hatte. Die *suldás* und der *kapitán* nahmen die fantastische U-Bahn nach dem ersten Erstaunen als gegeben hin; die Einzelheiten des Plans dagegen wurden heiß diskutiert.

Vor sechzig Tagen hatten die Heiler begonnen, die unterirdische Strecke zu erweitern. Eine neue Abzweigung von der Station unter Zheziri führte nun unter das Zentrum von Tag'gashir'dir. Die Gänge und Wände seien mit stabilisierter Energie verstärkt worden, um den großen Schock auszuhalten, hatten die Heiler gesagt, aber unter stabilisierter Energie konnte Dante sich nichts vorstellen. Seine Fragen wurden nur mit dem Hinweis beantwortet, er werde alles weitere von Saravyi erfahren.

Zweieinhalb Tage nach der Abfahrt erreichten sie die Halle von Zheziri. In einer Hallenwand klaffte ein riesiges Loch. Eine junge Heilerin nickte Barakuda zu, als der Wagen in der Halle ausrollte; sie deutete auf den neuen Durchbruch.

Der Gang war ebenso beschaffen wie alle anderen, durch die sie bisher gekommen waren. Der Wagen rollte immer schneller; offenbar hatten die Heiler größeres Gefälle für sinnvoll gehalten – man durfte keine Zeit verlieren, und höhere Geschwindigkeit war nun eine Tugend.

Trotz der Eile, mit der diese Strecke angelegt worden war, wiesen die Wände keine Unebenheiten auf; auch der Boden war glatt, und die Spurrillen ließen den Wagen mit seinen fünf Passagieren, den Schwebern und den Bomben fast geräuschlos rollen.

Endlich erreichten sie die neue Halle, eigentlich eher eine kahle Höhle ohne die sonst üblichen feinen Verarbeitungen: ein riesiger unterirdischer Raum, aus dem eine zweite Gangröhre – die ›Gegenfahrbahn‹ – zurück nach Zheziri führte. Überall standen Wagen und Material herum. Shil aller Schattierungen hatten Ketten gebildet und schafften Dinge, die die Cadhrassi nur zum Teil identifizieren konnten, vor und zurück. Ein Loch in der Kopfwand der Halle führte in einen weiteren neu angelegten Raum, von dem viele Gänge in den schwarzgrauen Fels liefen. Wie in den regulären Bahnhallen spendeten jene seltsamen Goldkristalle, zusammen mit armseligen Tranfunzeln, ein warmes Licht.

Auch in der Decke gähnte ein Loch; Barakuda legte den

Kopf in den Nacken und starrte nach oben, sah jedoch nichts als goldenes Licht und baumelnde Taue.

Eine junge Heilerin trat aus dem Gewirr zu ihm. »Du bist Dante Barakuda.« Es war eine Feststellung; ihre Augen hingen einen Moment an der Narbe auf seiner Wange.

»Ja. Wo finde ich Saravyi?«

»Ganz oben.«

Aus dem Deckenschacht kam ein Transportkorb herab. Er war gefüllt – mit golden leuchtenden Kristallen. Shil eilten herbei, leerten ihn, stapelten die Kristalle auf Schubkarren und brachten sie fort. Der Korb verschwand wieder im Schacht.

»Gibt es hier einen sicheren Lagerraum?«

Die Heilerin nickte und ging voraus. Sie erreichten eine Gangbiegung; dahinter lehnte eine dünne Felsplatte. Barakuda und Cebrian hoben sie an und setzten sie seitlich wieder ab; dann dirigierten die *suldás* die Schweber mit den Bomben in die Höhle, die sich hinter dem Durchgang öffnete. Barakuda pfiff leise.

»Die ist aber nicht neu«, sagte er.

Es handelte sich um eine nur in Ansätzen überschaubare Tropfsteinhöhle. Weiße Stalaktiten und beige Stalagmiten formten Bildergruppen, Labyrinthe, Vorhänge, Gebisse; an einer Stelle sickerte goldgrün glänzendes Wasser aus der Wand, bildete einen Spiegeltümpel und rann in drei dünnen Adern fort zum Hintergrund der Höhle.

»Ein Jammer«, sagte Dante dumpf, »daß dieses Wunderwerk vergehen muß.« Er riß sich zusammen. »Ich brauche einen Schweber.«

Schnell und vorsichtig luden sie die Bomben von einer der Antigravplatten ab. Die Mäntel der kopfgroßen Geräte waren wasserbeständig. Cebrian überprüfte die Zündeinstellungen, hielt einen Impulsgeber hoch und nickte.

»Wir sehen uns«, sagte Barakuda. »Ich muß erst mal mit Saravyi reden. – Gibt es hier etwas zu essen und zu trinken für meine Freunde?«

Die Heilerin lächelte. »Natürlich. Alles ist eng und eilig und ungemütlich, aber so schlimm nun doch nicht, daß jemand hungern müßte. Ich sorge dafür.«

Dante kletterte auf den Schweber, nachdem er ihn unter den Schacht geschoben hatte. Eng an der Wand entlang, um nicht mit Transportkörben zu kollidieren, schwebte er aufwärts. Der Schacht stieg nicht ganz senkrecht; in Abständen von etwa 50 m gab es kleine Plattformen mit Rädern, über die die Taue für die Körbe liefen. Rechts und links, vorn und hinten gingen in allen möglichen Winkeln und Durchmessern ›Bohrungen‹ in den Fels. Nach etwa 800 m Steigens erreichte der Schweber eine weitere Halle, voll mit Gerümpel, Schutt und Kristallen. Auch hier arbeiteten zahllose Shil. Ein Heiler blickte zu Dante hinüber und deutete nach oben.

Blaßhäutige Shil mit riesigen Brustkörben standen in Zehnergruppen in der dritten Halle und bliesen durch schlangenförmige Mundstücke gemeinsam in je ein seltsames Instrument pro Gruppe. Es handelte sich um große, unregelmäßige Luren – ein anderes Wort fiel Dante nicht ein. Zylinder, die aus Tausenden verschiedener Teile zusammengesetzt schienen und metallisch glänzten. Die Mundstücke, mehrfach gebogen, waren noch die normalsten Bestandteile. Es gab hauchdünne, durchsichtige Hohlspiralen, ausgelagerte Glaskammern, abstehende Kristallwülste, Röhren, Verdickungen, Verjüngungen, mit Füßen bediente Blasebalge, Schläuche, Spitzkegel, kubische Wucherungen.

Am Vorderende der unglaublichen Instrumente befanden sich verschiedene – Schalltrichter? Sie waren nach oben gerichtet, und dort, wo die Decke der Halle sein sollte, waren Löcher.

Neben den ›Bläsergruppen‹ standen andere, ebenfalls blasse Shil mit kleineren Geräten, die sich vollends jeder Beschreibung entzogen. Alle waren irgendwie kubisch, schienen aber keine festen Umrisse zu haben; sie glommen, leuchteten, waberten und flimmerten. In regelmäßigen Abständen bildeten sie ballonförmige Aufblähungen an einem – dem hinteren? – Ende, und diese Ausblähungen verfestigten sich zu Kristallkugeln mit dreidimensionalen Goldrosetten im Inneren. Shil – Frauen und Männer – fingen die Kugeln auf und legten sie in Körbe; andere schleppten die Körbe zu einer Wendeltreppe, reichten sie weiter, immer abwärts.

Dante stieß sich von der Wand ab und ging in die Halle hinein.

Unter den Shil, die Körbe füllten und schleppten, sah er viele mit rosa Gewändern und Korallplättchen. Allmählich kam er sich wie in einem wirren Traum vor. Was machten Korallkorsaren hier, unter der Wüste von Tag'gashir'dir?

Jemand deutete einen Gang hinab. Dante bog in den Korridor; aus einem offenen Raum hörte er Stimmen. Er ging hinein.

Saravyi blickte über die Schulter nach dem Eindringling. »Ah, alter Freund«, sagte er. Es war sehr beiläufig, so wie man auf einer belebten Hauptstraße jemanden begrüßt, den man seit einigen Stunden nicht mehr gesehen hat.

»Was geht hier eigentlich vor?« sagte Barakuda. Allmählich kam ihm die Frage wie ein Refrain vor.

Saravyi rümpfte die Nase. »Warte noch.« Er wandte sich wieder den Shil zu, die vor ihm standen, und beendete eine offenbar längere Litanei von Anweisungen. Dann seufzte er, kam zu Dante, sah ihn aus müden roten Augen an.

»Komm. Nebenan gibt es Kaffee und Sitzgelegenheiten.«

»So, nun weißt du es.«

Saravyi lehnte sich zurück und nahm einen Schluck aus seinem Becher.

Dante rollte mit beinahe zitternden Fingern zwei Zigaretten und reichte eine dem alten Mann.

Er brauchte Zeit, um all das zu verdauen. Die blaßhäutigen Shil mit den gewaltigen Brustkörben, die ›Bläser‹, gehörten zu den Wissenshütern und lebten in den Bergen des Landes Sa'orq. Genauer, unter den Bergen. Saravyi verfügte, wie er behauptete, nicht über Kenntnisse der wichtigen wissenschaftlichen Details; Barakuda nahm jedoch an, daß Saravyi ganz einfach nicht darüber reden wollte. Die von den Bläsern bedienten Luren erzeugten eine nicht näher definierte Form von Infraschall, die die atomaren und subatomaren Bausteine der Materie – jeder Materie – demontierte und in Energie umwandelte. Was Barakuda nicht unrichtig als Schalltrichter angesehen hatte, waren ›Abmesser‹, wie Saravyi sie nannte; die Infrawellen wurden durch sie gerichtet und die Form des zu erzeugenden Lochs bestimmt.

Barakuda sagte schwach und mühsam: »Ich nehme an, man kann diese Luren auch mit Trichtern in der Form von Tunnels versehen – großen Trichtern, nicht wahr, mit zwei kleinen Ausbuchtungen für die Wagenrillen?«

»So ist es.« Saravyi kaute auf seinem erloschenen Stummel herum. »So ist vor ganz langer Zeit das Bahnsystem angelegt worden. Ja, ja, ja.«

Die anderen, seltsam instabilen Geräte waren ›Wandler‹. Sie fingen die freigesetzte Energie dessen, was einmal Materie gewesen war, auf und machten daraus andere Dinge.

»Zum Beispiel Leuchtkristalle. Man kann aber auch glatte, mit Spurrillen für Wagen versehene Pseudo-Felsplatten machen, du kennst ja die Taggabahn. Dies alles mit Hammer und Meißel zu behauen, wäre selbst für die Geduld von Shil-Generationen zuviel.«

Um einer schnelleren Eroberung von Shilgat durch die Sektierer in Gashiri, Pasdan und Banyadir vorzubeugen, hatten die Shil die unterirdischen Strecken verheimlicht und unzugänglich gemacht, und, bis auf die Taggabahn in ihrer heutigen Form, alle oberirdischen Wege zerstört. »Es gibt natürlich einige Einstiege. Einer, zum Beispiel, liegt unter dem Palast der Königin von Kelgarla. Du hast einen anderen gefunden.«

»Aber warum habt ihr euch denn vor Jahrhunderten nicht mit diesen fürchterlichen Luren gegen die Eindringlinge aus dem Weltraum gewehrt?«

Saravyi breitete die Arme aus; er sah sehr alt aus und müder, als Barakuda ihn je gesehen hatte. »Sie waren vergessen. Vor sechzig Jahren hat ein gewisser alter Shil, der damals noch jung war, die unterirdischen Archive erkundet und dafür gesorgt, daß diese vergessenen Dinge wieder gebaut wurden.« Er seufzte und starrte auf Barakudas Nasenspitze. »Im vorigen Jahr hast du mich mehrmals gefragt, welche Alternative ich vorbereitet hatte. Du weißt, für den Fall, daß du nicht auf den Einfall mit der Hüterin von Pasdan gekommen wärst. Damals wollte ich nichts sagen. Ich habe bis vor wenigen Zehntagen noch gehofft, ohne Einsatz dieser Dinge auskommen zu können. Aber nun ließ es sich nicht mehr vermeiden. Wenn du, wenn Cadhras nicht fähig gewesen wäre, das Problem Pasdan mit verhältnismäßig wenig Blut und Tod zu lösen, dann hätte ich im letzten Jahr diese bleichen unterirdischen Shil, die Bläser, Wandler und Feuerspeier, nach Pasdan gebracht, und die Stadt der Mütter wäre in einer halben Stunde untergegangen.«

»Wer sind die Feuerspeier?«

»Du hast sie nicht gesehen, und vielleicht brauchen wir sie nicht. Sie machen Flammen aus der freigesetzten Energie und richten sie auf ein Ziel.«

Barakuda lief es kalt den Rücken hinauf und hinunter. »Pasdan war also nicht so schrecklich, daß du diese Waffen unbedingt gegen die Mütter einsetzen wolltest. Was macht denn Gashiri so schrecklich, daß du es jetzt tust?«

Saravyi schloß die Augen. »Es ist das *alangra*«, murmelte er. »Die Heiler kennen es, und es hat viele gute Eigenschaften, wenn es frisch ist. Wenn es zerfällt, hat es sehr viele gräßliche Eigenschaften, und Gashiri hat die harmlosesten davon bereits entdeckt. Ich kann nicht abwarten, bis sie die gräßlichsten herausfinden.«

Barakuda leerte den Becher. Er hatte sehr viele Fragen,

aber sie mußten warten. »Kommen wir zur Sache, Freund. Eins noch. Wo, zum Teufel, kommen die Korsaren her?«

Saravyi grinste. »Laß eure fiktiven Dämonen aus dem Spiel, sie haben nichts damit zu tun.« Er wandte sich zur Tür, steckte den Kopf auf den Gang und fragte jemanden etwas. Dann kam er zurück. »Die Erklärung wirst du gleich aus berufenem Munde bekommen. Reden wir zuerst von den anderen Dingen. – Du bist also in Sa'orq gewesen?«

»Ja. Aber die Geschichten können warten. Du willst die AV-Zentrale mit allem dort lagernden mutierten *alangra* versenken?«

Saravyi nickte stumm.

Dante hustete und zündete sich eine weitere Zigarette an. »Dadurch wird aber das *alangra* nicht vernichtet.«

Saravyi hob einen der Goldkristalle auf. »Sie sehen aus wie die anderen, die du unter der Erde gesehen hast. Aber sie sind anders. Die hierin gespeicherte Energie wird frei, wenn die Wandungen, die auch Energie sind, unter Druck oder bei einem Aufprall zerplatzen. Ob das ausreicht, so viel Hitze zu erzeugen, daß alles *alangra* vernichtet wird, weiß ich nicht. Jedenfalls ist es so besser als ganz ohne Hitze.«

»Warum hast du die Gouverneurin nicht eingeweiht?«

»Sie hätte nein gesagt.«

Barakuda nickte grimmig. »Das hätte sie. Aber du läßt dich nicht abhalten, nicht wahr?«

»Alles ist zu weit fortgeschritten. Außerdem muß es sein. Oder hast du einen anderen Vorschlag?«

»Nein. Aber ich habe dir etwas mitgebracht.«

Saravyi legte den Kopf schief. »Was?«

Barakuda berichtete von den Spezialbomben. »Und *kapitán* Cebrian, den du ja noch kennst, ist dabei. Er kennt sich damit aus.«

Der alte Mann rieb sich die Augen. »Das ist gut. So wird es möglich sein, diese schreckliche Substanz zu vernichten.«

Schritte. Dante blickte zum Eingang und erstarrte.

»Mein Freund und Bruder. Bärenjäger.« Tremughati trat zu ihm, legte die Arme um seinen Hals und küßte ihn auf den Mund. Die ehemalige Fürstin der Banyashil war sichtbar erschöpft, aber ihre lichten schwarzen Augen strahlten.

»Tremughati – wie kommst du hierher?«

»Es ist eine lange Geschichte, und sie muß warten. Ich bin hier, weil ich von *alangra* hörte. Und ich habe eine Abordnung der Schuldigen mitgebracht, die durch Arbeit und, wenn es sein muß, Kampf einen Teil der Schuld abtragen sollen.«

Dante packte ihre Oberarme und sah in die dunklen Augen. »Wovon redest du?«

Saravyi, der einige Meter entfernt stand und lächelnd zuschaute, räusperte sich. »Hast du dich nie gefragt, weshalb die Heiler und Häupter die Existenz und die wirren und teilweise schädlichen Lebensformen der Korallkorsaren dulden?«

Dante schüttelte fassungslos den Kopf. »Du meinst – ihr wollt sagen, sie leben in der Bucht von Bu'ndai auf ihren Korallkastellen nur deshalb, damit sie die Walhöhlen bewachen? Verhindern, daß jemand von See an *alangra* herankommen kann?«

»So war es gedacht. Sie sollten die Höhlen hüten und nur Taucher im Auftrag der Heiler zu ihnen lassen. Aber sie haben es vorgezogen, ein wenig weiter aufs Meer hinaus zu ziehen und die Wasserwege vom Land zu den Höhlen nicht zu beachten.«

»Und was nun?«

»Das wird ein Treffen der Heiler und Häupter entscheiden, wenn dies hier abgeschlossen ist.« Tremughati berichtete von ihrer Fahrt und davon, daß sie zwei Hundertschaften Gardistinnen im Norden von Golgit an die Oberfläche geschickt hatte.

Dante war immer noch fassungslos. Er erinnerte sich zu gut an seine verschiedenen Besuche bei den Korallkorsaren, die ihn niemals auch nur eines Blicks gewürdigt hatten, und an seine Gefangenschaft. »Aber wie hast du es angestellt, daß sie mit dir reden?«

Tremughati lächelte und schwieg. Saravyi warf ihm einen mißbilligenden Blick zu. »Glaubst du, jemand auf Shilgat könnte schweigen, wenn einer von uns – ich meine die wichtigsten Heiler und Häupter, hm, nicht mich – mit ihm reden will?« Er starrte Barakuda an.

Für einen Moment fühlte Dante sich gleichzeitig zermalmt und von Hitze umspült. Er sah nur riesige Augen, die etwas von ihm verlangten.

Dann endete die Illusion, und vor ihm standen wieder ein alter, müder Mann und eine erschöpfte, wunderschöne Frau in zerfetzten und von Steinstaub bedeckten Gewändern, die nie wieder weiß sein würden.

Eine ganze Weile später, nachdem sie technische Einzelheiten beredet hatten, sagte Barakuda plötzlich: »Es gibt da noch etwas. An der Oberfläche spitzen sich die Dinge zu. Ordner von Gashiri haben, wie ich aus Cadhras hörte, Stationen der Taggabahn besetzt und beginnen damit, Flüsse und Meere mit dem *alangra,* das steril macht, zu vergiften. Wir müssen uns auf jeden Fall beeilen, bevor noch mehr Unheil geschieht – *alangra* des zweiten Grades, zum Beispiel. Und wir müssen unbedingt mit Cadhras Kontakt aufnehmen. Aber das geht nicht von hier unten; die Felsschichten lassen keine Funkimpulse durch.«

Saravyi winkte ab. »Das ist keine Schwierigkeit. Komm mit.«

Durch Tasten und Versuchen hatten die Heiler jene Stelle gefunden, an der in Nähe der AV-Zentrale der Fels am weitesten nach oben reichte, die Stelle mit der dünnsten Sanddecke. Die Bläser hatten einen schrägen Schacht bis kurz unter die Oberfläche getrieben. Er war noch nicht geöffnet, weil Saravyi das Risiko einer vorzeitigen Entdeckung, aber auch das einer möglichen Vergiftung durch *alangra* zweiten oder dritten Grades vermeiden wollte – falls die AVs es bereits besaßen.

»Es muß sein«, sagte Dante verdrossen. »Aber vielleicht

ist die Schachtdecke dünn genug, um Impulse durchzulassen. Ich will es versuchen – sonst müssen wir aufmachen.«

Er steckte sich das Gerät ein, das Cebrian ihm überlassen hatte, und kroch in den schrägen, aufwärts führenden Tunnel.

Nach zwei Stunden kam er zurück. Tremughati brauchte ihn nur anzusehen, um zu wissen. »Du hast Cadhras erreicht und Schlimmes erfahren«, sagte sie.

Dante ließ sich auf den Boden nieder. Er blickte von der ehemaligen Fürstin zu Saravyi und wieder zurück. »Ja. Die AVs haben den zweiten Grad entdeckt. Und sie haben in ihrer Zentrale Ballons und ein riesiges Katapult, um *alangra* in die Luft zu schleudern. In einer Höhe von fünfzig Metern beginnen über der Wüste Strömungen, die das Pulver sehr weit tragen werden. Wieviel Zeit braucht ihr noch?«

»Einen Tag.« Saravyi verzog keine Miene.

Tremughati blickte auf Dante hinab. »Armer Bruder«, sagte sie. »Ist es sehr schlimm? Und bist du sicher, daß sie die Ballons und Katapulte bald einsetzen?«

Er nickte. »An der Taggabahn sterben schon Cadhrassi und Shil an diesen schrecklichen Beulen. Eine Agentin war in der AV-Zentrale und ist mit einem Ballon entkommen. Jetzt wissen sie, daß das Spiel vorbei ist. – Einen Tag, sagst du?«

Saravyi nickte nur.

»Dann gibt es nur noch eine Möglichkeit. Wir müssen den Schacht öffnen und versuchen, mit einem Stoßtrupp die Zentrale zu erreichen. Und dort verhindern, daß die Ballons und Katapulte eingesetzt werden.«

Saravyi lächelte. Beinahe heiter sagte er: »Das ist ein feines Todeskommando. Ein Stück Wüste mit einem Durchmesser von zwei Kilometern wird in die Tiefe stürzen. Wir hier unten können uns vorher in Sicherheit bringen; die Gänge sind stabilisiert, sie werden die Erschütterung aushalten. Aber wer an der Oberfläche ist, wie soll der entkommen?«

»Er kann versuchen, den Kreis zu verlassen.«

Saravyi kicherte. »Und wenn die Wüste in die Tiefe stürzt, wird der Boden in weitem Umkreis beben und nachstürzen, und Luft wird in die plötzliche Leere stoßen und alles mitreißen, was nicht fest genug ist. Und was wäre dann fest genug? Außerdem – wer sagt dir, daß die AVs den Stoßtrupp laufen lassen?«

Barakuda stand auf. Sein Gesicht war blaß, aber entschlossen. »In den Bergen befinden sich zwei Transportgleiter, die ich mit einem kurzen Funkimpuls rufen kann. Ihr Antrieb ist stark genug, um auch den Sturm zu überstehen. Sie werden uns herausholen.«

Saravyi nickte. »Ich dachte mir, daß du es tun willst. Fürstin, es muß sein. So oder so ähnlich. Wer soll gehen?«

»Du nicht.« Tremughati schloß die Augen und atmete tief. »Du bist der einzige, der weiß, wie dieses Labyrinth von Höhlen am Ende wirklich zum Einsturz zu bringen ist. Wie schnell können die Bläser anderen zeigen, wie man mit den Luren und Speiern umgeht?«

»Sehr schnell. Es ist ganz einfach. Schwierig ist zu verstehen, wie sie funktionieren, aber sie bedienen ist leicht.«

»Dann sag es den Bläsern. Sie sollen schnell lehren. Ich suche die Korsaren aus, die mit uns gehen.«

Barakuda starrte sie an. »Mit uns?«

Die ehemalige Fürstin der Banyashil legte eine Hand an seine vernarbte Wange.

Die Korsaren arbeiteten stumm. Auch wenn sie nicht in die Luren bliesen, sagten sie kein Wort. Tremughati gab Anweisungen. Sie hatten den Gang zu einer Höhle erweitert und mit der Energie, die durch den Zerfall der Felsmaterie entstand, den Gang nach hinten verschlossen. Keine Luft, keine Teilchen konnten von oben nun noch in Saravyis Labyrinth eindringen.

Barakuda hatte nicht zugeschaut; er überprüfte noch einmal sein Funkgerät und lud die Pistole, die eine der *suldás* ihm, ebenso wie die Uhr, überlassen hatte.

Nun blickte er auf, als die Lure sich nach oben richtete. Die Luft zwischen Trichter und Felsen flimmerte. Der Stein löste sich nicht auf, er zerfiel nicht, er war einfach nicht mehr da. Plötzlich setzten die Bläser ab; Sand rieselte aus dem Tunnel.

Minuten später erreichten sie die Oberfläche, die Wüste. Es war kurz vor Mitternacht, die Sterne leuchteten kalt und erhaben über alle Probleme.

Etwa einen Kilometer entfernt sahen sie die Lichter der AV-Zentrale. Barakuda schaltete das Funkgerät ein. Es spielte keine Rolle mehr, ob die AVs den Funkverkehr abhörten. Er benutzte eine offene Frequenz und rief Cadhras. Nach einigen kurzen Sätzen übergab Lydia Hsiang an Sarela McVitie.

»Ja, Dante, wir haben die Sonden noch näher herangefahren. Die Kuppel, unter der Ballons und Katapulte versteckt sind, ist geschlossen. Nach Toyamis Bericht braucht man etwa zehn Minuten, um das Dach zu öffnen. Wie weit seid ihr entfernt?«

»Einen Kilometer. Wir versuchen, näher ranzukommen, ohne gesehen zu werden. Bis zum Morgen könnte es gehen. Aber gebt sofort Bescheid, wenn die Kuppel geöffnet wird.«

»In Ordnung.«

Lydia Hsiang meldete sich wieder. »Dante, wieviel Zeit habt ihr? Wann gibt Saravyi das Zeichen?«

Dante zögerte einen Sekundenbruchteil. »Am Nachmittag, sechzehn Uhr Ortszeit«, sagte er dann. Es war eine Lüge. Um elf Uhr würde die Erde beben. »Aber Sie können niemanden schicken, Lydia. Wenn hier wirklich alles verseucht ist, wäre es Mord.«

»Schicken nicht. Ich komme selbst.«

Tremughati streckte die Hand aus; Dante reichte ihr das Gerät. »Schwester, hier ist Tremughati. Dante hat etwas von Robotgleitern gesagt. Du solltest in Cadhras bleiben.«

»Wie lange dauert der Flug, Sarela?« sagte die Gouverneurin.

»Anderthalb Stunden mit dem schnellen Gleiter, Exzellenz. Zwei mit dem schweren.«

»Dann werde ich um dreizehn Uhr Ortszeit Gashiri hier aufbrechen. Keine Widerrede, Dante, Tremughati.«

»Wenn Sie unbedingt wollen. Aber ...«

»Kein aber.«

»Ach ja. Lydia, wir versuchen jetzt, uns näher an die Zentrale heranzuarbeiten. Ich melde mich wieder. Ende.«

Dante steckte das ausgeschaltete Gerät ein; im fahlen Sternenlicht sah er Tremughatis Zähne blitzen, als sie lächelte.

»Lydia hat in Pasdan alles riskiert und alles gegeben«, sagte sie leise. »Es muß nicht schon wieder sein.«

Der wellige Wüstenboden in der Nähe der Zentrale erleichterte ihnen die Annäherung. Als die Sonne aufging, lagen sie hinter einer Sanddüne, etwa einhundert Schritt vom nächsten Gebäude entfernt. Die Piste durch die Wüste, über die der Nachschub für die Zentrale abgewickelt wurde, war etwa einen Viertelkreis nördlich ihrer jetzigen Position.

Drei Korsaren kamen geräuschlos zu Tremughati gekrochen. Sie hatten in den letzten Stunden versucht, näher an die Gebäude zu gelangen. Erstmals, seit er in Saravyis Labyrinth eingetroffen war, hörte Dante die Korsaren wenn nicht sprechen, so doch flüstern.

Die Fürstin lauschte, nickte und robbte näher zu Dante. Sie wies auf ein halbhohes Gebäude weiter links, das wie die gesamte überirdische Anlage aus Holz bestand. »Stallungen. Mit Pferden, vielleicht auch P'aodhus.«

Die Minuten verstrichen wie überdehnte Stunden. Gegen acht Uhr, als in der AV-Zentrale längst wieder unübersehbar gearbeitet wurde, meldete sich Sarela McVitie.

»Dante, hör zu. Das Kampfschiff im Orbit hat einen Torpedo umgerüstet und mit konventionellem Kopf versehen. Wenn ihr etwa einen Kilometer zurückgeht, können sie ihn einsetzen, um die Labors zu vernichten.«

Barakuda schnalzte leise mit der Zunge. »Vergeßt es. Wir sind zu nah dran, ungesehen kommen wir jetzt nicht mehr weg. Außerdem würde die Hitze nicht ausreichen, um das Teufelszeug zu vernichten; dafür würde der Explosionsdruck reichlich *alangra* in die Atmosphäre schleudern.«

Sarela schluckte. »Ja, Chef. War nur ein Vorschlag.«

Am Morgen war es bereits unerträglich heiß. Sie hatten nicht viel zu trinken. Dante sehnte sich nach einer Zigarette, durfte aber nicht rauchen, weil sie zu nah an der Zentrale waren, wo man vielleicht die dünne Rauchsäule einer Zigarette in der unbewegten Luft gesehen hätte.

Um 8:96 Uhr – er hatte gerade zum tausendsten Mal auf die Uhr gestarrt – meldete McVitie sich erneut. »Sie haben eben die Kuppel einen kleinen Spalt geöffnet und fahren wieder zu. Ich weiß nicht, was es soll.«

»Ich auch nicht«, sagte Dante müde.

Warten. Unter sengender Sonne lagen sie hinter Sanddünen und beobachteten die hellbraunen Baracken und Schuppen, die von einem Zaun umgeben waren. Auf der Wüstenpiste verließ ein Karren die Zentrale. Tremughati wies einen der Korsaren an, näher zur Piste zu kriechen und vielleicht einen Blick auf die Ladung des nächsten Karrens zu werfen. Der Mann nickte wortlos und robbte im Schutz der Düne fort. Es gab eine kritische Stelle, wo die Düne abgeflacht war. Vielleicht fünf Meter, bis die nächste Sandwelle wieder Schutz bot. Ausgerechnet in diesem Moment tauchten zwei berittene Posten auf, die noch innerhalb des Zauns um die Zentrale ritten.

»Warum tun sie das?« murmelte Tremughati.

»Sie setzen Sklaven für die Arbeit ein«, flüsterte Dante. Er kam sich albern vor, denn auf die Entfernung konnten die Posten auch ein mit normaler Lautstärke geführtes Gespräch nicht hören.

»Was machen wir mit den Sklaven?«

Barakuda warf ihr einen ausdruckslosen Blick zu; sie nickte langsam. Sie hatten, wenn sie überhaupt selbst heil herauskämen, niemals genug Zeit und Transportraum.

Der näher am Zaun reitende Posten hob den Arm und stieß einen Schrei aus. Dante fuhr herum; erst jetzt sah er, daß der Korsar die ungedeckte Sandfläche überquerte.

»Das war's«, knurrte er.

Tremughati räusperte sich. »Wir müssen Zeit gewinnen.«

Minuten vergingen. Aus dem Tor an der Piste brach eine Kavalkade hervor. Mindestens hundert Reiter näherten sich. Auf den Dächern der nächsten Baracken erschienen Köpfe; Barakuda sah eine Armbrust, die sich senkte und hinter der Dachkante verschwand.

Er kniete, richtete die Pistole auf das erste Pferd und feuerte. Das Tier brach zusammen.

Die Reiter parierten und sammelten sich nahe beim toten Pferd; der Abgeworfene rappelte sich benommen auf. Einer der Männer gab seinen Bogen einem Kameraden, hob die Hand und ritt vorwärts. Als er auf Rufweite herangekommen war, legte er die Hände an den Mund. »Wer seid ihr? Was wollt ihr?«

Barakuda grinste freudlos. »Verhandeln«, schrie er. »Einige von uns kommen freiwillig und ungefesselt mit. Wenn ihr uns anrührt, werden viele sterben.«

Der Reiter mochte ebenfalls grinsen oder auch nicht, es war nicht zu sehen. »Sterben werden ohnehin viele. Wer seid ihr?«

»Barakuda aus Cadhras, mit Eskorte.«

»Warten.« Der Mann winkte und ritt an der Gruppe seiner Kameraden vorbei zum Tor.

Tremughati berührte Dantes Knie. »Wer geht?«

Barakuda rollte mit bebenden Fingern eine absurde Zigarette. »Ich. Ich schätze, ein paar der Leute, mit denen ich bei meinen Besuchen in Gashir geredet habe, werden hier sein. Außerdem, nichts für ungut, haben die AVs, wenn überhaupt, mehr Respekt vor den Waffen des Gouvernements als vor der ehemaligen Fürstin der Banyashil.«

»Das mag sein.«

Dante blickte zum Zaun. »Die Armbrustschützen«,

murmelte er. »Ich nehme eine Gruppe Bläser und Speier mit; du behältst die zweite hier. Sobald wir uns dem Zaun nähern, zieht ihr euch noch mal hundert Schritt zurück – geduckt. Die AVs brauchen nicht zu wissen, wie viele noch hier sind, und ob es sich um Shil oder Cadhrassi handelt.« Dann hielt er inne. »Verdammt, du hast ja keine Uhr.«

Tremughati nickte. »Ja. Ich brauche keine. Ich werde wissen, wann es soweit ist.«

»Was machen wir mit den Tieren?«

Die ehemalige Fürstin hob die Brauen. »Sobald ihr da drinnen Probleme bekommt und macht, werden die Schützen nicht mehr auf uns achten.« Sie wandte sich an die Korsaren. »Er ist wie ich«, sagte sie; dabei deutete sie auf Barakuda. Die stummen Männer nickten gleichmütig.

Zehn Minuten später traten Barakuda und zwanzig Korallkorsaren durch das Tor in die geheime Zentrale der Anarchovegetarischen Union der Ungläubigen Transzendentalisten. Reiter geleiteten sie in geziemendem Abstand.

Auf einem Platz inmitten des umzäunten Areals wartete eine Gruppe gelblichbrauner AVs. Barakuda hielt die Pistole in der Hand, ließ den Arm jedoch baumeln. Das eingeschaltete Funkgerät steckte in seiner Brusttasche. Hinter ihm bildeten die Korsaren einen geschlossenen Kreis. Sie trugen eine Lure, die auf die AVs gerichtet war; auf der Innenseite des Kreises befand sich der Rest der unheimlichen Ausrüstung.

Barakuda überflog die Gesichter der Frauen und Männer aus Gashiri. Einige kamen ihm flüchtig bekannt vor – Leute, die er in Gashir gesehen und gesprochen hatte, vor langer Zeit. Ein Gesicht hingegen war ihm unangenehm vertraut. Inzwischen wußte er, daß Shevshan auch die Delegationen nach Golazin und Arameq geleitet hatte.

Shevshan trat vor. »Barakuda höchstpersönlich.« Es klang halb höhnisch, halb respektvoll. »Wahrscheinlich mit einem Gleiter in der Nacht, wie? Und mit Shil. Was ist das für ein seltsames Rohr?« Er deutete auf die Lure.

»Beten Sie, daß Sie es nie genau erfahren. Im übrigen stelle ich hier die Fragen. Ich vertrete das Commonwealth, das Protektorat und die Völker von Shilgat. Stellen Sie sofort alle Experimente ein, liefern Sie alle Produkte und Erkenntnisse aus und ergeben Sie sich. Dann haben Sie Aussichten auf ein gerechtes Verfahren.«

Shevshan grinste. Er schien der Sprecher zu sein, jedenfalls ließen die anderen AVs ihn reden. »Interessante Forderungen. Und wenn wir ihnen nicht nachkommen?«

»Dann werden Sie alle dahin gehen, wo schon Tausende Ihrer Kommunarden sind.«

»Wen meinen Sie? Und welchen Ort?«

»Ich meine Bewohner Gashiris, die bereits an der Explosiven Beulenpest gestorben sind. Die nicht immunisiert wurden, anders als Sie und Ihre verbrecherischen Kollegen.«

Shevshan verschränkte die Arme vor der Brust. »Nun, Sie wissen ja schon sehr viel. Aber was Sie nicht wissen ist, daß Ihre eigenen Leute, die vielleicht jetzt irgendwo in Gashiri landen, in ein paar Tagen auch tot sein werden. Und Sie, Barakuda? Ich fand es lustig, daß unsere Leute Sie in Bu'ndai entführt und an die Korsaren verkauft haben. Das sind doch Korallkorsaren bei Ihnen, ja? Leider ist uns einer Ihrer Begleiter damals entkommen; der zweite hat uns bei ein paar Experimenten geholfen. Aber wie kommen Sie hierher? Und wie ist es Ihnen gelungen, die Korsaren an Land zu bringen?«

Dante mußte Zeit gewinnen; Shevshan kam ihm entgegen. Vielleicht mußte auch er Zeit schinden. Wozu? Gleichgültig; was zählte war die Uhr, und sie zeigte 9:72 – noch eine Stunde und 28 Minuten bis 11:00.

»Warum haben Sie mich eigentlich entführt? Ich wußte bisher nicht, daß Sie es waren.«

»Um sicherzugehen, daß Sie kein *alangra* bekommen. Und um die Aufmerksamkeit Ihrer Freunde in Cadhras abzulenken.«

Barakuda lächelte kalt. »Ich muß Sie enttäuschen. In Cadhras befindet sich reichlich *alangra;* außerdem ist dort ein Wissenschaftlerteam mit der Zubereitung des Gegenmittels gegen die Pest beschäftigt. Ihre Pläne sind gescheitert.«

Shevshan hob die Brauen. »Das wird Ihnen nicht viel helfen. In wenigen Minuten geht eine Wolke über diese Welt. Sie besteht aus Teilchen, die einen schnellen Krebs erzeugen. Dagegen haben Sie kein Mittel. Und bis Sie es haben, wird niemand mehr da sein, den es interessiert. Außer uns. Aber wir sind immun. Und unsere lieben toten Kommunarden? Sie werden, wie die Lehre sagt, nach gewisser Zeit in neuen Leibern wiedergeboren. Das gilt aber nur für die wahren Ungläubigen Transzendentalisten. Nicht für Cadhrassi oder Shil.«

Barakuda starrte die Gruppe an, blickte von einem zum anderen. »Sie haben also den dritten Aspekt des mutierten *alangra* gefunden?«

Einen Moment glaubte er, so etwas wie Unsicherheit zu sehen. »Sie wissen davon?«

»Natürlich.«

Shevshan kniff die Augen zusammen. »Woher?«

»Die Heiler der Shil wissen alles, was man über *alangra* wissen kann.«

Shevshan wandte sich ab; die AVs drängten sich näher zusammen und flüsterten. Barakuda holte tief Luft. Er glaubte nicht, daß man auf seinen Bluff hereinfallen würde, aber immerhin gewann er wieder Sekunden.

Als Shevshan sich an ihn wandte, waren zwölf Minuten vergangen. »Ich glaube Ihnen nicht.«

»Aha.«

»Das hieße nämlich, daß die Heiler auch die Gegenmittel kennen.«

Barakuda zuckte mit den Schultern. Aus seiner Hemdtasche holte er eine auf Vorrat gedrehte Zigarette und zündete sie umständlich an, ohne die Pistole loszulassen. »Wie Sie meinen«, sagte er schließlich. »Aber wozu das alles? Wozu wollen Sie den Planeten entvölkern?«

Der Sprecher der AVs lächelte eisig. »Es erschien uns

sinnlos, diese hübsche Welt weiter mit Shil und Cadhrassi und dem Protektorat zu teilen. Und anders als die Närrinnen von Pasdan können wir dafür sorgen, daß niemand uns stört.«

»Wie wollen Sie das erreichen? Haben Sie die Flotte vergessen?«

Shevshans Lächeln wurde dämonisch. »Die Hochkontrolleure und Forscher von Gashiri haben die Flotte nicht vergessen. Wir vergessen überhaupt nichts, Barakuda. Glauben Sie, die Flotte des Commonwealth wird einen total verseuchten Planeten besetzen? Man wird Shilgat sperren, ja, aber das wäre uns nur lieb. Habe ich Ihnen gesagt, daß die aus *alangra* gewonnenen Substanzen nur Menschen befallen? Die prächtige Tierwelt wird uns erhalten bleiben.«

»Und was, wenn das Commonwealth beschließt, den verseuchten Planeten in Stücke zu schießen?«

Shevshan lachte. »Das tut die Flotte nicht. Man ist doch human auf Gaia. Außerdem sind wir in der Sicherheit der Wiedergeburt geboren – auch auf einem anderen Planeten. Die Seelen der Anarchovegetarier werden durchs All schweifen.«

»Wissen Sie«, sagte Dante gedehnt, »wir haben viele Möglichkeiten erwogen, Sie an Ihrem Vorhaben zu hindern und Ihre Zentrale hier auszuschalten.«

Shevshan verschränkte die Arme. »Interessant. Erzählen Sie mir mehr davon.«

Barakuda schaute sich gewissermaßen selbst über die Schulter. Er hörte sich reden, fantastische Hypothesen aufstellen und so vortragen, als ob es sich um die lautere Wahrheit handelte.

Plötzlich sagte er: »Welche Rolle haben Sie eigentlich vor anderthalb Jahren gespielt?«

Shevshan grinste. »Ist Ihnen eingefallen, wo Sie mich schon mal gesehen haben?«

Barakuda kaute auf der Unterlippe. »Hatten Sie was mit den Müttern zu tun?«

Der Mann aus Gashiri lächelte nur. »Lassen Sie uns

doch keine alten Socken auswaschen; mehr als Schmutz und Gestank kommt nicht dabei heraus.«

Barakuda setzte nach, dachte laut, konstruierte eine wahnwitzige Zusammenarbeit von AVs, Müttern und Wegelagerern, bezog auch noch die Mönche von Banyadir ein; Shevshan lauschte, anscheinend amüsiert, gab aber keine Auskünfte, nur ein paar ironische Kommentare.

Irgendwann beendete der AV das sinnlose Gespräch.

»Das ist alles müßig. Schauen Sie dorthin, da geht unsere Botschaft an den Planeten ab.« Er deutete mit unbequem abgewinkeltem Arm hinter sich.

Dante wunderte sich, daß er in dieser Lage die Unbequemlichkeit des Abwinkelns registrierte; er schaute auf die Uhr und stellte ungläubig fest, daß er und Shevshan fast eine Stunde geredet haben mußten. Es war 10:63, noch 37 Minuten. Dann blickte er zu der Stelle, auf die Shevshan deutete, und plötzlich begriff er, weshalb auch die AVs hatten Zeit gewinnen müssen – Zeit, die nun abgelaufen war.

Im Boden bewegten sich Gegenstände. Er war zu weit entfernt, um die Kuppel selbst zu sehen, das Dach über den Laboratorien, das selbst noch unter dem Erdniveau lag. Aber dort mußte es sein, und was nun auftauchte, waren die Spitzen, die Oberteile der Hüllen von Ballons.

»Ihr Todesurteil, Shevshan«, sagte er laut.

»Was soll das?« Der AV-Sprecher trat einen Schritt vor. Auf dem nächststehenden Gebäude erhoben sich Bogen- und Armbrustschützen.

»Blast das Haus mit den Schützen weg«, sagte Dante auf Taggashilgu. »Speit das Feuer über die Höhle, aus der die Tücher auftauchen. Versiegelt die Erde.«

Die Bläser hatten einen sehr breiten Trichter an ihre Lure gesteckt. Es dauerte nur eine Sekunde, bis sie gerichtet hatten, und in diesem Moment schrie Shevshan: »Verdammt. Wir hätten doch … Schießen, da oben!«

Die Bogenschützen zielten, die Armbrüste wurden gespannt.

Dann existierte das Haus nicht mehr. Und während Barakuda das fassungslose Staunen in den Augen von Shevshan sah, der dorthin starrte, wo leere Luft die Schützen und das Gebäude verschlungen zu haben schien, richteten die anderen Shil, die zweite Gruppe, ihre seltsam wabernden Röhren auf die Ballons, die inzwischen zur Hälfte aus der Höhle aufgetaucht waren.

Barakuda schloß die Augen. Dennoch sah er den Blitz, der fahlweiß durch die geschlossenen Lider schlug. Der Kopf schmerzte ihm, und einen Moment lang schwankte er. Dann fühlte er, wie kräftige Hände nach seinen Armen griffen.

»Komm, Freund«, sagte eine ruhige Stimme auf Taggashilgu. »Wir sollten fliehen.«

Es waren die ersten lauten Wörter, die er von den Korsaren hörte. Dann stieß er einen Fluch aus. Das Haus, auf dem die Schützen gestanden hatten, das Haus, das nicht mehr existierte, war die große Stallung gewesen. Auch die Reittiere existierten nicht mehr. Ein Armbrustbolzen von irgendwo zertrümmerte die Lure.

Dante zog das Funkgerät, sprach das Codewort für die Robotgleiter und rannte los. Auch die Korsaren rannten. Sie hatten die unheimlichen Instrumente fallen lassen und liefen in die Wüste hinaus, nach Westen. Vor ihnen liefen andere, die bei Tremughati geblieben waren. Dante sah die Fürstin, die bis zum letzten Moment gewartet hatte. Sie deutete auf etwas, das hinter ihm war, dann wandte sie sich ebenfalls zur Flucht. Er schaute sich nicht um. Er rannte, wie er nie gerannt war. Nicht, daß er geglaubt hätte, dem entgehen zu können, was die Zentrale gleich in die Tiefe reißen würde. Aber vielleicht ... Zwei Kilometer Durchmesser ... zwei Kilometer Durchmesser ... zwei Kilometer Durchmesser. Wie ein Metronom tickten die Wörter durch sein Gehirn. Sie tickten noch immer, als seine Beine den Dienst aufgaben und seine Lunge ein schmerzender, ohnmächtiger Fremdkörper wurde.

Alle Leute waren in Sicherheit. Saravyi wechselte noch einmal stumme Blicke mit den Bläsern. Neben ihm stand *kapitán* Cebrian; er war bleich, aber gefaßt, und seine Finger umklammerten den Impulsgeber. Er wußte, daß sein Knopfdruck ein Inferno auslösen würde. Ein Inferno, das ihm nicht schaden konnte. Aber Barakuda und Tremughati standen da oben. Dann atmete er tief. Es war eine Abwägung zwischen millionenfachem Tod und einigen hundert Sterbenden, und die Fürstin und Barakuda hatten zugestimmt. Es gab eine kleine Chance. Wenn sie schnell genug laufen konnten. Und wenn sie nicht festgehalten wurden.

Tag'gashir'dir ruhte auf einer Gesteinsart, die Ähnlichkeiten mit Basalt hatte. Sie war vulkanischen Ursprungs, aber der alte Planet kannte seit langem keine vulkanische Aktivität mehr. Saravyi gab das Zeichen. Die Bläser begannen mit dem letzten Teil der Arbeit. Sie alle waren erschöpft. Tagelang hatten sie, fast ohne Pause, manchmal alle zusammen, manchmal in Schichten, viele Kilometer in die Höhe, in die Tiefe und in die Breite Tunnels getrieben. Sie waren sorgsam zu Werk gegangen; zwei riesige Säulen aus Shilgat-Basalt trugen noch immer Milliarden Tonnen Gestein, Sand, Gebäude und Menschen. Nun hatten sie zwei Gruppen gebildet, die abgestimmt waren und mit extrem breiten Trichtern in die Tiefe bliesen. Dreihundert Meter unter ihnen lösten Säulen sich auf. Teile von Säulen.

»Nun ja«, sagte Saravyi. Er kletterte auf einen Vorsprung und warf einen letzten Blick nach oben, nach unten. Sie befanden sich im Eingang des Tunnels, dort, wo einmal Wagen zwischen Zheziri und der Küste von Gashiri verkehrt hatten. »Wenn es denn sein muß«, murmelte der alte Shil. Sein zerknittertes Gesicht war entspannt. Alles Unheil, das geschehen konnte, würde nun geschehen, und es war nicht mehr abzuwehren.

Zu seiner Überraschung empfand Cebrian Erleichterung bei diesem Gedanken.

Saravyi nickte ihm zu. Die Bläser setzten ab, lauschten in die goldene Halle mit den tiefen Abgründen. Unheimliche Geräusche kamen von unten. Es war, als klage der

Fels, als knirsche ein unterirdischer Gigant in Agonie mit den Zähnen.

Cebrian schüttelte den Kopf. Es gab keine Worte, die den Klängen gerecht wurden. Er wußte nur, daß er dies nie vergessen würde; er sah sich, Jahre in der Zukunft, aufgeschreckt aus Albträumen auffahren. Dann drückte er den Knopf.

Die erste Bombe schüttete den Tunneleingang zu. Die Bläser gingen mit gemessenen Schritten zu den bereitstehenden Wagen, stiegen zu Cebrian und Saravyi. Ihre Geräte ließen sie liegen. Ein Nebeneffekt der Sprengung war, daß der Luftdruck die Wagen anschob. Sie rollten nach Süden.

Die zweite Bombe war im Basaltgestein oberhalb der Tunnels deponiert worden. Sie glühte geräuschlos auf. Niemand sah etwas, dennoch bildete Cebrian sich ein, die Tunnelwände würden für Bruchteile von Sekunden gleißend hell und transparent. Er wußte, daß sein Gehirn diese Illusion produzierte. Die Thermobombe schmolz das Gestein und versiegelte die Tunnels für die absehbare Ewigkeit mit flüssigem Basalt.

Dann bebte die Erde. Oben, an den belagerten Pässen, die sie bisher nur hatte beobachten lassen, erhob Varanira sich vom Boden. »Die Felsen werden bald tanzen«, sagte sie laut. Die Gardisten aus Kelgarla zogen sich zurück, dorthin, wo sie nicht von Brocken getroffen oder von stürzenden Wänden verschüttet werden konnten.

An der Mündung des Gashigar entstand einige Zeit später ein kleines Seebeben; eine von südwärts gesaugter Luft erzeugte Flutwelle hob die drei Schiffe hoch und immer höher, schleppte sie mit, ließ sie in ihr Tal sacken und warf sie landeinwärts, dorthin, wo einmal ein Kornfeld gestanden hatte. Wie durch ein Wunder – oder mehrere – gab es keine Toten.

Der erste Gleiter startete. Noch als die letzten Flüchtenden auf den zweiten Robottransporter kletterten, begann die Erde zu beben. Der Gleiter hüpfte, hob ab, startete mit Vollschub, ehe die transparente Kugel sich schließen konnte. Etwas zersprang; die Kuppel blieb offen. Die Entkommenen schnappten nach Luft, krallten sich fest, schlossen die Augen. Der Gleiter stieg, fort vom Zentrum. Dann packten Titanenfäuste nach dem Fluggerät, ließen es tanzen, schüttelten es durch, bis der Gleiter die Wucht der in das neuentstandene Vakuum strömenden Luftmassen überwunden und hinter sich gelassen hatte.

In einer weiten, flachen Kurve rasten beide Gleiter nach Süden, über die Grenzberge, sackten dann ab und wurden langsamer. Die Leute auf der Ladefläche des zweiten Transporters konnten endlich die Augen öffnen und frei atmen. Barakuda richtete sich vorsichtig auf. Er spähte über den Rand in die Tiefe und sah einen wundervoll klaren, tiefblauen See nicht weit unter sich. Eher unbewußt nahm er eine Bewegung wahr; als er zurückschaute, stürzte ein Körper der Wasserfläche entgegen, die sie bereits hinter sich gelassen hatten. Er schlug ein und tauchte unter. Einer der Korsaren zupfte Barakuda am Ärmel.

»Shevshan. Er war mit uns geflohen.«

Und Dante wußte, worauf Tremughati gedeutet hatte.

In Cadhras starrten McVitie und Hsiang noch auf den Schirm. Sie sahen Tag'gashir'dir, das Zentrum, sie sahen nicht viel – wirbelnde Sand- und Staubmassen, durchdrungen von einem diffusen, unheimlichen Glühen in der Tiefe. Dann plötzlich nur noch Staub.

Arman Mugadisk rief den Tower. Als er Sarela sah, sprudelte er die gute Nachricht hinaus. »Wir haben genug Gegenmittel für die ersten tausend Pestkranken.« In einem Anflug von makabrem Humor setzte er hinzu: »Ich hoffe, Sie haben so viele, damit nicht die ganze Mühe umsonst war.«

Die dritte und vierte Bombe schmolzen den Rest der beiden Basaltsäulen. Das von Tunnels, Gängen, Schächten, Kammern, Diagonalen, Hohlbögen durchzogene, zerfressene Gestein gehorchte der Schwerkraft. Zwei Kilometer Durchmesser. Die gesamte Anlage der Anarchovegetarier mit Gebäuden, Einrichtungen, Menschen, vor allem mit den todbringenden Tonnen von Partikeln stürzte in den Abgrund.

Vier Kilometer tief waren die Eingeweide des Planeten Shilgat aufgerissen.

Als die ersten Bruchstücke von der Oberfläche den Boden des riesigen Schlunds erreichten, zündeten mit kalkulierter Verzögerung die restlichen Thermobomben. Schlagartig setzten sie Millionen Grad Hitze frei. Sie vernichteten das mutierte *alangra;* sie kochten tausend verschiedene Substanzen zu einem sterilen, glühenden Brei zusammen; sie bedeckten alles mit dicken Lagen geschmolzenen Basalts.

Die mit ›stabilisierter Energie‹ gesicherten Tunnelwände bebten, aber sie hielten stand. Die Wagen wurden durchgeschüttelt und rollten weiter. Saravyi klopfte Staub und kleine Brocken aus Haar und Kleidern und sah Cebrian von der Seite an. »Das war's, mein Freund«, sagte er.

XIII

Es war ein verregneter Frühling. Die obere Koppel wurde zu einer seltsamen Form eingezäunten Morasts; ein nächtlicher Sturm hatte das friedliche Binnenmeer gegen die Küsten des Isthmus gejagt, das Hafenviertel von Cadhras unter Wasser gesetzt und in der sandigen Bucht der Halbinsel Shontar den Bootssteg abgerissen. Im Farnlabyrinth zwischen Koppeln und Gebäuden konnte man baden. Von den Zweigen der Blutweiden troff Wasser in Fäden auf die tiefen Wege. Pferde und P'aodhus wateten durch Schlamm und soffen aus dem Gras.

Die Überlebenden der aufgelösten TraPaSoc hatten sich an viele Dinge gewöhnt; die lange Schlechtwetterperiode war darunter, zählte aber kaum.

Der alte *sirján* Lugo Bondak hatte eine seiner Stieftöchter verloren. Von den elf legendären Mitgliedern von ›Bondaks Bande‹ lebten nur noch fünf – Henty und Skudder waren in der Höhle am Golzain gestorben, Vanzuid und Elorza im Norden von Pasdan, Oubou in einem Wagen der Taggabahn (und vorher in Gashiri), Ping an Bord eines der gecharterten Schiffe in der Mündung des Gashigar. Dort waren auch Karuka Katz und Gavril Tatuschin geblieben, zwei der fünf ehemaligen *suldás* der Garnison. Die übrigen hatten gelernt, mit den eigenen Gesichtern und denen der anderen zu leben. Begheli, Pa'aira und Barakuda waren nur ein wenig gealtert; Dantes Haar hatte sich endgültig für grau entschieden, und alle würden noch lange brauchen, um wieder leicht und traumlos zu schlafen.

Terence Learoyd und Toyami hatte der Wind zusammengeführt; die Herzensaffäre sah zumindest vorübergehend dauerhaft aus. Die ehemalige Agentin behauptete, immer schon eine Schwäche für ältere Männer gehabt zu haben, und in Shontar gab es genug Platz, nachdem die für die TraPaSoc tätigen Treiber und Tierpfleger – Shil und Mulis – mangels Arbeit gegangen waren. Toyami und Learoyd hatten das gleiche Schicksal erlitten, und die gleiche Rettung in letzter Minute, wie die Frauen und Männer an Bord der Charterschiffe.

Manche Kommentare waren makaber gewesen. Pa'aira hatte in die Hände geklatscht, als Yasuhiro Kakoiannis zögernd zu ihr trat. »Dynamik und Veränderung – du warst sowieso viel zu schön für mich.« Dann hatte sie ihn umarmt und geweint. Der ehemalige *gentleman ranker* war wie die anderen, sämtlich gerade noch durch Injektionen des in letzter Sekunde entwickelten Gegenmittels geretteten Opfer der Explosiven Beulenpest im Gesicht und am ganzen Körper von schlimmen Narben entstellt. Marsila Bodrelur, Shulamit as-Sabah, Kara Kikuyo, Sten Timoara, Lugo Bondak, Kakoiannis, Learoyd, Toyami – und René Nardini, der nach der Heimkehr lange vor dem Spiegel gestanden hatte. »Ich finde, mit den Narben gibt es ein harmonisches Ganzes.« Dabei hatte er den dünnen Mund verzogen, die in verschiedene Richtungen strebenden Augen gerollt, sich die hagere Nase gestrichen und plötzlich begonnen, mit seiner jedem Rhythmus abholden Tenorstimme Jubelarien auszustoßen.

Plastische Chirurgie hätte die schlimmsten Entstellungen beseitigen können – aber die Ärzte des Commonwealth waren unerreichbar weit. Das Hospital von Cadhras war für derlei Dinge nicht gerüstet, und Shilgat stand unter Quarantäne.

150 Tage nach dem Untergang von Gashiri ließ sich eine Bilanz ziehen, und sie war bitter. Fast ein Fünftel der Bevölkerung des Isthmus-Territoriums war durch *alangra-I* geschädigt, ebenso die meisten Shilstädte am Binnenmeer und ihr Hinterland sowie eine Reihe anderer Gebiete des Südkontinents, in die Waren aus Gashiri gelangt waren. Es würde an vielen Stellen des Planeten keine Kinder mehr geben.

Auch die Menschen in der einstigen Anarchovegetarischen Union der Ungläubigen Transzendentalisten waren davon betroffen. An vielen Orten hatte es Unfälle mit *alangra* gegeben, und nicht alle, die damit in Berührung gekommen waren, hatte man vorher immunisiert. Unfälle mit *alangra-II* waren seltener; diese Substanz war schon ausschließlich in Tagg erzeugt worden, und nur an einigen Stellen war es, wie an der Gashigar-Mündung, durch Transportunfälle zu Katastrophen gekommen. Aber *alangra-II* war in die Luft und ins Meer geraten. Die Teilchen hatten, wie die Leute im Laborschiff nun wußten, eine Lebenszeit von ungefähr zwei Shilgat-Jahren. Also hätte Saravyis Plan auch ohne die Hitzebomben diesen Teil des Problems gelöst; für viele im Gouvernement war das ein bitteres Eingeständnis. Mit Hilfe von Heilern und *medik*-Robots wurden Shil auch der entlegensten Gebiete vorbeugend immunisiert; die Aktion war längst nicht abgeschlossen. Das Commonwealth hatte Shilgat zur Verbotenen Welt erklärt – zunächst für zwei Standardjahre. Die auf dem Planeten eingesetzten Robots und Robotgleiter würden nach Beendigung der Behandlungen zerstört werden. Menschen und Waren durften für die Dauer der Quarantäne Shilgat nicht verlassen. Handel und Tourismus waren erledigt, jedenfalls für lange Zeit, und auch routinemäßige Versetzungen mußten aufgeschoben werden. Die Amtszeit der Gouverneurin war längst abgelaufen, und die Ausbildungseinheiten der Garnison blieben in Cadhras.

Bondak zeigte sich nur selten im alten Camp von Shontar. Mit seiner Lebensgefährtin hockte er im Haus am Hafen der Metropole, wo es still geworden war, sah aufs Meer hinaus und wartete. Alle warteten. Der rechtzeitige Verkauf der TraPaSoc hatte sich ausgezahlt; während Frachtagenturen am Raumhafen, Luxushotels, Clippervercharterer zusammenbrachen und die Handelsgesellschaften sich bemühten, allein mit planetarem Handel zurechtzukommen, saßen die elf noch lebenden Gründer der TraPaSoc auf einem Goldberg. Sie hatten eine Entscheidung über die Verwendung oder Verteilung des Geldes aufgeschoben.

Alle warteten auf den Ausgang der Konferenz im Palais der Gouverneurin. Sie war der Grund, weshalb auch Barakuda nur selten in Shontar auftauchte. Beide Seiten hatten ihn gebeten, als Berater teilzunehmen. Durch den Dauerregen war die alte Nordroute, die den Kontinent der Banyashil mit Cadhras verband und Shontar streifte, nahezu unpassierbar geworden. Bei gutem Wetter brauchte man zu Pferd oder mit dem Karren eine Stunde; nun bestand der Weg nur noch aus Schlamm und Pfützen. Dante hatte bis auf weiteres wieder sein altes Appartement im Haus neben dem *Meeresleuchten* am Hafen bezogen. Auch in Mutter Schwabbels Taverne war es still geworden, und überall gab es viel Platz. Begheli war bei ihm, an den langen Abenden im *Meeresleuchten* und in den langen Nächten im alten Steinhaus. Die Wissenschaftler vom Laborschiff der GERAFARMA hatten die Hafenkneipe zum Zweitheim gewählt; auch sie konnten Shilgat nicht vor dem Ende der Quarantäne verlassen und mußten sich darauf einrichten, jahrelang Forschung als Beschäftigungstherapie zu betreiben. Die Stimmung war entsprechend.

»Ziemlich bizarre Angelegenheit, die Konferenz«, sagte Barakuda an einem der Abende. Learoyd und Toyami hatten sich durch den Schlamm zur Stadt gekämpft und saßen mit Begheli und Dante vor dem Kamin. Es war spät; Saravyi und Tremughati hatten mit ihnen ein Nachtmahl eingenommen und sich inzwischen zurückgezogen. Wie die meisten anderen Konferenzteilnehmer waren sie vom Gouvernement in einem der Hotels des Zentrums untergebracht. Und sie waren sehr müde.

»Wieso bizarr? Beziehungsweise – was ist hier nicht bizarr?« sagte Learoyd. Er hob den Becher mit heißem Bier; sein furchtbares Gesicht war regungslos.

»Na ja, zähl mal zusammen.« Barakuda tickte die einzelnen Punkte an den Fingern ab. »Der Subsekretär aus Gaia sitzt im Raumschiff, im Orbit, und wird seine Unterschrift fernschriftlich leisten. Die Erbgöttin von Sa'orq hat einen Wasserkopf und ist eine lallende Schwachsinnige, aber zur Vertragsschließung befugt. Der Stadtsklave von Golgit ist eigentlich nicht mehr zuständig, weil sein letztes Sklavenjahr abgelaufen ist. Die Blutgräfin von Vagaván entwickelt beängstigende Energie, seit sie fern von ihrer Heimat ist und nicht mehr bei jedem Aktionsvorschlag zur Ader gelassen wird. Der Fischfisch von Arameq stellt ein anderes Problem dar – wie beim Abschluß des Abkommens vor Jahrhunderten. Alle Teilnehmer sollen mit Namen und Titel unterzeichnen. Der Fischfisch heißt aber immer Ubba-bul, sobald er gewählt ist, und das wird in den Akten auf Gaia später so aussehen, als ob da einer mindestens dreihundert Jahre alt geworden wäre. Königin von Kelgarla und Fürst und Fürstin der Banyashil werden mit diesen Titeln unterzeichnen, obwohl die Ämter nicht mehr bestehen. Varanira ist seit dem Sturz von Gashiri Privatperson, Tremughati und Gortahork schon seit dem Untergang von Pasdan. Und auf der anderen Seite haben wir eine Gouverneurin, deren Amtszeit laut Abkommen fünf Jahre nicht überschreiten darf, die aber längst länger im Amt ist. Und eine Obfrau des Autonomen Territoriums, die unterzeichnen muß, obwohl sie nicht will und eigentlich nicht darf – das Gouvernement hat das Territorium für aufgelöst erklärt. Insgesamt eine feine Sache. Ich bin kein Jurist, aber ich schätze, die Konferenzakte wird als Kuriosität in die Rechtsgeschichte des Commonwealth eingehen.«

Das Hauptergebnis der Konferenz stand längst fest; die Verhandlungen kreisten nur noch um einzelne Punkte der Ausführungsbestimmungen.

Das Protektorat war eingerichtet worden, um die Shil zu schützen: Gegen die Mönche von Banyadir – aber die saßen zwischen hohen Bergen, hatten keine überlegenen Waffen und stellten nach Meinung aller Beteiligten kein Problem mehr dar; gegen die Heiligen Mütter von Pasdan – aber das mörderische Matriarchat bestand nicht mehr; gegen die Sektierer in Gashiri – aber die Anarchovegetarische Union hatte ihre Führer verloren, außerdem einen Teil der Bevölkerung, stand unter der Kontrolle der

Shil, wurde von Heilern verwaltet und aufgelöst und existierte praktisch nicht mehr.

Nun hatten die Vertreter der Völker von Shilgat das Abkommen aufgekündigt.

»Was geschieht mit uns und all dem hier?« Toyami machte eine Handbewegung, die die Taverne, den Hafen, die Stadt Cadhras und das Isthmusterritorium einschloß.

Barakuda spielte mit einer unangezündeten Zigarette. »Nichts. Oder jedenfalls nicht viel. Bestimmt werden etliche Cadhrassi auswandern. Sie werden entschädigt. Neue Einwanderer wird es nicht geben. Damit löst sich das Problem der Isthmusbevölkerung größtenteils von selbst.«

In 100 Jahren, so wurde geschätzt, würde es keine reinen Cadhrassi mehr im Territorium geben. Viele von ihnen konnten keine Kinder mehr bekommen; die Nachfahren der übrigen würden in Shil und Mischlingen aufgehen. Ähnliches zeichnete sich für Pasdan und Gashiri ab.

»Übrigens kommt es zu seltsamen Koalitionen bei der Konferenz. Gortahork und Saravyi sind in der Vergangenheit fast nie einer Meinung gewesen – jetzt aber wohl. Beide sind im Prinzip dafür, das Protektorat weiter bestehen zu lassen.«

»Warum? Und warum ausgerechnet die beiden?« Begheli schüttelte den Kopf.

»Saravyi scheint noch irgendwas von Banyadir zu befürchten. Und nach allen Entdeckungen auf dem Südkontinent weiß ich nicht, ob er nicht vielleicht recht hat. Vielleicht gibt es unter den Bergen von Banyadir irgendwelche schrecklichen Geheimnisse aus der planetaren Vergangenheit, und die Mönche wissen bisher nichts davon. Und Gortahork? Ich glaube, er ist ganz einfach dafür, eine funktionierende Einrichtung, die allen nützt, nicht zu demontieren. Aber sie haben keine Chance; alle anderen sind gegen sie.«

»Deshalb also ...« Learoyd blickte zum leeren Tisch, an dem Saravyi und die Fürstin gesessen und geredet hatten. Nach dem gemeinsamen Nachtmahl. An diesem Tisch war plötzlich ein wenig gestritten worden – leise, aber unmißverständlich.

»Ja. Aber da ist keine Hilfe.«

Begheli seufzte. »Und wie geht es wirklich weiter?«

Dante sah ihr in die Augen. »Langes Zwielicht.«

»Meinst du mich?«

Er kicherte. »Im Gegenteil. Nein. Das Territorium ist aufgelöst; das Gouvernement wird abgeschafft. Statt eines Gouverneurs oder einer Gouverneurin wird ein Kommissar bestimmt, über dessen Ernennung die Shil zu konsultieren sind. Der Kommissar überwacht die allmähliche Demontage der Einrichtungen und Institutionen. Alles hat Zeit, niemand braucht sich zu beeilen. Niemand, der bleiben will, muß gehen. Früher oder später wird es in Cadhras eine Art Botschafter des Commonwealth geben; die Botschaft wird den Raumschiffsverkehr überwachen und den Handel fördern. So ungefähr.«

In der Nacht frischte der Wind weiter auf, wehte den Regen fast waagerecht gegen die Scheiben. Durch die geschlossenen Fenster hörte Begheli das Knirschen und Knacken der Boote, die im Hafenbecken tanzten, und das Grollen der Brandung an den äußeren Hafenmauern. Sie konnte nicht schlafen. Als sie sich auf die linke Seite rollte, sah sie, daß Dantes Augen geöffnet waren. Er starrte an die weiße Decke, wo sich Lichtfetzen tummelten; sie stammten von schwankenden, quietschenden Laternen rund um das aufgewühlte Hafenbecken.

»Und was wird aus uns?« sagte sie leise, ohne Einleitung.

Barakuda schaute sie an. Er lächelte, streckte die Hand aus und legte sie an Beghelis Wange. »Wir haben noch eineinhalb Jahre Quarantäne vor uns«, sagte er sanft. »In dieser Zeit geschieht ohnehin nichts. Außer den wesentlichen Dingen – Nächte in deinen Armen, zum Beispiel.«

»Zum Beispiel.« Aber sie erwiderte das Lächeln nicht. »Was kommt danach? Was wirst du tun?«

Er setzte sich auf, knipste die kleine Lampe an und tastete nach den Zigaretten. »Ich weiß nicht.« Er inhalierte tief, hustete, blies Rauch an die Decke, der sich mit den tanzenden Lichtern vermischte. Im matten Schein der Leselampe schimmerte Beghelis Haut olivrosa.

Fröstelnd zog die junge Frau die Decke wieder über die bloßen Schultern. Sie war zur Hälfte Shil, wenn auch aufgewachsen unter Cadhrassi. Und sie konnte sich nicht vorstellen, den Planeten einmal zu verlassen.

»Was kommt danach?« wiederholte sie leise.

»Die nächsten fünfzig Jahre wird alles gehen wie bisher. Nur langsamer und immer leiser.«

»Ich rede nicht von der Welt.«

Dante nickte. »Ja. Wir müssen sehen, was wir mit dem Geld und den Resten der TraPaSoc anfangen. Und dann? Ich fürchte, wenn nach der Quarantäne die Dinge in Bewegung geraten, wird man mich fragen, ob ich nicht in der Kommission zur Auflösung des Protektorats mitarbeite. Aber ich bin ziemlich sicher, daß ich keine Lust haben werde.«

»Wozu wirst du Lust haben?«

Er warf ihr einen schrägen Blick zu und lächelte. »Zweitens zum Fischen, Segeln und Bücherlesen. Wenn du magst, können wir Tremughati und Gortahork in der Steppe belästigen, Bären jagen und durch Schneestürme reiten. In den Zelten ist es dann sehr gemütlich. Oder wir schnappen uns einen der kleineren Schnellsegler; die sind ja jetzt sehr billig zu haben. Damit können wir über alle Meere von Shilgat segeln.«

Begheli sah ihn nachdenklich an. »Du willst also nicht zurück ins Commonwealth?« Sie klang sehr erleichtert und gleichzeitig verwundert.

Dante drückte die Zigarette aus, löschte das Licht, drehte sich zu Begheli um und nahm sie in die Arme. »Du liebe Zeit«, murmelte er. »Also darum ging es. Ich dachte, das wüßtest du längst. Nein, was soll ich im Commonwealth? Ohne Begheli? Ohne die restlichen Bondak-Banditen, ohne P'aodhus und ihren Gestank, ohne Blutweiden und Eisenbäume und Farndschungel, ohne das Binnenmeer und die endlosen Savannen des Nordens?«

»Und nichts mehr zu erledigen? Kein Matriarchat erobern, keine AV-Zentrale versenken? Überhaupt nicht mehr den Kosmos retten, sondern nur noch fischen und reiten?«

»Und lieben«, sagte er. Sie sah im Widerschein der Lichtfetzen seine Zähne, als er grinste.

»Was ist mit diesem AV-Führer, der mit euch geflohen ist?«

Barakuda räusperte sich. »Shevshan? Was soll mit ihm sein?«

»Wenn er nicht ertrunken ist – kann er nicht noch Unheil anrichten? Mit seinen Kenntnissen und vielleicht der Hilfe anderer, die überlebt haben?«

Dante zögerte. »Ich glaube nicht«, sagte er dann. »Der Gleiter war nicht sehr hoch; er hat den Sturz oder Absprung sicher überlebt. Aber was soll er noch anrichten können?«

»Er könnte die Mönche von Banyadir aufwiegeln. Oder sich an dir rächen.«

Barakuda hob die Schultern.

Auszug aus: Zusatz zum Shilgat-Abkommen

…21. Im Hinblick auf die durch Auflösung des Matriarchats von Pasdan (18. März 467 CT – 11/IV/29484 Sa'orq) sowie durch Untergang der Anarchovegetarischen Union von Gashiri (21. April 468 CT – 7/IV/29485 Sa'orq) entstandene neue Situation erkennen daher die vertragschließenden Parteien an, daß die Voraussetzungen des Abkommens nicht länger existieren.

22. Mit Beginn der Rechtsgültigkeit dieses Zusatztextes wird das Shilgat-Abkommen unwirksam…

…24. Bis zum Ende der über Shilgat verhängten Quarantäne bleibt die Administration des bisherigen Gouvernements im Amt. Das Gouvernement trägt nun die Bezeichnung ›Kommission für die Auflösung des Protektorats‹. Für den genannten Zeitraum erhält die bisherige Gouverneurin Lydia Hsiang als Kommissarin sämtliche Vollmachten. Nach Aufhebung der Quarantäne wird die Kommission neu besetzt; hierzu bedarf es der Zustimmung beider Parteien…

25. Das Autonome Territorium des Isthmus ist aufgelöst. Seine Institutionen unterliegen den Anweisungen und der Kontrolle der Kommission…

…28. Die Einrichtungen des bisherigen Gouvernements bleiben vorerst erhalten. Näheres hierzu unter Ausführungsbestimmungen…

…33.… Einwanderung aus dem Commonwealth ist nur noch in Ausnahmefällen möglich. Bürger des aufgelösten Protektorats, die Shilgat verlassen wollen und deren Existenzgrundlage nicht beweglich ist, werden im Rahmen der in den Ausführungsbestimmungen *vorgesehenen Möglichkeiten entschädigt.*

34. Alle nicht gesondert aufgeführten natürlichen oder juristischen Personen und Organisationen sowie ihre Nachkommen oder Rechtsnachfolger können auf Shilgat bleiben, wenn sie dies wünschen. Mit Vollzug der Auflösung des Protektorats erlö-

schen sämtliche Rechte und Pflichten zwischen dem Commonwealth und seinen ehemaligen Bürgern …

Beschlossen – Unterfertigt – Ratifiziert – Verkündet

für das Commonwealth:
Atenoa, Gaia/Cadhras, Shilgat
24. September 468 CT
(24. Juni 2933 AD)
Yvain Rosemer
Subsekretär für Dominien und Protektorate
für das Gouvernement:
Lydia Hsiang, *Gouverneurin*
für das Territorium:
Elis Baramky, *Obfrau*

für die Völker von Shilgat:
Cadhras, Shilgat
60. Tag der Frühzeit (60/I) im Jahr 29486 von Sa'orq
Saravyi, *Sprecher der Heiler*
Tremughati, *Fürstin der Banyashil*
Gortahork, *Fürst der Banyashil*
Dibdagid II., *Erbgöttin von Sa'orq*
Varanira, *Königin von Kelgarla*
Tineti, *Obfrau der Taggashil*
Ruzavo, *Ältester der Bilshil*
Nuzueta, *Stadtsklave von Golgit*
Zilguri, *Blutgräfin von Vagaván*
Alyut, *Älteste der Arugushil*
Ubba-bul, *Fischfisch von Arameq*

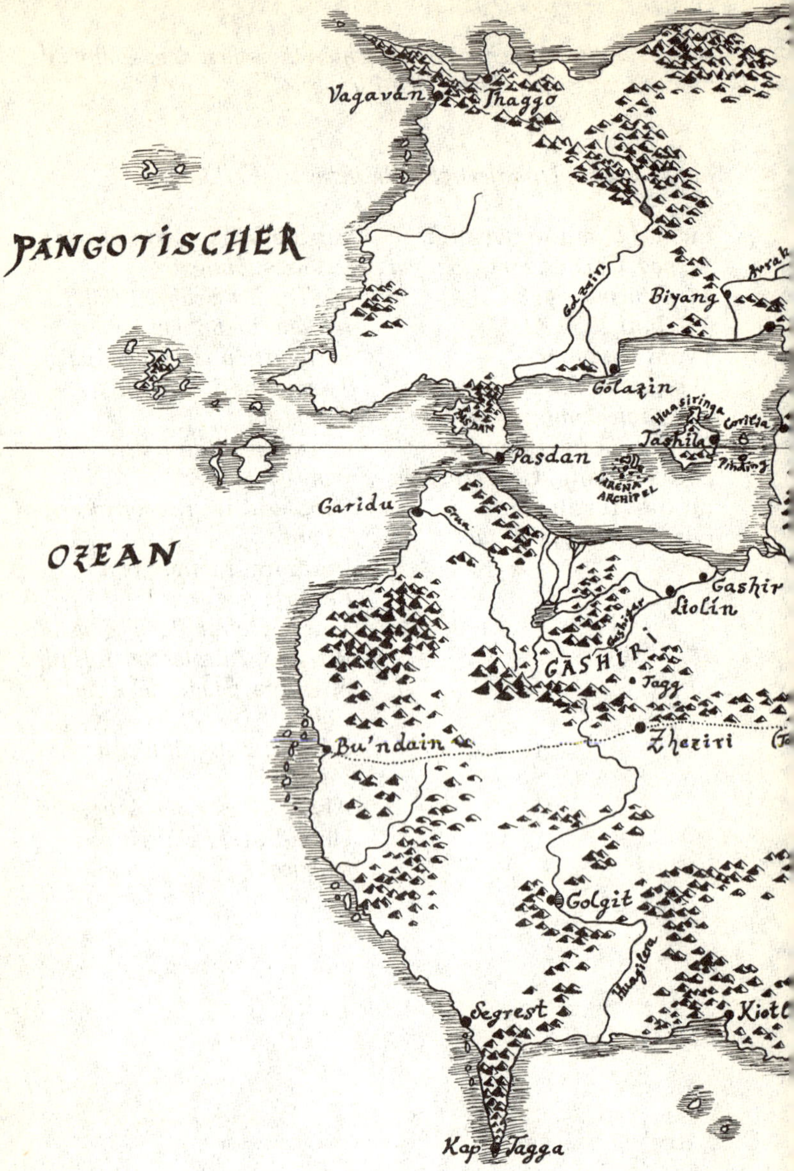

PANGOTISCHER
OZEAN
Vagaván
Thaggo
Golzain
Biyang
Gólazin
PASDAN
Pasdan
Huasiringa
Corilia
Tashila
Pinding
KARENA ARCHIPEL
Garidu
Gruu
Gashir
Liolin
GASHIRI
Tagg
Bu'ndain
Zheziri
Golgit
Segrest
Kiotl
Kap Tagga

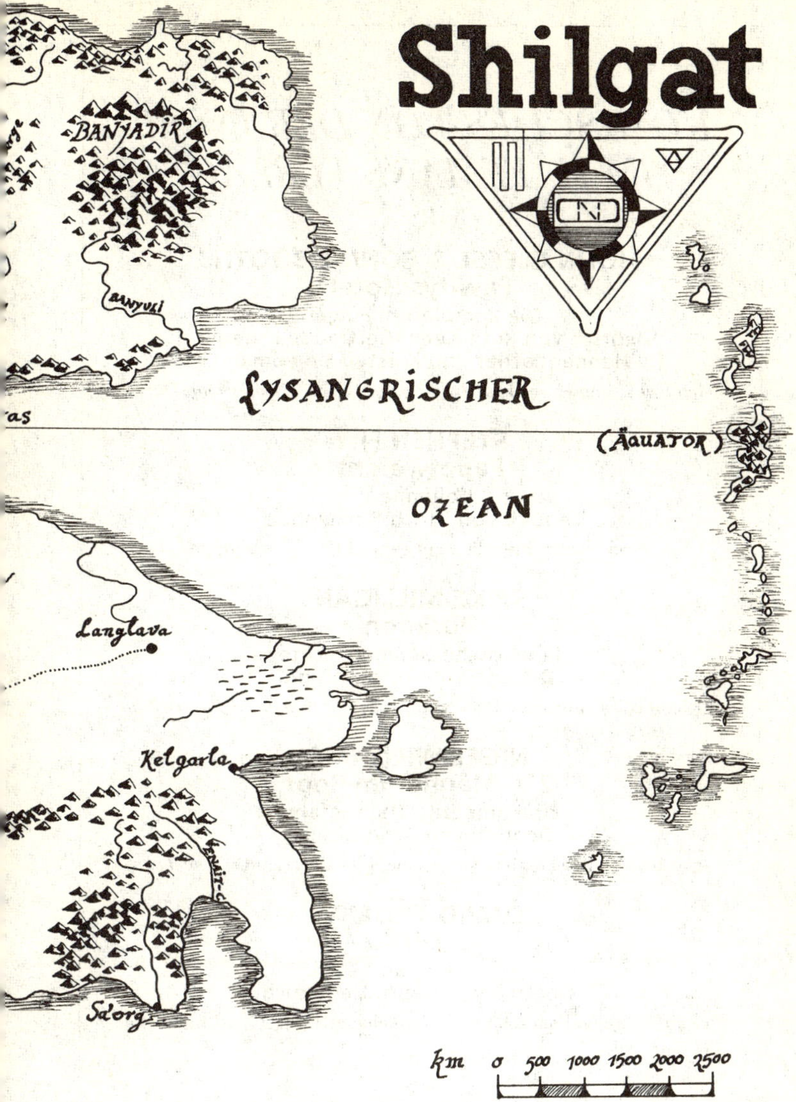
Shilgat
BANYADIR
BANYULI
LYSANGRISCHER
(ÄQUATOR)
OZEAN
Langlava
Kelgarla
Sa'org
km 0 500 1000 1500 2000 2500

KOMISCHES VON DER INSEL IM HAFFMANS VERLAG

JOHN CLEESE & CONNIE BOOTH
Fawltys Hotel
Die kompletten Folgen
Deutsch von Ruth Keen, Gertraude Krueger, Henner Löffler und Karsten Singelmann

»Ich brülle immer vor Lachen.« *George Bush, Camp David*

STEPHEN FRY
Paperweight
Kolumnen
Deutsch von Ulrich Blumenbach

»Ungezogen, aber schrecklich gut gemacht.« *The Sunday Times*

SPIKE MILLIGAN
Puckoon
Eine irische Dorfgeschichte
Deutsch von Arnd Kösling

»Kommen Sie mit nach Puckoon!« *Frankfurter Rundschau*

NIGEL WILLIAMS
2 1/2 Männer im Boot
Eine moderne Themsefahrt
Deutsch von Arnd Kösling

»Der beste Autor komischer Romane in diesem Land.« *The Times*

DAVID THOMAS
Girl
Roman
Deutsch von Georg Deggerich

»Zum Schreien komisch und zum Weinen traurig.« *Annabelle*